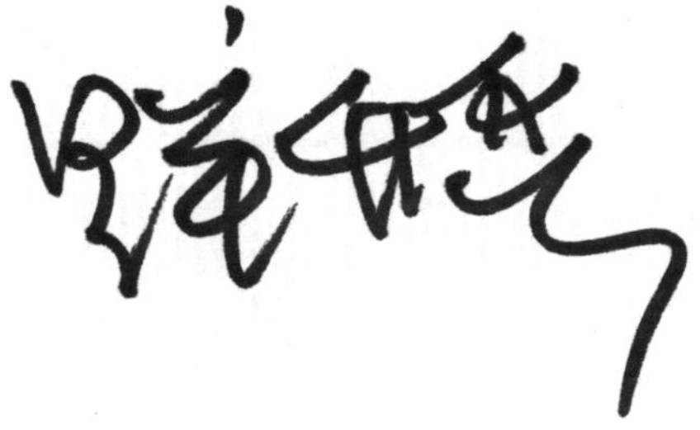

魅丽文化 花火工作室

雀上心头

蹿升华上 著

江苏凤凰文艺出版社
JIANGSU PHOENIX LITERATURE AND ART PUBLISHING, LTD

图书在版编目（CIP）数据

雀上心头 / 蹿升华上著. -- 南京 : 江苏凤凰文艺出版社，2019.3
ISBN 978-7-5594-3266-7

Ⅰ. ①雀… Ⅱ. ①蹿… Ⅲ. ①长篇小说－中国－当代Ⅳ. ① I247.5

中国版本图书馆 CIP 数据核字 (2019) 第 016733 号

书　　名	雀上心头
作　　者	蹿升华上
选题策划	黄　欢
责任编辑	张　倩　王　青
文字编辑	周慧娥
出版发行	江苏凤凰文艺出版社
出版社地址	南京市中央路165号，邮编：210009
出版社网址	http://www.jswenyi.com
印　　刷	湖南新华精品印务有限公司
开　　本	880 mm×1230 mm 1/32
字　　数	297千字
印　　张	10.5
版　　次	2019年3月第1版，2019年3月第1次印刷
标准书号	ISBN 978-7-5594-3266-7
定　　价	36.80元

（江苏凤凰文艺版图书凡印刷、装订错误可随时向承印厂调换）

目录

CONTENTS

CONTENTS

目录

CONTENTS

CONTENTS

第一章

童雀与颜泽，一起领个证

作为一名海归，童雀实在是很悲催，别人从外面回来像是镀了层金，她却到处被嫌弃。

从巴塞罗那回来，她总共面试了五家公司，被拒了四家，剩下的那家她根本连希望都没抱。

虽然童雀这些年赚的钱也不少，但她一向花钱大手大脚，加上艺术家骨子里的那种流浪精神和缺乏存钱的意识，以至于这些年就没存下多少钱来。

毕竟她曾经以为这辈子都会留在巴塞罗那那个艺术之都。

现在她回来，一没工作、二没住处、三没朋友，才知道自己有多么凄惨。

她的银行卡里只剩下八千块钱，房租一个月四千块钱，按照以前的生活水平，八千块应该只够撑过这个月，但如果节约着用的话，说不定还可以坚持得更久一点。

投了第二轮简历后，童雀开始分配存款，拿着纸笔规划，嘴里还念叨着："一天三个馒头，出行都坐公交……"

童雀算了将近五分钟的账，纸上的数字让她看了头疼，她愤恨地把笔一拍——

算什么账？这个计划从一开始就是极其不现实的！

她要是有一天吃三个馒头的毅力，还用得着在这里算账？

坏消息接踵而至，房东催促她打尾款的消息也跟着来了。

童雀整个人往后一仰，举高双臂对天呐喊：“老天啊！给我条活路吧！”

她躺在沙发上惴惴不安，颇有种一蹶不振的感觉，最终把她从烦闷中拉出来的是清晰的门铃声。

她收回手臂，眼睛里放出光彩，老天爷还真是给力，这么快就上门送温暖来了。

上门的当然不是来送温暖的，而是一个陌生女人。

透过猫眼，童雀看到门口站着一个穿着华丽、打扮精致的妇女，明明是室内，却还戴着墨镜。

总之，看上去就是很有钱的样子。

童雀在心里总结了一句，才开了门。

贵妇看上去四十岁左右，但摘下墨镜后，眼角的细纹以及那双不再澄澈的双眸出卖了她的真实年龄。从她的面容上依稀可以看出她当年是何等的明艳动人，即便是到了这个岁数，还是漂亮得让许多年轻人都自愧不如。

在童雀打量着对方的同时，贵妇也在打量着她。

跟贵妇的精心装扮和一身高定相比，童雀一身睡衣热裤，头发也没来得及梳，睡眼惺忪的宅女形象让万芳拧了拧眉，这模样比照片更不堪入目。

童雀一手握着门把，倚靠在门边：“请问你……”

她还没说完，万芳已经不耐烦地绕过她，进了公寓。

万芳左右扫视着单身公寓，肉眼所及之处，足以看出主人的邋遢和内务能力之差，甚至还有一种让人看一眼都觉得会被邋遢缠身的感觉。

看到桌上还放着残羹剩饭后，万芳实在是忍不住了，眼神犀利地看着她，问：“你就是童雀？”

童雀错愕地看向这个没得到自己同意就进来的贵妇，她居然能清楚地叫出自己名字。

信息泄露……难道是卖保险的？

这年头销售人员都这么狂妄了？

“抱歉，我现在很穷，没钱买保险，你还是去下一家吧！”童雀拉开门，示意她赶紧出去。

万芳的嘴角抽了抽，咬牙道：“我不是卖保险的！”

“哦，那您是？”

万芳不再理她，嚣张和傲慢写在了脸上，两根指头十分嫌弃地将她放在沙发上的衣服捏起来丢在地上，整理出一块能容纳下她的位置。

“我今天来找你，是有一件事想说。”

对方的言行举止让童雀十分窝火，瞬间消磨完了因她美貌而产生的好印象。

这个打扮得花里胡哨的贵妇到底是从哪里冒出来的？

童雀努力克制住自己的情绪，忍下想要把这个无礼的女人赶出去的冲动。

“不好意思，请问你哪位？”童雀太阳穴的青筋狠狠地凸了起来，语气也没刚才那么和善了。

“我叫……”万芳忽然收住口，皱了皱眉头，“我的名字不重要，反正我们以后不会再见了。”

“请问你找我到底有什么事？”童雀不耐烦了。

万芳抬起做了精美指甲的手，抹了抹刚做好造型的头发，语气极其不屑：“我希望你能离开我儿子。”

童雀整个人仿佛被雷劈中，怔在原地许久都没出声。

她觉得自己可能是听力有问题，又或者是自己还在做梦，否则她一个单身女青年怎么会遇上这种被恶婆婆逼着离开儿子的戏码？

万芳继续补充：“如果你愿意离开他，我会给你一笔补偿。”

“不好意思，你是不是找错人了？”童雀有点哭笑不得。

“找错人？”万芳冷笑一声，从包里拿出报纸，一把拍在桌上，“你看看这上面的人是不是你？”

万芳笃定的神色不像是在说谎，童雀将信将疑地拿起报纸一看，顿时瞠目结舌。

报纸上加粗的标题几乎占了半个版面——华锐总裁恋情曝光，两人医院难舍难分。

照片上的童雀全素颜，两只手攥紧了男人的手臂，男人却只有一个模糊不清的侧脸。

什么狗仔？有没有点公德心，童雀敢说这是她长这么大以来拍过的最丑的照片！

不，这不是重点。

重点是——她怎么上头版头条了？

童雀的这副神情落在万芳眼里就是承认了，而她刚才的否认就成了她拒绝接受自己提议的表现。

“怎么样？”万芳试探道。

童雀叹了口气：“实在是抱歉，这可能是个误会，我真的不认识您儿子。”

万芳心道：“果然，这女人开始装蒜了。”

“十万！”

“什么十万？”童雀听得莫名其妙。

“我给你五十万，离开我儿子！”

说实话，童雀有点心动，但是她真的不认识她儿子啊！

“但我真的不认识你儿……”

“一百万！”万芳冷笑一声，摊开自己白皙的手掌，脸上带着胜券在握的神色。

“阿姨，如果我收下钱能不离开这里吗？这里还有我的事业，但我答应你，这辈子都会躲他躲得远远的。”童雀表现得心如死灰，哽咽道。

“不行！你不能留在这里！哪里都可以，但绝不能是A市！”万芳心里渐生鄙夷，能收下她的钱，就足以证明这个女人是为了她们家的钱来的。

“好！那你希望我什么时候走？”

“越快越好。”

“行。”童雀甚至还故意憋出几滴眼泪来，“阿姨，您刷支付宝还是给现金？”

万芳怔了怔，对她的轻蔑更重了，随即从包里拿出一张已经开好的支票：“你可以随时兑现。”

童雀颤抖着双手收下支票，见她捏着支票，一直低着脑袋，万芳大步流星地出了门，随即又顿住脚步，警告道：“不要让我发现你有任何的小动作，我给你五天时间，五天后如果你还在这里，我会采取必要的手段。”说完关门声响起。

房间重新恢复安静。

童雀依旧颤抖着，刚才的事发生得有些突然，直到反复确认了支票的真实性，她才终于笑出声来：“简直就是船到桥头自然直啊！”

童雀随手就将账本丢进了垃圾桶，兴奋地在沙发上打了个滚。

经济问题就这么解决了！

卸下一身压力后，童雀躺在床上看着支票慢慢入睡。

也不知睡了多久，童雀迷迷糊糊间先是听到门铃声，接着又是电话响，她以为是在做梦，声音越来越清晰，她陡然惊醒。

童雀揉揉惺忪的睡眼，开了门，骤然捕捉到一抹颀长的身影。

男人额前一绺碎发遮挡住他一半的眉骨，狭长的眼睛透着凌厉，好看得不像话。他身材高大，宽肩窄腰，上身穿着黑色高级衬衫，手腕处别着一个宝蓝色袖扣，西裤包裹着的一双腿，挺拔修长。

童雀的意识还没完全清醒过来，愣了好一会儿才认出来，他是跟她一起上了头条的男人，虽然她还不知道他叫什么名字，好像是姓颜来着？

他来做什么？

童雀终于清醒过来，莫名一阵后怕，难道是知道她收了他妈妈的支票，来要钱的？

童雀下意识地看了一眼卧室，一时间心乱如麻。

男人目光清冷，嫌弃地打量了她一会儿后，道：“单身？”

童雀眼珠一转，显然不明白这开场白是什么意思。

“啊，是啊，怎么了？”

颜泽的目光像扫描仪似的，上下扫视了她一会儿后，似乎是做了极大的挣扎，终于道：“带上户口本和身份证，我在楼下等你。”

他森冷的表情配上这句话，大有上学时学校扛把子的风范，仿佛在说——放学别走！

需要户口本和身份证的业务在她想象中只有两种：结婚和贷款。

看看两个人的区别就能明白显然不是前一种，那么就是贷款了！

童雀被自己的猜测吓得后退一步，惊恐地摇头：“我不贷款，你还是找别人吧！”

“……”颜泽的嘴角抽了抽，道，“如果你还想来华锐工作，就照我说的做。”

颜泽说完，丝毫没有再解释一次的耐心，长腿迈出门，径直进了电梯，即便童雀叫他，他也没停下一步。

童雀探出窗户看了会儿，直到那道修长挺拔的身影进了黑色轿车，才收回目光。

华锐果然重视人才，总裁竟然还亲自上门来邀请她，她倍感荣幸，看来工作的事是不用发愁了。

思索了几分钟后，童雀换好衣服，带上了证件以及巨额支票后，下了楼。

车行驶在二十三号大街上，从童雀上车起，颜泽就再也没说过话，气氛沉闷至极。

职场守则第一步：跟上司搞好关系。

童雀干笑了几声作为开场白，笑容略狗腿：“颜总，您是怎么知道我住在阳光水岸的？”

“简历。”某人简洁明了。

“您可真聪明啊！我都想不到这上面去。”

颜泽的脸上没有一丝的情绪波动，也不说话。

童雀自感抱大腿失败，下一招她决定展现下属的贴心。

“我这里太远了，真是麻烦颜总了，以后您有吩咐直接打电话给我就好，怎么好意思让您亲自跑一趟呢？”

颜泽不仅没有回答她，反而转过头来盯着她看了一会儿，一脸“你再废话就把你丢下车去”的表情。

童雀吞了吞口水，选择沉默玩手机。

微博上有关华锐总裁的新闻还挂在头条上，童雀刚点进去，就听到一直保持沉默的司机说道：“颜总，到了。”

童雀以为是到公司了，抬头看到“民政局”三个大字后，脑袋有点蒙。

颜泽先她一步下了车，冲她道：“下车。”声音没有一点感情色彩。

童雀开始为上司的婚姻生活担忧起来，哪个女人能忍受得了他的高冷？

“颜总，咱们这是去干吗呀？”童雀跟着下了车，她半开玩笑半试探地问道，“该不会是来结婚吧？哈哈……”

颜泽转过头来，看了童雀好一会儿，她以为他会狠狠地瞪她，没想到这厮竟然点了头！

于是，童雀脸上的笑容瞬间就僵住了。

没想到这个倒霉女人竟然是自己！

“颜总，您真爱开玩笑，呵呵呵。”

“你不愿意跟我结婚？”

不知道是不是因为他比她高出太多，以至于她总觉得他的声音有些阴森森的。

听到这句话，童雀的天空上方仿佛炸开了一朵蘑菇云，所以真的是来结婚的？

“怎么可能呢？！想跟您结婚的女人应该如过江之鲫吧？”为了让自己说的话听上去更真实，童雀补充道，“我是觉得自己配不上您啊！”

颜泽淡淡出声：“我暂时忍受一下。”

“……”这话童雀没法接，他绝对不是开玩笑才这么说的，他就是这么想的！

童雀咬牙忍了忍，强颜欢笑道：“不不不，婚姻大事不能忍，您可千万不能委屈了自己。”

扭头间，童雀陡然想起一个重要人物，赶紧补充道：“婚姻大事，总应该跟您的父母商量商量吧？”

“不需要。”

童雀此时此刻很想发条帖子求助下网友——老板非要跟我结婚怎么办?

“你不愿意？”

童雀摇头又点头，正当两人僵持不下的时候，她的手机响了起来。

“喂？”童雀接起电话。

“尊敬的用户您好，我是 ×× 酒厂……”

又是这家酒厂，三天两头骚扰她，童雀掐了电话，一条新闻正好推送到她手机上，她一个手滑点了进去，上面的今日头条正好是她和颜泽的绯闻。

童雀的目光扫过一行行字，动作随即一顿，眼底闪过一丝复杂的情绪。

她抬头看看颜泽又看看新闻上的内容，不禁吞了吞口水，试探出声：“颜泽？”

颜泽陡然变了脸色：“你胆子很大。”

“？”童雀觉得今天的一切都莫名其妙的。

“敢叫上司的大名。”

童雀却没空纠结老板是不是生气了，眼前始终浮现着新闻对他的描述，她木讷地问道：“你为什么要跟我结婚？”

一个小时后。

童雀和颜泽从民政局走了出来，她最终还是跟他领了证。颜泽倒是一点都不惊讶她会答应跟他结婚，甚至还一脸“跟我结婚是你赚了，你就别装了”的表情。

对于她的问题，颜泽给出的答案是——公益活动。

童雀当然不会相信这种鬼扯的理由，不过颜泽随后给了童雀一份协议，大致内容主要是说两人协议结婚，这两年里，他们各过各的，互相不干涉对方的生活。颜泽给童雀工作机会以及提供各种资源，童雀则主要负责扮演一个平淡无奇的妻子，在他需要时出场，两年后离婚，童雀可以得到五百万补偿以及车和房产。

按照传统的玛丽苏剧情走向，颜泽这么做无非只有两种可能：

一、用已婚来搪塞催婚的爸妈。

二、用闪婚来吓吓喜欢的女人，让对方后悔再回到他身边。

如果是前者，估计他一家老小都得疯；要是后者，那颜泽也太幼稚了点，到时候女人闹上门来，她岂不是会遭殃？

即便有些犹豫和担忧，童雀最终还是签下了自己的大名。

暂且不论自己的这些猜测是不是真的，就算是真的，又怎么样？

毕竟，她会答应，也只是因为自己的私心。

回到小区已经五点半了，童雀干脆在小区里买了饭才回去。

这一天实在发生了太多事，先是开演“请你离开我儿子”的经典豪门婆媳戏码，接着就进了民政局上演“霸道总裁爱上我”的狗血桥段，这节奏简直堪比电视剧。

唯有桌上躺着的结婚证能证明她现在是个已婚人士。

童雀重新拿起结婚证，盯着照片上的颜泽看了良久，久到她自己都忘了时间，忘了自己在做什么。

她心里一直有个问题——他，为什么要选择跟她结婚？明明非常嫌弃她的样子。

于是，童雀选择了最便捷的方式——发帖求助。

三分钟后，某论坛上一条帖子引起了网友们的注意，并且短短几分钟就成了论坛的热帖。

——只见过两次面的高富帅老板为什么非要跟我结婚？

1L：“你自己长什么样心里没点数吗，霸道总裁能看得上你？”

2L：“我还是觉得楼主的老板得了失心疯的可能性更大，同等概率还有可能是楼主得了失心疯。”

3L：“@精神科。下一题！”

4L：“楼主问这个问题主要是想突出前面冗长的前缀，很显然大家都看出了她炫耀的意图，并一把把她拉回了现实。”

……

大部分网友们都选择不信，帖子的回复楼里除了屈指可数的网友选择了祝福楼主，其他人全对此事持怀疑态度。

对嘛，正常人都觉得不可能，可事情的的确确是发生了。

接下来的几天，童雀该投简历还是投简历，该出去吃饭就出去吃饭，一点都不像个已婚人士，她自己甚至都没把结婚这件事真的放在心上。

只是每天回来后，童雀都会望着手机屏幕上的那个电话号码出神，手指屡次要点下去，最终都点了退出。

第三天晚上，童雀接到了一通陌生电话。

“喂，请问是童雀小姐吗？”那头的女声很是礼貌。

“你好，我是童雀。请问你是？”

“我是华锐集团人事部的，是这样的，我们设计部最近空缺设计师岗位，不知道您现在找到工作了吗？”

童雀的眼睛瞬间就亮了，捂着话筒轻咳一声清了清嗓子，压下喜悦保持着冷静：“还在决定中。”

嗯，得把自己搞得畅销点，否则不就暴露了自己到处碰壁的状况了？

“嗯，那请问您还有意向来我们华锐吗？”

“有的。”

“行，那下个月一号过来上班，这个时间方便吗？”

“方便。”

电话挂断，童雀怔了一会儿，半秒钟后，高兴得蹦了起来。

啊！她找到工作了！还是世界五百强的华锐！

这种事她以前想都不敢想，简直比她一个人在国外打拼要好太多了！

她决定吃点夜宵庆祝下。

童雀是个行动派，当即就拿了钱包和手机下了楼。

三十分钟后，当童雀吃着烤串哼着小曲抑制不住喜悦地往家走时，手机再度响起来。

看到屏幕上跳动着的名字，她敛起了笑容，表情一下变得严肃起来，伸手就要去接，却在即将触碰到的时候又收回了手。

童雀忽然有些生气，颜泽竟然就这么把她晾了四天，中间一次联络都没有。

突如其来的怒意让她一直沉着气没接电话，一分钟后，铃声戛然而止，屏幕也跟着暗了下去。

童雀这才慢条斯理地回拨过去，漫不经心地出声：“喂？颜总啊，什么事？”

那边的声音是意料之中的阴森：“这么久才接？”

“哦，我忙啊！”

“你一个无业游民忙什么？”

“……”要不要这么直白，就不能婉转一点？

童雀咬着牙，将怒气压下去，把电话夹在肩膀和耳朵中间，伸出白皙的手对着光看个不停：“女人每天要做的事很多，一天里光是保养的时间就占了一大半呢！”

听着她阴阳怪气的声音，颜泽只觉得浑身不舒服，命令道：“正常说话。”

童雀此时已经进了小区的电梯，看到电梯上显示的数字即将到自己所在的楼层，她说：“不说了，我又要去忙了，这保养啊，不能停，女人的脸可都是钱砸出来的！”

“Six floor（六楼）。”

同电梯的人走出电梯前还看了童雀一眼，眼神复杂难懂。

童雀的嘴角抽了抽，颜泽应该没听到吧？

“我听到了电梯声。”颜泽的话立刻打了她的脸。

“你听错了！是电视里的声音。”童雀嘴硬道。

见电梯即将到自己所在的十楼，为防被他再次听到，她立刻敷衍了几句就挂断了电话。

电梯门慢慢打开，童雀抬头正欲迈开脚，却被眼前突然出现的人影吓得缩了回去。

楼道里的灯光昏暗，照得人脸一片昏黄，男人挺拔的身姿以及矜贵异常的面容却没有因此而减分。

颜泽轻蔑地扫了一眼童雀手上的垃圾食品，什么也没说，但他脸上的表情已然说明了一切。

这个世界上，最尴尬的事情无非就是谎言刚说出去就被打了一脸。

童雀内心颤抖，面上却强装镇定："这是……"

因为太过激动，童雀一不小心把胡椒粉给吸进了气管里，然后剧烈地咳嗽了起来，她边咳嗽边想解释，却越咳越厉害，一个字都说不出。

童雀咳得满脸通红，良久，才恢复了正常。

她抬头看向颜泽问道："你怎么来了？"

"我为什么不能来？"

"……"问得好有道理，她竟然找不到理由来反驳。

除去前两天的那件荒唐事，颜泽现在也算是她的大老板了，所以她还是客客气气地把人给请进了屋。

颜泽进门的第一件事就是打量了一遍童雀的小窝，在她吃夜宵的当口进了她的房间转悠了一圈后出来，话题一转，问："你这里有几个房间？"

童雀用一种看白痴的眼神看着他："我这是单身公寓，你觉得会有几个房间？"

"你是不是对我们之间的关系有什么误会？"

"？"童雀咬着肉，一脸惊诧。

"你的态度很嚣张。"

"……"

童雀差点忘了，面前的男人除了是她名义上的丈夫，更重要的是半个月后他就会成为她的衣食父母。

她随即端正了态度，递上肉串，眨巴着眼睛说道："颜总，请用！"

颜泽点点头，对她的表现表示满意，却没接肉串。只是瞥了一眼她桌上放着的桶面残骸，他嫌弃的目光从桌上移到她的肉串上，再到她脸上："一千。"

"什么？"颜泽果真是那个贵妇妈妈亲生的，都喜欢用钱来当开场白。

"一千块钱……"颜泽伸出一根手指，继续说道，"你的房间给我睡一晚。"

怎么这么像你给我睡一晚？

童雀摇摇头，把这些完全不可能的邪恶思想甩出脑袋。

结合他刚才到处看的怪异举止，童雀低头摩挲着下巴分析起来，试探地问道："你该不会是故意做给谁看的吧？"

"人呢？"童雀再抬眼却不见颜泽的人影。

只见卧室里的灯已经被打开，随即传出颜泽欠扁的声音："给我换套被单！"

"？"抢了她的床，还把她当用人？

一时之间，童雀被愤怒冲昏了头脑，忘记里面这个人是自己的老板，她疾步冲进房间，一个箭步跳到床上呈大字形抱紧了被子。

"爱睡不睡，这么嫌弃的话，睡沙发去！"

颜泽居高临下地盯着她，语气阴森："你敢用这种语气跟我说话？"

童雀脑中顿时跳出言情小说中的后续台词——敢这么对我的，你是第一个。

小说的后续套路是女主角成功俘获男主的心，然而这种事是不会发生在她身上的。

童雀被他的目光吓得僵了僵，索性转过头去，避免被他的眼神攻击。

"就算你这么看我也没用，我是不会屈服的！"

"我数三下。"

"……"别说三峡，就是虎跳峡都没用！

童雀感觉右手手臂蓦地一紧，紧接着整个人像条待翻面的鱼，身体猛地失去重心，随后整个人被高高抱起。

童雀有一种会被扔到地上的感觉，她也完全相信颜泽这种人是绝对做得出这种不绅士的事来的，她只能迅速搂紧了他的脖子。

大幅度的动作直接导致她朝他的脸颊贴过去，因为惊愕，嘴巴也没来得及闭上，她的牙齿就这么磕上了他的颧骨。

童雀一时吓得忘记了呼吸和磕疼的门牙。

颜泽感受到颧骨上的疼痛，眉心一拧，就见面前的人迅速低下了头，脸颊酡红，含混不清地说道："我跟你说，你就算使用美男计，我也不可能……"

童雀只感觉到颜泽在走动，却又不敢抬头，生怕撞上他的视线，毕竟刚才那么尴尬。

“撕咬上司，很好。”

“……”撕咬，有那么激烈吗？不过就是误伤而已。

“不想被开除就睡沙发！”颜泽说完，双手一松，童雀进行了一次自由落体运动，瞬间的下坠让她本能地屏住了呼吸，待她反应过来，人已经安全着陆在柔软的沙发上了。

“你！”童雀旋即爬起来指着他，“你这是滥用职权！”

见她抓狂，颜泽反倒是扬起了嘴角，轻挑的眉毛难掩他得意的心情。

颜泽 PK 童雀，武力局童雀完败。

童雀转念一想，改用嘴炮：“颜总，我家味道重，房间的小被子也很久没洗了，我担心你睡不惯！”

她一脸“我是忠臣”的模样，对他示好，希望他能嫌弃她的小房间，把她的软床还给她。

颜泽认同地点点头，在童雀以为他是要同意走人的时候，却听他缓缓开口：“你知道就好，以后别在家里吃这种东西。”说完看了看桌上的烧烤。

还蹬鼻子上脸了？

童雀也不装什么优秀员工了，抬高音量强调道：“这是我家！”

“这些是夫妻的共有财产。”颜泽指着卧室的方向，“床，我也有份。”

童雀不禁气极：“所以明明我们都有份，为什么最后只能你睡？而且你这么有钱，总有别的地方可以睡吧，为什么非要睡我家？”

“这是我们家。”颜泽纠正道。

“喂——所以你为什么要跟我结婚？”他绝对是老天派来整她的。

颜泽挑眉看着她，童雀总觉得他的眼神天生带有一种讽刺的意味。

“绝不是你想的那种意思。”

这是——人身攻击？

童雀选择转移话题：“你就不好奇我为什么会答应跟你结婚？”

他用一种“这还用说，你一定是看中了我的美色”的眼神睨了她一眼就走进房间，关上了门。

智商值 PK，童雀再次完败。

童雀瑟缩在沙发上，双手抱膝，倍感凄凉，她这都造的什么孽啊？

嫁了个霸道总裁，霸道她是感受到了，可总裁的挥金如土呢？

童雀第二天醒来的时候，颜泽已经离开了。

她抓了抓乱糟糟的头发，洗漱完走出来，余光瞥见从来没用过的保温罩子正在餐桌中央怒刷存在感。

难道颜泽还特意给她留了早饭？

算他还有点良心。

童雀微微上扬的嘴角显露出她的好心情，她走过去打开罩子，看到桌上的东西后彻底傻眼了。

罩子底下的确摆着一个干净的白瓷盘子，但上面空空如也，只放着一张便利贴——以后不准在房间里吃垃圾食品，充斥着一股令人费解的味道。

“不能气，不能气……”童雀告诉自己不能生颜泽的气。

要冷静，冷静！

她转念一想，或许这也是一件好事，也许颜泽了解到她这里“恶劣”的环境后，就不会再来占用她的房间了。

于是，她给颜泽发了条短信：“抱歉，我平时就喜欢在房间里吃东西，老习惯，改不掉了，今天中午我决定吃螺蛳粉。”

螺蛳粉的威力，一般人很难忍受得住，童雀不自觉露出了胜利者的微笑。

小样，跟姐斗，你怕是不了解什么叫社会。

颜泽坐在办公室里，穿的衣服还是昨天的，鼻息间仿佛还充斥着那股难闻的油腻味，穿着这身脏衣服，他只觉得浑身不适，最后还是在里间的浴室里洗了澡。

叶嘉进来的时候正好看到他头发湿漉漉的模样，怔了怔，走上前汇报今天的行程。

桌上的手机振动了几下，颜泽看到那条短信后，嘴角微微抽了抽。

颜泽脸色阴沉地看着滔滔不绝的叶嘉：“日荔湾的那套房子卖了？”

“前几天刚挂牌，还没卖。”

“那就先别卖了。”

“哦，啊？”叶嘉嘴巴微张，随即应道，“好。”

童雀还有半个月的时间可以放纵，但她并没有因此荒废时间，每天都会拿出一部分的时间来钻研服装设计。

尽管她现在在服装设计界还只是个小透明，但仅仅是这个小透明的身份，她在背后付出的努力也是常人无法想象的。

外面的天气实在太热了，童雀窝在公寓里看最近举行的时装秀，一天吃的都是外卖，导致外卖小哥都认识她了，童雀也因此成了这位外卖小哥名单上的VVVIP级客户，享有优先派送的权利。

为了防止今晚颜泽再来她这里“借宿”，童雀中午连着吃了螺蛳粉和黑椒牛柳，外加臭豆腐调味，房间里的味道简直难以描述，别说颜泽，她自己都快被熏得受不了了。

童雀的午觉是在沙发上睡的，醒来天都黑了。她发现自从跟颜泽领证，她仿佛跟沙发结下了不解之缘。

她蒙了蒙，然后穿衣下楼买晚饭。在电梯里碰上了跟老姐妹们约好了一起去跳广场舞的对门邻居张奶奶，张奶奶是独居老人，为人很热心。

童雀冲她友好一笑，嘴甜地叫了一声“张奶奶”。

张奶奶边扇扇子，边冲她点了点头，开口时语气略凝重：“小童啊！我跟你说，你一个人住还是小心点，晚上就别出门了。”

童雀面露感谢，实则认为张奶奶是危言耸听，但别人总归是好心提醒，所以她还是真心回了一句：“好的，谢谢张奶奶。”

“你可别掉以轻心了！”张奶奶凑近了些，一副神秘兮兮的模样，“我说真的！昨天网上还有新闻报道说最近那些歹徒就看准了你们这些住单身公寓的年轻小姑娘。”

张奶奶说得神乎其神，听得童雀一愣一愣的，倒不是担心，而是折服于张奶奶的好口才。

童雀只能连连点头，表示知道了。

外卖吃多了也会腻，所以童雀决定今天来点不一样的，譬如小区尽头的那家石锅拌饭就挺不错的，几次都在口碑榜单上看到那家店的名字。

打包好饭后，童雀闻着香味加快了脚步，要不是影响不太好，她恨不得现在就捧着碗边走边吃。

正走得好好的，只听“砰”的一声，路灯应声爆裂，吓得她打了一个激灵，打包的晚饭都差点掉了。

刚才“牺牲”的是这条路上所剩不多的路灯之一，眼下只剩一盏路灯坚守岗位，原本就昏暗的路上顿时黑压压一片，偏偏她还没带手机，否则还能打个灯。

昏暗的路灯下，童雀的影子几乎和黑夜融为一体。虽然晚饭保住了，但此时此刻就跟恐怖电影中的场景似的，加上刚才张奶奶叮嘱的话，她开始慌了。

不知是不是错觉，童雀似乎听到了细碎的脚步声。她放慢步子，身后悄无声息，她开始往前走，声音就再度出现。

该不会真被张奶奶说中了吧？

“喵——”猫叫声毫无征兆地响起，吓得童雀身体一僵，随即开始狂奔起来。

风在耳边簌簌作响，后面的脚步也跟着发出杂乱无章的声响，这下她可以确定自己的确被跟踪了！

在这一瞬间，童雀的脑袋里闪过了多条女性出事的新闻，恐惧值上升到巅峰。

她秉着“跑赢了才能活命”的原则没命地奔跑着。

“站住！”那人边跑边喊道，“她在B区，快过来！”

当她傻吗？她这会儿要真是停下来可就惨了。

第二章
良雀犹可欺，坑的就是你

在疯狂的奔跑途中，童雀忍不住回头看，那人的脸隐藏在黑夜中，只能依稀判别他魁梧的体型，随后猛然撞进了一个结实的怀抱，石锅拌饭最终还是没保住，洒了一地。

只听男人讽刺道："一晚上不见就对我投怀送抱？"声音熟悉且带着明显的颜式讥讽，童雀撞得鼻梁生疼，捂着鼻子抬头正好对上颜泽那张亲切的俊脸。

她当即就感动得哭了，用力地抓着颜泽的胳膊求救，上气不接下气地说道："有……坏人！跟踪狂！"

颜泽刚从车上下来，就听到一阵急促的脚步声，接着就看到童雀撞了上来，她的脸上挂着泪珠，模样凄惨。

他朝着她指的方向看过去，只看到一个身形高大的男人，男人的身影越来越近，似乎是在打电话，声音还不小："她还有同伴，你们都过来！"

童雀像是找到了护身符一般趁机躲到了颜泽身后，拽着他的衣摆，提醒道："赶紧回我家，他们还有同伙，上去赶紧报警。"

"你先上去，这里交给我。"

她顿时被颜泽未泯的良心给感动到了，接着提醒道："他们还有同伙。"

颜泽摩拳擦掌道："正好很多年没动手了，就当练练手了。"

童雀听着他的话却没法安心，担忧地出声："喂，你就算是击剑的，也不可能打得过两个壮汉。"

颜泽眉眼一挑，狐疑地俯视着她，挑起的眉梢显露出他的冷意，"你知道的还不少。"

"呃……"她挠挠太阳穴，眼神躲闪，"我也是从新闻报道上看到……"话音未落，余光就瞥见另一边逼近的黑影，惊呼出声："他们的人来了！"

几道人影越来越近，左右两边各站着两个男人，一个身材魁梧，另一个面露凶相。

"你们是什么人？"颜泽阴狠的目光扫向这两人问道。

右边那个男人举起手电，对着他们的脸上下探照一番，声音严肃："这话该我们问你们才对吧？！这么晚在阳光水岸里游荡干什么？"

有了靠山，童雀的胆子也大了许多，从颜泽身后探出半个脑袋，嚣张地出声："怎么？现在开始装蒜了，你们跟了我一路，刚才还让我站住来着！我可告诉你们！我我我，我老公可是练过的！"

她的脑袋放在他腰际，这会儿仰着脑袋往上跟颜泽对视了一眼，而后暗自点头，有人撑腰的感觉实在是太好了。

坏人当前，他们现在必须同仇敌忾，他也就没有纠正她狐假虎威的"老公"称呼。

"监控都拍进去了，由不得你们否认，等警察来了，甭说你老公是练过的，你们要真动了手，可就不是关几天这么简单的事了！"

警察？

坏人还会主动叫警察？

这可不像是坏人会说出来的话，童雀被灯光晃了眼，脑中升起一堆疑问，借着光，童雀打量着两人，越看越眼熟，似乎在哪里见过。

"还从来没有人敢用这种语气跟我……"颜泽威胁的话还没说完，童雀就不停地扯着他的袖子。

他皱了皱眉想要说完，就听童雀道：“他们好像是小区的保安。”他们没穿工作服，以至于童雀没能立刻认出他们来。

“……”

颜泽拧紧眉头，朝他们投去打量的目光：“保安吗，为什么这么晚了跟踪她？”

“要不是你们做出偷鸡摸狗的事来，我们怎么会跟踪她？”

“喂！你们……”

保安话音未落，就听嘈杂的对讲机里传来一道激动的男声：“抓到人了！已经带到保安室了，小李，小王，你们说找到人了，你们自己人呢？”

八目相对，场面一度十分尴尬。

原来同一时间段，有住户家里失窃，小区监控捕捉到有人翻墙进了小区，事件刚发生不久，所以他们怀疑人还在里面。

而跟着童雀的那名保安见她的身形跟监控里的人有些相像，所以就跟了过来，见她毫无征兆地开始狂奔，更加相信她就是那名盗窃犯。

童雀简直哭笑不得。

知道真正的犯人被抓住，两个保安跟他们道了歉，童雀适时提醒他们有空把外面的路灯修一修，结果得到的回答是——这事归物业管。

好在是有惊无险，不过经过这一遭，童雀是万万不敢再在晚上一个人出门了，毕竟这种事，一旦遇上就是劫难。

童雀松了口气的同时，心痛地看了眼掉落在地的饭，或许是因为她表现出来的眼神太过凄惨，加上她狂奔过后毫无发型可言。

一男一女，男人光鲜，女人狼狈，地上还躺着份饭。

看图说话谁都会，从路过的住户那谴责的目光中，颜泽仿佛读出了名叫“家暴”的信息。

他实在经受不住住户们精神上的谴责，对她道：“别看了，我请你。”

童雀仿佛排练了千百遍，当即就收起了伤心的样子，眼睛一亮：“你是开车来的吧？我要吃23号大街的正德麻辣烫。”

颜泽目光一闪，看得她不寒而栗，哆嗦着商量道：“其实小区里的……也行，你也知道小区里可能有坏人的同伙，我一个人去多不安……”

那边跳完广场舞回来的大妈们看到这里的状况，叽叽喳喳地开始说起来，丝毫没有要避讳的意思：“现在的小年轻真的是，哎呀呀，不像话的啦，吵嘴就吵嘴，还扔粮食，没吃过苦就是不知道粮食的珍贵的咯。”阿姨感慨道。

东北阿姨表示不服：“别说了，一点绅士风度都没有，这种小伙子怎么还能找得到女朋友？我孙子都还没找到呢！”

……

你一言我一语，站在门口就是不走，时不时还投以眼神表示鄙夷，颜泽听得头都大了。

“跟我走！”

颜泽答应得太快，童雀一下子反应不过来：“啊？”

“我只说一次。”他走进电梯按了负一层，站在里面看向她。

机不可失失不再来，她好不容易有了宰他一顿的机会，还不赶紧抓住？

“你要带我去吃？”童雀立即跟了进去，低头看了眼自己的睡衣睡裤和那双卡通人物拖鞋，犹豫道，“我这样去没关系吗？”

“你觉得谁会看你？”

“……”

也是，这个点去吃麻辣烫的都是不拘小节的人，谁会注意她呢？

颜泽的车停在一家餐厅门口，在看到他准确无误地踏进餐厅后，她终于明白他为什么突然大发善心请她吃饭了。

上司的一切反常举止都是在引她入坑。

尤其是在感受了周围衣着光鲜的路人们异样的眼光后，童雀更是恨不得立刻回到车里，即便是饿着肚子。

“童雀！”

颜泽的喊声似符咒般将童雀定在原地，她暗自庆幸这里只有他知道她的名字，她可以装没听到直接上车。

对，就这么干！

童雀的手刚触碰到门把，就听到身后的人大喊道：“那边穿睡衣的童雀快点过来！”

这么一喊，路人们的视线全被吸引了过来，个个饶有兴趣地看向餐厅。

童雀的余光瞥见周围的人用手掩着嘴，脸上带着明显的笑意，似是在跟身边的人说着什么好笑的事，这让她有一种自己正沦为路人笑柄的感觉。

她硬着头皮趿着拖鞋进了餐厅，脑袋压得低低的，颜泽见状心情大好，在应侍生的带领下坐到了窗边。

他绝对是故意的，否则他怎么会选这个路人只要转身就能看到她的位置？

了解到颜泽的“居心叵测”，童雀决定化悲愤为动力，让他出点血来作为他捉弄她的代价！

童雀捧着菜单，纤纤玉指点完这个点那个。

颜泽幽幽出声：“点的菜全部吃完，否则自己付钱。”

童雀还没报完的菜名顿时吞进了肚子里，往右边的价格上瞄了一眼，瞳孔随即放大，深吸了一口气。

自己付的话，她银行卡里的钱估计得全砸进去了。

童雀眼珠一转，轻咳一声掩饰尴尬，装作自己并不是受他威胁才停止点菜的样子：“嗯，暂时就这些吧。”

她只点了六道菜，想着这种餐厅的菜分量应该挺虚的，六盘而已，她跟颜泽两个人应该能解决的。

然而当第一道酱料凉皮上来后，碗足足有一个人的脑袋那么大，光看着就饱了。她艰难地吞了吞口水，干笑几声叫住了服务员，问道：“你们这里的菜分量都这样？”

服务员摇摇头，下意识低头看了眼本子上备注的“三倍加量”，微笑着解释道：“您放心吧，一定能让您吃饱。”

童雀这才放心开吃。

见颜泽光看不动，她热情地邀请道：“你也吃啊，你请我吃东西，我怎么好意思 个人独吞呢？”

颜泽单手撑着下巴，视线轻飘飘地带过她和桌上的凉皮，波澜不惊的眼眸里闪过一道精光："我从不在八点以后吃东西。"

"好的，那我就不客气啦！"童雀微笑的面具下垮着张苦瓜脸，夹杂着她的心声——她就是担心吃不完才叫他的。

童雀原以为只有这份凉皮是餐厅的良心，当她看到后面一份比一份多的菜上来后，她的内心是崩溃的。

这年头分量这么实在的餐厅很少有了，而她也终于明白了服务员小哥那句"肯定能让您吃饱"是什么意思。

吃完第三盘的时候，童雀已经吃不下了，抬头就对上了颜泽审视的目光，里头似乎还夹着一种名叫期待和看穿的东西。

此刻，她读懂了他的眼神——你吃不下了？

不，她绝不会妥协！

童雀是一个意志坚定的人，说不掏钱就一定会吃完！

最后她硬生生地把几乎是两天分量的饭菜给撑了进去，肚子已经鼓成了一个球，胀腹感太过强烈，她有一种随时都可能会吐出来的感觉。

颜泽十分爽快地付了钱，向来冷漠的脸上也破天荒地露出了笑意，领着她上车开回了小区。

童雀咬咬牙，拍着小胸脯告诉自己，至少出钱的那个人不是她！

但摸摸肚子，她还是觉得自己被坑了，这点钱对他而言就跟她发一毛钱的红包一样，而他用"一毛钱"的价值，整了她还顺带看了出好戏。

无商不奸啊！

等到了小区，见颜泽也跟着一起下了车，童雀立马警惕地看向他："你也要上去？"

"嗯，有事找你。"颜泽锁上车门，走过去准备按电梯。

就在这么几秒钟的时间里，童雀的脑袋里闪过一系列他占领她房间的套路。

昨晚自己对月控诉的心酸情景还历历在目，一个人，一轮月，一张沙发……

是什么致使单身女性有床睡不得，又是什么导致她望月空流泪？

是软弱！

那窄小的沙发导致她的背难受了一天，她绝对不要再睡沙发了！

童雀的身体被“绝对不能让他进公寓”的信念驱使着，说时迟那时快，她一个箭步超过他，一把捂住按钮阻止他的动作。

童雀整个人犹如惊弓之鸟：“就在这里说完吧，以后不用这么麻烦，直接电话找我就行了。”

颜泽微微眯着眸子，眼神犀利得像是已经看穿了她的心思。

童雀心虚地别开视线：“说吧。”

过了好一会儿，才听到他的声音从另一个方向传出：“还不进来？”

童雀扭头就看到颜泽站在电梯里，一脸扬扬得意的模样，似是在嘲笑她多此一举。

“颜泽，你该不会是又想住我家吧？”她惊恐万分。

颜泽没有否认。

“我建议你搬家，这里环境不太好。”

“好的。”

——但我不接受你的建议。

不付房租还对她颐指气使的也就算了，现在还蛊惑她花更多钱租个环境更好的房子！

门都没有！

颜泽强硬地转移了话题，而她由于太过在意他要坑她钱的问题，以至于忘记了阻止他进门。

原以为颜泽也就昨天晚上临时住一晚，没想到他竟然又来了。童雀老老实实地帮他把被子抱出来，自己捧着被子睡了沙发。

再也没有比她更软弱的人了，嘴上功夫都比不过他，更别提身手了，他那结实的身材可不是开玩笑的。

见颜泽还带了睡衣，童雀只是淡淡地瞥了他一眼，什么都没说。

颜泽站在沙发边，整个身体的重量都放在右脚上，双手抱臂，一副揶揄的表情俯视着她：“妥协了？”

她依旧闭着眼，唯有微微颤动的睫毛证明她此刻仍旧是清醒的，紧接着耳边传来他平静的声音：“你起来。”

“说完这事我就走了。”颜泽又补充。

童雀一听，猛地睁开眼睛，头顶那张无懈可击的脸带来的视觉冲击太过震撼，使得她立马盘腿坐起来，动作如行云流水。

颜泽："……"他坐到童雀对面的沙发上，本能地拿出了平日里谈判的架势，从气势上压得童雀矮了一截。

"这几天我妈有没有来过这里？"

童雀的瞳孔骤缩，咽了口唾沫，一口咬定："没有啊，我从来没见过有人来。"

颜泽轻挑眉头看她："我不是人？"

"不不不，我不是那个意思。"

"如果她来了，立刻联系我。"

童雀点头如捣蒜，一反常态，变得十分乖巧。

"还有一件事。"

她警惕地抬头，瞥见他那淡淡的脸上似乎写着五个字——坑你没商量。

"明天额发你一份文件，注意及时查看邮箱。"

"……"

还没上班就有工作任务，果然资本家都喜欢剥削底层劳动力，童雀心里暗暗骂了几句，但还是点了点头。

"做不好，下个月就不用去报到了。"

童雀马上抬起头来，眼神坚定地用力点头以示诚心。

适当的服软才是聪明人的表现，社会啊社会。

见颜泽起身，童雀也跟着站了起来，脸上的笑意多了几分，热情地将他送到了门外还不停地向他挥手："颜总，您慢走！"

颜泽看也没看她，径直走进了电梯。

关上房门，她长舒了一口气，总算是把这尊大佛给送走了。

童雀喜滋滋地进了房间，正打算上床睡觉，却被房间里那股浓重的怪味给熏了出来。

白天忘记开窗通风了，也就是说那三种食物的味道中和了一天都没散出去。

刚才颜泽似乎是进了房间一趟才出来的。

她就说嘛！他都带了睡衣了，怎么可能突然良心发现走了？

敢情他原本还是想住下的，结果被这味道给熏走了。

尽管颜泽没住下，但她还是只能睡沙发。

本是想整颜泽，万万没算到那家伙也不是非住这里不可，到最后整的还是她自己，她叹了口气，把两张沙发拼接一下，重新窝回了沙发。

一晃又是五天过去了，颜泽中间还带童雀回家见父母吃饭，这结果当然是可想而知的，颜泽的老妈万芳对这个儿媳妇表达了相当大的不满，而且在听说两人已经结婚的消息后，更是恨得连翻白眼，大骂颜泽不孝。

不管万芳再怎么生气，颜泽都是一副面无表情的模样，气得万芳直接把他们给赶了出去。

颜泽把童雀送回家就离开了，经此一遭，她倒是从他们母子的争吵中看出了些苗头来。

原来万芳对儿媳妇早有人选，只是看样子颜泽对那人没什么意思，所以跟她闪婚多半也有这一星半点的原因在。

童雀遵从颜泽的安排住进了日荔湾，时间过得很快，一转眼她已经进华锐工作三四天了。

两天后，童雀还真见到了万芳属意已久的未来儿媳许攸冉。

对方表面和气温柔，其实言语里冷嘲热讽。

童雀随口敷衍几句，却叫许攸冉误会是颜泽爱上了童雀，而后霸道的颜泽利用总裁的便捷威胁员工跟他结婚。

童雀没机会解释，也不知道该怎么解释。

许攸冉的态度瞬间来了个一百八十度大转弯，并明示童雀帮她追颜泽，事成后不仅会给童雀更好的服装设计资源，还会给她一笔钱。

童雀也很无奈。

唉，有钱人解决问题的手段还真是千篇一律，没有一点新意。

不过好在那以后许攸冉也没再来过，童雀也就很快把这一段插曲给抛到了脑后。

这天一大早，设计部的员工全体到齐，陈放见状，走出办公室，拍了拍手说道："各位，准备一下手册和电脑，待会儿去会议室开个部门会议。"

见众人都忙活起来，童雀有些发蒙，碰了碰姚檬问："你知道待会儿要做什么吗？"

姚檬停下动作看向她："你是说待会儿的会议？"

童雀点头。

"好像公布咱们试用评定结果的事吧，我也不太清楚，可能还有别的事呢！"姚檬看了周围一眼，轻声道，"否则为什么大家都这么严肃认真的样子？"

顺着姚檬的视线，童雀的目光在设计部里转了一周，果然发现每个人脸上的表情都很庄严郑重，像是临上考场前的考生。

根据从前的经验，童雀估计是部门里的设计师有竞争之类的比赛了，否则这气氛也没必要这么凝重。

但如果有比赛，总不可能她们两个新员工一点风声都没听到吧？！

会议室。

"今天有两件事要宣布。"陈放坐在上首，正色道。

"第一件事是关于两位新成员的，"她顿了顿，继续道，"恭喜姚檬和童雀两位实习生成功通过了三天的测试考核，正式成为我们设计部的一员。"

热烈的掌声响起，每个人脸上的凝重散开，笑脸相向。

"你们可以说说这几天在设计部工作的感想啊！"陈放笑着说道。

姚檬和童雀对视一眼，姚檬露了怯，童雀便率先站了起来。

"这几天在设计部工作，刚开始有些不能适应工作，总是给各位拖后腿，多谢大家的体谅和帮助，太官方的话就不说了，咱们中国自古以来都是酒桌上见真情，等发了工资，我请大家撮一顿。"

前面的话都是官方的，后面的话才是真的引起了众人的兴趣。

如果一起进来的员工也是个老油条，这会儿听了童雀这话只怕是要对她有想法了。

但所幸姚檬初入职场，天真单纯得很，还不知职场险恶，所以童雀才说了这番话。

在职场上，都是讲究利益的，也不能说这一招是收买人心或是讨好别人，只是让别人别给自己使绊子就好。

姚檬随即也站了起来，腼腆地笑着附和："童雀的工资加我的工资，咱们设计部能吃一顿好的啦！我也在这里谢谢各位前辈的容忍，今后我会加倍努力，不给大家添麻烦，为成为设计部的中流砥柱而奋斗！"

姚檬说完，掌声更甚了，因为能吃顿非常好的了。

大家这两天因两个实习生而积压的一些不满顿时因为这顿豪华版饭局烟消云散。

"好，那我也在这里谢谢你们啦！"陈放很快敛起笑容，"接下来就是宣布第二件事了。"

众人翘首以待。

陈放双手合十："是这样的，下个月，会有一个大型的国际设计交流大赛在我们市召开，到时候国内外很多大小公司也会去参加，咱们公司高层决定让旗下的珠宝设计师以及服装设计师去参加比赛。"

众人惊愕，近日设计部有大事要发生，同事私下也有过猜测，只是没有实锤，亲耳从陈放嘴里听到，众人还是惊讶了好一会儿，似是不敢相信设计部也有机会去。

"所以，针对此次大赛，设计部内部，本月会举行一次服装设计比赛，届时择优代替公司参加比赛。"

"总监，这是真的吗，我没听错吧？"阿欢面露喜色，"咱们设计部竟然也能参加了？我记得三年前的大赛，公司可是不同意咱们去呢！"

陈放冲阿欢一笑："这都是大家努力的结果，公司也是看到了咱们设计部的努力和发展前景了。"她拍了拍手，吸引大家的注意力，"所以，大家都踊跃报名，打起十二万分的精神，拿出你们最好的水平，为公司争光！也为咱们设计部争光啊！"

这一句"为公司争光"意味着如果能在设计行业站稳脚跟，以后就算出去单干，也有底气和名头。

说白了就是升职加薪！

众人一副跃跃欲试的模样，除了一个人。

散会时，童雀见姚檬低着头，一脸沮丧，便轻轻问了句：“怎么了？”

姚檬问：“雀雀，你报名吗？”

童雀毫不犹豫地点了头。

姚檬叹了口气：“我估计我没戏，刚进公司，部门的很多规矩和工作我都没完全弄明白，这个月还要准备图纸比赛，估计会累得够呛，我还是不报名了。”

“参加也不一定是为了进决赛，多看看别人是怎么设计的，增加增加个人的知识面和阅历也好啊！”童雀说完随即拍了拍姚檬的肩膀以表安慰，“更何况，你还年轻，年轻人就是要无惧失败，硬着头皮往前冲啊！”

姚檬被她加油的动作逗乐，可神情依旧惆怅，童雀便也不再多说。

在陈放宣布了大赛的消息后，除了姚檬，其余的人都报了名，每个人都斗志昂扬地做着手头的工作。

大多数人的工作效率都提升了不少，也是为了能多出一些时间来准备比赛。

陈放正查看着邮箱，忽然看到了一封来自童雀的邮件。当打开邮件看到那张已经修改完毕的设计图后，她沉默了，握着鼠标的手半晌都没动静。

她一直在外接设计单子，没想到这封邮件竟然被她一时失手发了出去，还被童雀给改了。

这段时间，客户一直对她的这份设计图不太满意，她改了三遍，对方依旧提出了不满意的地方，陈放都快觉得对方是故意找碴了。

直到此刻，看到屏幕上完全符合客户要求的设计图，她拧了拧眉，然后将设计图署名改了，最后点击了发送。

童雀累了一天，终于等到了下班，她跟着两个同事一起下了楼。

门口停着一辆法拉利，通身不染一丝尘埃，车身亮得能照出人影来。

“哇，法拉利！”姚檬拉着两人的袖子激动道。

阿欢抱胸笑道：“走吧，咱们这种穷人还是坐坐公交车算了。”

三人正要离开，却见驾驶座的门打开，那人叫了一声：“童小姐。”

听到声音，童雀当下就反应过来。

不是说好今天晚上不用来接她？

察觉到两个同事震惊的目光，她讪笑几声，忙解释："我不认识他！大概是路过的。"

两个同事吞了吞口水，谁会信她的话？

开着这么高调的车，她还是尽早离开的好。

童雀有点想哭，她不过是早上忘记说一句别停在显眼的位置，车就开过来了。

这下只能回去再给这两人解释了。

童雀留了句"晚上微信聊"，便上了车，扬长而去，只留下姚檬和阿欢两人面面相觑。

"师傅，你以后别来接我了，我自己能回家。"

司机小王手握方向盘："那怎么行？颜总说了，一定要接您上下班。"

童雀的心顿时一沉，忧心忡忡，坐着豪车上班的小职员怎么也得经受一番流言蜚语，她觉得她有必要就这件事跟颜泽好好谈谈了。

车驶进日荔湾，童雀只见自家门口停着一辆陌生的车。

资本家就是不一样，别人是穿衣服不带重样的，颜泽是开车也不带重样的，佩服佩服！

杨阿姨开了门，面露难色："太太……"

"怎么了？发生什么……"

话音未落，就听见一道阴阳怪气的声音从她身后传来："雀雀回来啦！"

这声音……

不会错的，一定是那个见面就甩钱给她的贵妇，也就是她现在的婆婆！

只见万芳一脸笑意盈盈地走了过来，要不是见识过几次她发怒的模样，童雀简直都要相信这是她发自真心的笑容了。

换上拖鞋，童雀讪笑几声："伯……母，您怎么来了？"

"都是一家人了，还叫伯母做什么？怎么也该跟颜泽一样叫我一声'妈'了。"万芳一脸嗔怪的笑。

在童雀干干地叫了一声“妈”后，万芳自然而然地挽住了她的手。

“雀雀，你要看什么电视？

“雀雀，要不要吃点水果？

“雀雀，你喜欢吃什么水果？”

……

两人坐在沙发上，万芳一直热情地招待着她，童雀却如坐针毡。

童雀偷偷地瞄了万芳一眼，万芳正好扭过头来，两人视线相碰，万芳绽开慈祥的微笑，她忙别开脸装作没看到。

这一定不是真的，颜泽他妈是吃错了什么药？怎么突然对她这么好，难道她是打算改用怀柔政策？

“雀雀，晚上你想吃什么？妈做给你吃。”万芳“温柔”地看向她。

童雀扯着嘴角：“那怎么好意思呢？还是让……”

后面的那句“杨阿姨”还没来得及说，万芳就高声惊呼：“雀雀要亲手做给我吃？那可真是太好了，想不到你小小年纪，还会做饭。现在外面的小姑娘，一个个本事没有，连饭菜也不会做，还眼高手低，你真叫妈妈刮目相看啊！”

“……”童雀想哭，给她戴了这么高的一顶帽子，她还能拒绝？

童雀的脑袋里闪过宫斗剧里的情景。

女配在女主做的饭菜里下了毒，然后让自己中毒，为的就是陷害女主。

想到这里，童雀的眼睛猛然瞪大，瞥了一眼正兴奋着的万芳。

难不成颜泽他妈也想用这招？

够狠啊！

童雀心里七上八下的，只希望这尊大佛安静地吃完饭赶紧回去。

可是她现在面对的第一个问题就是：她不会做饭。

没错，在国外的时候，童雀只图吃饱就行，哪还会自己做饭来改善生活？没饿死都是好的。

原本想寻求杨阿姨场外帮忙，可杨阿姨被万芳叫出去买蛋糕了，以至于她孤立无援，只好上网查怎么做菜。

童雀的手指滑了几下，当即决定做什么菜，那些菜光看着图片就挺不错的。

童雀高估了自己的动手能力，如果说她的手在设计上是灵活的小手，那她在做饭上就是生锈的机器手。

四十分钟过去了，童雀捂着脑门，看着台面上那几道图文不符的菜，想要重做，可外面的万芳等不下去了。

“雀雀，你做好了没，要不要妈妈来帮帮你？”

“不用了，已经好了，妈，你坐着看电视就好！”

“雀雀还真是孝顺啊！”万芳的感叹声刚停，待目光落到童雀端出来的第一盘菜上，她瞬间沉默了。

依稀可以辨别出这是番茄炒蛋。

万芳数落她的目的达到了，可想到一会儿要将这些菜给吞进肚子里，她就肚子疼。

当童雀将剩下的四盘难辨原形的菜端出来后，场面一度十分尴尬。

万芳顿时有些后悔自己想出这么个主意了，这到底是让新媳妇知难而退，还是捉弄她自己呢？

她指着桌子上的菜，问道：“这是番茄炒蛋，那这四道是什么？”

童雀尴尬地笑了笑，一一介绍道：“这是红烧土豆片。”

黑得爹妈难认。

“这是冬瓜汤。”

汤……在哪里？

“还有红烧肉和油焖大虾。”

确定不是油炸的？

“雀雀，”万芳放下了筷子，一本正经道，“颜泽他的嘴刁得很，你平时就是做这些菜给他吃的？”

童雀有些不敢看她，她向来惧怕长辈，更何况面前这人还是她名义上的婆婆。

“平时都有杨阿姨。”童雀的声音轻到她自己几乎都听不见。

“要是出去了呢，要是杨阿姨辞职了呢？”万芳一脸正色中带着不悦，“不是我说你们，现在的年轻人就知道上外面吃饭，外面的东西哪里有家里的卫生？你要是自己学会了做饭，还用等着别人做？想什么时候吃就自己做，别总是依赖别人！”

童雀将脑袋压得低低的，悉心听着万芳的教导。

权当万芳是自己领导的妈妈，她领着颜泽的工资，总得接受领导的这张嘴吧！

她无所谓万芳是怎么看她的，反正她也不是真的要讨好这位婆婆，

稳住！她能赢！

万芳叹了口气：“既然如此，这段时间，我就住在这里了，教你怎么做菜。”

童雀猛然抬起头：“妈，不用了，有杨阿姨在，她会教我做菜的，我以后一定好好学。”

天知道万芳在这里她会遭受怎样的狂风暴雨，这事可没辞职不干这么简单！

这还不是最重要的，如果万芳住下来，就会发现日荔湾只有她一个人住。一对新婚夫妻能经常分居？只怕很快就会被她发现他们的婚姻是假的。

“杨阿姨哪里知道颜泽爱吃什么？你既然跟颜泽结了婚，当然要经常做他爱吃的菜。”说着万芳已经起身朝厨房走去，“走，今天教你做一道黄金虾。”

童雀哭丧着脸问道：“妈，您住在这里，那爸怎么办？”

“放心，家里有吴妈在。”

“……”

童雀急得抓耳挠腮，好不容易找到了机会偷偷打了个微信电话向颜泽求助，却没人接。她已经往最坏的方向想了，要是被发现了，那他们的婚姻就到此为止，而她也能拿到五百万。

这也不亏啊！

想到这里，她的心情突然好了起来，连带着听万芳啰唆她笨手笨脚时都笑着接受并积极改正。

外面传来动静，童雀以为是杨阿姨买蛋糕回来了，端着第一道菜走出厨房，没想到迎面撞上了颜泽。

“你怎么回来了？”童雀惊呆了。

第三章

意恐迟迟归，跟你学做鱼

几天没回来，颜泽的头发似乎短了一些，却更显干练和成熟。

万芳在厨房里听到声音，鹰隼般的眸子里闪过一抹讶异。

颜泽挑了挑眉，嘴角勾起一抹温暖的笑，他上前揽住童雀：“想给你个惊喜，刚下飞机就往家里赶，怎么，不想我？”

童雀愣住了，能让他露出这副样子，除非他知道他妈也在家。

这时，身后响起一阵咳嗽声。

颜泽松开了搂着她腰际的手，揽住她的肩膀，看向万芳问道：“妈，你怎么来了？”

万芳的神色晦暗不明：“我是来教雀雀做菜的，雀雀，你说是吧？”

颜泽的目光瞬间就回到了童雀脸上，她仰着头冲他灿烂一笑：“是啊，妈说要住几天，教我做菜。”她咬着牙道，给颜泽使了个眼色。

颜泽接收到信息，扭头道：“你住这里，爸怎么办？”

“你还管他做什么？家里又不是没东西吃，雀雀厨艺不好，我当然要教她怎么做菜了。”

“这里有杨阿姨。”

颜泽提出的问题，童雀早就提过了，以至于万芳都不需要怎么想理由就逐个击破了。

夫妻二人双双败下阵来。

颜泽低头，冲着童雀笑道："既然妈愿意教，那再好不过，你可要好好学了。"

他着重加强了"好好"两个字，声音里的威胁很明显。

言外之意，只要她快点学会，他妈就能早点离开了。

"妈，你先吃，我先上楼。"颜泽道。

童雀如坐针毡，对付完他妈，还得被他对付，这日子是没法过了。

她正要去厨房拿碗筷，就听楼上的人道："老婆，你送我的那条领带在哪里？"

童雀："……"

她怎么不知道她送过他领带？

还老婆，他怎么能叫得这么自然？

童雀拧眉一想，很快明白过来他这是叫她上楼。

"哦，我来帮你找找。"

万芳看到房门关上后，脚尖点地地跟着上了楼。

房间一度陷入了沉默中。

"怎么办？"童雀问道。

"还能怎么办？妈愿意教你，你就好好学，讨好婆婆总会吧？"

讨好婆婆？亏他说得出口，这是她婆婆吗？

"我每天在公司就已经够累的了，回家还要继续学做菜，凭什么啊？"她压着怒意道。

"这话你可以当着我妈的面说。"

"……"她要是不尿，早就说了，可她不就是尿吗？

"其实……"童雀神色凝重，"她也不是我真妈，我把她讨好了对我也没有好处不是？"

门外的万芳眉毛一挑，正要继续听下去，楼下就传来杨阿姨的声音："夫人，您怎么不进门去？"

里面的两人顿时明白过来，颜泽不紧不慢道："虽然她不是你亲生的妈，但她是我亲妈，你嫁给了我，就要好好对她，知道了吗？"

“知道啦！”童雀叹了口气，“老公！”

童雀也是演技派，随即起身：“老公，领带大概是找不到了，我下次给你买条新的吧！”

颜泽点头，开口道：“好好对咱妈就行。”

“行吧，嫁鸡随鸡，嫁狗随狗，你妈就是我妈，我一定对咱妈好！”

两人开门的时候，万芳已经下了楼，一脸正色，好似刚才被杨阿姨抓包偷听的人并不是她。

万芳很不高兴，她不喜欢新媳妇还能理解，凭什么新媳妇还嫌弃她这个婆婆，她是长得不好看还是态度不好了？

但她又不能当面说出来，毕竟刚才那是偷听，怎么也得放在心里。

她眸色变幻，看来她要好好整治整治这个媳妇，让她知道在儿子心里，这个妈比她这个媳妇更重要。

“杨阿姨，把蛋糕拆了吧，不用插蜡烛了。”万芳吩咐道。

夫妻二人也已入座，桌上四菜一汤，不得不说无论是卖相还是味道都很不错。

“雀雀，这道黄金虾学会了没？”

童雀讪笑几声：“步骤大致上是记住了。”

“那明天晚饭你来做，我验收验收成果。”

“……”早知道她就谦虚一点了。

一顿饭除了童雀，其他两人都吃得很高兴。

万芳住在二楼童雀原来的房间，一时之间，童雀不知该怎么办，颜泽倒是十分自然地勾着她的肩进了自己的房间。

等关上了门，童雀一下挣开：“你干吗？”

颜泽凑近她，不悦地出声：“按照协议，你要配合我演戏，难道你想让我们的关系暴露吗？”

这话威胁的意味很明显，颜泽黑着脸，气氛一瞬间冷了下来，周围的空气冻得她心慌，她的气焰顿时消散。

童雀嘟囔着：“可是，协议上也没说要睡一个房间啊！”

颜泽挑了挑眉，嘲意分明：“你放心吧，我的眼光还不至于这样差。”

“……”

童雀站在原地思索许久该怎么反击颜泽，刚想到了说法，却被一块从天而降的毛巾盖住了脑袋。

“去洗澡。”

童雀扯下头上的毛巾：“你先洗！”

孤男寡女共处一室，她先洗了澡，带着氤氲的雾气，洗完澡脸红扑扑的，万一他兽性大发怎么办？

这真不怪童雀脑补太多，是她小说和电视剧看得太多了。

“你知不知道你现在很臭？”颜泽毫不留情地讽刺道。

臭？

童雀扯起袖子闻了闻，不臭啊！

耍她？

童雀抬头却瞧见他憋着笑的脸，一怒之下，转身进了浴室。

万芳在房里听得心急，无奈房间的隔音太好，她根本就听不到隔壁房间发生了什么，最终只好放弃，决定上床睡觉，顺便思索明天怎么整治童雀。

没错，她的计划有两条，要么抓到他们假结婚的证据，要么就长期欺负童雀，因为搞不好婆媳关系而离婚的事例，她见得多了。

热水从头顶泻下，冲散了童雀一天的疲惫，也让她冷静了下来。

洗完澡她才发现没拿睡衣，只好裹上浴袍出去，颜泽随即进了浴室。

看着房间里唯一的一张床，她像是想起了什么，一个箭步跳到床上，盖上了被子。

正当她为自己的小聪明暗自窃喜时，一条短信吸引了她的注意。

“你不会是反悔了吧？你答应我的事。”

是许攸冉。

童雀这才想起来，之前许攸冉单方面做出了让她提供“求爱大作战”idea的决定。

说实话，童雀并不反感这个决定。

关键是，到底该怎么让颜泽喜欢上许攸冉呢？

凭借许攸冉的姿色，想要让一个男人喜欢上她，应该不难。这事最困难的地方在于，许攸冉是万芳安排的，对于颜泽这个内心叛逆的霸道总裁而言，他不喜欢别人替他安排他的人生。

也就是说，许攸冉这出场方式就不太对。

沉默许久，她还是回了一条“心急吃不了热豆腐”。

对方再没回音。

颜泽出来的时候，看到的就是童雀捏着手机若有所思的模样。

感觉到床垫明显的凹陷感，她下意识地拉起被角，一脸戒备地问道：“你干吗？”

“房间里只有一张床。”

“还有一张够大的沙发。”童雀顺着他的话说道。

颜泽睨她，眼神里满是警告：“这是我的房子。”

可在她的地盘上，床还不是一样被这家伙给占了？

童雀的气焰在颜泽直白的眼神下蔫了下去，她拉开被子下床，认命地走向沙发。

颜泽本想让她也睡床上，但想到她那一脸戒备的模样，话到嘴边，又改了：“柜子里还有一条被子。”

躺在沙发上，童雀心想，这真是一个没有绅士风度的男人，电视剧里不都是男主睡沙发，女主睡床吗？

不过现在吃人家的，住人家的，连出行都是人家接送……

对了！接送的事！

“颜泽！”她大声叫道，“你睡了吗？”

颜泽叹道：“原本是睡着了的，怎么了？”

如果童雀现在反悔想要上床睡觉，他可是不会同意了。

“我能跟你商量一件事吗，你能不能让你的司机不要接我上下班了？”

颜泽一愣，问道：“为什么？”

“我们现在的关系没几个人知道，我现在就是你们公司设计部的一个小设计师，不至于每天上下班都是豪车接送吧？”

她说得有道理，颜泽想了想，道：“随你。”

见他松口，童雀终于松了一口气，翻了个身，闭眼就要睡，又听他道：“如果你不想每天都睡沙发，你就好好跟我妈学做菜，这样她才能早点走，明白？”

她当然明白，只是这明白是一回事，能不能学得好又是一回事。

“明白。”她泄气地出声。

童雀忽然又想起今天的惊险，再次问道：“你今天怎么突然回来了？”而且他当时的表情似乎是知道他妈来了。

“杨阿姨给我打了电话。”

原来是这样。

“你提醒了我，作为你的婚姻伴侣，我却没有你的私人号码，像样吗？”

颜泽被她逗乐了：“号码。”

“什么？”

她转身正好看到颜泽拿着手机，于是报了一串号码，颜泽打了过去又挂断。

“以后再有情况，给我打电话。”

“哦。”童雀脑海里突然浮现黄世仁强迫喜儿嫁给他的场景。

虽然不至于是强迫，但他们各自的阶级地位多多少少也有些相似，童雀看着这串号码，突然有了恶作剧的心情，她的手指灵活地触摸键盘，备注名——黄世仁。

两人谁也没说话，房间里陷入了一种诡异的安静。

忽然，童雀轻轻地试探出声：“你睡了吗？”

再次被吵醒的颜泽强忍着怒意：“又怎么了？”

童雀心大，没听出他的不悦：“有件事，困扰我很久了。”

“说。”颜泽咬牙。

“你说你长相不错，家世也不错，怎么三十一岁了，连个女朋友都没有？”童雀本来是没这么八卦的，但这些话都是为了后面作铺垫啊！

皎洁的月光透过窗帘间的缝隙从外面倾泻进来，驱散了房间里的黑暗。

颜泽看着窗边的沙发，沉沉道：“男人四十岁未成家是黄金单身汉，女人超过三十三岁还单身就是黄金剩女。你现在二十四岁，到三十三岁还有九年，我到四十岁也还有九年，同样还有九年，九年后，你是黄金剩女，而我还是黄金单身汉。”

“……”

这日子没法过了。

童雀咬咬牙，她跟颜泽之间的差距也就是钱和颜值了，这颜值不够钱来凑，等两年后，她就是富婆了，到时候还怕嫁不出去？

为了日后的富婆生活，她忍了！

“你说得有道理，不过人一辈子能活多久？单身四十年，那也太悲催了，你就没想过要找一个女人成家？”

颜泽挑了挑眉，察觉到她话有所指，纠正道：“我现在已经成家了。”

“我是说真的！”他们这是契约的，能一样吗？

“我们的婚姻是受法律保护的，所有的流程都是走的正常程序。”

“……”

童雀捂着脸哭笑不得，她觉得自己跟颜泽是没法交流了，她根本就没办法引出后面的台词啊！

于是她只好植入硬广：“咱们现在也算是有革命友谊了，站在客观的角度来说，我觉得许攸冉这人还是挺不错的。”

见他不说话，她只好继续试探他的口风：“上次凑巧见了一面，挺好相处的。我还以为这一面见下来要打架呢！她说她不介意丈夫出轨，这年头能同意丈夫在外面有小三，还对小三……呃，我不是说我是小三啊！她当时也是误会了。总之，我觉得她挺不错的，你不喜欢她，不就是因为这人是你妈选的？

“你们这种总裁型的，我见得多了，无……”

“见得多了？”他忽然出口。

童雀忙解释道：“这个不是重点！”她能告诉他，她看过数以千计的总裁文吗？

“你们无非就是想反抗家里的安排，其实，你想想，这年头，门不当户不对的，三观很难一样，阶级地位普遍地决定了思想高度，我看许攸冉挺好。”

“她给你钱了？”

“啊，是……”童雀脸上的笑容一僵，忙道，“什么是，她给我钱干吗？我这都是出自革命友谊，给你的真挚建议！”

童雀的声音中透着怒意：“真是狗咬吕洞宾不识好人心。”

“你骂我？”

颜泽这个人喜怒无常，童雀担心挨揍，连忙改口：“吕洞宾咬狗！不识好人心，行了吧？”

童雀又轻声骂了几句，用力地翻了个身，背对着他闭上了眼，她面上态度强硬，心里却慌得很。

糟糕，刚才为许攸冉打的广告太硬了，差点被他看出来了。

看来以后为许攸冉刷存在感要注意点了，万一被他察觉出来，可是要封号的啊！

颜泽看向沙发，像是要穿透沙发靠背，直接看透沙发上的人的心中所想一般，思绪飞转之间，他的嘴角勾起一抹了然的嘲意。

然后转了转眼珠，闭眼睡了过去。

为了能代替公司出战国际设计大赛，设计部的每个人都斗志满满，平时准时下班的众人今天都心照不宣地加了班。

童雀也想抓住这个难能可贵的机会，正画着设计草稿，电话响了。

一看屏幕，是个陌生号码。

童雀狐疑地接起：“喂？”

“雀雀，还没下班吗？再不回来今天可要学到很晚了。”

童雀的心顿时开始狂跳起来，她竟然忘记这一茬了。

“我在加班。”她抱着万芳能良心发现的可能试探道。

“哦，加完赶紧回来，我让司机去接你，回来学还来得及，你先忙吧。”

“……”

电话挂断后，童雀拿着手机生无可恋。

为了让她早点回去学做菜，还专门让司机来接她，这叫个什么事？

心情一不好，画图的灵感也没了，她索性收起了画纸，成了今天走出设计部的第一人。

下楼在门口等了一会儿，才发现司机小王竟然已经来了，她想了想，环顾四周，见没人看到才坐了上去。

陈放刚从地下车库上来，正好看到一个不论是穿着还是背影都跟童雀很像的人上了一辆迈巴赫。

这发现让陈放忘记了开车，直到后面的车按了喇叭，她才回过神来换挡。

“师傅，以后就不用接我上下班了。”为了防止小王搬出那尊大佛，她又加上一句，“这是你们家颜总说的，不信你可以去问他。”

小王听她这么一说，立马就慌了：“太太，是我哪里做得不够好吗？”

“不是不是，你开的这车会让我有压力。”她紧张得双手交叉摇摆，“你也知道，要是传了点不好的流言蜚语，可就不好了。”

听她这么说，小王才放下心来，不再多说。

童雀看着外面的路况，仿佛就是暴风雨来临前的平静，后面正有疾风骤雨等待着她。

到家后，她刚打开密码锁，“疾风骤雨”就来了。

万芳穿着一条咖色连衣裙，走过来，一脸笑意：“雀雀，有个好消息要告诉你。”

“什么好消息？”童雀换上拖鞋，心里一跳，难不成今天不用做菜了？

那可真是个好消息，天知道她今天有多累。

“颜泽说他今晚不回来了，所以今天你可以跟妈学做一晚上的菜，直到你学会为止。”

“……”童雀强扯出一抹笑意，“哈哈哈，真是个好消息啊！”

天，谁来给她一刀？鬼知道她什么时候能学会。

颜泽这个没良心的，还说是统一战线的革命同志，他竟然背叛了革命，留她一人接受暴风雨的洗礼。

今天的主要任务是展示一下昨天学的黄金虾以及再学一道新菜糖醋鱼。

当她第三次将基围虾给处理得没多少肉后，万芳就打消了教她学新菜的念头，她甚至觉得自己不用发难，童雀也能遭罪。

“你不能这么掰，你这把肉都给撕了。

“你得这样，没错，对了。

“哎！别！你拿错了，那不是生粉，得用生粉才行！腌三十分钟。

“别……”

童雀蠢得让万芳忍不住发了脾气：“黄金虾这么简单你也做不好，你到底会不会做菜，你平时难道都不做菜的吗？调料也能拿错！”

童雀也被自己蠢到了，可她还是忍不住委屈，但面前的人是雇主的母亲，她一打工的，怎么能犯上呢？

这么一想，她又忍了下来。

万芳首先败下阵来，气得直摇头：“你自己做吧！我是没法教了，就没见过比你还不会做菜的人！”

她边说边走出厨房喊道：“杨阿姨，今晚吃饭不用叫我了，气都气饱了！”

杨阿姨自然也见证了厨房里的全过程，有些同情地出声：“太太，没事吧？”

童雀看着台面上四盘卖相不佳的黄金虾，尝了一口，这也太难吃了。

她眉头一皱，尽数倒进了垃圾桶。

“没事。”

“太太，要不然我帮你做吧！”杨阿姨的意思是帮她作弊。

可童雀的犟脾气也上来了，她摇头拒绝了。

万芳激起了她的斗志，她一定要做出一道让万芳挑不出毛病的黄金虾来！

用厨艺让她臣服！

斗志激起来容易，可做起来就难了。

不过小错误也没再犯，主要的问题就在于味道太偏，童雀有些不明白，调料的顺序和分量都是按照比例放的，最后的味道为什么会大不相同？

杨阿姨一直站在一旁，帮她看着，见她没了小错误，心里的石头也落下了一半。

开锅装盘后，童雀忍不住试吃了一下。

似乎也没刚才那么难吃了，她像是摸索到了门路，眼睛一亮，重新燃起斗志。

再来一次，应该能行！

童雀接着处理基围虾，一切步骤她已了然于心。

这已经是第六盘黄金虾了，想到垃圾桶里死去的虾兵虾将们，她就一阵肉疼，一定要成功啊，否则还得浪费虾。

童雀夹起虾肉，却不敢尝了。

她想了想，开口道："杨阿姨，你来尝尝吧。"面前却突然出现一道高大的身影，凑到她身前，夹了一筷子虾肉放进嘴里。

童雀惊呆了，扭头看了看周围，哪里还有杨阿姨的身影？

"你怎么回来了？"不是说好了今晚不回来？都是套路啊！

"忙完了就回来了。"其实颜泽是担心回来太早要帮忙试菜。

事实证明，他的决定是正确的。

"虾肉还是有点老，起锅晚了点，咸蛋黄你放得太少了，导致咸味不足。"他端起盘子，夹了一块虾肉观察道。

听他这么一说，童雀重拾的信心瞬间就褪得干干净净。

她靠在台面边，丧气地垂着头，小声道："颜泽，我觉得我还是向你妈举旗投降吧！我不是做菜这块料。"

颜泽眉头一拧："这样就放弃了？"

"还真是，你手上这一盘已经是第六盘了，再这么做下去，我都要崩溃了。"她抱着头，"我从来没觉得自己这么没用过。"

"其实，你已经做得很不错了。"他道。

童雀轻笑："不用安慰我了，我知道自己几斤几两重。"

"不信你可以尝尝。"他将盘子和筷子递到她面前。

她闻着香味，不信邪的念头再次燃起，尝了一块，慢慢地咀嚼着，随后难以置信地看向颜泽。

味道明明很赞，甚至比昨天万芳做的还要好，他为什么说咸味不足，他口味这么重？

颜泽也不知是故意还是恰好，转过了身去，让她看不到他真实的表情。

她这会儿高兴，也没心情去探究他刚才说口味淡了是故意打击她还是怎么，立刻叫杨阿姨也过来尝尝。

得了杨阿姨的肯定，童雀头上的阴云很快就散开了。

万芳虽然气得不行，但听到儿子回来，还是下楼吃了饭，在吃到童雀做的黄金虾后，神色一变，依旧镇定，却没说一句不好。

童雀心知黄金虾这一关算是过了。

吃完饭，万芳留下一句："这次做得还行，黄金虾算是比较简单的，明天我教你做鱼。"

童雀觉得她应该无缘设计大赛了，别人都一分钟当作十分钟来研究设计，她却在家学做菜？

为了让明天学做菜能轻松一些，她一洗完澡，就看起了怎么做糖醋鱼的视频。

总之先将步骤记下来，预习总是没错的。

不看心里瘆得慌，看了心里更慌，这处理鱼就是首要的困难。

好记性不如烂笔头，她将一些容易忽略的要点给记了下来。

颜泽正要去书房拿份文件，却看到电脑桌前的某人，一脸斗志地拿着笔孤军奋战，就差在额头上绑一根红绸以表决心了。

"你在干吗？"

"考前复习。"童雀的语速加快。

他一愣，走过去，拿出抽屉里的文件，瞄了一眼电脑屏幕，嘴角抽了抽："不就是做个鱼，至于这样？"

颜泽要是不出声还好，他这一出声，童雀就炸了。

"什么叫不就做个鱼？你也听到了，你妈说了，黄金虾是最简单的一道菜，我都学了这么久，要是做鱼，我不得熬夜才能得到你妈的肯定？我自己都快怀疑我要参加的不是公司的设计比赛，而是你们颜家的厨师选拔赛了！当你们家媳妇怎么就这么难呢？非要能做一手好菜吗，就不能叫外卖吗？要是会做菜，还请阿姨来做什么，钱多没处花吗？"

童雀歇斯底里地抱怨个不停，颜泽则直接愣住了。

还从来没有人敢在他面前这样，虽然她的话让他很不高兴，但一细想，这些似乎也不是她的错，毕竟这几天受罪的人都是她，让她发泄发泄，总比憋在心里好。

“设计比赛，就是下个月的国际设计交流大赛？”这事他好像有点印象。

“没错！所以这个月公司内部就要比赛决定出参赛人选。”童雀愤恨道，“你说说看，我白天在公司里忙得喝水的时间都没有，晚上回来还要学做菜，刚才你妈打电话叫我回家做菜，我跟她说我在加班，她竟然毫无反应，你说你妈是不是故意整我？”

很有可能。

这是颜泽的心声，他当然不可能直接说出来。只好安慰道：“我妈在做菜上一向是这个性格，不过，看视频是做不好菜的，走吧。”

颜泽走了几步，见身后的人没有跟过来，于是定住脚步：“还不来？”

童雀脸上闪过一丝狐疑，但还是跟着他进了厨房。

“难道你要教我做菜？”想到之前他半夜做的烩意大利面那么咸，她就有些胆寒。

真不是她自负，他做的菜都没她做的好吃，他哪里来的自信教她做菜？要是真跟着他学歪了，明天指不定被他妈怎么骂了。

她正要拒绝，却听颜泽说：“具体步骤我带你过一遍，口味你自己调。”

想到理论始终不如实践能总结的经验多，童雀最终还是顺着他的意思来了。

水箱里只有一条鲈鱼，他利落地捞了起来，鲈鱼似乎也被他的颜值所迷惑，半晌都没弹动，没个鱼样。

颜泽就这么穿着衬衫西裤，处理起鱼来。

“卷袖口。”

童雀耳误，还以为他是在说什么步骤，等到他冷冰冰的脸转过来又重复了一遍，她才反应过来是让她帮他卷起袖口。

童雀冰凉的指尖触碰他火热的肌肤，她平静的心湖上仿佛荡起了涟漪，于是她慌忙加快了速度帮他卷好另一个袖口，然后快速将手抽离。

“仔细看我怎么处理。”

颜泽并没有发现她的异样，他将鱼开膛破肚，取出鱼的内脏，整套动作下来如行云流水。

厨房里灯光明亮，他的眼睑下投出一片暗色阴影，长长的睫毛又黑又密，此时薄唇轻抿，五官精致得仿佛从画里走出来的……恐怕很难有女人不喜欢这样好看的男人。

颜泽很快就将鱼鳞刮干净了，用刀在鱼身上划了几刀，然后放入调料腌制。

许久没听到她说话，他收回了手，目光投向她："你就没有什么想问我的？"

童雀鬼使神差地问道："你觉得许攸冉这人怎么样？"

颜泽一刀切在鱼身上，吓了童雀一跳。

"不怎么样。"颜泽动作一顿，看了她一眼后，又继续处理起鱼来。

童雀噘着嘴，在他看不到的地方对他咬牙切齿，不怎么样就不怎么样，吓她做什么？

"仔细看，我只教一遍。"他忽然出声道。

"哦。"说得好像他很会做菜一样，上次那盘烩意大利面的味道她可记得清清楚楚呢！

幸亏她在网上看过教程，所以这些步骤，她多少能记得住。

万芳觉得口渴，刚开门准备下楼喝水，就听到楼下的动静，她悄悄走到楼梯最里面，那里的位置正好跟厨房形成一条斜缝，从而看到里面的场景。

看到儿子跟童雀在做菜，她眉头一拧，心想，难道他们是真的？

这样的认知让她连喝水的心情都没有了，只好回房间睡觉冷静冷静。

半个小时后，热腾腾的糖醋鱼终于出锅了，童雀拿起筷子正想尝尝，却被他挡了下来。

她眨巴着大眼睛，一脸茫然地等待着他的回答。

"步骤都记住了没？"

她随即点点头，表示记住了。

"既然都记住了，那就去睡觉去。"

她惊呆了："还没尝呢！"

"不用尝了。"

不用尝？

他这么自信吗，还是这么不自信？

瞧着卖相挺好啊！

"哦。"她叹了口气，失望地转身，颜泽见状便收拾起厨具来，哪知童雀去而复返，手里的筷子以迅雷不及掩耳之势，插进鱼身，夹了一大块鱼肉放进嘴里。

童雀的动作好似在脑袋里上演了千万遍。

颜泽惊讶地看着她的动作，以及她那脸上的表情由最初的得意，转变为一脸古怪，随后将鱼吐进了垃圾桶。

"这……也太难吃了吧！"她忍下了已经到嘴边的粗话。

虽然已经吐掉，但嘴里的那股酸味和甜味都叫她难以忍受，又腻又瘆人，她赶紧接了杯水漱口。

颜泽一边洗着厨具，一边幽幽出口："不是说了让你别吃？"

这语气就好像在说都是她自己作孽。

这鱼从外观来看谁会说不好？就食物而言，最重要的是味道，外观和卖相也很重要。

"看着挺好，我哪知道会这么……"看到他警告的眼神，她没再继续说下去。

"这下尝过了吧？还不去睡觉，不是还要准备设计大赛？"

他的表情虽然淡淡的，但童雀好像在他脸上读出了一丝嘲笑。

童雀不愿留在这里被他继续嘲讽，便转身朝外走去，走了几步回头一看，却看到他将糖醋鱼倒进了垃圾桶。

她眼中闪过不解，为什么颜泽做的菜看着不错，但都很难吃？

难道是他口味太重？上次的意大利面，这次的鱼，都证明了他口味重。

她晚上做的黄金虾味道比万芳做的要浓郁得多，也就是要更咸一些，但他尝的时候怎么说的来着，味道太淡了？

既然万芳做的，他能觉得好吃，为什么他会觉得她做的咸味不足？

思来想去，她只能将这一切归为是颜泽孝顺。

有了颜泽的示范，加上童雀又看了许久的教程，第二天万芳教糖醋鱼时，童雀只做了两遍就会了，万芳也松了口气，似乎是被她的厨艺弄怕了。

公司只给了设计部一个星期的时间画图，也就是周一通知了内部比赛的事，下周一就要上交设计图，时间十分紧迫。

众人在完成平时工作量的同时，还要花时间来思考公司比赛的事，时间十分有限。

童雀就更忙了，加上晚上还要跟着学做菜，她恨不得自己有三头六臂，这样就能一心多用了。她忽然有些羡慕姚檬，刚开始就选择不参加，倒也落得个轻松。

就这样，童雀没日没夜地忙活了五天，终于迎来了周末。

前一天晚上，童雀画设计图画到凌晨，原以为能睡个懒觉，不承想万芳几声大吼，便将她吼出了房间。

"你今天有没有什么事？"

一开门就面对这样的问题，童雀察觉到了这个问题的危险之处和试探的意味。

童雀："我这两天要画设计图，所以应该没什么时间学做菜，要不下周末我再跟您学吧？"

原以为会被否决，没想到万芳竟然破天荒地同意了。

"行，那你画吧，我这两天回趟家，周一再回来。"

童雀这才注意到她手上拎着包，一副要走的样子。

这简直就是童雀这么多天以来得到的最好的消息了。

"那，妈，路上注意安全。"

"嗯，晚上我不在，杨阿姨会给你们做菜，你们将就着吃一点。"万芳说完便换鞋离开了。

直到听到关门声响起，童雀才放松了下来。

她直接冲进了被万芳霸占了六天的房间，在床上打了好几个滚，正高兴的时候，却忽然听到房门打开的动静，她赶紧从床上跳下来，但因为动作太过迅猛，把脚崴了。

颜泽开门进来，看到的就是这么一个让人忍俊不禁的场景。

“你，在干吗？”他拧着眉看向地上抱着腿嗷嗷直叫的童雀。

童雀见来人是颜泽，这才放下了戒心，眼里闪着泪花：“崴、崴到脚了。”

颜泽叹了口气，似是无奈，也似是妥协。

他走过去打横抱起她，大气不喘一下，将她放在了床沿上，随后又拿了一袋冰块和一块毛巾进来。

边用冰块帮她敷脚，边道：“就这么高兴？”

童雀“嘶”了一声，眉头紧皱，拳头也死死地攥着，咬牙道：“能不高兴吗？今天总算不用学做菜了。”

颜泽听她如蒙大赦般的口气，抬头正好看到她忍耐的表情，他忍不住勾唇一笑。

“有这么好笑？”其实她自己都有些底气不足，想笑。

他想也不想就点了头。

童雀想死的心都有了，刚才她在床上翻滚以及怎么崴脚的过程，颜泽肯定都看到了，在一个帅哥面前丢脸，这也太不幸了。

“你刚才，都看到了？”她考虑许久，终于问出了口。

他再次点头。

童雀的脸更红了：“你就不能骗骗我，说你没看到？”

颜泽一边帮她冰敷，一边说：“嗯，我没看到。”

“……”

童雀想哭，简直没法沟通了，没见过这么敷衍的回答。

她许久没再出声，房间里也就安静了下来，她低头看着他修长的手指触碰着她的脚踝，她只觉得，他的手真好看啊！

正当她痴迷于他的手无法自拔之际，他忽然出声：“以后我会跟我妈说，让她不用再教你做菜。”

童雀立即一扫阴霾，一脸的喜悦，一激动，脚就用了力，一用力，就痛得叫了起来。

颜泽无奈地叹道：“别乱动。”随后固定好她的脚，再次开口，“有这么高兴？”

第四章
小雀上心头，以后少吃点

“有！”伤口依旧痛着，但童雀脸上是抑制不住的笑容。

“我妈做的菜挺不错的，你能学着做一些对你以后的生活也有好处。”颜泽道。

童雀的眼睛瞪得大大的，有些警惕地看向他：“好处？有什么好处，这年头哪里不能点外卖？还有各种速食产品，我要是学会了做菜，那些东西还有人买？”

“多你一个，他们也发不了财，少你一个，他们也不会破产。”

“……”

童雀偷懒的理由被拆穿，她愣了几秒，才又想到了借口：“谁说不会？我平时可是好评达人，这年头，电商这行，需要的就是我这样懂事的买家！”

颜泽不想跟她争下去，于是不再言语。

“怎么样？”

过了一会儿，颜泽才又问道。

童雀一愣。

他看了她的脚一眼，她才明白他问的是什么，随即点头道：“还是痛，不过没刚才那么痛了。谢谢你。”

见她就要收回脚，他立刻一把抓住了。

童雀有些讶异。

“隔半个小时就冰敷一次，这只脚垫高一点，这两天你尽量不要走路，周一应该就好了。”

颜泽说完便松开了手，起身准备出去。

“那……”

他脚步一顿。

“周一能下地走路吗？”童雀心里打定了主意，周一即便不能走，她爬也要爬到公司去。

“你放心，我给你配的司机，你随时都可以用。”

听他这么说，童雀就更担心了：“那颜总，你……”

颜泽眉头一皱：“颜总？你这么叫我，要是被我妈听到了……你是巴不得她发现吗？”

她连忙改口：“那颜泽，你能不能帮我换辆车？”

“怎么，不喜欢迈巴赫？”

“不是不是。”这么贵的，她能不喜欢吗？

“你能不能给我换辆便宜点的车？迈巴赫……也太招摇了。”

童雀眉心紧皱，她担心颜泽不答应。给她安排司机只是颜泽好心，说不定这车本就是他车库里有的，就算不给她用，也是长灰，可她这么一说，说不定他就需要重新买一辆了。

这么一想，童雀就更加后悔自己提的要求了。

“买车的钱就记在我账上吧，以后咱们算账的时候，车钱你就扣掉吧。”于是童雀又别扭地补充道。

颜泽扭头，看到她低着头，咬着下唇，一脸为难的样子。

“我明天让人去办，这两天你好好休息。”颜泽说完就走出了房间。

事实上，童雀还有一句话想说——你能不能把我抱到书房去？我要画图来着。

颜泽下了楼，叫了一声杨阿姨，正想跟她说多照顾一下童雀，杨阿姨却先开了口：“先生，我家里出了点事，我能不能请三天假？”

见她面露难色，颜泽琢磨着这事还不小，他下意识地扭头看了一眼楼上的房间，然后才点了头。

杨阿姨收拾好东西出来，司机小王已经候在门口了，她拗不过年轻人的固执和好心，最终答应让小王送她回家。

颜泽本想出门，但想到家里没个人照顾伤员，不禁又止了步，只好打了个电话，让叶嘉把今天的文件都送到家里来。

颜泽刚在书房里坐下来打开电脑，就听到外面有声音。

他走出门一看，看到童雀正扶着墙，一只脚跳着，正好跳累了，在休息。

童雀这才发觉颜泽竟然也在家，惊呼道："你怎么也在家？"

他双手环胸，像是在看戏，缓缓道："今天我休息。"

没想到公司的老总也有双休日，也对，公司是人家的，还不是想怎么休息就怎么休息？

她"哦"了一声，然后继续跳起来。

"不是让你在床上好好休息吗，你后天不想上班了？"

童雀再度停下："我过来拿图纸，周一就要交稿了。"

却听颜泽道："等着。"

他转身朝书房里走去，打开抽屉的声音传出，紧接着他手拿一摞白纸，以及一支笔、一块橡皮，递到了她面前。

童雀愣了愣，感激道："谢谢。"

她刚接过来，身体却一轻，他竟将她打横抱起。

"你……"

颜泽目光清冷："这次好好休息，再有事就叫我。"

他的胸膛坚硬如铁，他的话却让她莫名一颤，好像有一根羽毛，轻柔地划过她被枷锁封印的心脏，痒痒的，也暖暖的。

颜泽的双手忽地抽离，童雀身下一软，她被放到了床上，然后他一言不发地离开了房间。

房间安静了下来，童雀的心却躁动了起来，心脏似是要跳出嗓子眼来。

她捂着胸口，难以平复。

童雀现在算是明白了，这个男人绝对是个妖精，平时冷冷淡淡地对她，她还能把持得住，可刚才那么近距离的接触，再加上他体贴的话语，她有一种预感，自己迟早会沦陷。

不行！

她绝不能让自己落入那种无力的境地。

童雀捏紧了图纸，看来她得更加努力地让颜泽喜欢上许攸冉，那样她就能早点拿到双倍的钱，恢复她的自由身，跻身富婆的行列！

可是，如果仅仅靠她在颜泽面前给许攸冉刷存在感的方法，是不行了，这样不仅会让颜泽发现她的意图，也许还会有反效果。

所以，还是应该让许攸冉自己来升级，毕竟让人刷级能得到什么游戏乐趣？

童雀给许攸冉发了条消息："如何让他喜欢你，第一式——怒刷存在感。多去公司找颜泽，让他见到你就烦。"

许攸冉许久都没有回复。

直到下午，她才回了一条："你说第一式，难不成你还有别的方式？"

童雀："那是当然，我准备了爱情三十六式，你按照我说的做了以后，他不喜欢你都难！""

许攸冉："哈哈，你这人还挺逗。"

童雀："幽默是我的生活态度。"

许攸冉："加个微信吧！"

童雀犹豫了一秒，还是加了她的微信，对方很快就通过了好友验证。

这让童雀有一种奇怪的感觉，照理说，她现在是颜泽的妻子，却帮着小三上位，并且跟小三友好地加了微信……

这真的是正常人类的交流方式吗？

看了许攸冉的朋友圈后，童雀感觉到了阶层不同的差距。

许攸冉的朋友圈里，不是说今天纠结开哪辆豪车，就是晒豪华游轮，要么就是跟名媛姐妹们度假的照片，总之就是怎么富怎么来。

这让她忽然想起了微博上的一句毒鸡汤——

你以为有钱人跟你想象中的一样快乐？不，有钱人的快乐你根本想象不到。

再看看自己朋友圈里的人。

除了鸡汤还是鸡汤——

今天的努力就是明天的成功。

你努力不一定成功，但你不努力，一定不会成功。

……

童雀叹了口气，还是好好画图吧！

她刚拿起笔，房门忽然被打开。

颜泽手上拿着冰块，开口道："不是让你隔半小时冰敷一次？"

她拧着眉，也不知在想些什么，低着头也不看他。

他径自掀开被子，拿出她的左脚，继续帮她冰敷，边敷边说："你觉得我是闲得没事做的人吗，还得帮你记时间？"

童雀别过了脑袋，拿起画纸不管不顾地继续画起来，试图转移注意力。

颜泽见状就不高兴了，他好心帮她冰敷，她却沉默不言地做起了自己的事，这是把他当用人了不成？

他放下了手上的东西："我还有事，你自己敷。"

童雀不着痕迹地松了口气，这情景正好被转过头来的颜泽抓了个正着。

他神色复杂，想要说些什么，最后嘴巴张了张还是什么也没说，径直走出了房间。

一出门，颜泽就停住脚步，眉头皱紧。

他难道就这么让人觉得有压力？

中午的时候，叶嘉来了日荔湾，他有些奇怪，颜总怎么今天突然想到要在家里办公？

他按下门铃，开门的却是个年轻女人，还是个十分眼熟的女人。

童雀倒是一眼就认出了这人是谁，主动开口道："是你啊！"

叶嘉愣了愣，脑海里忽然涌现了某个画面，终于想起来面前的女人是谁，这不就是之前跟颜总传绯闻的女人？

她怎么会在这里？

难道……

叶嘉脸上的表情淡淡的，心里却如翻滚的巨浪，将他所有的认知给拍上了沙滩，然后埋进了沙子里。

什么情况，绯闻竟然是真的？

见他愣在原地，童雀才慢慢明白过来，看来颜泽还没有把他们的关系告诉身边的人，既然他不说，她也就不多嘴了。

“进来吧。”

叶嘉走进去才发现她的左脚抬起，然后一跳一跳地回到了客厅的沙发上坐着。

看着她的背影，叶嘉的脑海里骤然浮现了一个词语——身残志坚。

听到楼下的动静，颜泽也从书房里出来了。

刚要出声，余光却瞥到了沙发上的童雀，他眉梢一挑：“不是让你在床上躺着吗，你想让伤势更严重？”

叶嘉顺着他的目光看过去，沙发上的女人满脸的不在意，正吃着茶几上摆放着的水果。

“我躺了三个小时了，再躺下去就要瘫痪了。”童雀开玩笑道。

叶嘉忍不住轻笑，察觉到某人不悦的目光，他赶紧用文件挡脸掩饰。

“冰敷了几次？”说话间，颜泽已经下了楼，走到她面前。

他高大的身影站在童雀面前，她刚才还一脸的无所谓，这会儿胆子就小了起来，吞吞吐吐地回答道：“六……次。”

他垂眸望向她的脚踝：“你这不太像冰敷了六次的样子。”

好吧，她的确只敷了两次，还不是因为压抑的氛围让她心虚了。

因为说谎，她的心跳加快，下意识地收回了脚：“你还懂医？”

“我懂生活常识。”

叶嘉看着这一男一女，你一言我一语，好似把他当成了空气，他忽然觉得自己被喂了一把狗粮，这两人妥妥的是在秀恩爱！

他适时走上前，开口道：“颜总，这是您让我拿来的文件。”

颜泽接过，随手翻了几本的第一页简单地看了一下：“行了，有什么事打电话给我，你先回公司吧。”

“好的。”

临出门的时候，叶嘉倏地想起了那个女人的名字，当时人事部将设计部新进来的员工信息上交的时候，他正好看了一眼，她叫童雀。

这么一想，他就联想到了上次颜泽让他把设计部招聘简历发给他的事，原来颜总在那之前就跟这个童小姐有了“奸情”！

嗯，一定是这样。

童雀偷偷打量着颜泽的侧脸，以及他手上厚厚的一叠文件。

颜泽对上她的目光，她却躲闪不及。

“怎么，心虚？”

童雀转移话题：“什么心虚？我是在想，你们这些大人物也真是不容易，休息日还得工作看文件。”

颜泽看了一眼她手边的图纸，接过话：“你们这些打工的也一样不容易。”

生气脸。

颜泽这话绝对是在讽刺她，还上升到了人身攻击以及小幅度炫富！

“呵呵！”她小声嘟囔着，“我靠自己的本事挣钱，你个富二代凭什么嘲笑我？”

“你说什么？”他的声音从她身边传来，她这才发现这人不知什么时候坐到了她身边。

这么近的距离吓得她整个人一抖。

他又继续攻击她的心理防线：“你心虚什么？”

她转过头去，不敢看他，语气含糊：“谁……谁心……心虚了？”

“要是没心虚，为什么不敢看我？”他的嘴角忍不住上扬。

“谁说我不敢看你？！”她一下转过头来。

颜泽跟她本身就坐得很近，她一扭头，两张脸之间的距离就更近了，近得足以让她看见他俊美的脸颊上细小的绒毛。

他清亮的眼睛对上她的瞳孔，就这么直勾勾地看着她，好似要将她所有的想法和念头都给看个清楚。

童雀只觉他的这双眼睛像是带了钩子似的，她怎么也无法从中抽离，并且越看越心虚。

心里有个小人不断地在犯着花痴：“他怎么这么帅？简直帅到人

神共愤！我要给他生猴子！帅到人神共愤！”

可恨的是，她竟然找不到任何理由来反驳。

颜泽确实长得好看，平时冷冷的，像是禁欲的仙人，让人不敢看；似笑非笑时，就仿佛染上了人间的烟火气，让人看得心醉。

此刻离得这么近，童雀只觉得心跳漏了一拍。

最先败下阵来的人还是童雀，她忙别过头去，转移话题：“杨阿姨！今天什么时候开饭啊？”

没听到杨阿姨的回话，却听到了颜泽的回答：“杨阿姨家里有事，请了三天假。”

童雀吞了口口水，也就是说，周末两天，家里只有他们两个人？

惨了惨了，孤男寡女共处一室，这本就是容易产生异样感情的最佳时机。

“你在想什么，脸这么红？”颜泽的声音里似乎带着轻笑。

“太热了。”她拧眉狡辩。

“空调没坏，室温二十一摄氏度，很热？”

她吸了一口气，给了他一个尴尬而又不失礼貌的微笑。

这哥们总是这么拆台，真的好吗？

“那我们这两天吃什么？我可只会做黄金虾和糖醋鱼。”总不可能每天都这么大鱼大肉地吃吧！

“我做。”

童雀惊讶地扭头，他难道不知道自己做菜味道偏咸吗？

“别，你要看文件，我要画图纸，这不还有外卖吗？”

叶嘉拿来的文件的确不少，他好像是没这么多时间做饭。

这么一想，颜泽也就同意了。

见状，童雀才算松了口气。

外卖小哥的送餐速度很快，从点餐到送达，只用了半个小时。

两人一共点了五个菜，要不是童雀拦着，只怕颜泽要点一桌子的菜。

从早上到现在，童雀肚子里就没多少油水，饿得不行，她拿出来正准备吃，颜泽却拦住了她。

她仰视着他，一脸茫然。

"装进盘子里。"

"？"她想了一下，才理解了他所说的装进盘子里是什么意思。

"装进盘子里，吃完了还要洗碗，多麻烦！"她向来懒惯了，能不洗碗就不洗碗，"况且外卖不仅是因为能够不用做饭而方便，更是因为吃完就能扔，你把它装进盘子里，不是多此一举？"

"歪理。"颜泽从她手里夺过外卖，拎进了厨房，装盘完成后才一盘一盘地端了出来。

"我说的是事实。本来多方便啊！"她嘀咕着。

见她低着头嘟囔，颜泽道："我洗。"

虽然他这么说，童雀心里却过意不去，最后只好打定主意，那就晚上她洗碗吧！

童雀吃得很开心，几乎都是她爱吃的菜，于是将白饭一扫而空，抬头正瞧见颜泽眉心紧皱，似乎对味道不是很满意。

想到之前的猜测，童雀忍不住问道："颜总，有个问题已经困扰我很久了，我想问问你。"

颜泽抬起头："问吧。"

"您老平时吃菜是不是口味比较偏重？"觉得这话不妥，童雀又补充，"我不是骂你的意思，其实这也没什么不好意思的，每个人对味觉的感知不同，你喜欢吃得咸一点，我喜欢吃淡一点的，这都是个人偏好问题，我就是好奇，你要是不想回答，也没事。"

她这么一客气，颜泽还真没回答她。

看来这事是他的雷区，上次她说他做菜不好吃，他就甩脸色。为了以后能跟他和谐相处，童雀决定以后绝不碰雷。

吃完饭，颜泽将餐盘端到厨房，童雀也端起一个空盘子，却被他夺了过去。

"你就别动了。"

她有些不好意思地出声："那多不好意思，吃你的、住你的，还要你来洗碗，我什么也不用做，天底下还没这样好的事吧？"

颜泽看了她一眼："别急，等你的脚好了，都是要还的。"

"……"

切，她还以为他良心发现了，果然资本家的脑袋里都是想着怎么压榨小员工的。

童雀跳上了沙发，决定这个月发工资后，第一件事就是网购一台洗碗机！

她拿着图纸写写画画，画出来的衣服，总觉得没有特色，如果是这个水平去参赛，就算能让她杀出重围代替公司去参赛，到了真正的赛场上，恐怕第一轮就会被刷下来。

她只好上网找了个时装秀的视频看，找找灵感。

看着看着，童雀只觉得眼皮重得很，脑袋也昏昏沉沉的，还隐隐约约有些疼，她没敌得过睡意，捧着平板睡了过去。

颜泽看到那一团娇小的身子缩在沙发一角，腿上放着个平板电脑，上身却歪倒过去，睡得很是香甜。

他无奈地摇摇头，拿起文件正要上楼，却见她瑟缩着身子。

五天以来，童雀第一次睡了一个好觉，醒来发现天都黑了的时候，她呆了一瞬，下一秒，记忆冲刷大脑，她忽然就蒙了。

天黑了？

她竟然睡了一下午！再看看沙发上空白的图纸，她崩溃了，她竟然就这么浪费了一个下午的时间！

身上的毯子滑落，童雀随手捡了起来。

她并不记得沙发上有过这条毯子，看来是颜泽给她加的。

不过重点不是这个，重点是，她今晚得熬夜了。

绝望！

童雀一蹦一跳地跳到楼梯下，正要往上跳，视野忽地一暗，紧接着就看到了颜泽，他问道："怎么又要上楼了，不吃饭了？我点了外卖。"

"不吃了。"她下定了决心，"我的设计图还没画好。"

话刚说完，童雀便感觉一阵天旋地转，她又被颜泽一把抱起："那我送你上去，你要去书房还是卧室？"

虽然房子里灯火通明，但颜泽的背影遮挡了灯光，所以他没看到她那张红透了的脸。

"我去书房。"

将她放在座椅上，颜泽道：“以后少吃点，你也太重了。”

就这么一句话，将她所有的娇羞一扫而空：“我哪里重了？我体重都没超过一百！”

“体重不过百，不是平胸就是矮。”他的目光从她头顶扫到脚下。

童雀下意识地抱紧了胸口：“流氓！”

“放心吧！我的品位跟正常男人一样。”颜泽的目光一瞥，将桌上的文件锁进了抽屉。

童雀的脑袋里一直回响着颜泽的话，他的品位跟正常男人一样？

正常男人的品位无非就是希望对方有颜值又有身材。

这么一看，许攸冉不就挺符合颜泽的口味的？

看来成为富婆指日可待。

跟下午的烦躁不同，也许是环境的因素，童雀的心莫名地静了下来，半个小时的时间，就已经画好了一张，可依旧不能让她满意。

颜泽端着饭菜进了书房：“我放这里，记得吃。”

童雀一脸认真，似乎没有听到颜泽的声音，只是沉浸在自己的世界里，直到颜泽又提醒了一句，她才反应过来。

“不用了，你自己吃吧。”

“年轻的时候不注意身体，等上了年纪，再后悔就来不及了。”颜泽今天不知道怎么了，话竟然破天荒地多了起来。

这番话让童雀笑了起来，打趣道：“颜总，你认真的样子真像我家楼下贴膜的……”

见他面色有变黑的迹象，她忙加一句：“贴膜的奶奶，她不仅贴得一手好膜，劝说年轻人的口气跟你一模一样。”

闻言，颜泽的脸更黑了。

他才三十一岁，她竟然说他像老奶奶？

“中午你说的要洗碗，别忘了。”他丢下一句话就要往外走。

这话算是彻底让童雀回神了：“等下！我今天不吃晚饭！应该就不用洗碗了吧？”

“那你今天也不用上班，是不是就不用画图了？”

“……”说得好有道理，她竟无言以对。

童雀咬着下唇，愤愤道：“知道了！我待会儿吃完就去洗！”

原本想不吃晚饭了，结果还是要洗碗，要是不吃晚饭还要洗碗，那也太亏了，于是童雀咬着牙把晚饭当成颜泽给吞了下去。

但是捧着碗实在没法跳步，于是她跳出房门，大吼一声：“拿碗！”

颜泽上楼的时候，看了童雀一眼。

童雀怒火未消，继续往楼下跳，跳着跳着，她不禁开始骂起楼梯设计师来。

这楼梯设计得这么长做什么？对她这种残障人士多不友好！

临近一楼，她脚下一滑，华丽丽地滚下了楼梯。

整个房子里都回响着她凄惨的叫声。

颜泽快步走出来，童雀已经滚完了最后一阶，呈“大”字状躺在地上，她直愣愣地盯着楼梯口的男人，泫然欲泣。

直到送进医院检查的那一刻，童雀依旧抓着护士的手不放，嘴里说的话来回也就这么一句：“你说我这是造的什么孽啊？”

“没什么大问题，但患者总是神神道道的，不排除脑震荡的可能，建议转神经科。”医生如实对颜泽说道。

颜泽的嘴角抽了抽，拒绝了医生的建议。

他走进病房，看见童雀正拉着护士愣是不肯撒手，而护士的身躯正好挡住了她的视线，因此她并没有发现有人进来。

她一脸苦口婆心地叮嘱道：“护士妹妹，你还年轻，姐姐告诉你的可都是亲身实践得来的经验，你可千万得记好了。

“姐姐我为什么会从楼梯上摔下来？还不就是……”

“为什么会摔下来你自己还不清楚？”熟悉的声音从护士背后传来。

童雀忙收回手，瞬间乖顺了下来。

护士被揪着这么久，正要同家属抱怨，但在看到这家属长得这么好看后，顿时就呆住了。

童雀不和谐的声音适时打破了氛围，试图将场面进行到更尴尬的地步。

“姐姐刚才跟你说什么了？不要被男人的皮相蒙蔽了双眼，几十年后不都是广场上的大爷？”童雀说得煞有介事。

颜泽和护士同时抽了抽嘴角。

护士无语之下还是看着颜泽问道：“你是患者什么人？”

“丈夫。”颜泽的回答简单利落。

护士心碎的同时，语气依旧温柔：“患者似乎有点精神失常，可能是受了什么刺激。”

护士又交代了一些事，才终于三步一回头地离开了病房，但目光始终停留在颜泽那高大的背影上。

“好了，别装了，我知道你没事。”

童雀当然知道自己没事，她是心里有事：“我觉得自己最近很倒霉。”

颜泽拉过椅子，坐在了床边，看着她认同地点头道：“我觉得你最近有些肆无忌惮。”

“你就当我最近大姨妈，别跟我计较。”

“……”

“说说吧，刚才为什么拉着护士说话？”

颜泽想到刚才那场景就觉得丢脸，医院里那么多人的视线都往他们身上投，他向来是人群中吸引目光的那一类，可这样带着明显的看笑话的目光，让他接受无能。

“我说的都是至理名言，刚才那小护士看着跟我挺像。”她面上轻松，心里却沉重得很。

“到此为止。”

“凭什么？！”

“因为你很丢脸。”

童雀就这么看着他的眼睛，无欲无求的，直到盯得颜泽受不了要叫停的时候，她忽然“哇”的一声哭了起来。

颜泽下意识往门口看了一眼，见门并未关上，大步一迈，赶紧关上了门，有些烦闷地问道：“又怎么了？”

她哭着、喊着，在这些声音中，似乎夹带着别的感情，或是别的事件，又或是之前她就已经撑不住了，这次的事件只不过是压死骆驼的最后一根稻草。

她的眼泪像是流不完似的，他不断地递纸巾，她擦干净，眼泪又不断地流下。

也不知哭了多久，童雀终于有停下的趋势，她的肩膀一抽一抽的，像是被他欺负了似的。

“哭什么？”他继续递纸。

她继续接纸，回了一句：“没事。”

没事能突然这样伤心地大哭？

“你当我是白痴吗，没事为什么哭？”

她的声音带着哭腔，说话也断断续续的：“现在是没事了，哭过就舒服多了。”

“……”

最后童雀还是出了院。

童雀坐在副驾上，相比平常的聒噪，她今晚格外安静，一声不吭地看着窗外。

颜泽不时地瞥几眼，想要发问，但她不答，他问了也没用。

于是他开始思索着医生的话，考虑着是否要请个神经科医生到家里来。

最后童雀主动开了口：“好吧，其实我今天很难过。你想知道我为什么哭吗？”

“为什么？”他惊讶她会先开口说话，所以回答中也带着些耐心。

她原本不想说的，但哭过后，对这些造成她心情郁闷的破事也没那么在意了，还不如找个树洞说出来，让自己轻松轻松。

“其实，我回国的时候心情就不怎么好，我是说这郁闷的心情从回国就开始了。”

她也不管他是否愿意听，是否在听，她只想把这些脏水给吐出来。

“回国本身就心情不好，身上也没多少钱，还得找房子找工作，你知道吗？要不是华锐收了我，我恐怕现在还在找工作。”

“所以，我算是解救你于危难？”他斜眼看她。

她不置可否地点头：“是啊，所以我该谢谢你，至少你解决了我的燃眉之急。

“原本想着当上了豪门太太，应该有好日子过了，没想到还得学做菜，再加上最近工作上一堆事，今天还一直画不出满意的设计图来。”她的嘴角露出一抹苦笑，“所以……让你见笑了。”

他手握方向盘，问道：“你很想参加那个设计比赛？”

“当然啦！对于我这种刚回国的小设计师而言，要是能在一场比赛中崭露头角，总归比我一个人在公司里默默付出时间和精力要好得多！”她忽然想到了什么，转头冲他道，“不过我想靠自己的努力去参加比赛，你别帮我啊！”

他勾唇一笑，通常都是别人求他帮忙的，还没碰到过求他别出手的。

于是他点点头答应下来。

等两人回到日荔湾，已经是晚上十二点了。

童雀想去浴室洗澡，无奈脚崴了，只好搬了个椅子进去，坐着洗。

在楼下收拾着碗筷的颜泽，想到叫她洗碗时，她骤生的怨气，心中顿时升起了一个念头。

已经洗完澡坐在床上的颜泽，似乎又听到了童雀一蹦一跳的声音，他觉得自己可能是幻听了，正要躺下，那声音再次响起，而且还不轻，他这下可以肯定是某人出窝了。

出来一看，童雀已经跳进了书房，坐在座位上正画着图纸。

颜泽拧了拧眉，想提醒她回房休息；脑海里挥之不去的却是那张哭得“精彩绝伦”的小脸。一时之间，暗流涌动，似乎有什么东西开始不一样了。

童雀一直画到第二天早上五点，才露出了满意的笑容，但整个人也累得头昏脑涨，趴在桌子上没几秒就睡着了。

颜泽这一晚上，却没怎么睡着。

他只要一闭上眼，那张带泪的小脸就会出现在他眼前，既不叫他觉得烦闷，却也没有叫他有多高兴，那是一种说不清道不明的感觉。

颜泽的脑中忽然跳出两个字——心疼。

大概是的。

可他为什么要心疼她？

难不成是喜欢？

这个念头刚生出，就被他自己否决了，他怎么可能喜欢她？她要相貌没相貌，要身材没身材。

看来是跟她相处太久，对她生出了怜悯。

对，一定是这样，再加上她哭得的确是挺惨的，这不过是同情罢了。

想通了以后，颜泽还是没能睡着。

因此，第二天，他起了个大早。

在路过书房的时候，他快速通过，看也没看一眼。

晨跑完回来，他下意识往里面看了一眼，发现她竟然趴在桌上睡着了。

他在原地站了一会儿，最后还是拿了条毯子给她盖上，然后回房洗澡上班。

童雀身上的毯子滑落，细微的动静将她惊醒，她伸了个懒腰，已经八点钟了。

她忽然发现，设计图上竟然有水渍，她一下就明白了这不明液体的来源，于是抹了一把嘴角，叹了口气。

幸好原稿还在，照着样子重新画一张就是了。

等她仔细画完已经八点半了，肚子饿得直叫。

她想叫份外卖，猛然想到颜泽这两天也在家，便一蹦一跳地跳到了他房间门口。

敲门，没反应。

再敲，还是没反应。

睡得这么死？

童雀索性一把推开了门，房间里的被子叠得整整齐齐，哪里有颜泽？

她在走廊上大声叫了一声，也没人回应。

看来是走了，也好，替她省了一顿早饭钱。

她乐呵呵地叫了外卖。

叶嘉刚到公司，正准备整理整理今天的文件，等到了时间就送到日荔湾去，却见办公室的门打开了。

“颜……总？”

“今天的文件不用送过去了，给我吧。”颜泽伸出手。

见颜泽回了办公室，叶嘉弄不明白他怎么突然又不休息了？

童雀吃完早饭，包装袋都留在了桌上，她其实很想收拾收拾的，但她的懒劲又上来了，怎么也叫不动自己。

后来她一想，今天家里就她一个人，摊着就摊着吧，就当给自己放一天假。

只要在颜泽那个洁癖回来之前收拾好一切就行了。

画完设计图后，童雀觉得从头顶到脚趾头的每个毛孔都通畅了，便欢快地倒躺在沙发上看电视。

看着看着，她又开始饿了。

她拿出手机，准备打电话给颜泽问问他昨天点的那家好吃的外卖是哪家的。

说曹操，曹操的电话就到了。

看着手机上闪动着颜泽的名字，她接了起来。

“你的脚今天要用药酒揉开，医药箱在电视柜的抽屉里。”

她发了会儿蒙，才“哦”了一声。

颜泽听她就这么简单地应了一声，似乎有些不高兴：“我帮你记这些，你连句谢谢都没有吗？”

童雀这才惊呼：“颜泽，你记性可真好！我都快忘了！”

“……”

颜泽黑着脸挂断了电话。

叶嘉进来，看到他的脸色很不好看，心里一颤，念叨着千万别波及自己：“颜总，许攸冉小姐说有事要见您。”

“不见！”

第五章
春来发几枝，烧烤真好吃

叶嘉将原话奉告给许攸冉。

许攸冉的脸上依旧带着微微的笑意，问道："难道华锐对客户都是拒之门外的吗？"

她都这么说了，叶嘉自然只能再次进去汇报。

颜泽皱了皱眉，心情十分不爽的样子："身为我的秘书，你难道不清楚我的行程？什么人要合作都得按照预约的时间来，没有预约就现在预约，等到了时间再来。"

叶嘉觉得自己是撞在枪口上了，颜总绝对是把他当出气筒了。

"抱歉，许小姐，颜总今天有些忙，不如您看看您什么时候有空？"他说着翻看起颜泽的行程表来，并没有注意到许攸冉那难看的脸色，"颜总周三下午一点半正好有时间，不知道……"

许攸冉觉得自己受到了侮辱，纵使平时脾气再好，也还是没能忍住，拂袖离去。

童雀被挂了电话。

这人就不能听她把话说完再挂吗？看着挺有钱的，怎么这点电话费也要抠呢？

童雀翻看了一会儿外卖单，想了想，还是晚上再问吧，中午吃泡面得了。

手机却在这时响了起来。

她还没来得及说话，许攸冉的怒吼已经传了过来：“你确定你是真的想帮我而不是想要侮辱我？！”

“？”童雀的大脑空白了几秒，才道，“许小姐，发生了什么事，我怎么会骗你呢？你不如跟我说说发生了什么，我也好给你做个参谋。”

接下来的十分钟里，许攸冉花了两分钟将自己的经历简单地说了一下，剩下的八分钟都是在骂颜泽，顺带还拐着弯骂她。

童雀因为颜泽的做法，强忍着笑意，因此也没在意许攸冉是怎么骂她的。

颜泽也太轴了，见他竟然还要预约，这对许攸冉是有多大的成见啊？

“你在听吗？”半晌没听到回复，许攸冉皱了皱眉问道。

“嗯。”

“那你说我现在该怎么办？他这么做，我对他都快没多少好感了。”

童雀想了想，道：“既然上公司见不到，那你就多跟他聊聊天。”

她刚才想说上他家缠着他，但忽然想到最近颜泽都住在日荔湾，她虽然在帮许攸冉，但那并不意味着，在现实生活中，她们也能跟亲姐妹似的相处，顶多就是后宫姐妹。

“不是说，一个人很容易隔着屏幕，对另一个人产生好感吗？你长得这么好看，身材也好，想让一个男人对你产生好感应该不难吧？”

人都是喜欢被夸奖的，许攸冉因为这一番话，刚才的挫败感顿时消散了，她应声道：“嗯，你说的有道理。”

“那你有颜泽的私人微信吗？我跟他好好聊聊。”

童雀一愣：“还真没有，他好像不玩微信。”

他在家的时候，不工作的时候，就是纯休息，基本没怎么见他拿着手机玩，要有也是给工作伙伴打电话。

没想到这年头还有不玩微信的人，稀奇。

许攸冉也吃了一惊："不会吧！他不玩手机？"

"对啊！他基本上除了工作就是休息，没见他有过休闲时间。"

童雀顿时有一种跟别人讨论自己老公怎么这么古板的感觉，但在许攸冉面前这么说，总有一种炫耀的感觉，她便没再继续说下去。

许攸冉也的确觉得硌硬，草草说了几句便挂了电话。

思索了一会儿，她又给许攸冉编辑了条信息："如何让他喜欢你之第二式，抓住一个男人的胃就是抓住了他的心，钻研厨艺给他做好吃的，虽然见不到他，但也要怒刷存在感！温馨提醒，他的口味比较重，所以口味怎么重怎么来。"

许攸冉："都见不到他，还怎么给他送吃的？"

童雀："你傻啊！把饭交给他秘书，他秘书怎么着也不至于给扔了吧，他就算不吃，也总是能看到你的心意！"

许攸冉："也是，谢谢啊！我又恢复了斗志。"

说到吃，童雀忽然想起来，她午饭还没吃，奇怪，明明是想要问颜泽外卖定的哪家，怎么就开始忙着处理别人的感情生活了？

她自己都是单身狗，还得教别人恋爱经，这世道真是变了。

童雀苦哈哈地给自己泡了碗香辣牛肉面，吃了一碗后，决定再来一碗。

她不怕发胖，因为她懒起来饭也懒得吃，这顿高兴吃就多吃点，指不定下一顿就饿瘦了。

傍晚时，叶嘉拿着个精巧的饭盒进了办公室。

他似乎有些为难："颜总，这是中午那位许小姐送来的，说是一定合您口味。"

颜泽瞥向那个饭盒："放下吧。"

叶嘉松了口气，总算是解决了这烫手的山芋了。

待办公室门关上，颜泽打开饭盒，有龙虾、鲍鱼以及红烧肉，全是荤菜，全是红烧的，看着就烧心，他合上饭盒，连带着饭盒一起丢进了垃圾桶。

这时他的手机响了起来，一看来电显示，他的不悦再度升起，却还是按了接听，对方愉悦的声音立刻响起：“你收到我亲手做的晚饭了吗？”

颜泽瞥了一眼垃圾桶：“收到了。”

“好吃吗？”

“不知道。”

许攸冉呼了一口气，努力让自己别生他的气：“原来你还没吃啊？那不打扰了，你继续吃吧！”

挂断电话后，颜泽又收到了她的短信：“你爱吃什么就跟我说一声，我都给你做。”

他很快回了一条：“不必麻烦。”

颜泽的脑海里忽然闪现出童雀一脸认真胡说八道的样子，有点忍俊不禁，继续回道：“许小姐最近如果想要做餐饮行业，不需要将主意打到我身上。相比之下，我更喜欢外卖，方便快捷，吃完就能扔。”

正当这时，电话再度响起，一看是童雀的，就连他自己都没发现，他脸上的阴沉就这么莫名散去了。

“怎么了？”颜泽依旧低沉着嗓音。

“是这样的，昨天你点的那家外卖还挺好吃的，我想问问，你用的哪个 APP，那家店叫什么名字？”

“……”颜泽沉默了一会儿，直到那头的人叫了一声，他才道，“你打电话来就是为了问这个？”

“不然呢？”她不解，脑筋一转，随即明白过来，“你也要回来吃？我帮你也叫一份，你要吃什么？”

“……”颜泽压下心头的不爽，丢下一句：“不吃！郝悦饭店。”

电话再度挂断。

“……”

童雀拿着电话，对阴晴不定的颜泽捉摸不透，这人还真是孩子脾性，一会儿就生气了，不过好歹是把店名告诉了她，那她就搜搜看吧！万一搜到了呢？

然而她并没有搜到什么郝悦饭店，也不知道是哪个字打得不对，但她又没有胆子打电话给颜泽再问一遍，只好随便选了一家外卖。

颜泽生气地放下手机，听到振动声，一看，还是许攸冉的短信：“外卖哪里有家里做的好吃，哪里有家里做的安全？”

言语间就好像是家人之间的柔声指责。

忽然像是巧合一般，颜泽收到一条实时推送新闻：“女子孤身在家竟遭外卖小哥欺负。”

颜泽心里一慌，叶嘉正好走进来。

“叶嘉，你说一个女人独自在家，这时候一个陌生男人上门看到她一个人在家，会发生什么？”

叶嘉一脸茫然，直到感受到颜泽那迫切的眼神，脑子转了转才明白了他问这话的意图。

再结合他这一天都不太对劲的状态，叶嘉彻底明白过来，什么女人什么男人，恐怕是颜总跟童小姐吵架，而童小姐又有别的追求者找上门来，看来颜总是吃醋了。

“一般来说，孤男寡女共处一室，是很容易出事的。除非……”

“除非什么？！”

叶嘉挠挠脑袋继续说道：“除非那个男人不行……”

他的话音刚落，就见座位上的人迅速起身，拿起车钥匙出了门。

叶嘉看着他的背影，暗暗为他打气。

颜总，只能帮你到这里了，加油！

颜泽一路狂飙回日荔湾，当他到的时候，就见本该送到门口就走的外卖小哥，拎着外卖走进了大门。

他心下风雨大作，随手关上车门就跟了进去。

屋子里，外卖小哥正跟童雀拉拉扯扯，颜泽脸一黑，从他手里一把夺过童雀，紧接着就是一拳。

外卖小哥的惨叫声响彻云霄。

童雀彻底蒙了，谁能告诉她，这是什么情况？

颜泽就算生气她不给他点外卖，也不至于打人家送外卖的吧？

“哎！你干吗？”童雀瘸着脚走上去拦住冲动的颜泽，“你干吗打人啊？”

“我在救你！白痴！”

“救我？”她迷茫地抬头，确认这是颜泽后，然后看向已经起身的外卖小哥，盯着他手里的外卖，目光如炬，“你说，你家外卖是不是用的地沟油？”

那外卖小哥一听，就慌了，却还是强装镇定：“什么地沟油？！我们家用的都是英国的良心金龙鱼油！”

童雀冷笑一声：“不好意思，金龙鱼油总部是新加坡，全额投资人是中国。”

那外卖小哥为了争辩这一点，连自己被打都忘了：“总部在新加坡，我们就不能去英国进货吗？”

还真是巧了，童雀以前打工的时候，做过一期关于各国食用油的研究题目。

“据我所知，英国人用的油有植物油、菜籽油、花生油、椰子油和特色油。就是没有金龙鱼油，不知道你们是上哪个英国进的货，是王家村的那个英国菜馆的金龙鱼油牌地沟油吗？”

颜泽彻底凌乱了，这都什么跟什么，怎么突然讨论起油的产地来了？

那小哥也是呆了，他已经将自己能想到的都拿出来争辩了，没想到竟然碰上行家了。最后说无可说，却依旧标榜自家店里用的是好油，童雀也拿他没办法。

“既然如此，那只好上报给卫监局了，让他们来查查看，不然我们这争的也没意思。”

外卖小哥担心他们真上报，觍着脸谄媚地笑起来，说这医药费也不用了，还要掏钱给童雀，说这顿他请客。

虽然桌上的外卖很香，但一听里面可能是地沟油，童雀就没了胃口。

“虽然人家用了地沟油，你也没必要进门就打人啊！”童雀想到刚才莫名其妙的场景，还是有些想笑。

这家外卖就卖了一顿饭给她，不仅送外卖的人被打了，以后还有可能面临着被卫监局检查的后果，也真是够倒霉的了。

颜泽带着审视的目光落在她身上：“刚才我怎么看到他拉着你不

放？”

“哦，我脚崴了，拿钱不方便，就让他扶我一把拿个钱。”

竟然是这样，亏他还以为……

童雀看向突然回来的某人：“多谢啦！要不是你，我就吃了地沟油了。”

颜泽的表情有些不自然，只轻轻“嗯”了一声。

“不对啊！你怎么知道我吃的哪家外卖？我没点你说的那家饭店。”童雀一脸幡然醒悟的表情。

察觉到她古怪的目光，颜泽扭头躲闪，却听她惊恐地出声：“难道你说的那家饭店也是地沟油？”

他心里松了松，在她看不到的地方，忍不住笑：“嗯，没错。”

“那我们昨天还吃了！你该不会昨天晚上点的也是同一家吧？”她吓得猛然站起来，捂着嘴，一脸吃了屎的表情。

直到看到颜泽摇了摇头，她的心情才好了些，颓然地叹道：“吃了一次就算了，以后别再点那家了。你这手气跟有脚气似的，这么多外卖，怎么就正好点到了地沟油呢？”

“……”颜泽一阵心虚，也就没有反驳她说他手气不好的话。

“不过你怎么知道昨天吃的那家饭店用的地沟油？”她一想到吃了地沟油，整个脑子里就全是地沟油事件，想停也停不下来。

他轻咳一声道：“看到新闻了。”

她立刻拿出手机搜索：“你说的那家郝悦饭店，郝悦是哪两个字啊？”

“我还有事，先上楼了。”说罢，不论身后的人怎么叫，他就是不停步。

童雀觉得今天颜泽格外古怪，她摸了摸空空的肚子，却再不敢点外卖了，最后一瘸一拐地进了厨房，继续煮泡面。

一想到自己做的蠢事，颜泽就一阵后悔。

他怎么会因为一条推送的新闻，就联想到她出事？

一定是因为跟这个白痴待得太久，所以他也变得大脑不清醒了。

“叶嘉，把我今天接下来的行程发给我。”他捏着手机道。

“好的。”

他今天还有两个行程，一个是深夜的跨洋会议，还有一个，他这才想起来，原来今天还有一个慈善晚会，现在只能排除在行程外了。

他走出了书房，闻到了充斥在整间屋子里浓郁的泡面味。

说实话，虽然泡面味道还不错，但中午吃了两桶，晚上接着吃泡面，好像有点惨。

于是童雀回头看了一眼桌上已经冷掉的外卖。

其实，吃一次地沟油也是吃，吃两次应该也没什么大问题吧？

念头一闪过，童雀就陡然察觉背后一凉，她还没扭头，便听见熟悉的声音传来：“谁准你在家里吃泡面的？”

“呃……”她将嘴里的面条吸进去，嚼完后，才道，“颜先生，我好像记得，咱们当初的合约里，并没有谈到不能在家里吃泡面。”

“可我也没说能在家里吃泡面。”

“……”这是无理取闹？

“那你很多吃的都没说能在家里吃，那我是不是也不能吃了？”她就不信了，她一个吵得赢菜市场老板，斗得过广场舞大妈的萌妹子还说不过一个高冷总裁了？

颜泽顿了顿，命令道：“总之，以后不准在家里吃泡面！一切垃圾食品都不能吃！”

“……”童雀恨得牙痒痒，可这人偏偏是这里的一家之主，万一再怼下去，人家一生气把她给赶出去，那她只能睡大街了。

她忍。

正当这时，一声熟悉而又尴尬的声音响起，童雀用发现新大陆般的神情看向颜泽的肚子。

颜泽脸更黑了，但也沉默了。

他明明应该讨厌这股味道，肚子却叫了起来。

颜泽的脸黑了，童雀的心情就好了，她捧起泡面问他：“颜先生，你没吃晚饭吧，要不要跟我一起吃泡面？”

看着把她的泡面抢得一根不剩的颜泽，她十分后悔刚才的提议，难道这就是报应吗？

她正了正脸色：“颜先生，你难道不知道我也饿着肚子吗？”

颜泽修长的手扯过纸巾，十分优雅地轻拭着嘴角：“哦，那你自己去泡吧，只限今晚。”

她捏拳，咬牙道：“这是家里最后一桶泡面！”

“哦？”他抬眸微微一笑，“这是你最后一顿泡面，还有点汤，你要不要回味一遍？”

靠！

她简直不敢相信，这么恶心的话竟然出自颜泽之口。

“你真的是我认识的那个有洁癖的颜泽吗？”

“应该是的。”他点头，吃饱喝足后，朝楼上走去。

童雀看着泡面汤，空流泪，打开冰箱，看到都是生的食物，她又流下了一行眼泪，只好拿了一杯酸奶充饥。

她以前也不是没有饿过，但今天的饿跟以往的不同，她躺在床上翻来覆去，怎么都睡不着。

最后，她决定出门去碰碰运气，看能不能买些吃的。

结果在小区里逛了十分钟也没找到有商店，这算是她逛过的最“穷苦”的小区了。

于是她打了个电话给颜泽。

他的声音有些慵懒，似乎是被她吵醒的：“喂，什么事？”

“颜先生，你知不知道小区附近哪里有小卖部？”

颜泽稍微清醒了些，从床上坐了起来，看了看时间已经十一点多了，问：“这么晚了，你去小卖部做什么？”

童雀咬牙切齿，他还能不知道她找小卖部做什么？

“我想买点东西吃。”她泄气地说道。

“家里不是有吃的？我记得冰箱里还有不少菜。”

“都是生的，我不会做，我只会做黄金虾还有糖醋鱼。”

紧接着就听到他那边传来一阵窸窸窣窣的声音，像是在穿衣服：“你等着，我给你做。”

“不！”她大叫一声，不仅震慑住了那头的颜泽，也叫醒了小区里的居民。

“谁啊，大晚上的不睡觉？”居民怒骂。

一声叫喊，获得了小区居民的一致附和。

颜泽捏了捏眉心：“你在外面？”

“嗯。我已经找了一圈了，没看到小区里有小卖部。”

颜泽叹了口气，问道：“你在哪里？”

童雀扭头看看四周：“目测是B区十三栋门口。”

“走回来。”

“……”

“然后我开车带你出去买吃的。”

“……”颜某人终于良心发现了。

坐在副驾驶座上，童雀难掩愉悦的心情，双手扒在窗户上，将脑袋放在手背上，兴奋地看着窗外。

车速很快，但也正是因为快，才让明明暗暗的各色灯光快速倒退，绚烂的灯光成为这个城市的另一道风景线。

颜泽要是记得没错，一公里外似乎有个大型超市。

童雀忽然看到她心心念念的小卖部：“停车，停车！哎！你怎么不停啊？！我都看到小卖部了！”

可颜泽并不出声，只是开着他的车，假装没听见。

童雀开始怀疑起他来，他会有这么好心，半夜带她去找小卖部？摆明了是有陷阱，否则都已经到了，他为什么还要往前开？

难道……

她颤抖着双手捂住嘴，不敢相信地看向他，那种眼神就像是电影里受害者看到了真凶的脸。

颜泽瞥了她一眼，皱眉问道：“这么看我做什么？”

“颜泽，你说，你是不是嫌我太烦太会跟你来事，所以……”

他惊讶，她竟然还有自知之明，知道自己事多：“所以什么？”

她一只手捂脸，一只手冲他摆了摆：“我痛心。”

颜泽也没多想知道她后面的话是什么，所以没继续问，直到车停在了华锐附近的一家连锁超市门口，看到周围是人来人往的美食广场后，童雀沉默了。

她开始庆幸自己没将脑洞给说出来，她在车上没说完的话是——所以你要弃尸荒野吗？

她刚才在车上一副兴奋的模样，这会儿却又愣在原地，落在颜泽眼里，就跟没见过世面一样。

他好笑地拍了拍她的脑袋："不是饿了，还愣着做什么？"

童雀瞬间满血复活，扭头开心地拽着他的袖子摇起来："颜泽，你真是我见过的最好的人了！"

颜泽愣了愣，勾了勾唇，正想要说些什么，却见身边没人了，扭头一看，童雀已经一瘸一拐地进了小吃街，这速度，像是傍晚时连从沙发上站起来拿个钱都不行的伤员吗？

"给我来个薯塔，再来个烤鸡翅，那个烤肠也来一份！"童雀站在烧烤摊前，不断地吞咽着口水，两眼放光，所有的困意都被美食驱散开来。

"你的脚好了？"颜泽看着她的脚问道。

童雀坦然摇头："没有，你没看到我是瘸着腿跑过来的吗？"

浓重的烧烤味以及烟味将夜晚的清冷驱赶，空气中的那股热浪让人不适。

摊上放着的烤串甚至还有苍蝇飞来飞去，正巧一只苍蝇落在了生鸡翅上，颜泽看得皱眉："有苍蝇。"

原以为自己这么说，童雀就能放弃烤串，没想到她用一脸"你很没有见识，没吃过烧烤吗"的表情看向他："人家当然不会用放在上面的，他们用的都是放在下面的。"

周围的人认同地点点头，也不知是为了增加可信度让颜泽相信，还是在心理上让自己相信。

颜泽挑了挑眉："你怎么知道他放在下面的不是昨天放在上面的？"

"……"

他的声音并不算轻，围在周围的人也听到了，顿时就没了吃串的心情，纷纷走掉了。

那店主似乎也听到了，正想要看看是谁坏了他的生意，抬头看了一眼，却看呆了。

眼前的人长相干净，且矜贵，气质不输明星，跟烧烤摊格格不入，一瞬间，店老板有一种偶像剧男主角在他烧烤摊前的感觉。

童雀一听也觉得有几分道理，目测桌案上放着的烤串所有种类加在一起怎么着也该有个一百来串，人家又是小本生意，总不至于隔几天就换上一百来串新鲜的肉串在上面专门喂苍蝇吧？

这么一想，童雀顿时就没了吃串的胃口，但想着已经付了钱，抬起的脚步又收住了。

烤串已经好了，她心情十分复杂地接过了烤串，闻着烤串的香味，她迟疑许久，看看颜泽，又看看路旁吃得没心没肺很是开心的路人，她叹了口气，算了算了，这不没看到吗？

这么一想，她就释然了，张开嘴巴咬了一口，孜然和胡椒粉的香味以及肉香让她不后悔做了这个决定。

“嗯！好吃！”果然还是国内的烧烤才叫真烧烤啊！

她高兴地看向颜泽，却见他颇为嫌弃地看着她手里的肉串，一脸“孺子不可教也”的表情。

“真的很好吃！”她将鸡翅递到他面前，“不信，你试试！”

他连退两步，嫌弃依旧明显。

“不要拉倒！”她翻了个白眼，收回了手，他要吃，她还舍不得给呢！

见她吃得开心，他的脸已经拧成了麻花：“你，不怕？”

“怕什么？”童雀嚼着香喷喷的鸡翅，口齿不清，“这年头谁还没吃过点不干净的东西？人生苦短，活八十岁也是活，活六十岁也是活，要是没有好吃的，总是压抑着自己，活得再久又有什么用？港剧也说了，做人呢，最重要的就是开心！”

语毕，童雀已经吃完了鸡翅，开始解决余下的肉串，并一瘸一拐地进了热闹的巷子逛街。

小巷窄得横着只能通过四个人，但源源不断的路人依旧往里面挤，加上还有不少的烧烤摊以及美味小吃，巷子就更加拥挤了。

颜泽不是很想进去，但想到童雀那崴了的脚，还是跟着进去了。

混杂着汗臭以及各种糟糕的味道，颜泽十分后悔带她来了这里，早知道就随便找家小卖部解决算了。

忍着热辣吃完了薯塔，童雀开始大口大口地呼吸以缓解这太过强劲的辣味：“明明说了不要辣的啊！这老板是四川人吗，难道这对他来说就已经算是不辣的境界了？”

颜泽递过来一瓶水，她接过，猛灌了一大口，才终于将辣感给压下去了。

恢复如常后，她又咬了一口烤肠。

颜泽皱了皱眉：“不是说辣，怎么还吃？”

“花钱买的为什么不吃？”说完童雀又喝了一大口水。

“花钱找罪受？”

“你不懂，”她叹道，“这真的很好吃，怎么能叫花钱找罪受呢？人生苦短，就是吃过痛过，才叫人生啊！”

她说这些的时候，脸上写满了“我们两个有很深的代沟”“少年，你的思想高度还不够”，说完，不等他回答，她就进了一家饰品店。

颜泽愣了愣，他不是很能理解童雀，明明知道那些东西不干净，却依旧吃得没心没肺；明明脚还没好，却没感觉似的在逛街，嘴里说的也都是歪理。

店里挂着不少精致的手链，试看的人很多，童雀也不例外，戴了一条又一条，这条也喜欢，那条也放不下，还不时纠结地看向颜泽：“怎么样，你觉得哪条好看？”

颜泽瞥了一眼，花里胡哨的：“都不好看。”

童雀“切”了一声，收回手：“没眼光。”

“……”他不过是说了实话，怎么就说他眼光不好了？

结果是，她满心欢喜地试戴了那么多条手链，出来时却一条都没买。

颜泽问：“既然喜欢，为什么不买？”

“你不是说不好看？”

“我说鸡翅不卫生不能吃，你不是照样吃了？”

“……”童雀摸了摸鼻尖，腼腆地笑了笑，“说的还挺有道理。”却没回答他的问题，转身进了别的店。

“为什么不买？”他也正好看到了价格，很便宜，一条四十元。

童雀撇嘴：“每一条我都挺喜欢的，买这么多，我也没带这么多钱啊！”

“我带了。”

“我现在穷得很，问你借钱还要还，还不如不买。”

他什么时候说过要借钱给她了？

童雀笑了：“况且买这么多，回去后也得后悔，好看的东西多了去了，也不一定非要买，更何况……”她挑了挑眉，“我现在也觉得不喜欢了。”

她都这么说了，颜泽也不再强求。

两人逛了好一会儿，童雀才觉得大腿酸胀，回到家，已经是半夜两点了。

身上的那股怪味让颜泽觉得难以忍受，一进门就直奔房间洗澡。

童雀却睡意全无，她从冰箱拿了冰激凌，一边吃一边看电视。

颜泽洗完澡出来，看到她在看电视，提醒了一句：“别忘了，你今天早上九点还要准时上班。”

她耸耸肩：“好吧，等我吃完冰激凌就睡。”

“睡觉还吃冰激凌，童雀，你明天是不想上班了吧？”颜泽盯着她手上拿的东西。

“为了纪念我难得晚上出去吃东西，我得吃个冰激凌庆祝下。”说完，童雀幸福地感受着浓浓的奶味在嘴里化开的感觉，“你去睡吧，今天也够累了，谢啦！”

颜泽的眼睛盯着她，心却飘远了。

他觉得自己跟童雀，在观念上存在很大的差异，可以说是背道而驰。

童雀两三下解决了冰激凌，躺到床上安心地闭上了眼。

这一躺，却怎么也睡不着了，她晚上吃得太多，这会儿肚子一阵一阵地抽痛，五脏六腑也跟着绞了起来，加上又走了不少路，脚踝也开始疼起来。

童雀无奈地用手捂着肚子，试图给肚子一点温度，肚子里却翻江倒海的，咕噜声不断。

她算是明白了，什么叫现世报，现在报应来了。

当她掀开被子去厕所的时候，她就知道，这绝不是最后一趟，今晚绝对是个不眠夜。

当第四次掀开被子，她已经觉得浑身无力，双腿发软了，再拉下去，她明天上班都没精神了，好后悔没有听颜泽的话。

于是她一瘸一拐地走到楼下，想要找点止拉肚子的药吃，人刚到楼下，却眼前一黑，晕了过去。

颜泽刚睡着，就听到“砰”的一声，他没当回事，翻了个身继续睡。

忽地又睁开眼，他下意识地看向门外，只见门缝外有微弱的光进来。

颜泽打开门，去隔壁叫了叫童雀的名字，却没得到回应。

他以为是她忘了关灯，正要关灯，却陡然看到楼下地板上躺着一个不明物体。

那个不明物体不正是童雀本人？

他心里一紧：“童雀！”

童雀醒来时发现自己又来到了医院，周六晚上刚从楼梯上滚下来进了医院，周一凌晨又来医院挂急诊，她没想到自己这么快就做了回头客。

幸好发现得早，据说是食物中毒，所以给她洗了个胃，她已经舒服多了。

现在已经是早上五点钟了，为了能上班，童雀本想能睡还是睡一会儿，可胃依旧有一种坠沉感，心里也闷得很。

无奈下，童雀只好拼了老命，起床去外面呼吸呼吸新鲜空气。

由于左脚还没彻底好，行动有些缓慢，她慢吞吞地朝电梯走去。

刚到转角处，就跟人撞了个满怀。

童雀听到那人说的好像是西班牙语。

所幸童雀及时扶稳了墙，才没有摔倒，她听那人用西班牙语说道：“小姐，你还好吗？”

童雀在撞到他的一瞬间就看清了他的脸，她忙背过身去，咳嗽了几声，压低了声音：“咳咳，你说什么我听不懂，不过我没事。”

那人觉得有些古怪，走到她面前来，童雀低下了头，散乱的头发遮挡了她大半张脸。

“真的没事？”他换了中文，说不上来哪里古怪，但他总觉得这女人的声音像是在哪里听过，即便这会儿有些低沉。

她狂点头，却始终没抬起头来，像是惧怕又像是躲避。

正当这时，手机响了，他接起电话，用的是中文：“夫人已经没事了，您可以放心了。”

趁着他在讲电话，童雀想趁机溜走，却听他话锋一转，视线也挪到了她身上：“嗯，没事，刚才不小心撞了个人。正在解决。”

等着他再度挪开目光，童雀加快了脚步，一瘸一拐地朝前跑着，那狼狈的模样，活像是身后有一匹狼在追赶着她。

她的姿势像一头逃离捕杀的麋鹿，一瘸一拐地朝前跑，然后撞上了一棵大树。

“砰”的一声，她一屁股坐到了地上。

她揉着脑袋，就听那人低沉而又魅力十足的声音响起：“你去哪里了？”

她仔细一听，似乎声音里还夹带着一丝怒意？

童雀抬头一看，在灯光下的颜泽黑着脸，看得她心里也慌了起来，她起身拍了拍灰，回头看了看，问：“你怎么在这里？”问完后，她觉得他脸上怒意更深了，于是立刻又改口，“我不是这个意思，我是说，你怎么还没回去休息？”

颜泽脸色沉了沉：“要不是你，我现在能在这里？”

童雀这才看到了他手上的一叠缴费单，她讪笑几声：“都是我的错，连带着周六晚上住院的钱，你都记我账上。”

颜泽冷笑：“好啊！都记你账上。”

他的笑容让童雀的心里有些慌，总觉得有什么阴谋。

颜泽朝她身后看了一眼，正好看到了一个身形挺拔的男人，那男人也看到了他，跟他对视了一眼，便转身离开了。

“你跑什么，有人在追你？”颜泽想走过去看一眼。

第六章

好雨知时节，给我穿小鞋

童雀慌了，忙拉住了颜泽："我累了，要不回病房吧？"

在颜泽的搀扶下，童雀回到了病房。

童雀的肚子叫个不停，她感觉有点饿了，她看了看颜泽，有些难为情。

"刚才那个人是谁？"颜泽沉默许久，还是问出了这个问题。

"什么人？"童雀拉长了声音恍然大悟道，"哦，你说刚才那个问路的啊，他问我这附近有没有卖过桥米线的地方，他想吃。"

颜泽自然不可能相信这么拙劣的借口："你还知道这附近有什么吃的？"

"所以我跟他说我不知道就赶紧跑了呀！"童雀自己都觉得这个借口很没有说服力，于是主动岔开话题，"那个，你不回去休息吗？"

"你觉得我现在回去还能睡多久？"

快六点了，平时再过一会儿，他也要起来了。

她还是不要说话的好，这会儿说什么都得罪他。

颜泽坐在椅子上，想到刚才那个男人，再结合她的匆忙奔跑，问："你刚才出去干吗？"

"房间里太闷了，出去逛逛。"

"就十分钟，你已经逛完了？"

这男人怎么抓住她不放呢？算了算了，这几天是她不够安分，就让他怼一怼泄愤吧！

"我这不刚走到外面就不闷了嘛！"

颜泽心里觉得，她的反常，一定跟刚才那个男人有关，但她无意回答，他也不想多管闲事，索性不再追问。

童雀的肚子又叫了几声，她试图用吸气外加硬压着肚子的方式来制止这一声音的发出，结果都失败了。

"从今以后，不论是家里还是外面，都不准再吃垃圾食品。"

"凭……什么？"在看到某人警告的眼神后，童雀的气势虽然弱了一点，却还是把后面两个字给说了出来。

"凭什么？就凭你欠我一万〇八百六十一元三角，以及你浪费了我两天的宝贵睡眠时间，还有半夜带你出去吃垃圾食品的时间。"

童雀蒙了："一万〇八百六十一元三角……是什么鬼？"

"这两天的医药费。"

童雀吐血："你骗谁呢？我不就吊了个水，洗了个胃？医药费怎么可能这么贵？！"

"我没必要骗你。"颜泽将刚拿到手的缴费单都放到了她手边。

童雀快速拿起来一看，直到看到最后一项合计：八千五百六十元一角，才终于信了他说的话。

童雀看了看明细，看完忍不住惊叫出声来："什么仪器要六千八百块钱？！该不会是医院的电脑被人黑了吧？"

"哦，说是最新的洗胃仪器。"

"就没有便宜点的仪器，或者优惠的住院套餐？"她颤抖着嘴唇，比如第二次住院半价之类的？

"套餐是没有，仪器倒是有。"

"那你怎么不用？！"她愤懑地拍上脑门，"为什么我在这里住一晚上要一千多？这是什么地方，龙宫吗？"

"这里是私立医院的VIP病房。"

"……"

暴击！

"你为什么带我来这里？"童雀只差没痛哭。

颜泽脸色一沉，似是暴怒的征兆："你是想要恩将仇报？"

"没有……"

童雀嘴一撇，眼睛一闭，捂着胸口，她心痛啊！她肉疼啊！她脑袋也痛啊！现在，无论是生理还是心理上，她都痛到了极致。

童雀也终于明白了颜泽那个眼神是什么意思，原来这里的医药费这么贵，她顿时后悔刚才为什么要充大头，说医药费记在她账上。

她账上的钱就是全给了他，都还不够呢！

"你这是怪我？"

童雀的脸埋在手心里，闻言，抽出一只手摆了摆："没，我是怪我自己，为什么要半夜出去吃烧烤。"

看到她这心疼的模样，颜泽的心情蓦地大好，云淡风轻道："人生苦短，吃过痛过，才是人生。"

"……"这话听着莫名耳熟。

等等！这不就是当时他劝她别吃烤串时，她反驳他的话吗？

为何打脸来得这么快？

停下了争执的两人回归了平静，休息了一会儿后，司机小王送来了一份早饭，看着小王，童雀心情复杂。

辛苦你了，小王，拿着司机的工资，干着保姆的活。

童雀满心欢喜地伸出手等待着，结果小王直接拿着早饭走到了颜泽面前。

一个猜测在童雀脑海中逐渐成形。

所以她是没饭吃了吗？

她瞄了一眼，煎饺？

颜泽看也没看她一眼，默默坐在一旁享用早餐，感受到童雀过于幽怨的眼神，他才开口："医生说，你二十四小时内不能吃东西，都是医生的吩咐，有意见你可以去找医生。"说完夹起一只饺子喂进嘴里。

也是，她刚洗了胃，这个时候可不能瞎吃。

得，还是养胃吧！

童雀索性刷起了微博，正好瞥见热搜第二十条——机场偶遇帅哥。

一般微博上都是偶遇明星之类的，倒是第一次出现了偶遇帅哥的热搜。

要说童雀除了喜欢人民币，还喜欢帅哥。

于是她满怀期待地点进了这条热搜，希望这个帅哥的颜值不要让她失望。

博主配文："坐标巴塞罗那机场，竟然碰到了个帅哥，还是帅得惨绝人寰的那种，目测身高一百八十六厘米，我忍了好久才忍住没扑上去，不多说，放图！"

童雀点开大图。

由于是偷拍，隔得比较远，也只有一个侧脸，但即便如此，也足够让人看清照片中男人的美貌。

巴塞罗那的过往霎时在童雀的脑海里一帧又一帧地播放着。

童雀差点没疯。

这渣男竟然上热搜了？

照片中的男人正是童雀的前男友，不知道他抽什么风，竟然在婚礼现场悔婚！

那个混蛋的名字，她甚至都不想想起来。

童雀怀着满腔怒火点开了评论区。

"我天，侧脸看上去就超帅啊，博主，赶紧的，上去要电话啊！要不到就求他出道吧，我要做他的第一个粉丝！"

"这也能叫帅？如果这都能算帅的话，那我等凡人岂不是丑到了尘埃里？这怎么能叫帅呢，这应该叫绝世美颜啊，已被帅疯。"

"不说了，去买机票了，巴塞罗那是吧，因为一个人，爱上一座城。"

……

一般遇上小鲜肉或是素人帅哥的新闻，网友们大多数是褒贬不一的，毕竟每个人的眼光有所不同，但这么大面积沦陷的，童雀至今还没怎么见到过谁有这样的魅力。

想到那个混蛋，童雀就憋屈，看着满屏的爱心，她决定大干一场。

她当即撸起袖子，眼睛里散发着诡异的光芒，手指灵活地打字。

燃起蛇姬之魂：“这人不是我朋友的男朋友吗？怎么，抛弃她还跟小三跑了，好久没看到了，原来是蹭了富婆的机票出国去了？”

童雀说得有板有眼，还特地注册了一个小号，再过来哭诉自己就是受害者，其实这个男人已经脚踏多条船之类的。

但还是有人发现了这是个刚注册的小号，童雀只好用小号“FFF”发了条微博：“谢谢大家关心，听到朋友说的，就注册了个账号来微博看了，的确是他。幸好老天开眼，让我在结婚前就发现了他的‘英勇事迹’，现在他怎么样都与我无关，作为一个过来人，我要告诫大家，看人不要光看外表，人品才是最重要的，防火防盗防渣男，谢谢！”

只有一个人这么说，或许还会让人有所怀疑，这人家朋友都亲自上阵了，还说得这么逼真，让人不相信都难。

于是，评论区从刚开始的一片和谐，被童雀这一颗老鼠屎，搅得引发了大片的骂战。

“我看这个‘燃起蛇姬之魂’纯粹是嫉妒，什么我朋友的前男友，看着都假，她朋友都说要结婚了，那不就是前未婚夫，怎么成男朋友了？”

“这只是个称呼问题好吗？没结婚前，叫老公都行，凭什么人家快结婚的，就不能叫男朋友，更何况人家这不没结婚吗？我看这事是真的，这男的一看就是个渣男。”

“呵呵，我还是第一次听说一眼就能看出渣男的，就两个微博账号的互动，至于全网黑这个男的？谁知道对方是不是键盘侠，没有实锤前，不做评论。”

“没错，万一你们发现这两个账号都是同一个人，而且还是个男的，就尴尬了，指不定是嫉妒人家比他长得帅。”

发完微博的童雀转眼就放下了手机，因此不知道网上因为她的两个微博账号而引发了大片口水战，也就更不知道后面事态的发展超乎了她的想象。

看时间不早了，童雀便想回日荔湾拿设计图，却被颜泽勒令在医院好好休养。

她可怜巴巴地看着他："就送我一趟，成不成？你知道的，今天要交设计图，不能让我这几天的努力都白费啊！你说是不是？"

颜泽的视线投向床边的吊瓶上，那意思很明显，还有大半瓶。

童雀心领神会，这大半瓶挂完都要八点了，回去一趟再去华锐，只怕是来不及了。

"你还是好好休息吧，设计图我帮你带到公司。"

"真的？！"童雀喜出望外，但颜泽还没点头，她忽然又败兴下来，"不行，这事你不能出面。"

颜泽还没听清，就见她眼神坚定地抬头道："你不能帮我，要是被部门里的人知道了我跟公司老总有关系，那流言还不满天飞？"

那她这个在设计上大有可为的青年，怕是做什么都要被人说走后门了，那她还干吗浪费精力来画图？就算真的得到了参赛机会，也会被人戳脊梁骨。

她脑筋一转，拔下了病床上的杆子："这样吧，我把吊瓶带走！"

"……"

颜泽是拒绝的，无奈童雀太过固执，以至于他妥协了，因为突然要出院，护士将剩下的一瓶吊瓶也挂到了杆子上。

坐在副驾驶座上，眼看着即将到华锐，童雀喊了停："停车，不要再过去了。"

颜泽还真的停下了车："还没到公司。"

"我知道。"就是知道她才不过去的，"我就在这里下，多谢你啦！"

童雀说完就要开门，颜泽拧眉，看了看她现在的样子道："你确定在这里下车？"

她已经开了门，并且一只脚都踏了出去："我确定一定以及肯定。"

颜泽没再出声，等她站稳了，在窗外朝他挥了挥手，他才开车扬长而去。

当大街上所有人的视线时不时地朝童雀身上扫来，她才算是明白了颜泽那句"你确定"的含义。

她还以为他是说她这么早下，原来，他是在提醒她，手拿吊瓶走大街的壮举会万众瞩目。

下车的地点，她特意选在离公司还有两条街的地方。

于是，童雀就悲催了，光天化日之下，举着个杆子，上面挂着吊瓶，而且走路还一瘸一拐，她觉得自己有些可笑，可即便是路人都在嘲笑她，她也不能笑。

稳住！她能赢！

“加油！没什么的！不过是个吊瓶罢了，人家算命先生还天天带着锦旗呢！”

她这么安慰着自己，好不容易说服了自己，却忽然听到一道稚嫩的声音从身旁响起：“妈妈，那个阿姨拿个晾衣杆出来干吗？好好笑哦！”

“别瞎说，那是吊瓶，这年头看病难，一定是没有病房……阿姨这是出来散心呢！”

路人露出了认同的表情，随即向童雀投来同情的目光。

童雀抿唇，在心里呐喊：你们听我解释，真不是这样的。

再看左边那人摇摇头，一脸的惋惜。

——喂！同志，你要不要用这种看绝症患者的眼神看着我？

在经历了路人惊讶与同情的目光后，她终于穿过了两条街道，松了口气，这是她走过的最艰难的路。

童雀刚要进去，就听身后一道不太确认的声音响起：“童雀？”

她转过身一看，是陈放：“部长，好巧。”

在公司门口碰到，说巧，童雀自己都觉得这话没法接，只好干笑两声。

好在陈放没注意到，只含着笑，上下打量着她头顶的吊瓶，以及她的脚。

“你这是……演的哪一出啊？”

童雀哭笑不得，捂脸：“昨晚吃坏了肚子，进了医院，这不，只好带着吊瓶过来了。”

陈放朝她竖了个大拇指：“行，看来今年优秀员工，我得选你了。”

两人朝里面走去，看着她一瘸一拐，陈放的速度也慢了下来：“那你的脚……也是昨天晚上？”

“不不不，是周五晚上崴的。”

陈放“呵”了一声：“看来你这个周末过得很刺激啊！”

“还行吧。”

“设计图画完了？待会儿可是要上交的。”

童雀点头：“我知道，部长不参加这次的比赛？”

陈放摆摆手道：“我都一把年纪了，机会还是留给你们年轻人吧！”

“我倒是第一次看到自己说自己一把年纪的女人，不都是说自己还年轻吗？”童雀笑起来。

陈放虽然已经四十五岁了，但她保养得当，看上去不到四十岁的样子。

两人到五楼设计部的时候，众人对这对组合的出现还有些消化不良，但在看到陈放身后拿着杆子挂着吊瓶的童雀后，先是一愣，随后，办公室里发出了长达五分钟的爆笑。

原以为陈放怎么着也会吼一吼，拦一下，结果她也跟着笑了起来。

童雀：“……”

她也很绝望，可是她能怎么办？

拔吊针吗，血溅三尺怎么办？

五分钟后，一切归于平静，陈放的脸上依旧残留笑意，她拍了拍手：“好了，都工作吧。”

笑声停下，童雀咬着下唇，默默举着吊瓶，左脚前、右脚后地往自己的位置上走去。

陈放进了办公室后，众人好奇地打量着童雀。

阿欢抢先道：“雀雀，你怎么了，这是什么情况？”

她无奈撇嘴，亮了亮手里的杆子：“如你所见，我在挂吊瓶。”

几个人没忍住，又笑起来。

姚檬碰了碰她问道：“你生病了？看起来脸色不太好。”

童雀耸耸肩，将刚刚跟陈放说的话又重复了一遍。

姚檬用同情的目光看向她，却被她阻止：“别，别用这种眼神看我，天知道我刚才一路过来，接收了多少路人同情的目光。”

“扑哧。”姚檬极力忍耐，但在听到这话后，或许是强烈的画面感，让她没能忍住，终于还是笑出了声来。

刚坐下没多久，阿欢就来收参与者的设计图，上交到了陈放那里。

陈放一张张地看过去，看来这一次所有人都是花了心思的，好的作品还不少。目前为止，让她觉得不错的设计图有阿欢的婚纱、黎曼的假日长裙以及冯丽丽的复古装。

当看到童雀的那张设计图后，她挑了挑眉，将童雀的设计图放到了一般水准的设计图区域。看完之后，将姚檬叫了进来。

“把这些设计图交到二十八楼。”

姚檬点点头，接过图纸，余光正好瞥到了桌子右手边的那叠图纸，最上面一张，署名正好是童雀。

陈放顺着她的目光看去，眼里精光一闪，笑道：“中午上面的人会决定三名参赛人员，在结果没出来前，我不希望听到部里有任何的流言蜚语。”

姚檬身体一僵，随即明白过来，点点头，出了办公室。

陈放手一顿，目光暗下来，不小心打翻了手边的水杯，童雀的设计图顿时被打湿，她看着纸张全部浸湿后，才动手“解救”设计图。

回来后的姚檬，却时不时地看着童雀，一脸欲言又止的样子。

最后还是童雀开了口：“姚檬，你就别担心了，我挂的这个是补充营养的，你老看我，我自己都快忍不住笑了。”

姚檬神色古怪地看着她发呆，明显有心事，她不说，童雀也就没接着问。

二十八楼。

刚收到服装设计图的颜泽，草草地翻了几页，正准备开个会，却忽然想到了什么。

他似乎没看到童雀的设计，虽然他只看了一眼，但没忘记她设计的图样。

叶嘉正要进来通知他会议时间，却见他一脸的异色：“颜总，五分钟后就是……”

“先等一会儿，你问问设计部，是不是少了点设计图，怎么才五个人？”他将五张图纸拿起来晃了晃，薄薄的图纸随着他的动作摇摆晃悠，顿时出现折痕。

陈放正在和那名难搞的客户私聊，办公室电话就响了。

她一看竟然是来自总裁办的，于是赶紧接起来：“喂？”

“陈部，我记得你们部当时报名参加设计大赛的不是有很多人吗，怎么交过来的图纸就五个人？”虽然叶嘉不明白总裁为什么问这个，但总裁想知道，那就问吧。

陈放心里“咯噔”一下，下意识地看向垃圾桶里的那叠图纸：“哦，是这样的，经过筛选，我觉得这几个人的水平是参赛人员中最高的，所以只交了他们的，然后再由公司正式决定最后出战的人员。”

叶嘉皱了皱眉：“陈部，虽然你这么做节约了大家的时间，但颜总都这么问了，我劝你还是送上来吧，总裁还是挺重视这次比赛的。”

陈放沉默了一秒，随即笑道：“好的，我马上让人送上来。”

“嗯。”

电话挂断，陈放沉默了一会儿，出去叫已经挂完吊瓶的童雀进来，递给她一份文件，吩咐道：“童雀，这东西你帮我交到二十八楼的叶秘书那里。”

童雀正欲离开，却又听陈放说：“对了，顺便帮我把这叠废纸放到碎纸机里。”

童雀低头一看，废纸上打满了草稿，上面还画着卡通人物。

没想到陈放四十多岁的人了，还有这样的童心，她随口道：“陈部长还看过野良神？”

陈放愣了愣，目光停留在她手中的废纸上，才明白了过来：“大概是我女儿喜欢吧，她以前来这里就喜欢乱画。”

“原来是这样。”

童雀出了办公室，看着陈放挺急的样子，便先将文件送到了二十八楼，叶嘉看到她的时候，直接愣住了，站起身来惊讶地看着她：“童……”

直到童雀将怀里的文件递给他，并说：“这是陈部长让我送上来的，叶秘书要是没有别的事，我就先下去了。”

直到人走了，叶嘉都还没反应过来。

叶嘉正奇怪怎么用文件夹盖着，打开一看，发现并不是设计图。

童雀将废纸带到了设计部的影印室，叶子正好在里面复印资料，她叫了一声："叶子，复印呢？"

叶子朝她一笑："是啊！你呢？"

童雀抬起了手里的废纸："帮部长来碎纸。"

刚将废纸放进碎纸机里，就听叶子神色古怪地问："你有男朋友没？"

男朋友？

童雀摇摇头："怎么突然这么问？"

叶子眼睛里的深意叫她看不太懂，紧接着叶子又开始上下打量起她来："你身上这条衣服挺眼熟啊，好像在哪里见过。"

童雀干笑道："哦，淘宝货，仿的Burberry（巴宝莉）的夏季新品。"

她这么主动提出，叶子也想了起来，一边惊呼这料子真不错，一边道："现在淘宝货做得越来越仿真了，要不是你说，我都怀疑这是真的了。"

童雀的心颤了颤，想起来这衣服都是家里挂着的，哪里是仿的，全是真的，她倒是忽略这一点了，别人问起来，她也只能这么答了。

"咳，一个月工资就万把块钱，正品可得花上一个月的工资呢！哪里是我这种小职员舍得买的？"

叶子认同地点头，随即安慰道："你现在才刚入职，工资是低了点，干得越久，工资越高，还有年终奖呢！"

"嗯。"

叶子一双眼睛盯着复印机，思绪却已然飘远，真的有这么仿真的淘宝货？

正想再问，却听童雀提醒道："叶子，你的已经好了。"

叶子整理好复印件，看向童雀："回去你把这家淘宝店的链接发我吧，看着水准还不错。"

童雀心里"咯噔"一下，干笑了几声，急得手心出汗。

让你说淘宝店，让你说淘宝店，这下好了吧？

她灵机一动，微微一笑：“嗯，我回去找找看，找到的话发给你。”

说话间她已经碎完了废纸，两人齐齐回到办公区没多久，陈放就一脸慌张地走了出来，她似乎很急，高跟鞋敲击地面的频率不断提高。

“我给你的那叠废纸呢，你该不会已经碎完了吧？”

童雀点头。

陈放无语并且泄气地拍了拍自己的脑门：“完了完了！那可是我们部参赛人员的设计图！”

她的声音不算小，以至于本身就很安静的办公区，更加安静了，虽然大家都没说话，但一时之间，所有人的目光都投向了她们。

童雀已经惊呆了：“那不是您交给我的吗？上面还放着好多废纸呢！应该不是图纸吧？”

陈放说：“就在里面，当时你多拿了一叠，我也没注意看，里面正好有八张设计图，我刚才还抱着侥幸心理，以为你至少能翻开来看一眼，图纸这种事很重要，你怎么能看也不看一眼就放进去碎了？”

“我……”接受到来自四面八方的谴责目光，童雀不知道该说些什么好。

这件事，明明就是陈放的过错，她却把锅给了自己，还说她怎么也该看一看。

“算了算了。”陈放冲着她摇摇头，像是对她很失望的样子。

叶子挑了挑眉，没说什么。

童雀回到座位区，姚檬立刻问：“到底怎么回事？”

童雀不太想说话，虽然不想蒙受不白之冤，但锅已经背上了，给她背锅的人又是部长，想到这里，她还是忍了下来。

这个时候即便是得到了少部分人的理解和安慰也没用，毕竟那个人是他们的顶头上司。

她只好摇了摇头，没说话。

姚檬也就没多问，而这时，微信群里，陈放发了一条通知：“@童雀@宋乐乐@徐茂阳@张玲@王艳@周青青@王佳丽@沈阳，以上人员的设计图因为损毁原因，需上传一份电子稿，马上发到我的邮箱，以上人员中，要是谁还有多的一份设计图，请马上联系我。”

刚才两人在办公区的一番对话大家都是听到了的，所以事情的详细过程，大家也都猜了个大概。以至于被陈放@到的这些人，很快就用一种怨毒和仇恨的目光扫向童雀。

幸而这些人都是老江湖，因此不少人都还有备份，有些没备份的，便只好将电子稿发到了陈放的邮箱。

但他们都知道，要是还有设计图，也许还有出战的机会，但一份电子稿，恐怕只是谢谢参与了。

姚檬看到这条消息，捏着手机，欲言又止，想要说些什么，却又不敢说。

童雀也只有一份电子稿，发了邮件后，收到了两条微信消息。

一条来自陈放，一条来自姚檬。

陈放发的内容很简单，她还没看，全部内容就已经显示在了界面上。

“在群里道个歉吧，以后不要再犯这种错了。”

她心里有句不文明用语不知该不该说，想了想，人家是顶头上司，这不发吧，得罪了上司；发吧，就是得罪其余的七个同事。

正纠结间，她已经点进了姚檬的对话框中。

“有件事，我觉得应该告诉你，但是你千万别跟别人说这件事是我说的啊。早上部长让我替她交我们部里的设计图，当时她只给了我五张，而且我正好看到你和其他人的设计图被放在了桌子上，我当时还纳闷为什么就交五张，她当时也知道我看到了，还说在结果出来前，不希望听到有人议论这件事。我也不是要引导什么言论，我只是觉得这件事你应该知道。不过我不是很明白，她为什么要这么做？”

童雀看完后，整个人都呆住了。

姚檬的这段话，让她不得不多想，姚檬这个职场新人都看出来这件事是陈放动了手脚，童雀哪里会看不出来？

也就是说，陈放是故意没有交他们八个人的设计图纸，但她又真的让自己又去交了一遍，然后故意让她碎了八个人的图纸。

童雀以最快的速度冲进了影印室，然后打开了碎纸机，拿出里面一条条的碎纸，还真被她找到了野良神的其中一条碎纸。

她仔细确认了一下，碎纸没被人动过。

于是她又继续找着，直到看了所有的碎纸条，她才明白过来。

这件事，从让她送文件到顺路帮忙碎纸，都是一个局，为的就是让她背上毁了这八个人的图纸的罪名。

童雀心烦极了，加上脚崴了，走路就更慢了，她一瘸一拐地走到座位上，有些想不明白，自己到底是哪里得罪了陈放，她为什么要这么陷害她？

图纸没有在二十八楼，也没有在碎纸机里，那会在哪里呢？

童雀转念一想，她还是应该找到八张设计图，这一刻，她已经管不了陈放以后会不会因为这件事给她穿小鞋了，因为从第一次给她穿上小鞋的那一刻，她没有反抗，那这小鞋以后肯定会源源不断地来。

但这究竟该怎么着，还是个问题。

陈放又发来了一条消息："我知道，在你心里，这件事也许是我的错。但我要告诉你，华锐的人向来不允许出现任何错误，所以每个人做事都很稳妥，就算是我拿错了，但最终拿去碎纸的人是你，你要是多看一眼，也不会犯这种错，我希望你能明白。"

童雀只想回她一个"呵呵"，这么想着，"呵呵"两个字已经打了上去，但最终还是没勇气发过去。

她要是发过去，不就是明目张胆地跟她宣战了？

她没那么傻，脑子长着是干吗用的？当然是怼回去啊！

至于怎么怼，还得放到以后，现在的首要任务是找到那八张设计图。

该死的老女人，这张图她可是熬了几个通宵画出来的，竟然被她给雪藏了！

童雀坐在原位想了许久，蓦地眼睛一亮，走进了办公室。

看着她进去了，众人开始议论纷纷："老子花了这么多心思的设计图，竟然被她给毁了。"

"就你花了心思，谁没花心思？"

"算了算了，她自己的也被碎了，也没备份，说不定也难过着呢。"

姚檬听着他们的话，顿时鼓起了勇气，怯弱出声："这件事也许不是你们想的这样，你们也不了解事情的经过。"

她不维护还好，一维护，被毁了设计图的王艳就跳脚了："什么叫我们不了解，这件事还需要怎么了解？她自己不认真看，毁了我们的心血，该不会还要说我们冤枉她吧？”

姚檬长这么大，还没被人这么怼过，又念着陈放的话，不好明说，于是只憋着句“我我……”，半晌没再说出话来，眼睛都气红了。

“好了好了，你也别凶姚檬啊！”阿欢走过去，拍了拍姚檬的肩以示安慰，“她都没参赛，也就说句公道话。”

王佳丽冷笑一声：“公道话？不是你的设计图被毁，你当然不着急咯！我就不信她毁了你的图纸，你还能跟她好好相处。”

“所以呀，她这不没毁吗？”阿欢正面回怼，一脸笑意，气得那两人没话说了。

办公室。

陈放勾着人畜无害的微笑，手指在桌面上轻轻敲击：“找我有什么事吗？”

童雀倒是有些佩服起这个老女人来，不得不说，年龄跟经验还是成正比的，就好比现在，面前这人“名正言顺”地给她背了黑锅，结果再见到她，还能对她示以微笑，问她有什么事。

如果童雀这会儿只是一个刚毕业的大学生，没有经历过社会的浸染，会有两种选择：一、忍气吞声，以后依旧被陈放穿小鞋；二、揭竿而起，还是会被穿小鞋并且扫地出门。

因此童雀庆幸自己已经是一个经历过各种艰难险阻的老油条了，面对眼前的老江湖，她倒也没那么害怕。

不过，要不是有姚檬的沉不住气以及路见不平，她也很难发现陈放的背后阴招。

“哦，陈部长，我就是想要问问你，这周末有没有空啊？”

“什么？”陈放一愣，她想过很多种情况，唯独没想到童雀一张口问的竟然是风马牛不相及的问题。

童雀微微一笑，一边解释，一边不露痕迹地观察陈放，解释道：“是这样的，这周五不是正好发工资了吗？我上次不是说，月末发工资请大家吃饭吗？我打算有空就看看去哪家餐厅聚餐比较好。”

在这一行干了二十多年，陈放做过的坏事不少，怎么说也不该心虚的，但面对不按套路出牌的某人，她却破天荒地心虚了。

陈放笑了笑，试图用笑容来掩饰自己的真实情感，眼角也笑出了皱纹："不用了，周末得在家带孩子。"

"别啊！"童雀摆摆手，笑得真诚，好似什么也没发生过。

童雀走到陈放的办公桌前："您是设计部的部长，您要是不去，就好似鱼没了水，没了水，我们这些鱼还怎么游得开呢？部长，您说是不是？"

童雀目光一转，发现桌上有没擦干净的水渍，一旁的杯子也是空的，断掉的情节在她脑海里慢慢连接上。

见她还在犹豫，童雀又加了把油："您要真担心孩子，那把您女儿也一并带来呗！我倒想见见，您女儿是不是也跟您一样漂亮。"

说了这么多违心的话，童雀自己都磕碜，但她会这么说，是因为她已经找到了她要找的东西。

童雀的嘴角微微一勾，又劝说了几句，陈放总算是答应了下来。

"对了，让你道歉的事，你随便在群里说几句就行了，同事们也都不是坏人，没多久，也就忘了这件事了。"

童雀眨眨眼，天真道："行嘞，那我就先出去了。"

童雀的表现在她的意料之外，这种发展不在自己掌控中的感觉不太好。

颜泽那边，已经拿着图纸在开会了。

他不明白为什么没有童雀的图纸。

所有人在阿欢、黎曼、冯丽丽、叶子的作品里徘徊不定，最终剔除了冯丽丽。

正当大家以为会议已经结束的时候，就听上方的那位低沉的声音响起："再选一个替补的怎么样？"

虽然是在咨询他们的意见，但这人是颜泽，他们还能真的发表意见不成？

随即有人附和："今年优秀的作品这么多，理应多给他们一个机会。"

颜泽点头："那你们看看，还有谁的作品比较好？"

大家都以为颜泽想留下冯丽丽的作品，于是半数的人都说是冯丽丽的复古装，还有人推荐宋乐乐的。

却听有个人道："我觉得这个连体装不错。"

说话的人正是叶嘉。

此言一出，下面的人纷纷在图纸里找起连体装的设计图，但翻来翻去也没看到，直到有人提醒了句："那不是那四个电子版设计图里的其中一个吗？"

第七章
风月解人意，心情不美丽

众人这才纷纷明白过来，有人打开文件去看，也有人不买账，不悦道："向来都是纸质稿参加评选的，这电子版的一看就是没上心，我不同意，我还是选冯丽丽。"

即便有人不同意，但还是有人在看了连体装后，动摇了："虽然我也觉得电子版的没上心，但如果要选替补，我觉得这个童雀的连体装不错，结合了宋裤双层的汉元素，上身的吊肩短装还能展现现代女性的干练和身材，我同意。"

有人赞同，自然有人不赞同，不赞同的几乎都是因为这是一份电子稿，赞同的人虽然也因这是一份电子稿而有芥蒂，但还是被设计本身所折服。

张董事看了看眼前的僵局，温和地笑了笑："我曾经在罗马看到有人穿宫廷装，虽然很吸睛，但过于繁重和闷热。那时候我就在想，我们历史上的服制也是比较烦琐的，但要是取其精华，结合现代的设计感，一定能有所突破。没想到今天倒是跟这个设计师撞了想法了，我以一名女性消费者的眼光来看，毫无疑问，我选这套。而且，我觉得，要是拿改良汉元素的热点内容去营销，应该能为这次比赛博得更多的眼球，也不失为宣传公司的一种手段。”

听了张董事的话后，众人觉得要是真能为公司免费宣传一回，到时候比赛中的观众人气奖也能囊括其中的话，不亏。

于是，童雀全票通过，成了替补设计师。

颜泽全程没为童雀说一句话，却让她获得了这个机会，这离不开叶嘉的懂事和贴心。

没错，是叶嘉瞥到颜泽的电脑屏幕上一直放着童雀的那张图纸，他才“斗胆”提出了意见，见颜泽没反对，才给张董事发了条消息：“选童雀。”

所以张董事口中的什么罗马，什么营销手段，都是骗人的。发展靠的不仅是实力，更重要的还是机遇，机遇要是错过了，就只能走后门了。

等人走得差不多了，张董事才谨慎地问叶嘉：“这个童雀到底是什么人啊？”

叶嘉眉头一挑，转移着话题：“童雀的实力是不差的，颜总大概是看中了她的实力吧！”

张董事半知半解地点点头，她才不信叶嘉的话，颜泽向来死板，怎么可能因为实力而忽视图纸的重要性？

好在童雀的图纸的确让她喜欢，所以这后门她开得倒也不心虚。

童雀还不知道自己已经走了一通后门，看到手机屏幕上跳动的“黄世仁”，她愣了愣，过了好一会儿才想起来这是自己给颜泽备注的名字。

童雀走到过道里接起来，问：“怎么了？”

颜泽皱眉：“怎么这么久才接？”

“我这不是在忙嘛。”童雀干笑几声。

“忙？”还能有他忙？

“为什么你没交设计图？”

童雀脸上的笑容一僵，叹了口气：“被人背后摆了一道。”

“还有人能摆你一道？”颜泽嗤笑。

“你什么意思？我告诉你，你现在别惹我，我忍了一早上了，明明心里有气，还得对别人微笑。”她压着怒意道。

虽然在陈放面前，她伪装得很好，但怎么说她也是背了黑锅，哪里能不气？

听着她愤怒的声音，颜泽才觉得她或许是真的被人坑了。

“你就一份电子稿，即便你设计得再好，也不可能有机会出战。”虽然童雀已经成了替补，但替补的意思是，有人退场，她才能上场，所以，要是没人退场，那她就还是跟没选上一个意思。

童雀叹气，声音带着遗憾：“我知道。”

或许是觉得对话太过压抑，颜泽搜肠刮肚地想了句话来安慰她：“继续努力，以后说不定还有更多的机会。”

“嗯。”

电话挂断，颜泽却有一种自己没被选上的感觉，奇怪，他失落个什么劲？

童雀刚回到办公区，就见陈放出来拍了拍手，将大家的注意力吸引了过去。

“替公司参加设计大赛的三个人已经选出来了。恭喜阿欢、叶子和黎曼，你们入选了。”

三人面露欣喜，其余八个人朝童雀投来幽怨的目光。

“但是，公司发现这次设计部有不少优秀作品，为了公司的荣誉，上面还多选了一个人作替补。”

听到这话，那些落选的人脸上的阴霾顿时散了些，一脸期冀。

“童雀，恭喜你，你是替补。”陈放眼含笑意，话里却多了一抹寒意。

童雀不敢相信地指着自己：“我？部长，您没逗我？我交的可是电子稿。”

陈放笑了笑：“上面知道这次意外，但为公司荣誉而战，自然是不能放过优秀的人才，所以这次的电子稿也参与了评选。”

虽然陈放很不想承认这一点，但上面就是这样吩咐的，如果她不据实所说，以后他们也会知道。

言外之意是，即便是电子稿，童雀依旧凭着实力获得了这个出战的机会。

童雀后知后觉地想起了颜泽那通电话，这么说他也不知情她靠的是实力？

虽然只是个替补，但获得了肯定，童雀心里总归是高兴的。

这么一听，那些被毁了设计图的人对童雀的怒意转为了嫉妒，但也正是因为实力之说，也让他们和童雀明面上算是和解了。

在这个消息公布前，童雀和姚檬两个人在群里和众人商量周末在哪里请客吃饭好，刚才还没几个人回复，这会儿矛盾解开，大家也就开始商量周末在哪儿吃饭的问题了。

看着群里逐渐缓和的氛围，陈放捏紧了手，没想到这样都被她给化解了，看来她的确不好解决，只能等这一阵过去再说了。

原以为这件事就这么过去了，谁知办公室里最大嘴巴也最沉不住气的王艳在另一个微信群里曝光了一件事。

这个微信群是王艳刚刚建的，独独没拉陈放。

王艳：“我刚才进办公室，发现了一件大事。”

阿欢：“什么大事？”

梁俊：“前排出售瓜子。”

王艳：“我进去后不小心踢翻了里面的垃圾桶，我正忐忑呢，结果，你们猜我看到什么了？”

童雀看到消息，勾了勾唇，故意装傻：“看到什么了？”

王艳：“我们八个人的设计图！最上面的那张就是童雀的！全打湿了！”

沈阳：“我似乎发现了什么大事。”

王佳丽本就有怒火，这会儿更盛了，她阴阳怪气道：“厉害啊！自己弄坏了我们的图纸，还设计陷害手下的人！该不会她以后再犯了什么事，都会这么甩到我们身上吧？”

聊到这里，大家就没再继续下去了，众人心中有数，也知道童雀背了黑锅，但背锅侠本人并没有说什么，也没有喊冤，其他人也就没有道歉。毕竟真正做错事的人是陈放，他们只是被错误地引导了。

最后，这件事以王艳和王佳丽被叫进办公室，训斥她们传播错误言论污蔑陈放，并被记了个过，扣了小半个月的工资告终。

虽然大家明白是有人告了密，但究竟是谁告的，倒是可以排除这八个受害者，毕竟他们都快恨死陈放了，除此，只剩下被上交了图纸的五个人以及没参加比赛的姚檬。

也因为出现了告密者，导致这个群再无人说话，成了个死群。

童雀觉得自己一定是被上天眷顾了，否则怎么突然就洗刷了冤屈，得到了肯定，还揪出了“真凶”？

童雀走出公司的时候，来来往往的人总是指着她，说着悄悄话还莫名笑起来，直到听到什么“吊瓶”、“杆子”之类的词语，她才想起来早上的壮举，想到那根被她丢到角落的杆子，她觉得，今天丢人算是丢大发了。

她刚走到公交站，就有一辆黑色法拉利停了下来，小王摇下车窗：“太太，上车吧。”

坐在副驾驶座上的叶嘉朝右边一看，发现是童雀，再听小王的称呼，顿时就蒙了，太太，什么情况啊？

太太！

这个童小姐竟然成颜太太了？

为防惹人注目，童雀在左顾右盼下上了车：“你以后能不能开个不那么张扬的车？你要是来接我，你好歹打个电话给我，我好走到远一点的地方再上车啊！”

面对她的指责，某人毫无反应。

瞧着颜泽被人毫不留情地训斥甚至不生气的奇观，叶嘉惊呆了，而后则是产生了深深的悔悟，他应该早一点发现颜泽屏幕上的图纸，然后在那三个人选出来前就提出童小……颜太太的名字。

童雀说完后才发现前面还坐着叶嘉，于是干笑几声打招呼：“叶秘书，你也在啊！”

叶嘉笑笑：“是啊！还有点……巧呢”

“先回日荔湾。”颜泽道。

回去的路上，童雀一直没说话，在和姚檬商量周末去哪家餐厅的事情。

颜泽拧了拧眉，瞥了她一眼，见她一直看手机，便问：“你已经知道参赛人员的结果了？”

童雀头也没抬："知道。"

"……"

一阵无言，颜泽气结，知道怎么也不来感谢感谢他的出手相助，否则她以为她凭什么能当上替补？

如果童雀知道颜泽现在在想什么，恐怕也不会感谢他，只会觉得尴尬，她觉得是凭本事，他却认为是靠的他。

见她没反应，颜泽只好换了个话题："今天到底发生了什么事，谁在背后摆了你一道？"

闻言，前面的叶嘉竖起了耳朵，并且在心里为敢对童雀下手的幕后黑手点了支蜡烛，总裁夫人也敢动？

虽然他不知道总裁到底是什么时候跟童小姐在一起的，又是什么时候抽空去领了证，并且连婚礼都办得这么低调。

童雀这才收起了手机："提起这件事，我就来气。"

童雀的思维高速运转，语速飞快，花了三分钟的时间，就将这件事的前因后果给说得清清楚楚，完了还问了一句："你说气不气？"

颜泽的目光一暗："你得罪她了？"

"我还想问呢！我哪里得罪她了，用得着她想这么多计策来对付我？要是不知道的，还以为这是宫斗剧呢！"童雀的苦水都吐了出来，心里的郁闷可算是消失了，她顺着胸口道，"不过这事已经解决了。"

"解决了？"颜泽讶异，他刚还想着怎么帮她呢。

"对啊！恶人自有天收，我当然要……"童雀的目光停留在手机屏幕上的某条热搜上，"我的天！"

刚刚还一脸得意的童雀，忽然就变了脸色，拿着手机骂起来，颜泽正要凑过脑袋去看，她却身体一移，躲开了。

"你在看什么？"

"没什么，我在看微博，上面有个渣男，我在骂他！"

颜泽不怎么相信，他总觉得童雀是在骂他，可是她为什么要骂他，他就想不明白了。

想到这里，他不禁生起气来，板着脸，不理她。

结果他没理她，她也完全没注意到他的变化，只是捧着手机咬牙切齿。

童雀万万没想到自己有朝一日竟然能上热搜第六名，而且还是靠着那个甩了自己的渣男上的热搜。

热搜为“FFF”的标题里，点进去就是一条新闻，而且还是一封律师函。

“近日，本公司发现微博账号为‘FFF’以及‘燃起蛇姬之魂’在网络上诽谤傅峥先生的不实言论，经我司投诉，微博已删除不实言论，但网络上仍有不少不明真相的网友传播已被删除的不实言论，因此，我司将对账号‘FFF’以及‘燃起蛇姬之魂’作出下发律师函的处理。”

署名：罗德里公司。

童雀的视线停留在“傅峥”两个字上。

她不知道傅峥公司的人竟然还看微博，要是知道，她就不这么发了，可是即便她现在再后悔，也没用了，事情已经发生了。

她的两个账号都收到了一封律师函，这还没完，还有不少网友觉得自己被骗了，不仅在她微博下留言说她是骗子，还私信诅咒她。当然还是有人支持她，还提出了“打倒渣男，支持博主”的口号。

这叫她非常心虚。

傅峥的确是甩了她，但他并没有像她小号上说的那样脚踏两只船。

童雀刚到家，就接到了一通电话，她才终于醒悟过来，这事怕是闹大了。

她看了一眼颜泽，走到栅栏外：“喂？”

“是童雀女士吗？”

听着这么正式的称呼，童雀心里莫名一慌：“怎么了？”

“我是傅峥先生的律师，对于您在网上的行为，请您……”

童雀当时就傻了，傅峥竟然真的请了律师！她还以为只是吓人的，结果竟然是真的。

童雀大着胆子道：“这是电信诈骗的新手法吗？呵呵，老娘才不信！”

说完，她“啪”的一声，挂断了电话。

那头的周奇都傻了，愣了半晌，再打过去，发现自己的号码已经被拉黑了，只好拨了一通电话，电话没人接，过了一会儿才回拨过来，熟悉的声音响起："怎么了？"

"傅先生，是这样的，您委托我的那件网络侵权案，我已经找到了她的联系方式，不过她却以为我是诈骗人员，看来只能等警方邮递律师函了。"

联系方式他能要到，但是家庭住址这种私密的消息却不得而知。

对方沉默了半晌，好听的声音从听筒那头传来："过几天我回来一趟再处理，暂时先不用去管。"

"好的，我明白了。"

颜泽转过头看了童雀一眼，见她的脸色有些难看，想要问她怎么了，忽然想起自己正在生她的气，便按下密码头也不回地进了门，留给她一个背影。

童雀气鼓鼓又有些后怕地打开门，直接进了自己的房间，将包一甩，呈"大"字形躺了下来，这一天都过的是什么日子啊？！

昨晚一宿没睡，白天又忙活了一天的"宫心计"，这会儿像是机器没了油，整个大脑都在叫嚣着休息，困意袭来，赶都赶不走，于是她就这么躺着睡着了。

颜泽从房间出来，看了一眼客厅，没看到人，再看一眼书房，依旧没人，结果看到她就这么躺在床上睡着了。

他不自觉地放轻了脚步。

童雀睡得很熟，胸口起伏平稳，呼吸声轻得快要听不见，那张脸，像是带着异样的光彩，竟让他收不回眼。而那张红唇，没有了连珠炮似的巧言善辩，安静下来的她有一种静谧的美感。

颜泽中了邪般的看了一会儿，他不受控制地低下了头，想要一亲芳泽，忽然，一声清晰的提示音拉回了颜泽的理智。

他赶紧收回脑袋，见床上的人还没醒，便将视线转到床头的手机上。

看到了界面提醒上的短信消息。

许攸冉："他已经好久没见我了，我这么每天送饭，真的能让……"

后面的话没有显示出来，颜泽想要继续看下去，却没有密码，他仔细回想了一遍她身份证上的生日，输入显示错误。

他只好放弃查看，但有了前面这些内容，具体过程也不难猜了。

颜泽神色复杂地看向床上呼呼大睡的童雀，他还在想，怎么最近许攸冉总是来公司给他送饭，原来是这个家伙出的主意。

再想想前段时间她总是在他面前提起许攸冉，这么一结合，他算是明白过来了，她能被他收买，自然也能被许攸冉收买，看来她是打算花一份力，赚双份的钱。

看着她那张依旧清丽可人的脸，颜泽心里的那点旖旎消失殆尽，取而代之的是有一股想要上前掐死这个没良心的女人的冲动。

看她做了这种亏心事依然能睡得这么香，颜泽心中的无名之火烧得更旺了。

这时，楼下传来了门铃声，铃声在这间大房子里回荡，也不知是颜泽的怨念太深还是童雀睡得太浅，她一下子就醒了过来。

童雀揉了揉眼睛，一坐起来就看到颜泽给了她一个冰冷的眼神，接着离开了房间。

她理了理思绪，发了会儿呆，楼下传来熟悉的声音后，不仅让她立刻恢复了清醒，还让她火速收拾了下并出了房间。

今天可是周一，颜泽他妈回来的日子！

“雀雀，你怎么在我房间里？”万芳正好走上来，看到她从这间房里出来，不免有些怀疑。

童雀眼珠一转，笑道：“知道您今天要回来，杨阿姨这几天也不在家，所以我来清理清理，让您好好休息。”

听她这么说，万芳忽然觉得这媳妇看着也没那么讨厌了，但还是习惯性地给她甩了脸：“哦，是吗，这几天在家菜做得怎么样？”

“还……”

童雀的话未说完，就听另一道不悦的声音响起：“还能吃吗？”

万芳的脸色顿时就不好看了：“该不会是我不在，你就荒废了吧？”

童雀心下不解，这颜泽怎么突然变了脸？他们不是说好了，统一战线直到他妈搬回家？

“不行不行，你厨艺本来就不好，好不容易七窍开了一窍，这再荒废了，不就一窍不通了？”万芳说着就进了房间。

童雀瞪着楼下的颜泽，给他使眼色：“你干吗？！搞事？”

颜泽不仅对她的眼神置之不理，还给她脸色看。

他又怎么了？

万芳放好了东西，一脸无奈地走出来催促道：“走走走，跟我下去做菜去！”

“……”童雀撇嘴，虽然不情愿，但面上还得表现得十分欣喜的模样，“好嘞。”

被万芳摧残完的童雀撑着一口气看了一眼今天的日子，她要铭记八月二日，倒霉事都撞一起来了。

看着她这样，颜泽心里的气才消了一些，但也仅仅是一些罢了。

吃完饭，童雀进房间洗了个澡，就要躺到床上睡觉，却见颜泽高大的身影如电视里说的那般，俊美的容颜让人移不开眼，然后如走T台般的走到她面前，冷眼道：“你睡沙发。”

童雀决定收回刚才那一系列夸他的话，这就是个小心眼的男人，都说女人生气莫名其妙，她觉得颜泽生起气来同样让人摸不着头脑。

她笑嘻嘻地打着商量：“你现在也没洗澡，就让我先躺一会儿，待会儿你……”

童雀的话还没说完，他就拒绝了：“不行。”

看着他一脸没商量的表情，童雀撇了撇嘴，十分不情愿地下床到了沙发上。

“灭绝人性，欺负女人算什么男人。”她嘀咕着。

“你说什么？”

“没什么，我说你长得帅。”

颜泽看了她一眼，随即拿着睡衣进了浴室。

如果说童雀每个月只有几天情绪失常，那么颜泽就是一年有三百六十五天都是阴晴不定的炸药桶。

今天心情本来就不好，还被赶来睡沙发，童雀不禁觉得，这么一直寄人篱下也不是办法，要不存点钱，到时候搬出去住？否则每天都看人脸色，不仅没床睡，还得整天违心地笑脸相迎，这日子也太惨了。

这么一想，她觉得搬出去住的这个想法不错，想到卡里仅剩的四千块钱，再想到那边的单身公寓还没退。

嗯，就这么办，大丈夫何患无房？

以后还不用整天见到天天来大姨夫的颜泽，这日子不要太爽。

不过，还是得等万芳走了以后，这计划才能实施。

颜泽出来时，童雀正坐在沙发上看电视，看到她笑得那么开心，他的脸色沉了沉："把电视关掉，太吵了，我要睡了。"

童雀看了看时间，八点钟，忍不住问了一句："这么早睡？那我把声音调小一点。"

"关掉！有声音我会睡不着。"

童雀看了眼剧情正发展到精彩部分的电视，撇嘴道："好吧。"

她忍！革命终究是会胜利的！不过是时间问题。

于是她开始玩手机，从下午拉黑了那个律师的电话后，傅峥那边就再没有过消息，她当然不会以为那边放过她了，她觉得对方一定是在蓄大招等着收拾她。

这么一想，她还是服了软，用小号发了条微博——

实在是抱歉，看了微博才知道是我认错了人，那个渣男并不是图片上的先生，当时也没仔细看，也或许是那个人在我心里留下了不可磨灭的印记，所以看到跟他相像的人，我就想当然地认为是他了。"燃起蛇姬之魂"是我的闺密，之前出了那样的事，原本就为我打抱不平，再看到评论里都是夸他的，她一时生气发了那些言论，然后又告诉了我，我当时也在气头上，而且我也有些嫉恨，嫉恨他在离开我后，还能有更好的生活，我却过得一塌糊涂。对于给照片中的先生造成的不好影响，我道歉；对于给那位先生名誉上的损害，我会尽我所能给予一定的名誉补偿；对于支持我的朋友，我想说一句对不起，以后不会再有这种事。

童雀也没想到自己这条微博很快就有很多人评论，有人怀疑她是顶不住压力而低头，但评论里大部分人都是支持她安慰她，并艾特罗德里公司，请求他们的原谅。

童雀倒也不是装可怜博同情，她是真的知道错了，不得不说，网络暴力实在是太可怕了，她决定以后发微博都慎重点。

接着她又用大号"燃起蛇姬之魂"转发了这条微博，并配文——

追根究底都是我的错，不求原谅，但我还是要说一句，珍爱生命，远离渣男！对那个渣男我深恶痛绝，对照片中的先生，我深表歉意。

这么一来二去，童雀的小号和大号都上了热搜。

不过网络舆论这一关算是过了，接下来就是那封律师函该怎么处理了。

颜泽翻来覆去睡不着，时不时地朝童雀那边看一眼，看了几次，她都在玩手机，于是，他出声道："把手机关了，屏幕太亮晃眼睛。"

童雀打字的手一顿，看了一眼颜泽，觉得他是在说梦话，于是没理会。

颜泽又重复了一遍，她只好将屏幕亮度调暗了些。

原以为那厮应该没话说了，谁知他又来惹她："你打字的声音会吵到我。"

憋了一天的气，也忍了一天的气，童雀觉得自己就是太会忍了，所以这些气才一股脑地冲她来。

她坐起来，脑子一热怼了过去："你没事找事是吧？我用的又不是键盘，怎么会吵到你？你要是看我不顺眼就直说，别拐弯抹角的。"

她这么来了一通，颜泽心里的火当下被激了起来："你这是什么态度？"

"我什么态度？"她冷笑一声，"我倒要问问你什么态度？！从回家到现在，你给过我好脸色吗？先是在你妈面前倒打一耙，害得我累得够呛不说，接着又各种找碴，不让我看电视，你扪心自问，你平时有这么早睡？你能睡得着才怪，还怪我了，有病。"

颜泽一把掀开被子，"啪"的一声开了灯："你再说一遍！"

颜泽阴郁而又带有侵略性的眼神直看得童雀心底一颤，她颤着声，气势却不输，叉着腰从沙发上跳起来："偏不！"

"给我滚出去！不要让我再看到你！"颜泽攥紧了拳头，气得额头青筋暴起。

童雀原以为长得好看的人，生起气来也是一样好看。但是颜泽生起气来有一种强大的气场，她看得心慌，却还是鼓起勇气瞪上他的眼。

“滚出去就滚出去！你不过就是仗着这房子是你买的！我告诉你，以后你就是请我回来，我都不会回来！”说完，童雀拿起手机，穿上拖鞋就跑出了房间。

隔壁房间睡得正香的万芳，睡梦中听到有人争吵，醒了过来，翻个身还以为是在做梦，结果就听楼下用力关门的声音。

她意识到这是真的吵架而不是演习后，猛然从床上弹起来，脸上溢出了笑容，高兴地一拍掌，儿子和儿媳总算是吵架了！

颜泽慢慢地冷静下来，转头一看，她连包都没带，他顿时后悔自己不该这么冲动，都这么晚了，她一个人跑出去能到哪里去？

忽然听门口传来了动静，就连他自己都没察觉到心底深处升起的一抹期冀，转身一看，却发现那人是万芳。

“妈？”他丧气地出声，“你怎么还没睡？”

万芳看了看他，道：“吵架了？”

见儿子没说话，万芳摇了摇头，走过去道：“妈早就说了，要门当户对的人家才行，你看看，你们才结婚多久？她就半夜跑出去了，这以后日子久了，还不成了习惯？”

颜泽依旧保持沉默。

万芳心想有戏，笑道：“要不要妈给你联系联系攸冉？那丫头对你有意思，说不定现在还在等……”

“够了！”颜泽忽地大吼一声，震慑住了万芳。

察觉到自己的失态，他焦虑地抓了抓头发：“妈，你回去吧，我想一个人静一静。”

万芳也看出他心情不好，破天荒地没怼回去，呆呆地点点头后回了房间。

童雀一个人走在寂静的路上，忽然有些后悔，先不说她只穿了睡衣和拖鞋，而且外面有点凉；就说颜泽这人虽然阴晴不定，但怎么说，昨天晚上也是他照顾了她一整夜，还帮着缴了医药费，就是这情分，她也不该这么怼人家。

虽然话是这么说，但真要再来一遍，她也还是会这样做。

都这么晚了，回去是绝对不可能的，话都放出去了，再回去向他认㞞，再被他冷嘲热讽？她做不到。

那就只能去原先的小区了，童雀琢磨着大约还有一两天就是跟房东商定是否要续交房租的时间，这么一想，她打了一通电话给房东。

房东是个中年妇女，一早就睡下了，对于她这么晚来打扰是有怨气的，但一听说她要续交房租，这气也没了，声音也温和了许多。

这么一想，童雀趿着拖鞋朝公交站走去，却陡然想起来身上没钱，只好肉疼地打了车。

颜泽在房间许久也没听到楼下传来动静，想到人可能在楼下，走出去一看，没人，于是他就坐在客厅里等。等着等着，童雀还是没回来，最后他实在是放心不下，想要出去找人。

他觉得，童雀应该还在日荔湾，毕竟她只带了个手机，还穿了一身睡衣。

颜泽一边往外走，一边开始思索待会儿找到她后，他该怎么说才能让她觉得他不是因为担心她的安危才去向她低头的……

就说，担心她横尸荒野，他还要接受警局的调查太麻烦？

嗯，就这么说吧！

可当他逛遍了小区也没看到人后，终于开始紧张起来，直接打了电话给她，电话没响两声就被对方挂断了。

颜泽想当然地觉得挂电话的人不是童雀，毕竟她只要一看到是他的电话，就会知道他是叫她回家的，她不就是缺了个台阶下吗？

那不是童雀会是谁呢？

他找到了小区保安，调来了周边的监控，很快就查到了那辆带走童雀的黑色本田。

他面色阴沉，打了通电话。

王局长睡得正香，陡然接到了颜泽的电话，毕恭毕敬道："颜总，大晚上的出什么事了？"

"王局长，帮我查一辆本市车牌号为5D898的黑色本田。"

这大晚上的帮他查一辆车？王局正诧异，就听颜泽又道："我怀疑他绑架了我的太太。"

太太？

王局长惊讶的不是出了绑架案，而是颜泽什么时候结婚了，他怎么不知道？

不过这个不是重点，还是先帮他查吧，这件事可是稳赚不赔，要是他替颜泽找回了颜太太，那不就是天大的人情了？

这么一想，王局的睡意也没了，立刻打了通电话让底下的人查。

半个小时后，查到了车主的下落。

于是，一帮人半夜冲进大排档，那车主一脸茫然地看着坐在自己面前的警察，嘴里的食物都忘记咀嚼了。

为首的李警官打了个哈欠道：“车牌号 5D898 的黑色本田是你的吧？”

那人木讷地点头，然后才愣愣道：“警察同志，我马上就去把车停别的地去，我不知道那里不能停车。”

李警官眨了眨眼，看向身后的人。

接着车主看到一个长相完美到无可挑剔的冷面男人走来，跟这里脏乱的环境格格不入，飘逸而又低沉的声音响起：“十点十三分，你载的那个女人现在在哪里？”

车主吞下了食物，顺着他的指示回忆起来：“哦，你说的是那个穿睡衣的年轻小姑娘啊！她让我把她送到阳光水岸。”

再一结合这几个警察的出现，那人瞬间明白过来：“警察同志，该不会是我载的那个小姑娘是个通缉犯之类的吧？”

李警官沉默不言，他怎么知道？他只不过是接上级指示办事罢了。

得到了想要的答案，颜泽就离开了大排档。

李警官也接到了王局的电话：“怎么样，人找着了没？”

“没。”

王局变了声：“怎么会没找到颜太太，不是说找到车主了吗？”

“那位颜先生要找的是他的太太？”

“不然呢？”不然他做什么这么积极？

李警官这才明白过来，哭笑不得：“王局，我看您还是别担心了，这位颜先生大概是跟他老婆吵架了，这车主说他把人送到阳光水岸就走了。”

王局呆住：“不是绑架案？”

“绑架？当然不是，车主还在吃大排档呢！”有这么心大的绑匪吗？

看来他是被颜泽摆了一道，他利用了自己想要让他欠人情的心理，结果他是为了借用他们警方的办案便捷来查老婆躲去了哪里。

王局叹了口气：“算了，你们都回去休息吧，总的来说，这事也还是不亏的。”

虽然跟他刚开始想的命案人情不一样，但好歹也是帮了忙的。

第八章

鱼戏莲叶西，我只想见你

童雀气鼓鼓地回到阳光水岸已经是半夜一点了，虽然很累，但躺在床上，想到这些天的委屈以及寄人篱下的心酸，再加上刚才颜泽张口闭口让她滚，更是一点睡意都没了。

她翻来覆去睡不着，闻着被子还有股怪味，想到好久没回来，被子这么久没晒，指不定有多脏。这么一想，她抽掉被子，找了条毛毯盖上。

重新躺下后，黑暗的房间里忽然有一抹光亮，原来是手机。

童雀拿过来一看，竟然是黄世仁的电话！

哼，不接！

放下，又亮，再挂。又亮，再挂……一连持续了三次，对方才终于放弃。

颜泽站在门外，对着门铃的手迟迟按不下去，最后发了条短信。

"赶紧回来，大晚上跑出去像什么样子？要是出事了，我们的合约怎么办？"

童雀一看，更气了。

担心她出事的原因只是因为怕她没法履行合约？

行！有种！

他不是在意合约吗？可她不在意啊！反正回去，她是穷光蛋；在这里住着，她也是穷光蛋。那还不如穷得有骨气点，干脆就不回去了，让他知道，合作双方是需要尊重的！

没有尊重，谈何合作？

童雀的犟脾气上来了，谁也劝不了她，除非是她自己想通。

她愤怒地敲击着手机屏幕："与我无关！你就自己过吧！"

点击发送后，童雀又觉得刚刚这条信息不足以表达她的怒意，于是又发了一条："你不是让我滚，让我不要出现在你面前吗？我现在滚了，你倒是别求我，呵呵，你就算求我，我也不回去！"

发完，童雀便关机睡觉。

收到短信的颜泽感受到了来自门内强烈的愤怒，他在门口站了没多久，就离开了阳光水岸。

凌晨的A市，路上的车很少，颜泽心中压着股怒意，刚才因为担心她一个柔弱女性大半夜跑出去会出事，一时之间收起了愤怒；这会儿知道人没事，原来的恼意也就瞬间上来了，他本来想着只要能将她带回来，今晚的恩怨情仇他倒是可以无视，哪知她比他还凶几分。

在颜泽看来，他已经踏出了他人生中最艰难的一步，童雀不领情也就罢了，竟然还要再踹他一脚。

颜泽握着方向盘的手，不断收紧，车速不断飙升。

不回来就不回来，她难道以为他离了她就没法生活吗？

下个月中旬才是国际设计大赛，参赛人员还有一个月的准备时间。

姚檬看着童雀眼下的暗青色黑眼圈，忍不住问道："你昨晚做贼去了？黑眼圈也太重了，眼皮也是肿的。"

能不肿吗？她几乎一夜没睡啊！

姚檬的脑洞顿时就大了起来，她觉得应该跟昨天的设计图一事有关，忍不住同情起童雀来。

因此也就没叫童雀一起参考周末的聚会地点，打算自己多出点力看看餐厅。

吃午饭的时候，童雀昏昏欲睡，阿欢忍不住道："喂！你这明显是纵欲过度啊！”

童雀脑袋往下一晃，清醒了些：“什么纵欲过度，我一个单身狗哪来的纵欲？”

“单身狗？”阿欢莫名想到了上次来接她的那辆迈巴赫，眼神一下就变得猥琐起来，“那上次来接你的迈巴赫男是怎么回事？”

童雀想到这事也有些不自然：“咳，不是跟你说了？是客户，上次陈放带我去见的那个客户，那个许小姐，她找我有事，那是她的司机。”

事实往往比想象的更无聊，一听这样的解释，阿欢很快就蔫了下来。

“说真的，雀雀，我怀疑你最近水逆。”姚檬一脸若有其事地说道。

童雀送了一口汤进嘴，抿唇：“绝对水逆！”

“我这里有一道符咒是去水逆的，你要不要？我发给你。”

童雀眼睛一亮：“好啊！”

“喂，你们要不要这么迷信？你们女人就是喜欢信这种。”梁俊感叹道。

阿欢顿时就不乐意了：“喂！你要不要上升到性别攻击，什么叫我们女人就喜欢信这种？宁可信其有不可信其无，你听没听过？”

梁俊翻了个白眼：“你们是不是觉得微博底下一片评论说准，就证明这东西真准了，人家觉得不准的哪里会评论？”

听着也有道理，但是……

“姚檬，微信上发给我，我要用来做桌面，不要理他，他就是羡慕我们有符咒。”

“……”梁俊差点喷饭。

童雀吃完饭上五楼，却见办公区里站着个人，背对着她，身材还不错，背影还有点……熟悉。

听见声响，许攸冉转过身来，冲着童雀笑道：“你可算是来了，我都等你好久了，走，我请你吃饭去。”

瞧着她这自来熟的架势，童雀还真有点招架不住，她只是看在钱的分上才对客户晓之以理动之以情的，谁知客户是将她真当朋友了。

“许小姐，我已经吃过了，而且午饭时间已经过了。”童雀有些尴尬地笑了笑。

“没事，我跟你们部长打过招呼了，大不了让你们华锐再帮我画一张图设计条礼服呗！反正结婚也得用。”

土豪！

要知道他们公司一般不怎么接这种单个的小单的，毕竟这种请私人设计师就够了，所以能来华锐设计小单的，都不是一般人。当然，既然不是一般人，自然也就不会在意价钱的事了。

童雀的脚恢复得不错，但走路时多少还是要左脚用力，许攸冉很快就发现了她的异样：“你的脚怎么了？”

“不小心崴了。”

某大小姐却惊了：“我听人说，你昨天挂着吊瓶就来上班，颜泽不给你钱用吗？你也太拼了。”

不提颜泽还好，一提，她肾上腺素就直往上涌：“别提了，那个没人性的家伙！昨天不知道是哪根筋不对，半夜把我赶出家门，他还给我钱？我周末进了两趟医院，他替我垫付的医药费，结果他用了最贵的仪器！”

许攸冉心里不是滋味，在她看来，这就是颜泽对她好的证明：“那他也是对你好啊！真羡……”

“好？医药费都得我自己付！我就没见过脾气这么古怪还阴晴不定的男人，不让着女人就算了，一点绅士风度都没有，自己睡床，让我睡沙发……”

“你们不睡一起？”许攸冉狐疑出声，打量的目光在童雀脸上跟X光扫描似的。

察觉到自己失言，童雀尴尬地笑道：“咳，他……那个有问题。”

“什么有问题？”话刚出口，结合童雀满脸的尴尬，许攸冉忽然明白了过来，一脸震惊，低声道，“他该不会是不举吧？！”

“呃，嗯，唉，这个不是重点，重点是还喜欢吼人，这男人以后谁嫁给他谁倒霉！”

童雀发泄完才意识到，面前的人不就是以后要嫁给颜泽的？

瞧着许攸冉变了脸色，童雀干笑几声，赶紧解释道：“我不是说你们，你们肯定会幸福的。”

一听他们吵架了，许攸冉的心情也就好了起来，还给童雀点了不少贵的甜点，可惜童雀中午吃得很饱，没怎么吃。

许攸冉来找她的目的自然是取经，怎么让颜泽喜欢上她。

想到他们面都见不到，童雀决定还是让许攸冉直接上去找人。既然没这么快喜欢，那就快一点讨厌她，这讨厌变了味，就是喜欢了。

经过这段时间网络上的相处和聊天，许攸冉对童雀的敌意彻底地消失了，于是她信心满满地上了二十八楼。

许攸冉觉得自己拿到了制胜法宝，她认为颜泽对她冷淡，极大的原因是他不举。

如果这个时候，她上去跟他说明她并不在意他是举还是不举，那他会不会一感动就爱上她了？

不得不说，暗恋中的女人想象力是十分强大的。

在叶嘉进去汇报后，许攸冉依旧见不到颜泽，她按照童雀说的，就坐在办公室门口，颜泽总不至于不出门吧？

叶嘉也没办法，只好任由她坐着。

许久后，办公室的门打开，熟悉的人走了出来，许攸冉立刻迎了上去："颜泽，好久不见。"

颜泽总觉得她的眼神似乎带着点同情和心疼，想到童雀跟她来往的短信，他原本就不怎么好的心情更差了，于是他收回了迈出去的腿。

"许小姐，我觉得我们之间应该好好谈一谈。"

许攸冉欣喜若狂，他竟然愿意跟她谈了？

两人面对面坐在办公室里，叶嘉给她倒了一杯咖啡，一种谈合约似的气氛萦绕在两人周围。

"颜泽，你想跟我谈什么？"许攸冉笑意盈盈，还略带娇羞。

"我希望你以后不要再接近我了，我已经结婚了，即便我没有结婚，我也不可能跟你在一起。我知道，你最近跟我太太交往密切，但她只是因为最近跟我吵架了。我要告诉你的是，纵使是我太太同意，我不同意，我们也是绝无可能的。"

许攸冉整个人一僵，笑容都凝固了："为什么，难道就是因为那个？"

颜泽正想问那个是什么，就听她抬高了音量道："她已经告诉我你的病情了，没关系的，现在什么病治不好？”

童雀跟她说了什么，病情？

颜泽有些迷茫，但稍稍一想，便明白过来，或许是童雀想要测试许攸冉对他是不是真爱，还是气头上所以污蔑他？

这么一想，颜泽决定顺杆往上爬，只要能摆脱这个难缠的女人，即便是承认他有绝症又怎么样？

“没错，我的确有病，你以为我没有试过各国的医疗水平吗？”他冷笑一声，“所以，即便是许小姐你自己同意，你们许家的人也会从中阻挠，更何况我深爱我的太太，我希望以后不要让我发现你再破坏我的婚姻，否则到时候，可就不只是谈谈这么简单了。”

话语中的威胁意味让许攸冉浑身一颤。

虽然心里有些说不出的难受，但更多的是在意他的病，无法痊愈？

真治不好了？

如果真治不好，别说她的家人，就是她自己也不会同意，她还是想有一个自己的孩子的。

她的眼里有些泪意，苦笑道：“好的，我明白了。”

听许攸冉这么说，颜泽总算是松了口气，只是她那种奇怪的目光让他觉得浑身不适。

童雀到底说他得了什么病了？

颜泽其实很想问一问她，但想到她放出的狠话，顿时也来了气，他已经给过她一次台阶，是她自己踢了，那他就不会再主动找她。

两人的这场冷战，一直持续到再一次周末，依旧没有结束。

而万芳一连住了几天也没看到儿媳妇回来，心里的石头总算是落了地，于是放心大胆地回家跟颜崇江宣布这个好消息去了。

颜崇江有些无语，自己老婆这什么毛病，哪里有盼着儿子和儿媳妇过得不好的？

于是他打了个电话给颜泽：“颜泽，你跟童雀是怎么回事？听你妈说，你们吵架了？”

颜泽捏了捏眉心，这不是什么好事，传到家里，他也觉得丢人。

没听到回答，颜崇江叹了口气：“颜泽，这事，该不会是你妈从中作梗吧？”

“不是，是我们自己的问题。”

要是万芳的问题，颜崇江指不定要怎么训导这头脑不清醒的老婆了，可儿子都说了不是她的问题，这就难办了。

两个大男人对着电话一阵沉默。

颜崇江想了半晌道：“其实啊，这夫妻之间，小打小闹，那都是小事，哪能不吵架呢？你看我跟你妈都吵了这么多年了，也不都这么过来了？”

“嗯，我知道。”

“这该哄的还是得哄，你买个什么小玩意，或者给她买束花，不就解决了？”

颜泽沉默。

颜崇江无奈：“唉！你啊你，死要面子活受罪！”

“我知道了。”

“你知道了有什么用？知道了要做了才行，唉，算了，你们年轻人的事，我们也管不了了，你就别管你妈了，她现在就是看不清局势，等她看清了，就好了。”

电话挂断后，颜泽的脑海里依然回响着颜崇江的话。

哄？

凭什么他哄？

明明他已经给过她台阶了，是她自己不珍惜，这一次他绝不能低头，毕竟他们的婚姻不是以感情为基础，所以跟一般的家庭不一样，他们是合作关系，有见过哄合作方的？

当然没有，合作方不仅不能哄，还得继续冷着。他要让对方知道，他也不是只有她这一家可以合作，对方一怕，才会降价减少利益妥协。

颜泽用他谈了这么多年合作的经验如是想着。

周六，颜泽在日荔湾只待了一早上就受不了了，家里空荡荡的，还总是容易想起某人，于是他开车去了另一个房子。

原以为在没有童雀生活过的环境里，他能安下心来工作，却还是多次走神，甚至觉得很无聊，然后又想起了童雀，他先是一愣，接着心里空空的，这么久没见，也不知道她的脚好了没，她周一才洗的胃，不知道有没有忍住不吃垃圾食品？

可她那么懒，估计不是叫外卖就是吃泡面。

他忽然一愣，自己这是在做什么，想她？

程昱接到颜泽的电话时正在酒吧把妹，他索性走出了嘈杂的环境："喂，怎么了？"

"如果你会时常地想到一个女人，但又无关爱情，那是什么？"颜泽清冷的声音传来。

得，颜泽把他当情感大师了？

程昱想了想，道："那是我妈。"

"……"

"好了好了，不逗你了，你会时常想到一个女人，除了爱情，还能是什么？亲情吗，那不就是我妈？"程昱声音里带着笑意和不羁，"兄弟，我就明确地告诉你吧，你这时候觉得不是爱情，其实就是爱情，等你明白过来这是爱情，人家早跑了。"

颜泽拧拧眉，他喜欢童雀？

那个懒惰又喜欢对他大呼小叫的女人？不可能！

他干脆换了个话题："那如果一个女人跟你冷战了，你会怎么样？"

程昱忽然就笑了："怎么，恋爱了？够快啊！上次去看你的时候，你不还是孤家寡人一个吗？"

他想了一下又补充了一句："当然是甩了啊！旧的不去新的不来。"

"……"颜泽沉默。

程昱就知道他心情不爽，于是一改刚才的风流，语气稍稍正常了些："说真的，是不是有女朋友了？说实话，不说的话，我不教你。"

他的话音刚落，听筒里就传来一阵忙音。

程昱看着手机哭笑不得，他兄弟比他能耐。

算了算了，颜泽都多少年没恋爱了，能找到个女朋友不容易，要是没自己帮忙，想来这家伙应该很难解决感情上的问题。

这么想着，他还是给颜泽回了通电话。

颜泽的反应比较冷漠，接起来问了句："有事吗？"

程昱告诉自己，对方是母胎单身老处男，要忍耐："女人生气都是没缘由的，所以她到底为什么生气，你也不需要知道，知道也没用，重要的是怎么哄，这哄人还是得肯花钱，她要什么就买，她说什么就听她的，这事也就这么过去了。对你来说，你控制好自己的脾气就好，要笑，笑，知道吗？"

"就这些？"

他语气里明显的怀疑让程昱不爽："什么叫就这些？就这些也是我砸钱得来的经验！怎么，你那女朋友这么难搞？"

"再说吧，你在哪儿？"

"我在国外。"

"回来的时候，顺便来一趟华锐，还是我去找你？"

"怎么？就为了你的女朋友，还愿意忙里偷闲来找我了？"

颜泽沉默。

程昱感觉他这架势又有要挂断电话的征兆，于是赶紧改口道："暂时还回不来，不过下个月我爷爷八十大寿，我肯定得赶回去，到时候寿宴上见吧。"

"也好。"

颜泽正愁没理由找童雀，叶嘉忽然交给他一封特送快递，拆开发现是一封律师函。

大致内容就是，童雀的两个微博账号"FFF"以及"燃起蛇姬之魂"侵犯了罗德里公司的总经理傅峥先生的名誉，警告她早日删除不实言论，否则届时将请她去警察局坐一坐聊聊天。

颜泽的眼里第一次出现了惊讶，他看向叶嘉："这是从哪里拿的？"

"送到了公司前台，正好看到，就拿来了。"

颜泽的眼神晦暗不明，最终还是打了个电话给童雀。

童雀原本是不想接的，但她收到了一条短信，让她近期收到律师函就联系上面的号码，慌乱下，不小心就接了。

再想挂断，颜泽的声音已经从听筒里传了出来："律师函是怎么回事，你是怎么惹了罗德里公司的？"

她深吸一口气，颓废道："网上。不管你信不信，反正我也是莫名其妙就惹上了。”

“回来，我就帮你把这件事解决。”颜泽道。

童雀原本还浑身无力，听到这话，顿时就欣喜起来，这事要是有颜泽帮忙，应该很快就能解决。

可是，想到自己放出去的狠话，她又犹豫了。

“你在犹豫什么？”颜泽乘胜追击，“罗德里公司可不是一个小公司，没我，你怎么解决？”

的确，罗德里公司就像傅峥，惹上这个记仇精，靠她自己想要全身而退，不太可能。

算了，都跟颜泽扯了证了，这离婚证也没这么好办，还是妥协吧，就当他是人民币，哪能跟人民币生气呢？

“要我回来可以，不过你以后要是再让我滚，我就真不回来了。”

颜泽皱眉，怎么突然又变成她讲条件了？

“什么时候回来？”

“你也要绅士点对我，要控制自己的脾气，不可以吼我，你妈在家，你就得让我睡床，你那沙发睡着不太舒服。”

“……”颜泽满脸黑线，“童雀，我是不是又给你脸了，你蹬鼻子上脸怎么这么快？”

童雀嘿嘿笑了几声：“哪能啊？我这些要求可都是有利于我们长期共同和谐地一起革命的，你想想，这一次你把我赶出家门，万一下一次你就家暴了，我跟谁说去？可怜我一个人在这世上孤苦无依，也没个……”

“好了，我明白了，赶紧回来！”

“好嘞！”

矛盾忽然解决，颜泽阴郁了几天的心情终于云开见月明，于是驱车回了日荔湾。

到了日荔湾，颜泽看着副驾驶座上的那封律师函，他清冷的眼睛里闪现一抹忧色，拿着律师函进了家门。

杨阿姨似乎已经睡了，颜泽上楼洗了个澡，坐在床上端详着邮件上的内容，接着在手机上下载了个微博，这才明白了所有的前因后果。

童雀把傅峥认错成前男友？

不对，这两个账号都是童雀本人，也就是说，童雀是自导自演了一出认渣男的戏？

颜泽的脑海里忽然涌现了那天下午，童雀在车上骂骂咧咧，好像骂的就是渣男，是这件事？

他推算了一遍事件发生的时间，的确是那天。

如果她是认错了人，那也就是说，她有一个渣男前男友？

如果不是认错了人，那么她跟傅峥之间有什么过节，至于要这么泼脏水？

颜泽拨了叶嘉的电话："去查查童雀跟傅峥有什么关系。"

叶嘉一愣，傅峥？

"您说的该不会是那个罗德里公司的傅峥吧？"

"嗯。"

叶嘉的嘴巴张得足够吞下一颗鸡蛋，厉害了，颜太太跟那人都有关联。

颜泽原本打算等童雀回来后再旁敲侧击下，结果左等右等她都没回来，一看时间已经半夜十二点了，颜泽担心地打了电话过去，谁知听到那头的声音沙哑，明显已经睡着了。

"黄世仁同志，有什么事吗？"她的意识还没完全清醒。

颜泽听得云里雾里，什么黄世仁？

她怕是听错了他的声音，于是冷言道："我是颜泽。"

他的声音一向有让人清醒的能力，童雀眨眨眼睛，吁出一口气："所以，颜总，这么晚了，你打电话给我有什么事吗？"

"你是不是忘记了答应过我什么事？"颜泽提醒道。

"什么事？"童雀努力地想了想，也没想起来，"颜总，你要是想玩你猜我猜不猜的游戏，我明天再陪你玩好不好，我现在真的……"

她忍不住打了个哈欠："我很困。"

听着她这么快就把答应他的事给忘了，颜泽有点不高兴："我不是让你赶紧回来？"

"赶紧回来？"童雀念叨一遍，苦笑，"颜总，我理解的赶紧回来，是在能力范围内尽快赶回去，您老打给我的时候都几点了？我当然得明天回去！”

颜泽仔细一想，打电话给她的时候已经七点多了，天都黑了，让她一个人出门，他还真有点不放心。这么一想，便释然了，最后他又问了一句：“那你明天几点回来？”

“大概五六点吧。”

“哦。”说完，颜泽就急不可耐地挂断了电话。

童雀听着忙音，觉得莫名其妙，这家伙怎么越来越奇怪了？不过他再奇怪，也是她的人民币，得好好供着，好好哄着。童雀放下手机，继续进入睡梦中。

颜泽躺在床上，看着窗外，怎么也睡不着，觉得夜太长，怎么不快些天亮？那就可以快些见到童雀了。

快些见到童雀？

他被自己的这个想法惊到了，可他很快就勾起了嘴角，对，就是很想见到她。

颜泽昨晚莫名地兴奋了一晚上也没睡着，早上又很早就醒了，今晚又是看着窗外的天空从黑夜转为天明的。

看着时间还早，他下楼健了个身，又回来洗了个澡，杨阿姨也已经起床做早餐了。

已经六点钟了，楼下却还是一点动静都没有，颜泽在房间里踱来踱去，一会儿坐下，一会儿走到窗边，魂不守舍的，最后还是没忍住，在十五分钟后，给童雀打了电话。

童雀正在做她的发财大梦，梦里，她成了全国首富，就连颜泽都被她超过了，看着低声下气来求她合作的颜泽，她发出三声大笑，在第三声大笑后，手机铃声吵醒了她。

童雀猛然惊醒，美梦离她远去，她懊恼地拿起手机一看，靠！又是黄世仁！

黄世仁就不能给喜儿一点睡懒觉的时间？

“喂？”

颜泽觉得她似乎有些生气？应该是他听错了，他们之间的冷战都结束了，她没必要再生气了，可在听到她后面一句话后，他的脸一黑。

“这么早打电话给我做什么，还让不让人睡觉了？”

回应她的是一阵沉默。

童雀翻了个白眼，打电话来也不说干吗，他该不会是故意来扰她清梦的吧，这才是他报复的手法？

“你还在睡觉？”他不冷不热地出声。

“废话！现在才六点十五分，一周就这两天能睡个好觉，你还吵醒我。”童雀的起床气很严重。

但颜总的怒火比她更重：“那你昨天晚上为什么说五六点回来？”

童雀吐血，原来是因为这个，她哭笑不得：“颜总，你平时也挺聪明的，你见过早上五六点回家的吗？我又不是去赶集！”

这么一听，好像还真有点道理，颜泽不会说，他是因为她的那句“回家”心情才莫名地好了一些。

“那你要晚上五六点回家？”

“嗯。”童雀已经想到了颜泽在她下午五六点还没到家的话，肯定会再来一次夺命连环call，她忙跟他确认道，“中午我们部门聚餐，吃完饭大约还有娱乐活动，我只是估算一下，大概是五六点往家里赶。”

“部门聚餐也跟我报备？”颜泽的声音冷漠，嘴角却忍不住上扬。

“……”她无力地捂着脑门，还不是怕他再打电话过来？

“在哪里聚餐？结束的时候跟我说一声，我去接你。”

“不用！”她惊呼出声。

他脸色一沉：“我就这么见不得人？”

童雀捂脸：“颜总，你是我们公司的总裁，公司不认识你的人应该挺少吧，要是被他们认出来了，你让我还怎么活？”

这个理由听起来还有几分道理，颜泽只好妥协：“那好吧，有什么事给我打电话。”

“嗯。”童雀翻了个身，继续睡。

回到家的万芳，除了跟自己的那帮小姐妹聊天玩乐，还忙活着联系许攸冉，今天，她还特意将许攸冉的妈妈杨艾也请过来喝下午茶。

几个人聊着聊着，就聊到了自己儿女的身上。

“我们家程昱啊，不着调，都三十几岁了，也没个定性，也不知道还要多久才能给程家传宗接代。”

“谁不是呢？我们家那个更不着调，还是像杨艾一样，生个女儿多好，省心还懂事。”

“是啊！”万芳轻轻拍了拍许攸冉的手背，“还是攸冉好。”

“是啊！我也觉得我女儿最好。”杨艾将女儿的手夺回来，一脸慈爱地看着她。

“哎，我听说你们攸冉跟首都秦家的那个二儿子见面了？”

万芳震惊，却见杨艾笑了笑，并未否认：“我们攸冉都二十七岁了，也该找个人定下来了。”

随即有人道：“秦家那个，我看着挺不错。”

“攸冉喜欢就好。”

以前杨艾只要碰到万芳，就会跟她说说儿女亲事，今天也不知道怎么了，一见万芳说到自己女儿，就故意转移话题，一连好几次，万芳再傻也看出了不对劲。

于是趁着拿点心的功夫，万芳将许攸冉单独叫了出去：“攸冉，到底是怎么回事，你怎么跟秦家的儿子见面了？”

许攸冉叹了口气：“阿姨，您就放弃吧，我跟颜泽是不可能的，而且他也已经结婚了，我劝您还是尊重他的选择吧。”

万芳惊呆了，原先许攸冉知道颜泽结婚，都没放弃他，怎么忽然之间就答应跟别人见面？一定是发生了什么。

“你跟阿姨说，阿姨一定给你做主，是不是颜泽欺负你了？”

许攸冉眉头蹙起，从万芳手里抽离了自己的手：“这件事跟我跟他都没关系。”

跟她跟儿子都没关系……那就是跟童雀有关系咯？

万芳正要生气，却见许攸冉一脸难以启齿的表情，在追问之下，万芳终于得到了想要的答案，但这答案让她闷闷不乐了好久。

她那个优秀得人神共愤的儿子竟然……那方面有问题？

童雀竟然不顾儿子那方面有问题，还愿意嫁给他，她在万芳心里的形象顿时就高大了。

再联想那天儿子和媳妇半夜突然在房间里吵架，除了为那事，还能为什么吵得这么凶？

她竟然还鼓捣儿子跟媳妇离婚？

她都干了什么缺德事了？儿子要是离了婚，那岂不是这辈子都娶不到媳妇了？

不行！

她还得让儿子相信医学，去治好病才行，原先她还想着要一个孙子来逗弄，被这么一惊吓，她觉得孙女也挺不错的。

不过眼下最重要的事是，她绝不能让儿子跟媳妇离婚。

或许是因为周一发生的设计图事件，陈放最终还是没来聚会，大家倒也乐得高兴，她来了只会让大家尴尬。

不过也因为不知道里面有谁是陈放的卧底，也就没人敢说陈放的坏话。

原先约定好是午饭，后来大家觉得午饭没感觉，于是便改为中午随便吃点，下午去K歌，晚上再让她们请客。

这本就是约定好的娱乐项目，姚檬跟童雀自然无所谓。

到了KTV，灯红酒绿下，也不知是不是里面妖娆的灯光激起了众人的叛逆因子，平时瞧着都挺正经的人，撕下了伪装的面具，一个个都成了歌神。

童雀唱歌比较难听，很少能唱对调的，但她跟姚檬今天都是钱包，大家自然不可能放过两人。

她只好硬着头皮来了一首杰伦的《告白气球》，甜美的曲调，众人冷静下来，坐在沙发上，一边摇着脑袋，一边为她鼓掌。

可当她一开口，大家的动作明显一滞，想笑又只能憋着的感觉不太好，因此接连有人说出去上厕所，其实是趁机出去笑一笑。

开门的当口，他们总统包里的歌声传了出去，正好经过的男人脚步一顿。

“Ulysses（尤利塞斯）？”察觉到男人脚步一顿，前面的外国人看了看他，听到歌声，外国人皱起了眉头，“噢，这歌真糟糕，我简直没听过这么难听的歌。”

男人的嘴角却勾起了笑意：“杜克，你要是听过这歌的原版，你就不会这么说了。”

杜克搭上他的肩膀：“那还等什么？你好不容易来一趟中国，我可得好好听听你唱歌。”

“你别忘了，我才是中国人。”

杜克反应过来，哈哈大笑：“有趣，你是住在西班牙的中国人，而我是住在中国的西班牙人。”

杜克搭着男人的肩离去，男人侧头看了一眼包厢，并记下了包厢号。

一曲罢，童雀放下话筒，发现包厢里已经没什么人了。

阿欢毫不留情地出声道：“雀雀，你唱歌真不是盖的！我还从来没听过有人能把这歌唱得这么难听。”

梁俊白了她一眼：“你别听阿欢的，她就是不会说话，今天是你请客，怎么着也不能这么损你啊！”

说完，他十分赏脸地给童雀竖了个大拇指。

童雀哭笑不得：“敢情我不请客，我唱歌就不好听了吗？”

梁俊忽然捂着心脏，闷哼一声：“不不不，我是在昧着良心说话。”

姚檬拍了拍童雀的肩膀：“能听你唱完的，都是真爱。”

许是估摸着童雀快唱完了，大家也就陆陆续续地回来了，王艳满脸的春意：“我天，你们猜我刚才看到了什么？”

“一只可以吃的蟑螂？”

王艳一个白眼过去，花痴道：“是帅哥！我从来没见过这么帅的帅哥！不过可惜是个基佬，跟一个大腹便便的外国人在一起。”

第九章

池鱼思故渊，小心被狗咬

众人也没多在意这件事，回来的人继续唱歌，但再也没有人起哄让童雀唱歌了。

在姚檬唱歌的时候，阿欢跟童雀说了个秘密，梁俊喜欢姚檬。

童雀仔细观察了下，还真发现梁俊在看姚檬的时候，眼里明显地含有爱意。

架不住两个女人的八卦之魂，梁俊只好跟她们招了，还求两人千万不要说出去，两人十分义气地答应了。

离开 KTV，一行人来到了莫林餐厅，一家本市小白领连菜单都不敢看一眼的餐厅。

因为是童雀和姚檬请客，大家便让她们点菜，两人自然不可能挑便宜的，但贵的显然也超出了她们的支付能力，只好往中等的点，即便是这样点，两人的工资还是全部花完了，还贴了一千。

童雀庆幸有姚檬作陪，大家好不容易抓到人宰一顿，哪能这么人性化地放过她们？

这是童雀第一次来莫林餐厅，她有预感，这也会是她最后一次来，这里的收费水准，高得让她当场想打物价局。

原以为只是吃个名气，等菜上来，童雀才知道，还真是贵得有道理，味道简直太赞了，这钱花得也真是值。

不过再值得，她也吃不起第二次了，只能等以后跟颜泽离了婚，或许还能偶尔来吃一顿。

这么一想，她就化悲愤为动力，开吃起来。

吃了一半，梁俊忽然把她叫了出去。

颜泽有些不耐烦地看了看手表，已经五点多了，再过一会儿童雀就该回去了，叶嘉这个时候竟然跟他说有饭局？他颇为不满地看了叶嘉一眼。

这一看，正好看到了童雀。

颜泽脸上的阴郁之气瞬间消失，但在看到她前面的男人后，笑容一僵，那个即将叫出口的名字也随即收住。

“颜总？”叶嘉顺着他的视线看到了童雀。

颜泽已经缓步跟了上去。

梁俊神神秘秘地将童雀叫到了角落里，一脸有求于人地看着她。

童雀咽下嘴里的东西，道：“干吗啊？”

她还没吃完呢，能不能等菜吃完了再出来说话？很贵的！

梁俊笑了笑：“求你件事。”

“有话快说，回去没菜了！”

梁俊无语了一会儿，又笑：“你跟姚檬关系最好，你能不能帮我探探口风，问问她有没有男朋友？”

童雀摆摆手：“行行行，我帮你探探口风，不过……”她眉梢一挑，“你打算怎么贿赂我？”

“请你吃饭？”

“那倒不用了，正好购物车里有个洗脸仪一直舍不得买，要不……”

梁俊咬牙：“行，我买！但是，这洗脸仪的价钱，可就不只是探探她有没有男朋友这么简单了。”

“尽我所能，要是没套出别的消息来，这个答案算我送给你的。”

“成交！够义气！”梁俊已经做好了她套不到别的消息的准备了。

童雀转身，正准备回包间，忽然看到了一个熟悉的侧脸。

是傅峥！

童雀迅速扯住了梁俊胸前的衣襟，将人挡在自己面前。

颜泽的脸色更黑了。

“颜总，说不定是太太脚滑。”叶嘉解释道。

“脚滑？”颜泽冷笑一声，“的确。走！”

“走去哪儿？”

“当然是饭局！”

叶嘉觉得刚才应该不是自己的错觉，颜泽好像是在瞪他，冤枉啊！童雀拽了个男人，又不是他逼的，怎么就把火出到他身上来了？

梁俊愣神间，那边的人已经走了。

“你干吗？”看着躲在自己身前的人，梁俊一脸茫然。

童雀松了口气：“没干吗，手滑！”

颜泽两人抵达包间时，里面一片欢声笑语。

而颜泽，则是像一直有一片阴云萦绕在他们头顶上方。

虽然颜泽是笑着的，但李老板总觉得颜泽在生气，但仔细看吧，又不像是在生气，只好认为是自己的错觉，尽力压下这股怪异感。

一顿饭吃得所有人都郁闷得不行，在所有人的苦苦煎熬下，这顿饭总算是结束了。

看着人一个个地从包间离开，叶嘉神色复杂，一脸欲言又止的表情，想了想，还是出了声：“颜总，你变了。”

颜泽低沉的嗓音里隐隐有怒意：“哦？”

“颜总以前从不会因为私事而影响工作上的事。”

这话像是一瓢冷水，从颜泽头顶直泄而下，叶嘉点醒了他，他好像真的变了。

见他毫无反应的深思模样，叶嘉叹了口气：“如果私事实在难以克制，不如就先整理好私事，而且太太的事，也算得上大事。”

童雀他们一帮人，喝了不少酒，划拳的，唱歌的，发酒疯的，酒过三巡倒是安静了不少。

看看时间也不早了，众人也都架着彼此往家里赶。

童雀快结束时也被人催着喝了些白酒，她的酒量不太好，酒劲慢慢上头，导致脚步开始有些晃悠。

看着已经醉得不省人事的梁俊，阿欢跟姚檬合力将人架着往外走，姚檬让童雀也跟过来，童雀却摆摆手："你们回去吧，我让我老公来接我。"

姚檬跟阿欢一愣，对视一眼，觉得这人是发酒疯了。

阿欢放开梁俊，想要劝说童雀，童雀却拿起了手机，给不信的两人示范似的，打了通电话："喂，老公啊？来接我！我没喝酒！对！就是莫林餐厅。"

她抬头看了一眼包厢号："云水谣区 308。"

见她都报包间号了，阿欢和姚檬不疑有他，抬着人进了电梯，可惜这班电梯太挤，童雀便只好等下一班。

也不知是不是今天人太多，电梯许久都没上来，童雀已经酒精上了脑，扭头改走楼梯，却忽然看到前面那个人的背影十分熟悉，跟印象中的那个男人很像。

她像是断了片似的，忽然忘记了很多事，也忽然想起了很多事。

她就这么冲着前面那个男人大喊道："傅峥！快来接我！"

前面的傅峥闻言，身子一僵，脚步也停了下来，木讷地转过身来，还真看到了那张熟悉的脸。

傅峥温柔的笑意中夹了些邪魅，一旁的杜克呆了："尤利塞斯，你认识这位小姐？"

傅峥没有回答，只是上前，在距离她一米远的地方停了下来，居高临下地看着她。

"童雀，你喝醉了。"他说。

以他们现在的关系，除非是哪一个喝醉了，否则不可能再像以前一样。

童雀朝他摇摇头，并勾了勾手："你过来。"

傅峥摇头："你过来。"

两人这么对望着，然后童雀一下冲上前去，趁着酒劲，正要将手里的包砸到他脸上狠狠地揍他一顿时，却忽然绊了一跤，摔到了他身上，他顺势搂住她。

童雀还没反应过来，那人的吻就这么落了下来，她根本没有反抗的余地，她用力推他，却怎么也推不开，她的大脑也一片混沌，就像是回到了以前，孩子气的他在她唇上盖下印章。

她是怎么跟傅峥认识的？

那时候她才十八岁，一个人去了人生地不熟的巴塞罗那，为了攒生活费打工，上餐的时候，不小心将汤汁洒到了他身上，他很生气，不仅害得她没了工作，还害得那个片区的高级餐厅不敢录用她。于是，她只好换了片区，结果他竟然还是不放过她，不仅打扰她工作，还总是欺负她。

于是，她一躲再躲。

后来的某天，不知道为什么，他忽然不再捉弄她，还开始对她好，这么一来二去，两人确定了恋爱关系。

在一起一年后，童雀才知道他是个富三代。

第二年，他爸妈阻止他们在一起，童雀便想分手，结果没分成，反倒是他闹了闹，他爸妈同意了。

就这么在一起六年，原本是打算举行了婚礼再领证，结果他竟然悔婚？！

童雀当时就蒙了，一般悔婚总该有个小三之类的吧，他们呢？完全没有，他就好像突然抽风似的，莫名其妙地悔了婚。

伤心，能不伤心吗？六年的感情啊！

但更多的是生气，她甚至觉得，他潜伏了六年，就是为了报当初的洒汤之仇！

可如今他竟然抱着她，重新吻她，这让她怎么想？

杜克在两人亲密接触的时候就捂着嘴笑着离开了。

童雀并没有注意到，电梯里有人咬牙看着这一幕，然后又重新退回了电梯。

她仅存的那点理智忽然抽风般的回来了，她一脚踩上他的脚，傅峥抽痛地收回了唇，却没有撒手。

“放手！你这个渣男！”她在他怀里不断地叫嚷。

傅峥看着熟悉的人在怀里重新亮起她尖利的爪子，只觉得越看越欢喜：“不放，放了你就逃跑了。”

因为酒精，童雀巴掌般大的脸一片绯红，在她不断地挣扎下，她的头发散乱到鼻翼，傅峥印象中的长发已经不见，现在的长度只到脖子中间，相较以前多了一些精致感。

傅峥替她把散乱的头发别到耳后，抚摸着她的发顶，缓缓道：“才一个月不到，你变了好多，差点认不出来你。”

童雀不断扭动着身子，身上熟悉的香味却引得傅峥内心骚动，某处竟然就这样起了反应，他勾起坏笑，在她的耳边呵气：“别乱动，否则我就把以前没做的事现在一并都做了。”

童雀听后一怔，整个人不再动弹，傅峥以为她是听话了，哪知她又动了起来，她抬脚就是一个高抬腿，傅峥没忍住疼，松开了手。

脱离了桎梏的童雀朝电梯走去，然后一路跌跌撞撞地往大门口跑去。

李如意听到傅峥的声音，快速赶到现场，只见他正捂着某处，脸色铁青。

“总经理，要不要我派人去把她找回来？”

“没看到我快痛死了吗？先别管她，反正已经知道了她的工作地点和电话，明天再找也来得及。”

“是！”李如意赶紧扶起他，将人送往医院。

童雀跌跌撞撞地在路上跑着，一直跑到公交站牌，才终于停下来喘气，整个人晕乎乎地朝身后看一眼，见没人追来，才松了口气。

童雀坐在公交站牌下，酒精已经彻底上脑了，整个人摇摇晃晃地说着胡话。

边上等车的人见是酒鬼，忙躲得远远的，倒是有个好心人看不下去，走过来询问：“小姐，要不要我帮你联系你的家人？”

童雀嗤笑一声：“家人？我没有家人！”

那人以为她是失恋了，正想走开，童雀忽然解开手机密码把手机交给了他：“喏，给你，都给你，我刚才碰到了个混蛋，打了他一顿，为防天谴，还是破财消灾吧！”

那人想笑却还是忍了下来，翻开通话记录，看到没多久前才通过话的“黄世仁”，于是打了过去。

那两个人接吻的场景还在颜泽脑中晃悠，他并没有看清男人的脸，但现在，他恨不得撕碎了那个男人，当然，那个女人也不是什么好东西！

颜泽没控制住，画面再次在脑海里重播，他将油门踩到底，不断地超着车，飙车的快感似乎能让他转移注意力。

这时手机突然响了，一看到是童雀的电话，他当即就想挂断，但忽然想起童雀刚才给他打电话时是喝醉了的。

那是不是说明，她做那件事是被迫的？

她是被人非礼了？

很有可能。

手机许久没人接，电话挂断，颜泽反应过来后，回拨了过去。

接电话的是个男人，他当下就黑了脸，正要挂断，却听对方问：“请问是黄先生吗？”

这声音，怎么听着有点像卖保险的？

再一看，的确是童雀的号码。

难道，她这一次真被绑架了，还是手机掉了？

“我不姓黄，我姓颜。”他道。

“这就奇怪了，上面的备注明明是黄世仁啊！”那人诧异，接着道，“那这个手机的主人，您认识的吧？这位小姐醉了，在南山路公交站牌。”

黄世仁……

同时，童雀十分给面子地耍了下酒疯，茫然地看向拿着自己手机的好心人：“混蛋！抢我手机！”

接着就听到电话那头男人的惨叫声。

颜泽沉声道：“我马上过来，麻烦你了。”

那男人顿时有些后悔为什么要出手相助。

十五分钟后，一辆黑色迈巴赫停在男人面前，接着，长相俊美的颜泽走下来，晃瞎了男人的眼。

颜泽走向他们，看着靠在陌生男人肩上、张着嘴、毫无形象可言、睡着了的童雀，他的脸色一沉，将人打横抱起。

男人一愣，看着颜泽将童雀丢进车里，才提醒道："先生，她的手机……"

颜泽径直走过来，拿出钱包，拿出里面的卡和名片，只剩下些人民币后，直接递给他："这个给你，谢谢帮忙。"

男人愣愣地接过，再然后，等他反应过来想要还给他时，人已驾车离去。

颜泽满怀怨气地加快了车速，后视镜里的女人正在找一个舒服的姿势靠着睡觉，完全感觉不到他的怒意，颜泽就更加生气了。

他这么生气有什么用？罪魁祸首都睡着了！

到了日荔湾，颜泽先开了门，再将人抱进去。

杨阿姨正准备睡，却看到颜泽抱着许久没有回过家的童雀回来了，先是有点惊讶，但更多的是高兴，她也知道他们这段时间在吵架，于是问了句："先生，太太这是睡着了？"

颜泽冷声道："她喝醉了！"

杨阿姨也听出了他心情不好，于是默默地进了厨房煮醒酒汤。

颜泽直接将人丢在床上便回了自己房间，却听到隔壁传来杨阿姨的叫声："呀！太太！"

他心一惊，立刻到了她的房间，只见童雀吐了一床，杨阿姨正要收拾。

颜泽叹了口气："算了，明天再收拾吧，你去休息吧，让我来。"

"没事，收拾一下很快的。"

颜泽却皱起眉头："你去休息！"

杨阿姨知道他是为自己好，索性也就放着等明天再收拾，走前指了指床头的醒酒汤："先生，这是醒酒汤。"

"等等！先帮她清理一下，换件衣服吧！"

杨阿姨一愣，这种事难道不是该由先生来做吗？但他既然提了，她也不好追问，毕竟这是人家小夫妻自己的事。

两人合力将醉得不省人事的童雀抬进了浴室，接着关上了门。

颜泽将洗干净的童雀抱进了自己房间，杨阿姨也下楼休息去了。

他本想将童雀放到床上，低头忽然看到她嫣红的唇瓣，画面再度重现，无名的怒火再度涌上心里，便将她放到了沙发上。

醒酒汤灌不进去，颜泽眉梢一挑，被她嫣红的唇迷了心智，鬼使神差地含了一口醒酒汤，就要对嘴给她灌下去，唇与唇大约只差零点一厘米时，她忽然开口叫道："混蛋！渣男！"

"为什么不要我？"童雀前四个字说得义愤填膺，后面六个字却带着点心酸。

颜泽呼吸一顿，抬起了头，不看她一眼，躺到床上闭上眼，背对着沙发的方向。

她果然有前男友，而他似乎也错估了她对她前男友的感情。

颜泽的心底莫名地升起一股酸意和痛感，他闭紧了眼睛，勒令自己不要再想这件事。

夜终于还是过去了。

童雀是被冻醒的，一看，发现自己回到了日荔湾，而且还是熟悉的沙发……底下，她到底是怎么回来的？

宿醉让她的脑袋胀痛，断片似的记忆一点点地回来。

哦，她想起来了，昨天是部门聚会，她喝了点酒，然后她好像打了个电话给颜泽？

那么就是颜泽把她带回来的？

童雀捂着头从地上爬起来，床上整整齐齐，颜泽已然离开，看了看自己身上的衣服，她心下一颤，该不会是颜泽给她换的吧？

下楼时，童雀正好看到杨阿姨在洗被单："杨阿姨，你家里没事吧？"

杨阿姨知道她说的是上周她请假的事，笑了笑道："没事，我爸住了几天院，这人老了，哪有不生病的？"

童雀点点头表示认同："咦，这不是我床上的被单吗？"

"是啊！昨天晚上您喝了好多酒，是先生抱着您回来的，结果您吐了一床，先生让我帮您换了衣服洗了澡。"

童雀突然有些不好意思起来，虽然说杨阿姨是个女人，但让她看了自己的身体，还是很尴尬的，她干笑几声："呵呵，这样啊，麻烦您了。"

"我倒是不麻烦，就是先生……"杨阿姨一脸的欲言又止。

"颜泽，他怎么了？"

"他昨天回来看着似乎心情不太好。"杨阿姨说着将床单也一起塞进了洗衣机。

心情不太好。

童雀念叨着这句话，转念一想，颜泽哪天心情好过？这么一想，她就释然了，总之以后见面就看脸色行事，他要是黑着脸，她就躲呗！

童雀转身走出洗衣房，目光停在墙上的钟上，整个身体都僵硬了。

接着，房子里爆发出一声尖叫："天！十点半了！杀了我吧！"

杨阿姨转过身来只看到一个奔跑的背影，"咚咚咚"的脚步声从她头顶传来，接着一个人影冲到门口，又冲回餐桌拿了一片吐司，然后急急忙忙地离开了。

迟到的结果，当然是被陈放抓住，她觉得陈放像是等这个机会等了好久似的，终于等到她出错，可以好好训斥她一顿。

扣了这个月的全勤奖，童雀才终于被放出了办公室。

看着都到齐的跟没事人似的同事，童雀咬牙："昨天你们喝的都比我多，怎么看上去都这么正常？"

姚檬笑了笑："我每天在家都喝一杯，所以酒量比你要好。"

童雀又看向梁俊问道："你呢？昨天你喝得跟瘫痪了似的，你没迟到？"

梁俊一拍胸膛竖起大拇指，一脸自豪："哥可是练过的！"

她沉默，原来他们都是练过的，就她酒量这么差，喝了一杯白酒就醉得不像样。

"对了，昨天是你老公把你接走的吧？"阿欢忽然出声。

她的声音不算轻，也不算响，靠得比较近的几个同事闻言，虽然手上的工作没停，但都竖起了耳朵准备听八卦。

童雀心里"咯噔"一下，看来是酒后吐真言了，但她还是装作一脸茫然的样子："什么老公？我一个单身狗，哪来的老公？"

阿欢用一种诡异的目光打量着她："那你昨天晚上给谁打的电话？"

“我说我怎么看到我前男友了，原来是我喝醉的时候打的。”她一脸的愤慨，让人不信都难。

随后，众人才明白过来，原来是前男友。

阿欢也没了追问的兴趣，童雀心里窃喜并自豪着，她没出道当演员真是娱乐圈的一大损失！

午饭前，上面召集了下个月代替公司参加比赛的员工到二十七楼的会议室开会。

于是，童雀就见到了颜泽，他从进门的第一秒开始，将所有人都扫了一眼后，就再也没看她一眼，这让她十分欣慰，他终于懂得避嫌了。

颜泽只说了一句希望他们好好设计，只要能代替公司赢得前三名，不仅会涨工资，还会升职，就匆匆离开了办公室。

接着便是副总刘洋说话，那说话风格跟学校里领导讲话似的，差别在于，学校里的领导，你还可以一只耳朵进一只耳朵出，而这里，你不仅要微笑着接受对方所说的一切，还要不停地用表情来表达你的感受——说得好，说得真好！

以至于开完会，都已经十二点半了，四个人匆匆下楼吃了点东西就回设计部干活了。

领导给你画了多好的蓝图，最后动手操作的人都是你，领导只负责给你画个饼，要不要就得看你自己了。

下午三点，童雀收到了颜泽的短信：“给你三分钟的时间，请假跟我去警局。”

童雀是拒绝的，毕竟早上她刚迟到，下午就早退，这不是紧赶着上去给陈放骂？但看到警局两个字，她还是硬着头皮去了，被骂了一顿，又扣了一天的全勤奖，陈放才松了口。

童雀到了地下车库，发现车上只有小王一个人，她忍不住问道：“颜泽呢？”

小王边往外开边说：“颜总在忙，让我们自己过去，律师已经往那边赶了。”

听到有律师，童雀放下了心，对于颜泽来不来，也就没有那么关心了。

原以为只会见到罗德里公司分部的人或者是他们的律师，没想到来的还有傅峥的秘书——李如意。

李如意脸上并没有出现多么惊讶的神色，好像早就知道网上的人就是童雀。

四人面对面，李如意的表情淡淡的，一脸秉公做事的态度：“周律师，你来跟对方律师谈谈，我跟童小姐出去谈。”

童雀身旁的沈律师愣了愣，担忧地看向童雀，接着拒绝道：“抱歉，我的当事人既然雇我来谈这件事，她就没有必要再私下跟李先生谈。”

李如意却看向童雀：“童小姐，好久不见，我有件事想要跟您聊聊。”

沈律师注意到他用了“您”这个字，而且两人明显是旧识的样子。

童雀却摇头拒绝道：“不好意思，我律师代替我谈判，而且，这位先生，我们认识吗？”

李如意没有再说话，只摆手示意周奇律师开始谈判。

两个律师谈起来就简单多了，很快就解释清楚了一切，但李如意似乎是有意为难她，硬是要高额的赔偿，说这件事对傅峥造成了不良影响，并且有损罗德里公司的形象，所以要她赔偿五十万的名誉损失和精神损失费。

原本沈律师能够轻松地帮她解决这件事，无奈对方有意为难，而且他们的确理亏，即便后来在微博上道歉澄清了，但就像他们说的，伤害已经造成，道歉也没用。

你狠！

童雀看了看李如意，咬牙微笑：“李先生，不如还是我们出去谈谈吧？”

李如意点头。

两人一直走到楼上的天台，看着空旷的天台，童雀莫名地开始心慌：“说吧，你到底要怎么样才能不计较这件事？”

李如意看着她，诚恳道：“抱歉，傅太太，这是傅先生的吩咐，我没法反抗。”

果然李如意是记得她的，虽然她只见过他 面。

傅太太？

她冷笑一声："不用这么叫我，我跟傅峥什么关系都没有。"

他也不强求："原本傅先生是想亲自来见您的，但他现在在医院，所以没法过来。"

"你到底要说什么？我待会儿还要回家吃饭呢！"

"傅先生的意思是，只要您跟他道个歉认个错，他就会回到您身边。"

童雀的脸色顿时阴沉下来，眼里满是嗤笑："我说的是这件事，如果你一定要跟我说别的事，那我想我们也没什么好谈的。"

说完，童雀转身朝楼下走去。

身后人的声音传来："他后悔了。"

童雀脚步一顿。

见状，他以为有戏，继续道："他说只要您肯回去，婚礼会即刻进行。"

风轻轻拂过童雀的短发，迷了她的眼，她忍住心头的不爽，冷哼着转身，用冷漠的眼神看向他："凭什么他想分手就分手，想后悔就后悔？他以为自己是什么，天王老子吗？！"

那表情，让李如意为之一颤。

"你回去告诉他，认识他是我倒了八辈子的霉，他是不是以为我没了他，就赔不起这五十万？那五十万，我会赔给他。"她忽然又笑了，"哦，你顺便告诉他，让他别痴心妄想了，我已经有男朋友了，比他长得帅，还比他优秀！"

童雀说完转身离开，下了楼，她才发现自己的眼睛红得就跟被人欺负了似的。

后悔？

傅峥那个人怎么可能会后悔？

只怕是网上那件事惹怒了他，他才又想要报复她，毕竟他向来就是这么一个孩子气的人。要是被傅峥那个混蛋看到她现在的样子，指不定会怎么嘲笑她。

童雀去厕所洗了把脸，才去见了沈律师。

"怎么样？"沈律师见她一脸的水，愣了一下才问。

童雀瞪了那边的周奇一眼，冷笑道："还能怎么样？人家故意为难我们，我们财大气粗，只好赔钱了呗！”

李如意回来的时候，周奇看着他道：“索赔的金额是不是太少了，我看她不像是缺钱的样子，否则也请不起沈兆这个律师。”

李如意的脑中顿时出现童雀那张倔强的脸，忍不住皱了皱眉：“先告诉傅先生再说。”

昨天童雀踢的那一脚不轻，不过早上就好多了，听着李如意的话，傅峥的脸色越来越难看，手里的杨梅被他捏得变了形，汁水顺着指缝滴到床上，渗进了被单：“你确定她说她有男朋友了？”

李如意点头：“不过也不排除是太太想要气一气您的可能，当时她看着像是要哭了。”

“哭？”他脸上的凶狠顿时就敛了起来，“你跟她说了什么？”

李如意把两人的对话一字不落地说了一遍。

傅峥咬牙：“好！那就让她赔！一定要全款付清，不准分期！我就不信，她一个不出名的小设计师能拿得出五十万！”

闻言，李如意皱了皱眉：“傅先生，其实，您要是真想追回太太，就该对她好，而不是……”

“而不是什么？”

“而不是总欺负她。”

“我欺负她？”傅峥冷哼，白了他一眼，“你懂什么？我跟她以前都是这么过来的，我要是突然变了，她反倒不习惯了。”

李如意还想再说些什么，但看着他的反应，便将后面的话吞进了肚子里。

回了家的童雀，发现颜泽也在家，见他要倒水，忙从他手里夺过水杯：“别，让我来。”

片刻后，颜泽一脸冷漠地从她手里接过倒满水的水杯，一言不发地上了楼。

看着他一脸性冷淡的样子，童雀忽然想起来杨阿姨早上说他昨天心情不太好，昨天心情不太好至于到今天还心情不好？该不会是因为知道她要回来了，所以心情才不好的吧？

童雀不禁觉得这个想法很有可能，毕竟颜泽叫她回来只是为了要她配合履行两年的合约。

难道说，他还在为了上次的事生气？

她看了看打开的书房，嘟起嘴，虽然上次的事不是她的错，但为了能赔傅峥的钱，她只能屈服于颜泽的淫威之下了。

大丈夫能屈能伸，抡起袖子就是干！

童雀端着鲜榨的果汁上了楼，空出一只手敲了敲门，见是她，颜泽又低下了头，好似把她当成了空气。

她便径自走进去，将果汁放到他触手可及之处："工作累了吧？来，喝点果汁，我亲手榨的哟！"

颜泽心里有一种异样的感觉升起，他自己也不知道为什么会这么生气，虽然知道她那时候喝醉了，但他的脑袋还是控制不住地回想起那碍眼的画面。

看着她讨好般的笑容，他忽然觉得，自己不该将气往她身上撒，毕竟她被人非礼，她才是受害者，这么一想，他心里的那股酸味逐渐被口腔里果汁的酸甜占据。

他忽然开口："无事献殷勤，非奸即盗。"

看他主动开口，她心里倒是舒坦了不少："哪能呢？你对我这么好，我当然也得对你好一点啦！好喝吗？"

"柠檬汁太多，有点酸。"

咦？这回口味又不重了，她还以为他口味重，所以多放了点柠檬。

"那你继续忙，我先出去了。"

童雀一直没主动提谈判的事，她觉得自己要是提了，他就会觉得她是为了要钱才对他这么好的，到时候他肯定又要生气。

虽然她的确是这么想的。

人生啊！大家都坦诚一点不好吗？

晚饭时，颜泽主动提起了这件事："听说对方要五十万才肯和解？"

在颜泽看来，罗德里公司虽然不会纵容这种事，但也不是那种会揪着别人小辫子就狮子大开口的主才对，毕竟五十万，对一家上市公司而言，就跟普通人身上的五十块似的。

他们会这么做，除非跟童雀是旧识，沈兆汇报时，并没有多说什么，所以他想听童雀自己说。

毕竟钱得让人家交，童雀只好坦白："好吧，我承认，我跟对方是有点过节，所以他们才说要五十万。"

"什么过节，让他们舍下大公司的名誉以大欺小跟你要五十万？"颜泽怀疑道。

"傅峥是我的前男友。"

"……"

沉默，死一般的沉寂。直到童雀出声才打破了平静。

"怎么了，难道你也认识我前男友？"

颜泽的脸色一沉，一改刚才的好脸色："不认识。"

"那你干吗一副我欠了你五百万的样子？"

颜泽放下碗筷，郑重道："如果我没记错的话，你还欠我一万〇八百六十一元三角，加上赔偿罗德里的五十万，就是五十一万〇八百六十一元三角。"

童雀顿时收起了审问般的脸色，讪笑几声，见杨阿姨还在厨房，便凑上脑袋轻声地商量："咱们都认识这么久了，就算没有男女之情，也有深刻的革命友谊啊！要不这零头就去了，在你要给我的钱里面扣，怎么样？"

颜泽掀起眼皮："零头倒是可以去，不过这钱你得自己还。"

她脸上的笑容一僵，猛然站起来叫道："老颜！"

颜泽面不改色，却见她忽然走到自己面前，跪在了地上，抿唇，可怜巴巴地抱着他的大腿："这钱我一个小员工怎么可能还得起呢？你想啊，我一个月工资就一万多，到时候加上年终奖，也就三十万，但是我总不能两年不吃不喝吧？更何况对方还要我全款付清呢！

"我要是付不出来，我就只能出轨了。"

颜泽："……"

第十章

漫漫韶光路，猪嘴水果味

瞧着颜泽脸上的坚冰似乎有了一丝裂痕，童雀顺势道："他要这五十万的意义就是为了让我跟他复合，我要是付不出来，不就是只能出轨了？"

颜泽皱了皱眉，这才明白了对方的意图，却冷冷道："我可以先帮你垫，但是你得用每个月的工资来还这钱。"

童雀当下就撒了手，扯过他的手掌，高兴地跟他击掌："成交！"

"不过，能不能稍微给我留点，我总不能每个月不吃不喝吧？"她试探着商量道。

"家里每天都有饭吃，中午公司食堂也有工作餐，你要的车过几天就能提了，衣服定期都会有人送新款来，请问你还有需要花钱的地方吗？"

"……"她眼珠一转，"那我总得有娱乐生活吧？"

"娱乐生活？"

她点头，不过他这声音听上去有点可怕。

"好让你再请客再喝醉再……"

"再怎么？"

颜泽又想起了那件事，索性站了起来："你酒量不好，还容易发酒疯你自己不知道吗？这两年就不用有娱乐生活了，早点回家，也不至于早上迟到！"

童雀还想再跟他商量商量，但他已经上了楼。

她叹了口气，只好认命了，娱乐生活，没就没吧，总之这五十万解决了就好。

想到自己跟颜泽的冷战终于结束，她松了口气。

得知童雀的前男友就是傅峥，陡生的醋意让颜泽心里怎么都不舒服。

却在这时收到了程昱的消息："怎么样，跟你女朋友和好了没？"

颜泽："她刚才跟我说她跟她的前男友有仇。"

"所以呢？"

"我很生气。"

程昱看到这四个字，有些摸不着头脑："你生什么气？你是气她有前男友呢，还是气她在你面前说她的前男友？"

颜泽半晌没回，程昱就知道两者都有，不过他倒是不担心，这家伙还会吃醋，说明他已经开始往正常人的路上走了。

"这年头谁还没谈过恋爱啊？要不是你发生了那件事，说不定你早就有女朋友了，至于到现在还是孤家寡人一个？她能告诉你她前男友的事，就证明她没打算瞒着你，想跟你好好处，你别因为这种小事，错过了人家，到时候哭的可就是你咯！"

颜泽的视线停留在"错过"两个字上，再想起她说傅峥最近在求复合，心里顿时警钟大鸣，随即就朝她的房间走去。

童雀开了门，颜泽走了进去，看着她道："我有话要对你说。"

她抬起脑袋，眼神迷离地问了一句："哦，说什么？"

童雀的声音听上去软糯魅惑，绯红的脸颊让他移不开视线："我……"

颜泽刚说了一个字，就看到地上有两只空酒瓶，再看看她这样子，他眉头一拧："你喝酒了？"

她忽然凑近，一脸坏笑地在他面前勾勾手指头，示意他低下头来，声音温柔得快要滴出水来："对啊！你们不是都说我酒量不好吗？那我就练练呗！"

她轻轻地在他耳边说话，嘴里呵出的酒味带着热气，喷到他脖子上，惹得他悸动不已，这傻瓜沐浴后的香味莫名地让人心旷神怡。

她喝酒，他本该反对的，但她这一副女色狼欺身而上、呵气调戏的模样，竟让他红了脸。

他忙别开脸，不去看她，声音温柔："你喝醉了，那你早点休息，我先走了。"

他转身就要往外走，可某人却跑过来，一不小心绊了一跤，正好撑在半合上的门上，将门给关了，她转过身来，抬头看向他："既然有话对我说，那就说完再走！"

颜泽就比较纠结了，她这样子，自己即便说了什么，她明天醒来肯定就不记得了，该死，他好不容易有了勇气，结果她竟然喝醉了。

这么一想，他略带愤愤地看向这个可恶的女人："下次要是再喝醉，你就……"

童雀却忽然跳到他身上，咬住了他的嘴。

这么咬着还不罢休，她像是尝到了什么好吃的东西似的，在他唇上舔舐起来，如果不是她没有说出后面这么煞风景的话，颜泽还是很高兴的。

"这猪嘴怎么还是水果味的？"

颜泽想起来她房间前，喝了一口果汁，不，这不是重点，重点是，她竟然说他的嘴是猪嘴？

他终于清醒过来，将人推开。

看着他一副窘迫的样子，童雀勾唇笑起来："看吧！咬你一口，你就老实多了，我还是第一次碰到跟你一样小气的男人，一言不合就冷战，我都不知道自己到底什么地方做错了，你就生气了。"

原来自己在她心里是这样的形象？

他小气？

颜泽正要生气，想到她的话，又压了下来："以后不会了。"

“真的？”

她闪着大眼睛，或许是喝醉酒的缘故，竟让她的眼睛蒙上一层旖旎之色。

“我先回去。”

颜泽说着就要去开门，童雀为了阻止他，一下握住了他的手，语气强硬：“不行！你今晚得跟我睡！”

“跟——你——睡？”

童雀点头：“谁知道你明天起来会不会又变了？你这个人，一天一个样。”

看着她这副认真的表情，他忽然就笑了。

童雀用力将他往床边拉，颜泽想着她现在喝醉了，讲道理是不行的，恐怕只能等她睡着了再走。这么想着，没注意脚下，童雀踩到了酒瓶，整个人往床沿栽去，他眼疾手快，一把捞起她，一转身，两人一起栽进了柔软的大床。

颜泽正要说话，却忽然感觉到胸口传来异样的柔软感，那是一种非常怪异的感觉，似乎比抱枕还要舒服，而神志不清的童雀正在支撑着爬起来，手也开始乱摸。

从刚才开始，颜泽心底就不停地生出烦躁感来，浑身的血液开始冲上大脑，被压抑了太久的本性开始张牙舞爪地从内心深处爬出来。

不知是不是喝了酒的缘故，此刻的童雀在他眼里竟有一种别样的美感，尤其是她那张嫣红的嘴唇，而已经彻底神志不清的某人舔了舔嘴唇，喊着想喝水。

他随即强势地凑了上去。

良久后，颜泽刚离开她的唇瓣，吻着她的下颌，却忽然听到童雀“哇”的一声，吐了。

颜泽此刻心里只有一串省略号。

他所有的兴致都被这些污秽物冲刷得干干净净，看着身下的人一身脏和那张绯红的脸，颜泽彻底清醒过来。

他到底在做什么？她还醉着，如果真的做出了什么，该怎么办？

他开始感谢童雀这个一喝醉酒就爱吐的毛病，不容易出事。

颜泽翻身下了床，进浴室冲了个澡，裹了浴袍出来，发现床上的人已经睡着了。

她难道就感觉不到自己不但吐了一身，还躺在污秽物里吗？

看看时间也不早了，杨阿姨估计也早就睡了，颜泽忍了忍，还是将人给搬了起来，把被子扔到地上，从柜子里拿了一条新被子铺好。

接着，看着有些脏的童雀，他考虑许久，还是将人带进了浴室，避嫌般的别开头不去看她，帮她冲洗好后，用浴巾包裹好把她放到了床上，并替她盖好被子。

做完这些，已经是半夜一点钟了，颜泽正要离开，手却被她用力地抓住。

“别走，好不好？”

颜泽的心当即就软了，他在她身旁躺了下来，任由她拉着手，只听她继续道：“我舍不得你。”

这话绝对不是对他说的，他的脑中立刻出现了一个名字——傅峥。

舍不得傅峥吗？颜泽的嘴角泛起苦笑。

再想想，她今晚突然喝醉，练酒量这个理由太过牵强，她今天刚见过傅峥，由此看来，她是对前男友旧情难忘。

而他却被醉酒后的童雀当成了前男友，她所有的深情都是对那个男人的，那个把她抛弃了的男人。

颜泽沉默了，一股醋意翻江倒海而来，可看着她那张清秀的脸，他却怎么都生气不起来。

长夜漫漫，身旁的人熟睡许久，可他怎么也睡不着，直到天亮那会儿才终于有了睡意。

万芳一大早便来了日荔湾，为的就是给儿媳妇做一顿早饭，让她感受感受自己的热情，作为长辈，万芳要面子，自然不可能道歉，那就只能用行动表现了。

结果当她打开房门，看到地上的空酒瓶，以及地上的被子，她呆了，再往床上看去，看到儿媳妇光着手臂盖着被子，儿子也躺在边上。

这是……和好了？

或许是这股视线太过强烈，童雀猛然醒来，不明所以地跟万芳对视了几秒，接着感觉到搭在自己胸口的重量，一看，她傻了，又看了看被子底下的自己，包着浴巾：“啊！颜泽你怎么到我的房间里来了？！”

正在熟睡中的颜泽被她的尖叫声惊醒，迷迷糊糊地睁开了眼睛，目光定在床头的万芳身上，他愣住：“妈，你怎么来了？”

万芳却抓到了重点，忐忑地问道：“你们……分房睡？”

两人沉默，童雀是忍着不出声，颜泽则是不知道怎么回答。

那表现看在万芳眼里，就是两人还在冷战，但看到两人昨晚都同房了，万芳心里的担忧总算是解除了，能同房，说明儿子那方面正常。

谁知，一直没出声的童雀掀开被子，冲进了衣帽间。

“啪”的一声关上了衣帽间的门，带着明显的怒意。

万芳呆了，不是因为儿媳妇的态度，而是看到了她下床时身上还裹着浴巾。

这明显就是什么都没发生，刚刚还想着儿子没事，这会儿就得到了实锤，万芳这一早上的心情跟坐过山车似的。

她看看紧闭的衣帽间，再看看床上神色凝重的儿子，最后一声叹息，替他们关上了门。

看来帮他们化解这矛盾，没那么简单啊！

童雀悄悄打开一条缝，见万芳不在房里，才怒气冲冲地走到床边瞪着颜泽，他正想要开口解释，她已经怒不可遏地打开房门走了出去。

颜泽看着空荡荡的房间，看来这事是说不清了。

万芳刚在厨房动手做早饭，就听到“嘭”的一声，出来一看，杨阿姨说：“太太走了，大概……是去上班了。”

杨阿姨会停顿一下，是因为看到这一家人的心情似乎都不怎么好。

难道这易怒的毛病，会传染？

只是，杨阿姨想不明白，为什么面对太太的甩脸色，万女士不仅没有生气，还一脸担忧呢？

童雀一整天都想着昨晚的事，工作时有些不在状态，被陈放训了一顿，倒是恢复了些，她慢慢地想起来，昨天晚上颜泽似乎是有话要对她说，然后见她喝醉要走，却被她给拦住了？

后面到底发生了什么，她断片了不知道，但可以肯定的是，颜泽没有喝醉，他就不能推开她吗？

她脑子不清醒，他脑子难道也跟着不清醒？

下午有人来了，说是让她去找叶嘉，她不疑有他，上去后，才发现找她的人是颜泽，她当即甩脸走人。

颜泽面带歉意，拧了拧眉，不太高兴，却没发作。

叶嘉一愣，心里更佩服起她来，颜太太果然有骨气！

下班后，童雀独自站在公交站牌处等车，正跟微博上的粉丝回复得好好的，就听到有人叫她的名字："童雀，上车。"

她一下就听出是颜泽的声音，她当作没听到，只顾低头玩手机，直到有人看不过去，拍拍她的肩："小姐！你就上车吧！你男朋友停在这地方，待会儿公交车怎么停啊？"

"他不是我男朋友！"她反驳道。

路人随即敷衍道："那就麻烦你跟着你朋友走吧，就当帮个忙。"

看着路人一脸"我知道你们在冷战，行行好，赶紧走"的眼神，童雀愤恨地瞪了颜泽一眼。

见他勾着得意的笑，童雀走到车边，怒不可遏地踹了一脚车门，结果车门一点事没有，倒是她的脚趾给踹疼了。

颜泽皱起眉头，下车扶住她："怎么这么不小心？"

明知道她是故意的，却还说她是不小心，听在童雀耳朵里，觉得他就是故意讽刺。

经不起周围路人的指指点点，童雀只好弯腰上了车。

"你别以为我上了车，就是原谅了你的兽行！"

颜泽笑了，正欲解释，看着她那副模样，忽然觉得，让她误会他们发生了什么，似乎也不错。

此时童雀的手机铃声响起，看到万芳的名字，她立刻想起了那些天被做菜支配的恐惧。

她回头瞪了一眼颜泽，然后接起来："喂，妈？"

万芳一听童雀还叫自己妈，顿时觉得这两人应该没事："几点到家啊？"

"快了吧。"

“哦，我就问问，没事。”

“……”

电话都挂断许久了，童雀依旧保持着接电话的姿势。

颜泽看了她一眼：“怎么了？”

童雀忽然捏拳扭头，表情严肃：“颜泽，我们商量下。”

“什么？”他看了一眼路况，才看向她，她的神情有些凝重，好似下了什么重要的决心。

“我们暂时和好，但是……”她抬高了音量，吓得颜泽差点开错车道，“这并不代表我原谅了你的兽行，我们只是暂时性和平对敌。”

“对敌？”他稍稍一反应便明白过来，“你说的是我妈？”

童雀点头。

“我知道，你妈一直想要拆散我们，但我们本来就不是夫妻，哪里用得着她拆散？不过是时间问题，所以啊，我也用不着学做菜什么的敷衍你妈，我又不是你们颜家的真媳妇，干吗要讨好她呢，你说是不是这个理？”

“嗯。”颜泽握紧了方向盘，眼里闪过一抹不自然。

“那我们就演戏给她看看，上次我们吵架，你妈就走了，那这一次我们就继续冷战，说不定你妈看到我们不好，就自动提包走人了。”

颜泽心里想的却是，如果真的决定要跟她在一起，他妈的确是个难搞的角色，所以目前还是尽量让他妈不要待在家里再积累她对童雀的怒气值了。

见他一直没回答，童雀皱起了眉头，沉声道：“你到底答不答应？”

“就按你说的办吧。”

“嗯。”

听到动静，万芳从客厅里出来，就看到两个人一前一后，一个走得飞快，满脸的不高兴，一个慢慢吞吞，一副苦大仇深的模样。

万芳上前拉了拉儿子的袖口，担忧道：“还在冷战呢，没找她说清楚？”

颜泽看了她一眼，一时之间还搞不清楚她究竟打的什么主意，于是叹了一口气，便上了楼。

两个人，进了两间房。

万芳白天已经让杨阿姨把一楼的另一间客房收拾了下，自己搬了进去，毕竟两个人在冷战，要是还住在一个房间里，只怕会吵得更凶。

进房后，童雀一改刚才怒气冲冲的模样，露出一抹笑容。

爽！颜泽他妈压迫了她这么长时间，总算是给了她一点颜色看看了！

就是得这样嘛！又不是真婆婆，怕什么？

童雀刚想在床上蹦跶，房门却被敲响了，她理了理衣服和头发，过去开了门。

“妈，你怎么来了？”

万芳微微一笑：“进去说话吧。”

童雀皱了皱眉，没阻止，她虚掩了房门，担心一天之内给她两次脸色看，会让这个贵妇忍不住掐死她。

“你跟颜泽到底是怎么回事？”

看吧，她就知道，万芳是来打探敌情的，她装出一脸忧伤地回了一句：“妈，没事。”

万芳皱眉：“还没事？你们都冷战了这么多天了，怎么能没事，问颜泽，他什么也不说，就知道让我们老的跟着瞎操心，妈也是没办法，只好来问你了。”

操心？童雀眼珠转了半圈，难不成万女士改变策略了？从原先的为难，改成了从根本上离间他们的夫妻感情？

嗯，应该是这样。

不过不怕，他们都不是夫妻，何来夫妻感情一说？

她装模作样地叹了口气，也不说话了。

“你别跟颜泽一样不说话啊！都不说话，这问题怎么解决呢？”万芳将她拉到身边坐下，声音也温柔起来，“你跟妈说，是不是因为妈之前为难你，你们才会吵架？”

你终于知道了？

童雀抬起头来，一脸委屈，却欲言又止：“妈，你就别问了，我们真没事，这事也不是您的错。”

她故意这么说，是侧面表达对万芳的不满，但听在万芳耳朵里，就成了另一种意思了。

这事跟她无关，也跟他们无关，那不就是那方面的问题？！否则夫妻俩好好的，怎么能冷战这么久？

万芳虽然知道那方面和谐很重要，但儿子现在不是不行吗？只能骗骗儿媳了。

她安慰般的拍拍童雀的肩：“雀雀啊！你告诉妈，是不是颜泽有问题？”

什么颜泽有问题？童雀听得云里雾里的，就听万芳解释道：“他是不是那方面有问题？”

童雀抬起头，不敢相信地看向她，她怎么会这么想，难道是许攸冉告诉她的？

这表情看在万芳眼里，就成了她儿子不行的证明。

“雀雀啊！其实，两个人在一起，那方面只是对夫妻感情的调剂，妈也知道，这事是委屈你了，但是你想想，现在的科技和医术都这么发达，你想要一个孩子，还是很简单的，不是有什么人工授精之类的吗？妈也会找有名的医生和方法来治好颜泽，你也别急，总会有办法的。

“你看啊！我们颜泽人长得好，工作也好，可以说是没什么缺点，也就这一个，你暂时先忍忍，等治好了再说好吗？”

听着万芳说了这么多少儿不宜的马赛克版本的安慰后，童雀的脸已经红了一片，耳根子也跟着红起来。

她的脑袋已经炸了，忘记了这是在跟颜泽演戏，颜泽他妈到底怎么了？不过她现在可以确认，万芳应该是听说了儿子不行的谣言，所以暂时放下了想要破坏他们婚姻的念头，毕竟现在除了童雀，他们那个圈子里没人肯跟颜泽在一起。

难怪万芳今天对她都和颜悦色的，连自己给她甩脸色也没反应，原来是因为这一茬啊！

“怎么样？”看她不说话，万芳心里有点慌，又补充道，“以前的事，是妈不对，妈以后不会强迫你做菜了，你只要跟颜泽好好的，比什么都好。”

童雀抿了抿唇，装出下定了什么决心般的模样应了一声：“嗯。”

见她同意，万芳这七上八下的心总算是定了下来，微笑着抱了抱她：“好孩子。”

“不过不能让他知道您也知道了这事，”童雀低着头，“您也知道，颜泽他这个人比较爱面子，到时候要是伤了他的自尊，他一时想不开，那可就糟了。而且他一定会以为是我说的，其实我也不是这么在意这件事，我觉得，两个人能在一起，相爱就好，可他总觉得我在意。”

万芳摸了摸她的头以示安慰，并露出了慈母般的笑容，她觉得自己以前错怪童雀了，这孩子这么懂事，儿子能娶到她，是他的福分。

许攸冉不是一向喜欢儿子喜欢得不行？最后不也因为这事放弃了。这足以证明，这件事对于年轻小姑娘而言，比地位、金钱和权利都重要。

“放心，妈不会说出去的，咱们悄悄地来，总能治好的。”

以前的万芳，总是想要压迫童雀，经过这么一遭，她算是说服自己，解开了心结，也就将她当成了一家人看待。

两人一直说了好长时间，直到外面天黑了，都没发觉。

颜泽在楼下等了许久，也没看到万芳和童雀，以为两个人在各自的房间里，结果却听杨阿姨嘀咕出声：“夫人和太太还没说完话吗？都一个多小时了。”

闻言，颜泽心焦地站了起来，他觉得他妈一定是在训斥童雀，正要上楼，却听到楼上传来一阵欢声笑语。

紧接着，两个人手挽手，如同姐妹地说笑着下来了。

“杨阿姨，可以开饭了吗？”万芳问道。

“最后一道菜快完成啦！”

两人的目光掠过颜泽，然后绕过他，坐到了餐桌边。

不知道为什么，颜泽总觉得刚才他妈看他的眼神里似乎带了点心疼？

“颜泽，还不过来坐下吃饭？”

颜泽坐过去，用一种捉摸不透的眼神看向两人，就一个多小时的时间，这两个人是怎么了？看上去就跟中了邪似的，怎么突然变得这么要好了？

就好像两个人有了同一个秘密，突然成了好朋友。

颜泽被指挥着去端菜，而那两人在餐桌边讨论起女人间经久不衰的话题来。

万芳拿着童雀的手端详：“雀雀，你这手真漂亮，怎么不去做个指甲？”

想到颜泽说过的话，童雀眼睛一亮：“不做也挺好的，干吗花那钱啊？”

“做个指甲也花不了多少钱。”她忽然想到了一种可能，“是不是颜泽不给你零花钱？”

“没有没有，不关他的事，老公已经很帮我了，我遇到了事情他还出钱给我找了律师，但因为是我理亏，所以还要赔偿对方五十万，所以近两年来，能省就省吧！”

童雀面上抿唇做乖巧状，心里暗自窃喜到嘴角上扬。

哈哈哈！颜泽啊颜泽，三十年河东三十年河西，终于轮到你被人坑了！

闻言，万芳沉了沉脸：“颜泽，怎么说雀雀也是嫁到我们颜家来的，我们颜家也是有头有脸的人物，你不给她零花钱也就算了，连这五十万也不帮她出，还要她自己出钱？”

“妈，没事的！这年头还是得靠自己，我自己有手有脚，能养活自己。”

看，说得多感人，童雀心机起来，她自己都服。

万芳心疼地拍拍她的肩，安慰道：“你这孩子，我越看越喜欢，没事，颜泽不出钱，妈给你出，待会儿吃完饭，咱们就出去做指甲！”

“这么晚出去做指甲？”童雀看了看时间，“要不这周末吧？我怕回来晚了，明天上班迟到。”

“行啊，反正妈什么时候都有空。”

万芳接着转向颜泽，命令道：“给雀雀五十万，要不就一百万吧，一半赔给别人，还有一半留着给她花，我们颜家的媳妇，身上连个闲钱都没有，像什么样子？”

童雀只看到了白花花的银子朝她跑来，她跟颜泽的合约里提到过，双方家人给各自的钱财物品可以留作己用，在这方面，童雀比较占便宜，毕竟她无父无母。

但感受到颜泽打量的视线，她还是象征性地说了句：“这恐怕不太好吧？”

“有什么不好的？嫁给我们颜泽本来就是委屈了你，要是……”

颜泽：“……”

童雀眉头拧起，拼命给万芳使眼色：“不委屈，妈，你想多了。”

万芳才陡然想起这事不能让儿子知道，立马接过话：“咱们颜泽性格这么古怪，可不就是委屈了你？”

颜泽觉得她们一定有什么事瞒着他，却又想不明白，原本势如水火的两人，到底是什么改变了她们的关系？

“来，儿子，尝尝这个秋葵，味道还不错。”

“哦，这个韭菜也不错，还有这个冬瓜。”

一顿饭下来，万芳几乎没有停止过给颜泽夹菜的动作，他捉摸不透她到底要做什么。

饭后，颜泽本想上楼，却被万芳拉着坐下看电视，三个人坐在沙发上边吃着水果，边看着电视。

吃得好好的，电视里正好放到男主角向女主角求婚的场景，万芳被点醒了，她边吃着水果边问道：“对了，你们打算什么时候办婚礼啊？”

童雀刚喝了一口水，闻言，吓得被呛到了，不停地咳嗽，万芳赶紧过来帮她顺气：“小心点，喝水也呛到。”

“那就要看雀雀是什么意思了。”颜泽忽然道。

见她停止了咳嗽，万芳坐在她身边：“那正好，周末我正好跟雀雀去做指甲，到时候看看婚纱，你要是不喜欢，就找公司的设计师做，怎么样？”

童雀讪笑几声：“我是没什么意见，不知道老公什么意思？”

颜泽好似并没有注意到她求救般的眼神，轻轻耸了耸肩：“我也没意见。”

童雀快疯了，什么叫他也没意见？

他怎么能没有意见？

说好的隐婚呢？

“妈，其实我觉得婚礼也没多重要，办了也是操劳浪费，还不如不办，省点心。”童雀笑着说道。

“咳，一个婚礼而已，能浪费多少钱，咱们家还缺钱？”万芳摆摆手，“况且家里也好多年没办过喜事了，要是颜泽的奶奶知道他结婚了，肯定高兴。

“对了，雀雀，你爸妈呢？你们结婚到现在，我还没跟亲家见过面呢！”万芳笑着道。

童雀脸上闪过一丝落寞，摇了摇头：“我没有父母。”

颜泽的动作一顿，眼里闪过讶异，他偷偷打量了她一眼，跟他妈比起来，她娇小的身体就像是印证着她多年来的不幸，那张小脸上有过倔强，有过狡黠，却唯独没有过这样的落寞。

万芳惊讶之余，也知道自己提起了别人的伤心事，看着媳妇这模样，母性的本能让她开始心疼起这个令人怜惜的小姑娘来。

万芳一只手握住她的手，另一只手摸着她的头安慰道：“没事，以后你就有父母了。”

童雀脸上第一次闪过感动的表情，她有些诧异地盯着万芳看了一会儿，忽然觉得，万芳这个人还是挺不错的。

她勾起了嘴角：“谢谢妈。”

万芳安慰般的拍拍她的背，接着画风就变了。

“不过怎么说也是你们的人生大事，这事马虎不得，一定得办得大，越大越好！”最好让全世界都知道他们的关系，不让任何人有插足的可能。

万芳提出办婚礼的目的正好跟童雀大相径庭，她就是想要公开两个人的关系，这样，童雀才好安安心心地陪着颜泽。

之前不告诉颜泽的奶奶，是因为她不喜欢这个儿媳妇，现在没得选了，自然只能用老人来绑住她。

不论童雀用什么理由拒绝办婚礼，万芳都各个击破，开始跟她商量起了婚礼的细节问题，童雀受不了，只好说累了，上楼休息去了。

看着落荒而逃的某人，颜泽嘴角勾起一抹弧度。

“你们结婚的日子，到时候跟你奶奶商量商量，是请人看，还是你奶奶自己看。”

“我没意见，你们做主就好。”

万芳瞪了他一眼：“什么叫你没意见？好歹你是新郎，你要是什么意见都没有，人家还以为你不喜欢她呢！”

颜泽沉默一会儿道：“那周末我送你们去看婚纱。”

“这还像点样！”

也不知是即将要办婚礼的喜悦感染了万芳，还是她重新燃起了少女心，她这一晚上，又是联系朋友讨论A市最好的婚纱店，又是定高定礼服杂志的，比两个主角还要热情。

童雀偷偷打开了房门，听着楼下万芳热情高涨的声音，蹲着身子进了颜泽的房间，关上了门。

她松了口气，一起身就看到刚刚从浴室出来的颜泽身上只围了条浴巾。她的视线从上往下，他湿漉漉的头发上还滴着水，水珠顺着他鬼斧神工般的面部线条逐渐下滑，喉结滚动了两下，胸肌结实，水珠滑过线条分明而又不会让人觉得过度夸张的腹肌，他那双修长有力的长腿慢慢向她走来。

传说中的“穿衣显瘦脱衣有肉”的正确打开方式，童雀不禁开始羡慕起以后能嫁给颜泽的女人来，能嫁给他，一定很“性”福。

她抿了抿唇，已经彻底地陷入了想象的世界。

呃，等等，走来？

等她回过神来时，颜泽已经到了她面前：“有事？”

天啊！声音还这么有磁性！

童雀的小心脏已经不受控制“扑通扑通”地跳了起来，脸一下就红了，这非礼勿视的画面，让她忙捂住了眼睛：“不好意思，我不知道你在洗澡，我这就出去。”

童雀转身抬手就去碰门把，因为捂着眼睛看不见，一时没碰到。

眼看着她就要碰倒边上的花瓶，颜泽一把勾住了她的腰。

童雀的身体当下就僵了。

“你干吗？”她紧张得口齿不清。

颜泽努了努下巴，示意她往前看：“这花瓶是清朝的，五十万可远远不够。”

童雀立即后怕地收回了自己的罪恶之手，然后退出他的桎梏，离那花瓶好几米远。

然后打了自己一下，悠着点，把你卖了都赔不起啊！

那后悔的模样，看在颜泽眼里，他眼角的笑意更加分明：“说吧，找我什么事？”

一副美男出浴图把童雀弄得竟然忘记了自己是来做什么的了，她拍了拍最近越来越不顶用的大脑，仔细回想自己来他房里究竟是为了做什么

“哦，对了，你妈说要办婚礼，你觉得我们该怎么办？”

“你就别操心了，我妈都会看着办的，你只要跟着她看看什么好看就行，钱我会付。”

“哦。”她呆呆地应下，然后越来越觉得不对劲。

“这都什么跟什么啊？！”她哭笑不得，“我说的是，你妈要办婚礼，我们该怎么拒绝？！”

“为什么要拒绝？”

“你难道真的想跟我结婚？”不等颜泽回答，她道，“你愿意，我可不愿意！”

颜泽的心跳莫名一滞，仿佛被人掐着，脸上的笑意瞬间褪去：“为什么不愿意？”

“难道你还真愿意？要是被人知道我们领了证，到时候公司的人会怎么看我？他们肯定会觉得我是走后门进来的，包括这一次成为替补人选，他们也会认为是你帮我得到这个机会的。”

“我要是真的出全力帮你，你还会只是个替补？”

“可他们不会这么想啊！他们只会觉得是我实力太差，所以连你也不好意思帮我拿正式人选的名额！”

童雀正忧心忡忡，却听他道：“就只是因为害怕公司的人的眼光？”

她没有抬头，也就没有看到他脸上的小心和忐忑，他既期待着她的话，又害怕她的答案让他失望。

“不然呢？”

他们领证是事实，要不是这一点，她干吗怕被人知道？

第十一章
近日可安好，婚纱全买了

闻言，颜泽才松了口气，就连他自己都没注意到自己脸上的神情开始放松，连眼神也变得温柔起来：“这你不用担心，除了华锐总部的董事，公司的其余人，一律不会被邀请来参加我们的婚礼。”

“真的？”

童雀眼睛里亮着光，如星辰般耀眼，颜泽不自觉地被吸进了她的世界，愣愣地点头：“真的。”

她终于放下心来：“那我就放心了。”说完就要去开门，一只手却快她一步，撑在门上，拦住了她的去路。

童雀转身，发现她被箍在他的臂弯中，两人靠得很近，加上他上半身什么也没穿，扑面而来的男性气息让她心跳加速。

他凑近了脑袋，童雀及时伸出双手抵上他的胸口，但那真实的触感如触电般的让她收回了手，她别过了脑袋，脸皱成一团。

颜泽充满磁性的声音尽数落入她的耳中：“你跟我妈说了什么？”

“什么？”她转过头去，想要装傻。

但，嘴唇好像擦过了什么东西。

颜泽也愣住了，往后退了一步，收回了视线：“我说，饭前那一个多小时，你跟我妈到底说了什么，怎么她突然变了？”

童雀捂着嘴唇，血液开始逆流，直冲大脑，说话含混不清：“我……我也不知道，那个，不早了，我先回房了！”

她匆忙往门上撞去：“啊！”

颜泽想要拦都没拦得住，无奈地捂脸。

她揉了揉撞到的额头，风一般的冲回了自己房间。

他们的动静大到楼下的万芳也听到了，抬头就看到童雀从颜泽房间冲到自己房间，万芳心里忍不住担忧，最后叹了口气，更加卖力地开始张罗着操办婚礼的事。

童雀靠在门上，捂着嘴唇，脑海中不住地回想起刚才一闪而过的画面，感觉跟想象中不太一样，或许是刚洗过澡的关系，他的嘴唇热热的。

不，重点是，她竟然亲了自己的老板？

她忽然想起颜泽曾经给她的那叠厚厚的介绍，他有洁癖，虽然只是轻轻擦过，但万一他因为这件事，跟她结仇，那五十万谁来还？

惨了惨了，她抿着唇，十分后悔刚才一时激动不小心做了这么愚蠢的事。

童雀不知所措地在床上翻滚，怎么办，怎么办？

她拿过手机，看着“黄世仁”的名字，纠结许久，才终于动手打字：“对不起，我不是……”

刚打了六个字，她忽然觉得这事貌似自己也是受害者啊！这把他捧得这么高，某人还不蹬鼻子上脸了？

不行，她按下删除键。

颜泽还站在原地，房间里的空调温度较低，加上他身上湿漉漉的，感觉到一股寒意，他才擦了擦身子坐到了床上。

放在一边的手机在此时忽然一亮。

消息来自童雀。

“按道理来说，刚才你自己靠得那么近，意外的发生也不是我一个人的错吧？这件事我们双方都是受害者，所以我希望这件事不会影响到我们之间的革命友谊，大家都是成年人了，这件事就别放在心上了。”

颜泽拿着手机半晌都没回复，他有些哭笑不得，童雀的脑回路究竟长什么样？竟然这么清奇。

他们不过是不小心碰到了嘴唇而已，竟然上升到受害者之说。

他没有回复，因为他已无话可说。

这时候，他正好收到了程昱的微信：“怎么样，我给你的方法有没有成功？”

“在商量婚礼的事了，到时候商量好了给你发请帖。”

“！！！”

程昱一连发了数串感叹号，他甚至觉得回复他的人不是颜泽本人：“你动作怎么这么快？”

他不过是教他怎么追女朋友，结果呢？人家都要结婚了！

“你就不能提前告诉我一声？我女伴都没有，这要是被我妈知道你要结婚了，我不是完蛋了？还是不是兄弟？！这么陷害我！”

从接连不断的文字上，颜泽都能感受到程昱的愤怒。

颜泽：“放心，还没那么快。”

看到这话，程昱松了口气：“开个玩笑而已，发请帖前告诉我一声，到时我先出国避避难，等风头过了，我就安全了。”

聊着聊着，颜泽忽然想起有谁说过，这个时代，想要了解一个人，就得先了解她的微信。

于是，童雀就收到了一条好友验证消息。

名字就只有一个句号，头像是一朵花，什么附加信息也没有，她决定忽略这条消息，想要退出，屏幕却莫名地卡了，她的手指胡乱戳了几下，手机终于有了反应，但也阴差阳错地通过了好友验证。

对方很快发过来一条消息：“我是颜泽。”

“……”

竟然是颜泽？这名字还真挺符合他性冷淡的风格，不过这朵花，难道说颜泽外表看似冷漠，其实心里住着个小公主？

颜泽刚点开她的朋友圈，刚刚还有动态的界面里忽然一片空白。

于是，他很快就质问她：“你屏蔽我？”

童雀有些尴尬地回了句：“抱歉，把你放进屏蔽的分组了。我待会儿帮你改下哈！”

颜泽：“……”

这当然只是借口，童雀是真的刚刚设置了朋友圈对他不可见的权限，哪知道人家正好在看她的朋友圈，以至于被抓了个正着，幸好不是当面，也幸好自己反应快。

颜泽等了很久，也没看到她把他换个分组，正要再私聊她，忽然发现有内容了。

不过，这都是童雀处理后的朋友圈，她之前没加颜泽，有时候被他逼得急了，当然会忍不住发条朋友圈骂骂他，这段时间他们吵架比较多，所以毫无疑问，她几乎隔几天就骂两句。

颜泽开始看童雀的朋友圈。

6月29日：“周末聚餐，别看照片上我是笑着的，其实我的心在滴血！”配图正是那次聚餐的集体照。

6月23日：“昨天从楼梯上摔下来，今天吃坏了肚子，护士妹妹都认识我了。”

6月1日：“刚回国就发生了很多令人尴尬的事。最尴尬的是，每天打扮得美美的时候，人家不拍你，在你最狼狈的时候，人家猛然给你来一张，呵，黑历史都是这么来的。”

看完后，颜泽不禁产生了怀疑，她竟然只有三条朋友圈？想到他刚才这么久才把他移出分组，她会不会已经删掉了一些？

她又有什么内容是他看不得的呢？

颜泽一想就想明白了，看来她是在朋友圈骂他了。

为了让童雀知道自己知道她删了什么内容的朋友圈，颜泽发了一条动态，他觉得心虚的她一定能看懂他说的是什么意思。

“若要人不知，除非己莫为。”

最先评论的人是程昱：“万年不发朋友圈的僵尸朋友总算是诈尸了。”

然后，叶嘉评论了一句：“听颜总一席话，胜读十年书。”

程昱回复叶嘉："最看不起你这种拍马屁的人。"

程妈妈回复程昱："连个老婆都带不回来，鄙视你。"

程昱回复程妈妈："妈，好多人看着呢，给我留点面子。"

程妈妈回复程昱："就是人多，才这么发。"

然后，他们母子俩在这条朋友圈底下对起话来，消息提醒不断，却没有一条是颜泽想看的，他正打算删掉，就看到了童雀的评论。

童雀："颜总说得对！"

颜泽："……"

颜泽放弃了拐弯抹角暗示童雀的方法，因为他知道，她的脑回路跟正常人不太一样，想不到那么复杂的层面上去。

按照万芳的吩咐，颜泽在童雀的户头上打了一百万，顺带还帮她还了五十万。

童雀也因为造谣颜泽，成功地跟万芳站到了统一战线，在颜泽面前，她跟他又是统一战线，也就是说，她现在成了双方的队友，但双方并不知情。

万芳现在对她越来越好，甚至比对亲儿子颜泽还要好。

每天上下班都有人接送，除了工作累了点，但累并快乐着，回到家饭菜都做好了，万芳更是等着她一起看剧，吃完饭，两个人边在沙发上吃水果，边开始讨论剧情。

其余的时候，万芳总是拉着颜泽，以带他去检查身体为由，多次强行拉拽要带他去医院被拒，更是让万芳认为儿子在这方面已放弃希望，她暗暗下定决心，一定要治好儿子的隐疾。

要是忽略自己快要结婚这一点，童雀觉得生活的确是越变越好了。

其间，两人又回了一趟颜家，跟上一次的不欢而散相比，这一次简直跟回了自己家一样。

颜泽他爸颜崇江肯定不用说，人本来就挺好相处，万芳更是全程亲切地问候，担心不是自己家，她吃不习惯。

对于万芳的变化，颜泽已经习惯了，颜崇江却惊呆了，他一直以为自己头晕眼花，最后发现并不是这样，才拽了拽儿子的袖子问："你妈……"

颜泽一脸一言难尽的模样。

颜崇江没有再追问，不管她到底怎么了，一家人能和和气气地吃顿饭总归是好的。

"老公，我准备周末陪雀雀去看看婚纱，你去不去？"万芳问道。

颜崇江斜了她一眼："儿子跟媳妇看婚纱，你一个老太婆过去干吗？"

"你说我老？！我不就年纪大了点？你看我的脸，人家三十多岁的小姑娘，说不定还没我好看呢！你说我老？"万芳炸毛地站了起来，顿时连吃饭的心情也没有了。

颜崇江愣了愣，抿唇解释道："不是说你不好看！我的意思是，你眼光跟不上他们年轻人了，这婚纱总得挑人家自己喜欢的吧？你过去，光挑你自己喜欢的，要是不好看，她好意思说吗？"

万芳并没有感觉到被安慰："我微博、微信玩得比好多年轻人都好，眼光怎么就跟不上年轻人了？"

童雀见状，忙拉住要干一架才罢休的万芳，一脸惊讶："妈，你也玩微博？咱们来互相关注下！"

万芳本就嫌弃自己粉丝少，之前还花钱买了一些，但僵尸粉根本就不评论也不点赞，还不如没有呢！

儿媳妇的这话，成功地吸引了她的注意力，当下拿出手机来互关了。

看到媳妇的粉丝数，万芳两眼放光："哇！你怎么有这么多粉丝？"

跟万芳互关的号是她的大号，也就是"燃起蛇姬之魂"，自从上次转发了小号"FFF"的道歉微博，她就没怎么看过微博，这会儿一看，粉丝数竟然达到了十万，当初她只有几百个粉丝，就这么几天的时间，竟然涨了这么多粉，她自己都吓了一跳。

她也不知道怎么解释，只好对着万芳笑了笑。

好在万芳不是年轻人，不会整天抱着手机玩，所以也就没有看到那次微博上的风波，于是童雀的笑容看在万芳眼里，就是她深藏功与名的证明。

没想到儿媳妇这么厉害，不买粉也能有这么多粉丝，而且随便转发的一条微博底下竟然有一百多条评论。

她决定向儿媳妇取取经。

童雀成功帮颜崇江脱离了一场夫妻骂战，却让自己陷入了一夜没睡的劫难中。

没错，万芳一晚上都在问她，该怎么玩微博才能像她一样，有这么多的粉丝。

这样的结果，导致童雀第二天工作时，一整天都没精打采的。

终于到了万芳期待已久的周末，童雀原以为可以睡个懒觉，没料到自己一大早就被万芳拖起来去做指甲。

她不是很能理解，做个指甲而已，用得着跟结婚似的，这么早起床去做吗，哪家美甲店这么早开门啊？

同样被拖起来的颜泽也想不明白，他替童雀问了这个问题："我只说下午陪你们去看婚纱，你们去做指甲我跟着去干吗，而且做个指甲需要这么早？"

万芳一脸"你是直男你不懂"的表情："你懂什么？我早就预约了我经常去的那家美容店了，先去做个美容，再做指甲，然后我们三个去吃午饭。"

见儿子依旧眉头紧皱，她只好道："既然你不肯去，那我自己开车吧，不过中午得一起吃饭，记得早点去定位置！"

"知道了。"

童雀跟着万芳进了美容院，一下做这个美容，一下做那个保养，还顺便蹭着做了个清洁，做完后，她整个人都神清气爽起来，从美容院出来时已经十点多了，然后接着去做指甲。

光是选指甲图样就选了半个小时。

啊，这奢靡的生活还真是……让人沉沦啊！

有钱人的快乐还真是一般人想象不到的，买东西根本就不用考虑价钱，只考虑高不高兴，这花钱哪能不高兴？

指甲做了一半，颜泽的电话打来了："你们到哪里了，怎么还不过来？"

"吃饭的地方定在哪里了？"童雀问道。

“微信发给你了，你没看？”颜泽的声音听上去好像心情不怎么好。

“哦，我现在就看。”

“现在在哪里？”

“快到了，你等等啊！”

“我要听实话。”

童雀叹了口气，经典绝招“快到了”竟然都不能安抚他，她只好败下阵来，主动承认：“美甲店。”

颜泽半晌没回答。

万芳把脸凑了过来，不满地抱怨了：“你稍微等等，这指甲得慢慢做才好看，这么火急火燎的干吗？你也没事，等一等又怎么了？”

许久后，才响起颜泽那难辨喜怒的声音：“早点过来！”

童雀终于找到了抗衡颜泽这股黑暗势力的强敌——婆婆万芳。

当她们做完指甲赶到颜泽说的那家饭店的时候，颜泽的脸已经阴沉得感觉随时都会爆发一场大战，童雀忐忑不安地坐了下来。

万芳拉过童雀的手，冲着儿子亮了亮两人的指甲问：“看看，好不好看？”

“好看。”颜泽敷衍了一句。

知道自己这妈不好对付，颜泽便拣了童雀这颗软柿子来捏。

她很快就收到了颜泽的信息：“下次不要让我等这么久。”

童雀拿起来看了一眼，回复道：“我觉得这话你得跟你妈说，主要根源在你妈身上。”

她说的的确是事实，颜泽忽然觉得这婆媳关系太好了，也是个问题。

一顿饭，两个女人有喝有聊，别提多高兴了，而陪着的某人只觉得自己是多余的，直到买单的时候，两人才终于想起了他的存在。

颜泽忽然觉得，自己的妈要是再这么护着童雀，非但不能帮他追到童雀，反而会让童雀更加嚣张，到时候他们的关系会变得更奇怪。

他必须想个办法，让万芳从日荔湾搬走。

吃完饭，三人驱车前往已经约好的婚纱店 Rosemary，童雀从万芳口中得知，这家婚纱店是本市最高端的婚纱店，如果这里都没有看得上眼的，那就可以直接放弃在 A 市看婚纱了。

看到玻璃门上挂着“暂停营业”的牌子，童雀顿时觉得老天都在帮她，满脸遗憾地看向万芳：“暂停营业，唉，看来咱们来的时间不凑巧，那就下周再来吧。”

“用不着。”颜泽上前，推开了玻璃门，并招呼她们也跟上：“我昨天跟店主打过招呼，今天清场。”

童雀咋舌，也就是说，今天R店的店员只为她一个人服务？

这么一想，她只好说服自己——证都扯了，还怕办婚礼吗？

不得不说，里面的婚纱都很漂亮，尤其是挂在玻璃橱窗里向外展示的那套，蓝光闪闪，带着星星般璀璨的光芒，无袖的设计正好可以露出纤细的手臂，锁骨、胸口以及小腹处都点缀着半拳大小的米色花朵，尤其是胸口那处透视的设计，在原本高贵的设计上增加了一丝小小的性感，既不失高贵，又多了一丝凡尘的气息。

所谓外行人看热闹，内行人看门道。在看到这件婚纱的刹那，童雀就忘记了所有，包括用专业的角度来看待这件婚纱，她脑海里只有两个字——超美！

她越看越喜欢，越看越移不开眼，从而生出了强烈的试穿欲望，她的眼睛里像是冒着小星星似的，对店员说：“我要试那一件！”

顺着她指的方向，万芳也看到了那件，然后目光同样也移不开了：“就那件，那件咱们买了。”

“……”童雀机械般的扭头，提醒道，“还没试过呢。”

“不管穿上好不好看，都得买，这么好看的，拿回家看着也高兴。”

“……”童雀吞了吞口水，她还是别跟婆婆宣扬勤俭节约是什么传统美德了。

颜泽一走进店里，就坐到了沙发上，他发现沙发上的杂志都十分对他胃口，抬手翻了翻，一摞杂志几乎都是面向男性的体育或是财经类杂志。

看来是为跟他一样命运，陪着老婆来看婚纱的男人服务的。

在店员的帮助下，童雀终于穿上了这件厚重且繁杂的婚纱，店员眼睛一亮，赞美道：“童小姐，您穿这件真漂亮。”

童雀想要往前走几步都有些困难，皱着眉道：“漂亮是漂亮，就是穿着太重了，走路都不好走。”

店员笑了笑，没说什么，反正外面的那位女士也说了，不管穿上好不好看，这件都要了。

帘幕拉开，在柔和的灯光下，婚纱表面的点缀像是神奇的魔法，耀眼如星辰却又让人移不开眼。

万芳看呆了，惊呼出声：“太美了！”

如果说，在试穿婚纱前，这场婚礼对于童雀而言，只是一场没有感情的戏，那么在穿上这套婚纱后，她的心里忽然生出了一种“如果这真的是我的婚礼该多好”的感觉。

穿上一套喜欢的漂亮婚纱，对每一个女人而言，都是一个梦想。从小时候开始，童雀脑袋里就会产生无数的想法，想到自己结婚那天该是多么的美。

无关新郎，无关婚姻。

童雀一直找不到自己的设计方向，所以她总是想到什么设计什么，但这样混乱的设计理念直接导致了她样样都通却样样不精。

如果说，穿婚纱是每一个女人的梦想，那么，让每一个女人穿上美美的婚纱，就是每一个婚纱设计师的使命。

童雀忽然觉得，她找到了她的方向。

颜泽对此嗤之以鼻，觉得自己妈的演技太过浮夸了，这夸媳妇也没有这样夸的，他好奇地抬起头一看，也跟着呆了。

说实话，童雀长得不算倾国倾城，但她胜在长得白净，五官虽然不突出，但也可以称得上是娇俏可人。在这套婚纱的衬托下，她整个人看上去白得发光，即便未施粉黛，也叫人看得失神，尤其是胸口中间的透视设计，有种犹抱琵琶半遮面的美妙。

颜泽蓦地想起那晚包裹在掌心的触感，脸不禁一红，神色极其不自然地别过头去，继续将视线转到杂志上，只是杂志上的内容他却无心再看了。

万芳上前拉着她左看右看，转过身问向颜泽：“儿子，怎么样？”

颜泽装模作样地抬起头快速地看了一眼又低下了头：“还不错。”

原本还挺高兴的万芳见儿子这么一副性冷淡的样子，在心里不住地叹息，接着便吩咐店员把这件包起来。

童雀拉了拉万芳问：“妈，真买这套？”她倒不是心疼钱，毕竟这是颜泽出钱，雇主愿意出钱，她自然不可能小家子气地替他省钱。

她只是不想这么早离开这家婚纱店，她那颗少女心已经彻底被这套华丽高贵的婚纱给激了起来，她还想多试一些婚纱。

上一次跟傅峥结婚，她忙着参加F周的设计大赛，连婚纱都没有去试，这么算起来，这次算是她第一次正式结婚，怎么着也得过一把穿豪华婚纱的瘾吧？毕竟以后就没这个经济能力，能不在意价格只图个喜欢了。

万芳不解地看向她：“不喜欢？”

“当然不是，很喜欢，只是……”她犹豫了会儿，“我还想看看有没有更喜欢的。”

万芳这才明白过来，笑了笑：“没事，你们到时候要拍婚纱照，需要好多婚纱，这套先买下来。”

童雀照照镜子，觉得确实衬得自己美艳动人，于是点点头同意了。

接着，她们将店里的婚纱看了个遍，又试了七套婚纱和礼服，无一例外，都很好看，两人难以取舍，便只好来问颜泽，万芳的想法是，买五套差不多了，毕竟只是拍个婚纱照。

而童雀已经无所谓能买几套了。

她今天试穿了这么多华美的婚纱，这场婚姻已经值回票价了，也圆了她儿时梦想的一半——穿上美美的婚纱。

颜泽则一脸淡定地递上了自己的卡，那意思很明显，他买单，随便买。

于是，万芳也高兴地为自己也挑了两套看上去十分端庄的父母款，说是一套过两天拍全家福的时候穿，还有一套留着他们结婚的时候穿。

接着又帮颜泽选了八套搭配的西服，人长得好看，穿什么都只是陪衬，因此替他选西服的时间远远少于挑婚纱的时间。

三人看得差不多了，便坐下休息，却听到店员出声道：“小姐，今天我们店里不营业。”

“不营业，那他们怎么在这里？”

这声音听着怎么这么熟悉？

童雀转过头去，看到许攸冉身边站着个长相温柔的男人，两人手挽手，动作虽然亲密，但脸上并没有多高兴。

“童雀？！”

“许小姐？”

刚开始，看到许攸冉，童雀还有些心虚，但见她没有多看颜泽一眼，不由得让她觉得古怪。

两人聊了会儿天，童雀才明白过来这是什么情况。

原来许攸冉要订婚了，跟她一起来的这个人就是她的订婚对象，名叫秦楚，是家族联姻。

许攸冉对此似乎不怎么介意，想到她曾经说过的话，童雀忽然有些同情她。

“怎么，你也来看婚纱？”许攸冉看了一眼那边结账的几套，惊呼，“买这么多啊？”

童雀尴尬地笑了笑：“我也觉得他们太浪费了。”

听到这话，许攸冉看她的目光里多了一抹同情：“唉，也苦了你了，那件事上委屈了你，他们只能在物质方面让你得到满足了。”

“……”

童雀不知道该怎么解释，不过现在她已经要跟别人结婚了，两家的婚事，要是再掺和进另一家，恐怕也不是什么好事。

只是，颜泽不行的锅是甩不掉了。

两人又聊了一会儿，许攸冉问她什么时候办婚礼，童雀只说不知道，但不会太早。

许攸冉眼睛一亮，接着说起自己订婚就在半个月后，婚礼在十月。

愣是抓着童雀让她当伴娘，童雀百般推脱，说自己已经结婚了，不适合当伴娘，但拗不过许攸冉，只好应下。

童雀觉得她们的关系十分奇怪，从原先的情敌关系，到现在莫名其妙成了好朋友，她自己都不敢相信。

打了声招呼后，三人离开。

童雀注意到以前跟许攸冉关系还不错的万芳这一回倒是没怎么跟她说话，或许是顾忌秦楚在场吧。

原以为万芳会问她跟许攸冉怎么关系变得这么好，结果并没有被问到这个问题。他们母子俩都好似忘记了刚才婚纱店里的场景。

“对了，雀雀，你自己也是设计师，婚礼当天的婚纱你自己想想，要加入哪些细节，到时候让那个设计师兰迪帮你设计设计，这事得抓紧了啊！这高定婚纱可没这么快出来，我问了我的麻将搭子，她们都说加急的话，也得一两个月，你快想想看啊。”

还要设计婚纱？

童雀看了看身后那八套婚纱，狐疑出声：“妈，您没跟我开玩笑吧，不是已经有八套了吗，还要买？”

“这八套是给你们拍婚纱照用的，你要是有喜欢的，到时候喜宴的时候可以穿。这些婚纱你想什么时候买都行，但兰迪设计师可不轻易答应帮人设计啊！这是他欠颜泽一个人情，前两年来咱们家吃饭的时候说颜泽结婚可以找他设计婚纱，就这么一次机会，可不能轻易浪费了。”

兰迪？

童雀搜肠刮肚地想了想，忽然想起每年设计周都会有作品夺得最吸睛奖的兰迪·杜勒斯，但是很少有人看见他亲自去参加设计周，据说是他认为设计本身更令他着迷，得不得奖只是对他设计的肯定，但也并不意味着他不得奖的作品就不好。

他的作品每年都会被拍卖售以高价，拍卖所得有一部分会作为设计大赛鼓励新人的奖金。他从不迎合市场，只关起门来做自己的设计。

他可谓是这一行金字塔顶端的人物了，能穿到兰迪亲手设计的高定婚纱，童雀顿时有一种死而无憾的感觉。

这就好比新人演员遇到已经息影多年的女神王祖贤的指点，那叫奇迹。

想到颜家的土豪气质，她有一种预感，万芳口中的兰迪就是那个不走寻常路的兰迪·杜勒斯。

想着这件事，她一直魂不守舍的。

吃完晚饭，颜泽将依旧兴奋不已的万芳送回了家，然后才开车带着童雀回到日荔湾。

都到家了，童雀还魂不守舍不知道下车。

颜泽开口问道："你在想什么？从出婚纱店就一直这样，受什么刺激了？"

童雀吞了吞口水，咬了咬唇，想问，却又不敢问，不问的话，到时候真是兰迪也能成为惊喜，这要是问了，万一不是，可不就失望了？

这么一想，她决定不问，但在颜泽的追问下，她还是问出了口。

接着，在她期待的眼神中，颜泽开口："你这么喜欢那个兰迪？"

童雀点头如捣蒜。

某人觉得如鲠在喉，他到底为什么要问这样的问题，这问题难道不是看她这一脸期待的小眼神就能看明白吗？

被她盯得太久，他最终点了头："对，就是你想的那个兰迪·杜勒斯。"

"啊——"

车里发出一声尖叫，吓得颜泽一脚踩上油门，幸好他已经拔出了车钥匙，否则现在一场祸事就酿成了。

"至于这么激动？"某人咬牙。

童雀颤着嘴唇，不停地点头，眼含热泪："能不激动吗？这可是兰迪！特立独行，不走寻常路的兰迪！在这一行里，他应该是所有人的偶像吧？别人我不知道，反正他是我的偶像！"

"偶像？"

"对啊，我的梦想就是，有一天要成为兰迪那样成功的设计师，不管我设计什么，大家都会说'哇，好好看，这就是童雀设计师的作品啊，不知道该说什么，但就一个字，真的好有艺术感啊，真的好看啊'……"

他被她激动的语气逗笑："这好像不是一个字。"

"废话！我只是夸张一下。"

颜泽心里的那股醋劲消散，他温柔地冲她笑了笑，问道："那么，童大设计师，现在可以下车了吗？"

童雀正好扭头，撞上了他温暖而又迷人的微笑，她就这么愣愣地看了他一会儿，然后感慨道："颜总……"

“不许叫颜总。”某人拧起眉头。

童雀一个手快，手指点上他皱紧的眉宇：“别皱眉。”

车里的空调刚关不久，她的指间带了些凉意，这会儿按着他的眉宇，让他的心狂跳。

“老颜，你不生气的时候，尤其是笑起来，真好看！”说完，童雀拿包下车，留下某人内心小鹿乱撞地在车里胡思乱想。

颜泽皱眉，她倒是好，撩完就走，他就难受了，好想知道她到底是怎么想的，对自己有没有一点点好感？

他决定等他们的关系再缓和一些的时候再问一问，否则按照她的性格，知道自己对她有好感后，只会躲得远远的。

进屋前，童雀看向颜泽：“对了，你怎么把妈送回家了？”

“怎么，你之前不是一直说跟我妈难以相处吗？”

“现在关系不是好了吗？你把妈送回家了，晚上我看剧跟谁讨论剧情啊？”

“跟我。”

童雀正要输入密码的手一顿，震惊地看向他：“你在跟我开玩笑吗？”

颜泽上前替她按下了按键，大门随即发出开门的声响，他扶上门把：“你看我像是在开玩笑吗？”

门打开，他先走了进去，童雀一时猜不透他到底是开玩笑还是说正经的，只好跟着走了进去。

本来还想着拉杨阿姨一起看，结果在家里叫了一圈也没看到人。

“杨阿姨人呢？早上还在呢，该不会是出什么事了吧？”童雀一脸忧色。

颜泽眼里闪过一抹不自然，轻咳了一声掩饰尴尬：“杨阿姨白天跟我请了假，说是这半个月都得回家休息。”

“啊？”童雀拧眉道，“那我们这半个月吃什么啊？我可不想吃外卖！”

吃了这么久的家常菜，童雀哪里还吃得惯外面的混合小炒，说不定还有可能是地沟油！

颜泽道："早饭小王会买来，但你得早起才能吃到，晚饭我们可以出去吃。"

童雀警惕地看向他，试探出声："谁付钱？"

"我付钱。"

"你可得想清楚了，这可是你自己说的，就算到时候我们吵架、冷战……"

"我们不会吵架，也不会冷战。"颜泽信誓旦旦，眼神坚定。

这听上去怎么跟誓言似的？

童雀挑了挑眉，再一细想："不管发生了什么，这半个月都是你请客吃饭？"

他点头。

见状，她这才放下心来："那就好。"

"不过，杨阿姨前几天才跟我说，她爸好多了，怎么又要请半个月的假了？"虽然说生病这事得体谅，但请这么久的假，也未免太麻烦了。

颜泽面不改色地解释道："人老了，病情总是反反复复的，这个病治好了，说不定那个病就来了，好多并发症本就是建立在原有病情上的。"

童雀认同地点点头，抬头瞥到墙上的钟，忽然惊呼："到了到了！"

颜泽还没反应过来，就见她按下遥控器，调到了每晚都跟万芳一起追的那部神剧——《绝对女配》。

故事的剧情主要是：十八线明星莫兰兰在娱乐圈摸爬滚打三年，依旧只是一个十八线小明星，决定靠潜规则上位后，遇到了一个帅气多金的金主路放，但对方只是跟未婚妻吵架出来找女人，路放十分有"责任心"地对莫兰兰提出一个要求，他可以捧她，但不能告诉他未婚妻他们的关系。

看到这样的剧情，童雀真想骂出声来，到底是哪个编剧写的这么三观不正的男主？

出轨都可以被说成有责任心？！

她可以讲脏话吗？

第十二章
谈恋爱不易，一起追个剧

不过也正是由于槽点多，童雀可以跟万芳边看边骂，这样才有兴趣追剧，追着追着，也让人发现了一些闪光点。

昨晚的剧情正好发展到了男主的妈妈发现了女主的存在。

童雀从茶几上拿起零食，目不转睛地看着屏幕。

颜泽看着她，只觉得她那一副认真看剧的样子也十分迷人，于是也坐到了她边上，边听着她吐槽，边看着电视。

童雀的余光瞥到身旁多了个人，呆了呆，然后忍不住问："你还真看啊？"

颜泽从她手里接过零食："我说了没开玩笑。"

童雀又从他手里夺回零食："我是真不敢相信你也会跟我一起看霸道总裁剧。"

颜泽并不是不看娱乐消息，他忽然想到了前几天在微博上看到的霸道总裁的新闻，便问出了口："你们女人是不是都喜欢霸道总裁？"

童雀想说，你能不能让我好好看个剧？但狂妄的那个自己只存在在心里。

"谁不喜欢啊？霸道可以，但不能凶。最重要的还是人必须长得帅，否则一个长相磕碜的总裁，那女人也只能图钱了。”

颜泽有些想不明白了：“既然要霸道，那不凶，怎么霸道？”

这人怎么这么烦，还能不能好好追剧吐槽了？

她挤了挤颜泽：“待会儿放广告了再跟你聊，正看电视呢！”

颜泽看了看她的表情，一下换了台：“我就要现在知道。”

嘿！还跟她耍脾气？好啊！她也会。

“还给我！”

“不给！”

“给你最后一次机会！”

颜泽不受童雀的威胁，甚至将遥控器藏到了背后。童雀眼看着时间一分一秒地过去了，万一待会儿错过了重要剧情，还怎么吐槽啊？

于是，童雀一下子从沙发上跳起来，一把推倒他，骑到他身上，用尽一切方法去抢遥控器，颜泽也竭尽全力藏，她在他背后摸了个遍，也没摸到，便又伸到前面来：“你给不给我？快点给我！”

她转头看了一眼墙上的钟，哀求道：“算我求你了，已经过去八分钟了，我们这里是八分钟，电视里说不定一辈子都过去了，快给我吧！”

忽然，她碰到了一个硬物，眼睛顿时一亮，伸过去一摸：“看你还藏，我摸……”

呃，怎么跟想象中的不太一样？

“摸够了吗？”颜泽低沉着嗓音，声音跟平时听起来不太一样，似乎压抑着什么。

童雀低头一看，颜泽的脸红了，眼睛里闪着异样的光。她立刻从他身上挪开，别开了脸：“我……我……我跟你说啊！其实你这么强硬的……态度就是凶，就是霸道过头了，女孩子喜欢你某些方面霸道，但大多数时候还是希望你宠着她的。”

“哎，不跟你说了，我，有点热，我上去洗个澡。”

童雀落荒而逃。

看到她风一般的冲进了房间，颜泽忽然觉得很好笑，如果忽略刚才某处的强烈触感。

他起身开始翻找起遥控器来，刚才塞哪里去了？定睛一看，发现夹在沙发缝隙里，他换到播放《绝对女配》的频道，冲楼上喊道："我已经换到那个电视剧了，看不看？"

楼上许久都没传出声音。

童雀当然听到了颜泽的声音，但是，明明刚才经历了那么尴尬的事，他怎么能这么快就恢复过来，并且主动跟她说话？

这么想着，她将整个人都卷进了被子里。

不行，她得冷静一会儿。

可是，当她看到自己刷微博的手，就会清楚地记起刚才的尴尬，于是又冲进厕所洗了好多遍。

然后，拿大号发了条微博：如果不小心碰到了异性的某个部位，在这么尴尬的时候，我应该说什么话或者做什么动作来缓解尴尬让两个人都忘记这件事？

她很快感受到了十万粉的威力，微博刚发出去一秒就收到了各种评论。

"某个部位，难道是那个部位？"

"天呐！原以为你是个为闺密两肋插刀的女汉子，没想到你竟然是这样的蛇姬！"

"大家都答非所问，那么我来给蛇姬一个正确答案吧！嫁给他（微笑脸）。"

"你可以说一句'怎么这么小'，然后伸进去摸一摸自己的，'没我的大'。"

"标准答案：不好意思，人家也是男孩子。"

……

一串看下来，竟没有一个是正经给答案的，她只好放弃微博求助，刷刷评论当作调剂心情，结果还真被她翻到一条稍稍靠谱些的。

"别在意，当做什么都没发生就好，否则一切行为只会成功地促成更加尴尬的局面。"

看来也只有这样了，在更多令她尴尬的评论发表前，她迅速删掉了微博。

点开消息，有一条私信吸引了她的注意力。

“请问你有兴趣成为网红吗？我们公司是天域娱乐，已经捧红了网红痒痒米、豌豆荚、陈优优 Eric 等知名网红，我司十分需要你这种会自我炒作的新星，只要你愿意，你就是下一个网红大 V。”

这条私信成功地逗乐了童雀，驱散了刚才满屏的尴尬，她截了个图，把公司名打了码，发了条微博：“难道我还不够红？”

粉丝们一窝蜂袭来。

“就算你删了刚才那条微博，我们也不会忘记你刚才不小心摸到某个部位的！”

“妹子，答应我，别答应他们。你要是答应他们，你就成了普通网红中的一员，你要是不答应，你就是网红中的一股清流，会涨粉！”

“虽然打了码，但这些网红一看就是天域娱乐，天域娱乐就是整容脸的厂商，除了炒作就是炒作。”

“同意楼上，上次我家镜子跟那个陈优优 Eric 一起出席了个活动，明明是集体照，硬生生被她截成两人合照，还发到微博上炫耀，媒体也跟风黑我家镜子，如果蛇姬答应天域，我第一个脱粉。”

“呵呵，蛇姬答不答应跟你们有什么关系？脱了你们这些粉，到时候人家公司会给她营销，难道还担心少了你们这些键盘侠，她不会火？”

“目测楼上是水军，说不定是天域的人看到了微博，狗急跳墙。”

……

评论区清一色地让她不要答应天域，童雀叹了口气，她什么时候说过要成为网红了？

她挑了一个人回复道：“放心，我有自己的工作，颜值不高，只能靠才华了。更何况，在你们眼里，我难道还不够火吗？”

这条评论被顶到了第一，大家都回复她很火。

忽然，童雀听到隔壁房间传来响动，她估摸着颜泽大概是回房间或者是进书房了。

于是她一鼓作气，决定下楼去看《绝对女配》。

幸好广告时间够长，错过了第一集，第二集正好赶上。

男主妈妈希望女主能离开男主，被女主拒绝，女主并不是为了钱而跟男主在一起，而是为了名，她想要火，想要红，但这事不能跟男主妈妈说，于是男主妈妈动用关系，托认识的人给女主点颜色瞧瞧。

看到最气人的剧情时，万芳的电话打来了，她接起来：“妈？”

童雀说着话，眼睛却盯着电视屏幕，不肯错过任何一个镜头。

“雀雀，你看电视了没？”

“正在看。”

“太气人了！男主他妈怎么想的，她怎么能用钱来侮辱女主？”

呃，这话听着怎么这么打脸？似乎不久前，某人也是这么对她的。

“好了，不跟你说了，我要看电视了。”

“哦。”

电话被挂断，那种看到精彩剧情却没有人分享的遗憾感再度生出，童雀叹了口气，心里暗暗责怪颜泽把万芳送回了家，否则今晚她们就能一起讨论剧情了。

童雀忽地瞥到楼梯上的人影，整个人都精神了，忙起身往楼上去，还得装作什么事都没有的样子。

擦肩而过的瞬间，她的手腕被他扣住：“陪我看电视。”

童雀坐在沙发上，别提有多煎熬了，先不说这人看电视什么表情都没有，不知道的还以为他在看纪录片呢。再者，发生了这么尴尬的事，难道不应该双方都冷静冷静再见面？

童雀手捧抱枕，一颗心七上八下，终于受不了这诡异的气氛，主动跟他搭话。

“这电视还挺有意思哈？”电视里正好播放到主角出了车祸，然后整容成一个美女去跟前男友搭讪。

“一般吧，语言设计没有逻辑，主角愚蠢过头了，最重要的是，不是每个男人都喜欢美女。”

他认真起来的样子，真像微博上的人说的天桥底下贴膜的。

想到他说的话，童雀神色古怪：“不看脸，那就是看身材咯！”

颜泽“……”

她那是什么表情？搞得好像他很龌龊一样。

“重要的是内涵。”

“内涵？”童雀立刻就笑了，“外表不好看，不够吸引你，你哪儿来这么多闲工夫去看每一个人的内涵？”

“好看的皮囊千篇一律，有趣的灵魂万里挑一。”

童雀挑眉：“你也玩微博啊？”

颜泽对此倒是不置可否，他的确是微博上看来的，不得不说，这句话还是很有深意的，曾经他也以为自己会找一个颜值、才华、身材都不输于自己的人，没想到会在相处中对童雀日久生情。

想到这里，颜泽忽然觉得有一股欲望支配着他的思想，他很想说出口，看了看童雀，他决定试探试探她：“如果你喜欢一个人，你会做什么？”

童雀用一种见了鬼的神情看着他，眼珠骨碌碌地转了一圈，面露欣喜：“你有喜欢的人了，那你打算什么时候跟我离婚？”

她马上就要变富婆了？

好日子来得这么快？

颜泽的脸一黑，她果然对自己没有意思，想到她说过的话，又忍了下来，冷冷道：“没有。”

她抿了抿唇，回想微博上的话：“一般，如果一个女人喜欢上了一个男人，这个女人通常会做很多傻事。比如经常发朋友圈，尤其是一些忧郁的话，会想让对方注意到自己。如果两个人关系还不错，但对方对我没有感觉，那么我这么发，会让对方主动来关心我，但如果两个人不熟，这样只会让对方反感。”

“还有呢？”

“还有，这个女人会主动找对方聊天，字里行间会有意无意地透露自己的婚姻观，感情观，并且从各个方面聊，直到聊到对方也感兴趣的话题。”

“感兴趣的话题？”颜泽若有所思地问道。

“嗯，有了共同兴趣，对方潜意识里对你会有一些好感，以后再遇到这个方面的话题，他会主动想到你，跟你聊天。”

童雀拧了拧眉：“咦，明明是说喜欢一个人会做什么，怎么说到怎么追人了？”

颜泽觉得这里面的学问很深，然后道：“继续。”

他一脸的淡然，看不出他到底在想些什么。

也许是这部剧太过无聊，导致她很无聊，于是就这么跟颜泽聊了起来。

一连说了好久，童雀自己都佩服自己，一个单身狗竟然能说出这么多的爱情真谛来，或许她应该转型去当个情感博主。

颜泽却陷入了深深的思考中。

他时不时地瞄一眼童雀，她为什么会这么懂感情？听上去经验十分丰富，这么一想，又生出醋意：“你怎么知道这么多？”

童雀失笑道：“这种事难道不是用脑袋随便想想就能想明白的吗？更何况微博上那么多情感博主，看得多了，自然就明白了。”童雀起身，拍上他的肩，“好好学学吧，老颜，再不学，你可就真要孤独一生了。”说完，打着哈欠上了楼。

“……”

颜泽念叨着“微博”两个字，然后将信将疑地在搜索框里输入“喜欢”两个字，一下子就跳出相关搜索：喜欢一个人、喜欢一个人的表现、喜欢一个人的全过程、喜欢和爱的区别……

他觉得，感情真是一门深厚而又复杂的学问。

再一搜情感博主，还真搜到了一个名叫“情感博主真身”的大V，里面几乎是网友们关于感情上的事求助。

他再三思考下，给这个大V投了个稿：“怎么让一个不喜欢自己的人喜欢上自己？”

一个小时过去了，大V一点反应都没有。

颜泽最后只好放弃求助网友，改看情感攻略。

第二天，童雀起了个大早，开门却看到颜泽的眼睛底下是一圈深青色，她笑道：“昨晚你做贼去了？”

颜泽本想淡淡地回一句“早饭在厨房”，却忽然想起看到的某条攻略。

攻略爱人第一式：为对方做一些她不愿意做的事，来获取好感。

于是他脸上的冷漠瞬间一扫而尽，跟变脸似的，一秒露出了温柔的暖男般的笑容，快速走进厨房，端出餐盘，冲她微笑道：“雀雀，吃早饭了。”

“……”

童雀仿佛受到了惊吓，对颜泽的行为产生了强烈的怀疑，总觉得他的笑容底下隐藏了什么邪恶的秘密和报复。

她吞了吞口水，坐了下来：“该不会是你做的吧？”

颜泽伸长手臂，碰碰她有些乱的发顶，学着攻略上的暖男说话：“给你做早餐是我的幸运。”

“……”

这都什么回答？

虽然早餐的样子看着还不错，但尝试过颜泽厨艺的童雀依旧不敢懈怠。

她鼓起勇气，尝了一口煎鸡蛋，还是熟悉的材料，还是熟悉的味道，她一边微笑着，一边出声：“老颜，你这厨艺……真是一言难尽啊！”

他能做得好看，但在味道上连她都比不上，他难道做菜不尝的吗？

哦，童雀忽然想起来，他口味重，他尝过味道只会更重，不尝的话就只是没味道。

攻略爱人第二式：潜移默化，从思想上征服对方！

颜泽拿了一片吐司：“以后我每天都给你做早餐。”

“别！”

明明是情话，却让童雀感到害怕，她甚至觉得颜泽就是想借此来对付她。

童雀原本还想着他的厨艺虽然不好，但胜在卖相好，多一点鼓励就能多一点进步，但听到他有这么可怕的打算后，她决定实话实说。

她将嘴里的东西直接囫囵吞了下去，然后劝他：“老颜，你这么忙，我怎么好意思让你天天给我做饭？你这双分分钟几百万收入的手，怎么能做这种粗活呢？”

颜泽抿唇，微眯着眸子盯着她看，继续微笑：“钱什么时候都可以赚，这种事却不能推。”

闻言，童雀叹了口气，再次抬头时，像是做了很大的决心：“老颜，既然你非要听理由，那我就明说了吧，你做菜实在是太难吃了，我很佩服你，我以为我的厨艺算差了，没想到你是我厨艺之路上遇到过的最好的垫脚石。”

“……”

这是颜泽第一次从别人口中听说他不适合做菜。

他尝了一口煎蛋，味道一般，不合他的口味，他还以为这味道会让她觉得惊喜，没想到她根本不领情。

颜泽阴沉着一张脸，起身将两盘煎蛋倒进了垃圾桶，只留下了无功无过的吐司，但他一口没吃就上了楼。

今天是周日，不用上班。

童雀看着桌上的吐司发呆，她就算是瞎了，也感觉到他好像生气了。

从她刚出卧室开始，颜泽就像是变了个人似的，似乎对她好了一些，只是他的改变太过突然，让人一点准备都没有，她只觉得奇怪。

怎么说人家也是好心做早餐，刚才她应该委婉一点的，比如说给他做个早饭？

不行，她才懒得做早饭。

不过，颜泽到底是怎么了？看到她就跟外面发了情的野猫似的，看她的时候眼睛里都冒着……

等等！

童雀忽然想起昨天颜泽问她，喜欢一个人时的表现，第一次两个人聊了那么久，她后来还说了什么来着？

微博上有情感博主，她说的只是个大概。

这么一想，她忽然觉得颜泽对她似乎没有刚认识的时候那么冷淡了，对她似乎还很好。

难道——

颜泽喜欢上她了？

不会吧？

她跑到镜子前，镜子里的女人一头乱发，素颜，虽然白白净净的，但整体而言，就连她自己都看不下去，颜泽到底是怎么对着她露出两眼都是爱心的眼神的？

不对，一定是她的错觉，颜泽怎么可能喜欢她呢？他那么优秀，那么好看，那么有能力，还运筹帷幄，要是她是万芳，她当初也不会同意自己优秀的儿子娶了个什么都不会，连相貌都拿不出手的不入流的设计师！

不是喜欢她，那就是……拿她做实验！

有两个可能：

一、用她来做实验，试试这些方法能不能追到女孩子，如果可以，就拿去追他喜欢的人。

二、用她来做实验，追到她后，把她甩了。

童雀目测后者的可能性不高，她并不觉得自己跟颜泽之间的仇至于让他做得这么狠。

那么就是第一种了，可是颜泽整天不是工作就是家庭，他喜欢的人会是谁呢？

公司里的人！

一定是！

否则，颜泽为什么说他们婚礼那天，除了总公司的董事会成员，其余人等一概不请。

他不请的原因，很有可能是不想让自己暗恋的女人看到自己结婚而放弃他。

对，没错，一定是这样！

可以啊！一石二鸟，看着好像是为了满足她的请求而不让公司知道，事实上正中他下怀。

童雀觉得自己实在是太聪明了，竟然能猜透颜泽的心思。

既然人家已经有了这样的心思，她就得帮帮他才对，只要他得偿所愿，她也能得偿所愿，这不矛盾。

不过快要比赛了，童雀决定等比赛结束后，再当颜泽的感情参谋。

童雀刚走进书房，却发现颜泽也在里面工作，抬步就要离开，他发现了她，抬头问她：“你要用书房？”

童雀摇摇头："没事，我在哪里都可以画图，我去餐桌上画。"

却听他邀请道："书桌很大，足够我们两个人用。"

他既然肯分享，她也没理由拒绝，于是搬了个椅子过来，两人一同坐下工作。

两个人工作的时候都心无旁骛，眼睛只盯着自己手上的东西。

除了纸张翻页的声音，房间里格外安静。

从年初到现在，有两场时装秀童雀还没看过，于是她找了出来，戴上耳机，认真地琢磨这场秀中出彩的部分。

如果自己以后准备转型，就做婚纱设计，但她并没有多少设计婚纱的经验，比赛向来是要拿出自己最拿手的设计，而非挑战自己。

她还是决定走自己擅长的礼服风。

虽然只是个替补，但总得准备起来，万一有机会上场呢？所以还是该怎么准备，就怎么准备，一点点的偷懒都不行。

做完手头上的工作，已经是上午十一点了，颜泽看了看那边还在专心看秀的童雀，轻轻拍了拍她的肩，她摘下耳机，看向他："怎么了？"

"已经十一点了，带你出去吃饭。"

童雀拧了拧眉，视频还剩二十几分钟，不过边做笔记边看的话，可能需要一个小时才能结束，但这会儿她脑袋里文思如泉涌，等吃完午饭回来可能就得酝酿很久才能重新达到现在的状态了。

这么一想，她道："你先去吃吧，我做完了再自己出去吃。"

见她重新戴上了耳机，根本不给他商量的时间，他也只好认命地下了楼。

做完这些，童雀动了动酸痛不已的肩膀和背脊，伸了个懒腰，准备下楼去冰箱里随便找点零食充饥。

直到看到沙发上的颜泽："这么快回来了？"

童雀看了看时间，才一个小时他就回来了。

他起身走过来："走，带你出去吃饭。"

"不用这么麻烦，我随便吃点就行。"

童雀的想法是，随便吃一点充饥后，就可以躺床上睡一会儿，养精蓄锐，晚上再继续开工。

颜泽却强硬地拽着她往外走：“这半个月都是我请客，你难道想帮我省钱？”

“别拽啊！我去还不行吗？”

上了车，她看向驾驶座上的人，问：“咱们去哪儿吃啊？”

“汇峰商场怎么样？”他握档位的手一顿，“我刚才看了美食APP，据说汇峰商场五楼有一家店的口碑不错。”

刚才看了APP。

童雀回味着这句话中的含义，他难道不是刚从外面回来吗，怎么还有时间看口碑店？

那么就只有一种可能，他在等她，所以还没吃。

童雀心里流淌过一丝异样的感觉，像是温暖，又像是欣喜，她压制住了这种感觉，开始转移话题：“什么店？说出来听听，说不定我也知道。”

“冬贝。”

“哦，那家啊！我知道，去过，不好吃。”她眼珠一转，洋溢着欣喜，“不过我倒是知道那里有家店很好吃！绝对不会让你后悔！”

或许是她的语气太过信誓旦旦，颜泽还真信了她的话。

于是，当两人站在海底捞门口的时候，颜泽皱起了眉头。

而童雀已经乐呵呵地领了号，不过开口就叹了口气：“130号，看样子还得等好久。”

颜泽一把夺过她手里的号：“你难道忘了不久前才洗过胃，你是想得胃穿孔吗？”

海底捞有多刺激她难道不知道？她这段时间就该养胃，而不是更加肆无忌惮地吃！

童雀以迅雷不及掩耳之势，灵活地跳起来，夺回了等号牌：“只是海底捞而已，我又不喝汤底，就是烫着吃一点，咱们搞个鸳鸯锅，怎么样？你吃辣的，我吃清汤的那种就行，怎么样？”

见颜泽依然不松口，她抿着唇，头耷拉下来，装起了可怜：“好不好嘛？人家都好久没吃过海底捞了，第一次吃还是六年前，我太想念海底捞的味道了，你就答应吧，我少吃点，料也放得清淡点，行不行？”

抵不过童雀的可怜外加可爱攻击，颜泽只好妥协。

只不过，颜泽答应了没用，前面还有八十几桌呢！

说实话，童雀等得有点绝望，她打算拉着颜泽下楼逛逛。

颜泽却道："要是等太久了，我们去向别人买一张等号牌。"

童雀愣神，买，还有这种操作？

在她愣神间，颜泽已经找到了"卖主"，开始商谈起价格来，对方也是一男一女，或许是颜泽长得太帅太人神共愤，以至于那女的都想直接送给他了，好在那男的理智还在，因此将女友见色起意的罪加到了颜泽身上。

"这样吧，我们这前面还有五桌，而你们还有五十几桌，我们最多等十分钟，你们这起码得等两个小时，四百块钱，怎么样？"

颜泽拧了拧眉，那男人还以为他不同意，哪知他一口答应下来，并且抽出了四张人民币，临到手的时候，却被一个小身板的女人给拦了下来。

没错，这人正是童雀："凭什么给这么多啊？四百块钱都能吃一顿海底捞了，等两个小时赚四百块钱，你这也太黑了。"

"切，贵？那你慢慢等两个小时吧！"男人嗤笑一声，"点点，咱们……还看什么看，到咱们了！"

童雀一脸气冲冲的，拉着颜泽走到人少一些的地方。

看着抓着自己的那只手，颜泽道："四百块钱两个小时，并不贵。"

她明白他的意思，他分分钟几百万的收入，还会在乎这四百块钱？

"话不是这么说的，那人明显就是坑你，要是别人买就买了，但那人一看就讨厌得很，我干吗要让他赚啊？！"她叉着腰道。

"而且，你是不是傻啊？！四百块钱都够咱们吃一顿海底捞了，既然人多，那我们就下次人少的时候来吃呗！今天周末，人才多，我们还是换一家别的吃吧。"

她心里想的是，那四百块钱还不如给她，然后换一家吃。

颜泽扭头朝四周看了看，道："你等我下，我去上个厕所。"

她点点头，结果他回来的时候，拿了一张59号的等号牌，并说："我捡到的，可能是别人等得太久，扔了。"

童雀能信他的话就有鬼了，别说这种事怎么这么巧就轮到他了，再者，颜泽是谁？那是洁癖相当严重的人，他能捡地上的东西？

不是捡的，也不是别人扔的，那么就只能是他买的了。

童雀叹了口气，唉，败家的爷们啊！

五分钟后，两人跟着服务员到了座位上，服务员帮他们做好了准备，放上汤底，按下按键，静等汤底沸腾起来。

童雀挑了挑眉，漫不经心道："这多少钱买的？"

颜泽一脸淡定，丝毫没有被抓包后的忐忑："四百块钱。"

童雀深吸一口气，恢复了镇定。跟她无关，反正花的也不是她的钱。

其实，颜泽说了谎，这等号牌，他花了六百块钱。

不过想到四百块钱就让她放弃吃海底捞，他还是宁愿将善意的谎言进行到底。

六年，她说六年没吃过海底捞，既然她想吃，那无论多少钱，他也得让她吃到。

很快，即将吃到海底捞的愉悦，冲去了她一天的疲劳，忘记了刚才那个小插曲，开始跟他聊起天来："你知道我第一次吃海底捞几岁吗？"

他还没回答，她就已经说出了答案："十八岁，花一般的年纪啊！那是我第一次吃海底捞，也是我人生中吃的唯一让我感到高兴的一顿饭。"

"有这么好吃？"

颜泽这会儿已经烫好了一块五花肉，他先夹到她碗里，她并没有拒绝，蘸蘸酱料放进嘴里，少量的辣油让她的舌头发麻，没了知觉，只知道好吃。

"对啊！那是我长这么大，吃过的最好吃的一顿饭，那天也是我心情最好的一天。"

有些记忆，她以为随着时间的流逝，已经过去了，没想到这些记忆在某个时刻就会瞬间喷薄而出。

再吃却已没了当初的心情，她闭上嘴，认真地品尝着这人间至味。

她没再说话，因为她不想将那段令人痛苦的回忆再拿出来，这就好像是将死去的人又拿出来鞭了一次尸。

见她专心吃着，颜泽也没再开口问。

她虽然笑着提起过去，但颜泽感觉到了她笑容下的悲伤，他猜测她的这段过去一定是痛苦的。

她愿意在自己面前说出她的过去，说明他们之间的关系又进了一步。

他忽然不想从叶嘉口中得知她过去的生活了。

他会等，等到她自己愿意说出口的那天，这样的得知方式才更有意义，不是吗？

这么想着，他发了条消息给叶嘉："太太的事不用查了。"

童雀吃得很饱，舌头算是彻底麻了。

两人坐了电梯就要下去，童雀忽然瞥到了一个地方，以至于她的眼睛都发出了亮光："走走走！我带你去消消食！"

"消什么食？"

她站在他身后，兴致勃勃地推着他，一直到了四楼的——电玩城。

颜泽睨向她："你不要告诉我，你是想玩这些小孩子玩的东西？"

"什么小孩子玩的，你没看到里面这么多成年人吗？"

"他们还不够成熟，看上去也都还是学生，你一个已经工作的人来玩这种东西？"

童雀顺了顺气，告诉自己不要跟他一般计较，毕竟待会儿还得要他付钱，她努力保持着好脾气，微笑道："颜总，你可能对我的年龄有什么误会，我今年二十四岁，而您今年三十一岁，我这么说，您懂了吗？"

颜泽微眯起眸子："你说我老了？"

对，没错，她就是这个意思！

"当然不是，我只是说，你的生活太按部就班，太死板了，需要注入新鲜的血液。"

周围人流涌动，来来往往的人只顾专心玩电玩，因颜泽的关系，他们两人从周围的环境中独立了出来。

颜泽往里面看了一眼，正好看到了男学生抓着女学生的手，两个人靠得极近地抓着娃娃。

攻略爱人第三式：减小两人的心理距离从减小两人的身体距离开始。

颜泽点了头。

两人换了钱后，颜泽说："要抓娃娃吗？"

看着他一脸奇异的神色，童雀扭头看了一眼，将游戏币抓了一把，放在他手心："没想到你喜欢玩这么无聊的游戏，那你去吧，我去玩赛车。"

"……"

颜泽还没来得及解释，她已经一溜烟地跑进了赛车区。

这跟他想的怎么不太一样？

童雀开了一轮秋名山飙车，结果总是撞到路边，她泄气地一拍方向盘，就要起身离开，余光瞥到身旁站着个人，再仔细一看，嗬，颜泽？

"你不是去抓娃娃了？"

"娃娃太丑。"

"哦。你要玩赛车？"

攻略爱人第四式：在对方的弱点上表现自己的强项，让对方崇拜自己。

颜泽："好。"

童雀站起来，让了个位置给他，颜泽塞了币进去，然后选了车种和赛道，开始了新一轮比赛。

颜泽一路上都表现得很好，每一个弯道都以漂亮的漂移甩尾而过，最终以第一名的成绩到达了终点。

看到这成绩，颜泽的嘴角上扬，等待着童雀的夸奖和赞美，结果半晌都没听到声音，再一看，身边哪里还有人影？

他气愤地一拍方向盘，在电玩城里找了一圈，才终于在网球区找到了人。

童雀抽空跟他打了招呼："赛车玩好了？"

颜泽也只能点头，原以为她会邀请自己打网球，谁知道她直接放下了球棒："太没劲了。"

幸好换的币不多，只换了五十个。

童雀四处转了转，还是决定投篮。

看着一直跟在身后的颜泽，她只觉得哪里怪怪的，只好拿起个球，邀请道："你也要玩？"

听她开了口，颜泽才走了上来。

童雀指了指边上的球框，指间轻点台面："这样吧，这么玩也没意思，我们来PK投篮怎么样？输的人要答应赢的人一个要求。"

颜泽前面的没仔细听，后面那句倒是给了他玩球的动力。

"行。"

"我数一二三，放币开始。"

"一，二，三，开始！"

童雀之所以会挑战颜泽，是因为她投篮很准，几乎百发百中，于是才起了念头，只要赢了颜泽，就能得到一个要求，这个要求当然不会是要钱这么简单。

她需要一个保障，在接下来的两年里，足以保护自己的保障。

百发百中的男投手并不少见，但像童雀这样小身板又百发百中的女投手就太少见了，于是两个人的比赛很快就吸引了一票人围观。

童雀暗暗窃喜，觉得这场比赛自己赢定了，她到现在为止没有不中过，颜泽却有一个球不小心脱了手。

她正高兴的时候，却听围观的女生花痴般的叫道："天呐！这也太快了吧！已经一百二十分了！"

已经有不少人拿出手机拍起了小视频，但大多是因为颜泽的盛世美颜，因此拍的也都是他那边的角度。

童雀抬头看了一眼，以为在说她，结果一看，手里的球掉到了地上，她才八十一分，他却比自己多投那么多，再看他投球的速度，有种让人眼花缭乱的感觉，手速快到出现了叠影。

结果很明显，童雀输了，还是惨败的那种。

在众人艳羡的目光中，两人走出了电玩城，童雀原本高涨的情绪变得低落，时不时地用一种古怪的眼神扫向颜泽，在他看过来的同时又收回了视线。

这样持续了很久以后，颜泽问道："你有什么想要说的吗？"

第十三章
路遥知马力，余生是颜泽

童雀上下打量着他：“你怎么这么厉害？”

“很厉害吗？”

“我以为我够厉害了，一般很少有男人投篮能投得过我，怎么你比我还厉害？”

她的身高只到他的胸口，颜泽比了比她的身高：“你以为我这身高是开玩笑的？”

童雀呆了。

她愣神的样子逗乐了他：“怎么了？”

“老颜！我简直难以相信！有生之年系列啊！没想到有生之年竟然能看到你跟我开玩笑！”

她的话提醒了颜泽，他想了一会儿，才边走边问：“那你觉得我是这样好，还是以前不开玩笑好？”

“当然是开玩笑好啊！”她十分欣慰地举高手臂，以一种高难度的姿势，勾住他的肩膀，半个人都挂在了他身上，“老颜，你能这么想，我很欣慰，虽然你已经三十一岁了，但只要你有想变回正常人的心，年纪再大也不怕。”

“……”颜泽脸色一沉，但看到跟自己距离更近了一步的童雀，最终还是忍了下来。

“托你的福，今天真的很开心。”

闻言，颜泽原本要打上她脑袋的拳头忽然松了，摊开了骨节分明的手掌，抚了抚她的乱发。

颜泽下意识的一个动作，却搅乱了童雀心里的一池春水。

她整个人从脸颊红到耳后，脚步更是一顿。

她想说，她刚才被颜泽的一个摸头杀，撩到了！

颜泽转身看向还愣在原地的童雀：“愣着做什么，不回家了，还是你想要再逛一会儿？”

颜泽的语气温柔得好似要滴出水来，那双黑瞳里只看着她一个人。

暴击！

路过的女路人开始拉着同行的伙伴窃窃私语，眼睛都快要贴到颜泽身上去了，童雀听到她们说：“好帅啊！比明星还帅啊！”

“别想了，人家都有女朋友了。”然后指指童雀，看一眼，不屑道，“他的女朋友长得这么普通，还没我好看呢！”

童雀：“……”

童雀生气地上前，挽住颜泽的手，颜泽一脸茫然，她怎么突然变脸了，还是自己哪里做错了？

她回头给了刚才那女人一个白眼，然后故意把脑袋凑到颜泽的胸口上，声音腻得她自己都要吐了：“哎呀！老公！人家走累了，要抱抱，你抱人家上车嘛！”

颜泽吞了吞口水，惊恐万分。

童雀给他使了个眼色，他仍旧不动作，童雀轻声道：“快点抱我！”

颜泽往那边瞥了一眼，挑眉：“这可是你自己说的。”

童雀并没有从他话里听出别的意思，只皱眉道：“哎呀，不是我说的还能是谁说的？让你抱你就抱！啰嗦什么？！”

话音刚落，颜泽就打横抱起了她。

童雀搂着他的脖子，示威般的看了那边的女人一眼，然后一脸羞涩道：“哎呀，老公，人家也没有多累，这么多人看着，多不好啊！”

女路人：“……”

离开了众人的视线，到了电梯里，两人离得很近。

她只要一抬头就能看到他好看的侧脸，他的胸口热热的，在七月的天气里，这热度很快就传到了到她身上，她顿时反应过来，两人的姿势太过亲密。

一不留神，童雀的手滑落，却听他道：“抱紧些。”

她下意识地环住他，反应过来后，才有些害羞地出声：“把我放下吧！”

颜泽低头看向她：“戏演够了？

“我的出场费可不便宜。”

童雀想了几秒才明白出场费的含义应该是指刚才配合她演戏的事。

她扬起一副妈妈桑的架势：“颜老板还缺这点出场费吗？更何况刚才她们是在觊觎你的美色，你觉得我作为你法律上的老婆，不应该宣示宣示主权？”

他蓦地停下了脚步，纤长的睫毛轻轻扇动，地下车库里并不算亮的灯光，在他眼窝形成一片暗色，让人看不懂他眼里的深意。

“妻子对丈夫做什么都可以。”他似乎心情不错，声音里带着明显的笑意。

她还察觉到他在“什么”两个字上加重了语气，蓦地让她老脸一红，别过脸去不敢再对上他的视线。

她难得露出这样娇羞的姿态，颜泽的嘴角忍不住微微翘起。

回去洗了个澡，童雀就准备午睡了，可想到他那样令人浮想联翩的话，以及他男友力爆棚的公主抱，她就睡不着了，心“怦怦”直跳，像是要跳出喉咙口。

房间里的冷气凉飕飕的，她捏着被角，思来想去睡不着。

为了不浪费时间，童雀还是去了书房。

她一画就是三个小时，画得头晕眼花，最后实在累得不行，趴在桌面上睡着了。

颜泽走进来，正好看到这一幕。

他知道她这段时间很辛苦，不忍心吵醒她，却发觉空调的温度过低了，于是他轻轻地将毯子盖在童雀身上，毯子没一会儿又滑了下来。

无奈之下，他只好一直站在边上，眼看着要滑落便抬手往上拉一点。

童雀也不知道自己睡了多久，莫名感觉整个人往下坠，她浑身一颤，醒了过来，毯子跟着掉了，一只手快速地将毯子重新披在她身上。

童雀揉了揉惺忪的睡眼，抬头看向这只手的主人。

“怎么了？”经过几秒钟的缓冲时间，童雀才察觉到身上多了条毯子，心莫名一动，“谢谢。”

“没事。”他抬步往外走去，“要不要吃晚饭？”

童雀伸了个懒腰：“又吃？午饭吃了还没多久呢！你要是饿了，你就先出去吃吧，我可能得再等几个小时。”

颜泽看了看手表，开口道：“《绝对女配》快要开播了。”

听到这四个字，童雀顿时睡意全无，一脸兴奋地就要起来，在瞥到桌上的图纸后，顿时如打了霜的茄子，蔫了。

“还是算了吧，还有十天就比赛了，我还什么都没准备呢。”童雀长长地叹了一口气，第一次感觉这份工作好累。

她都好久没有放心大胆地追剧了，虽然设计衣服是她的兴趣，可兴趣占据了全部的生活，就容易生出厌恶。

童雀整个人如斗败了的公鸡，拿着画笔涂涂画画也没画出点什么来，可如果不逼着自己画，就真的是浪费时间了。

她又叹了一口气……

头顶忽然传来颜泽的声音：“想看就去看，不过是替补罢了，说不定你费劲设计好，也没机会上场。”

原本咬着笔头的她，松开了口：“万一有机会呢？”

“那也是万一，”他顿了顿，拿过她手下的图纸，“更何况，你难道不觉得现在这样才是真的浪费时间吗？”

“可我如果不坐在这里，我待会儿怎么看得安心呢？你不明白，这件事放在我心里，我就容易一直想着，然后……”

“有时候，适当的休息，并不意味着退步。”他放下了画得一团糟的图纸，“在错误的事情上退步，就是进步。你自己决定吧，这是你自己的事。”

童雀觉得他说得对，与其在这里跟没有灵感的自己生闷气，倒不如让自己放松放松。

于是，她超过了正在下楼的颜泽，用最快的速度将电视调到了《绝对女配》。

刚才还愁眉苦脸的，这会儿已经紧跟上剧情，开始吐槽起里面的渣男来。

万芳也很是时候地打来了电话，不过这一次是打给颜泽："儿子，你问问雀雀，对婚礼的婚纱有什么要求没有，有没有都赶紧告诉兰迪啊！这做一套高定怎么着也得一两个月吧，再拖下去像什么样子？"

颜泽看了看那边正在看电视的童雀，道："她现在在看电视，我等会儿问问她。"

"嗯，这事可不能拖，万一……她在看电视？不跟你说了！我也去看了！"

不等他说完，电话已挂断，颜泽觉得这部剧有毒，竟然让颜家的两个女人都魔怔了。

颜泽叫了童雀一声："你对婚纱有什么要求？"

"没要求。"童雀目不转睛地盯着屏幕。

接着，童雀忽然想到给自己设计婚纱的人是兰迪，她的眼睛蓦地发起光来，有些不敢相信地看向他："真让兰迪给我设计婚纱？"

"不然呢？"

童雀的表情有些奇怪，不像是不愿意，也不像是犹豫。

"怎么了，不喜欢？"

"当然不是！"她快速否定的态度足以证明她对这件事的满意程度，可……

童雀抬头，终于还是没忍住，问了出来："兰迪答应帮你设计一次还是两次？"

"你觉得他像是闲得会帮人设计两次的人？"

下一秒，颜泽就想明白了她犹豫的原因。

她低着头小声问道："那你愿意把这个机会让给我？"一个假结婚的妻子？

“不然呢？”

她惊讶地抬头，身侧的双手攥成拳，电视剧里正好播放到男主向女主告白的场景，路放说：“因为我喜欢你。”

在只有两个人的房子里，电视剧里男人浑厚的声音格外清晰。

颜泽本想要再补充一句，不想把她吓跑，可电视剧的场景和他们现在的处境太过相似，竟让他也大着胆量，想要试探一下她的心，所以他索性闭上了嘴，期待着她的回答。

童雀咬着下唇，纠结许久后，才道出了自己的顾虑：“老颜，你可想好了，这机会难得，要是没了，你以后可别让我赔钱。”

“……”

没听到他的回答，她更纠结了。

她当然希望婚纱由兰迪设计，但也正是因为机会难得，是有钱都买不到的机会。颜泽或许无所谓，万一他以后的老婆在意，他还能无所谓吗？

或许是电视剧里男主的成功勾起了颜泽心底的涟漪，他终于鼓起了勇气，搭上童雀的肩膀郑重道：“你不必在意，这件婚纱，是我心甘情愿给你的。”

童雀还来不及喜笑颜开，就听身前的男人道：“以后我不会对你凶，也不会跟你冷战，你想要什么，我都给你买。你想要事业，我会帮你，你没有设计灵感，我就陪你出去找灵感，你觉得闷了，我也可以陪你打电动，你……”

“……”见他还要继续说下去，童雀适时喊了停，她吞了吞口水，对这场景难以消化。

她深吸一口气，道：“你，该不会要说你，喜欢我吧？”

他点头，眉梢上挑：“你不信？”

她抿了抿唇，露出震惊之色：“难道你真的喜欢我，你为什么会喜欢我？”

“我为什么不能喜欢你？”

她低着头，将自己从头到脚看了一遍：“你看我长得也没你好看。”

“我长得好看就行了，以后我们的孩子会像我。”

她哭笑不得："我不觉得我们有哪里相配。"

"配不配不是看出来的。"

或许是他的眼神太过真诚和炙热，她怯弱地不敢再看："可是我并不喜欢你。"

"我知道。"

"你知道……那你为什么还……"

童雀别开视线，瞥向窗外。

天色已经微微暗了下来，夏天的虫鸣声一点一点地开始从每个角落传来，像是收到了指挥家的提醒，一个个开始倾情歌唱，融入夜色里。

他的眼睛如同银河里的星，熠熠生辉，唇瓣承转启合："因为我很喜欢你。"

很喜欢，所以才明知她心里有别人，也想要试一试。

因为很喜欢，所以受不了漫长的等待，想要更快地将她带到自己身边。

因为很喜欢，所以让自己变成了另一个人。

"可我已经有喜欢的人了。"

原以为自己说出这句话，颜泽就会露出失望的神情，但他没有，依旧是刚才那副少年情深的模样。

"我知道。"他说。

童雀咋舌："你怎么知道？"她皱眉，眉宇间一抹戾气涌现，"你调查我？"

颜泽摇头："你上次喝醉了不让我走的那次，你自己说的。"

她猛然抬头，变得慌张起来："我说了什么？"

"没有。"颜泽撒了谎。

这么一听，童雀放松下来，她像是听懂了颜泽话中的谎言，无奈地摇摇头："我说了的吧？"

她叹了口气，坐下来："其实你知道了也没什么，没错，我还忘不了我的前男友。"

"你知道他是谁吗？"童雀自嘲般的笑笑，"家里有酒吗？"

听到这个高能词汇，颜泽脸上的神情顿时凝重起来："没有。"

童雀又看懂了，径自走向厨房，拿了瓶红酒："放心吧，我喝啤酒才吐，啤酒那股味道，实在是不好。"

她拿了两个酒杯，倒了两杯酒，递了一杯到他面前："我给你说说吧。"

颜泽接过酒杯，眉头紧蹙："童雀，我是个正常男人，我不想听。"

不想听她跟他的甜蜜过往，也不想听她对他还有所留恋，这些都对喜欢着她的自己，太过残忍。

童雀给了他一个安心的表情："你听一听，或许你听了以后，就知道我这个人有很多毛病，没人能受得了，提前让你知道你想要的商品的缺点，也省得你以后买了后悔。"

"你不是商品。"他看着她的颓势，有些心疼起来，"好吧，我听，你说吧。"

"这个故事很长，要从六年前开始说起……"

童雀将自己怎么跟傅峥相识，怎么定情，又是如何分手的，说了个痛快。

末了，她敬了他一杯："这杯我敬你，要不是你及时伸手，说不定我这会儿还在为了工作和钱发愁呢！"

虽然听到她的过往，颜泽心里有些吃味，但一个人只要愿意将自己的伤心事说出口，就证明这件事已经过去了。

颜泽觉得自己的机会来了。

"你看看，我这个人，长得又不漂亮，身材也没有多好，还有很多臭毛病，我这个人懒得很，你又有严重的洁癖，如果我们在一起，会爆发很多矛盾。"

他这才明白过来，原来她是在劝自己。

"喜欢其实是一种很虚无缥缈的东西，你喜欢的时候，我的所有缺点你都能当成闪光点，可一旦不喜欢了，你眼里不再自带滤镜，我可不就原形毕露了？

"颜泽，你这么好，我们真的不合适。"

童雀起身放下已经喝空的酒杯，抬脚就要上楼，却忽然被他抓住了手臂。

她惊讶地看向他："你……"

"你不给我们一点机会，怎么知道我们不合适？"他阴沉着脸，像是随时都有可能爆发的休眠火山。

她皱眉道："不是我不给你机会，而是，我们的关系从一开始就是假的。"

"我们可以变成真的。"

童雀不知道该怎么说了，她沉着一口气，开口："颜泽，你是不是没谈过恋爱？"

感觉到他抓住她的手松了些，她勾起了嘴角："我来告诉你，你没谈过恋爱，而我们的相处过于频繁，所以你才喜欢上了我，换言之，如果把我换成别的女人，你也会日久生情的。"

他的眉头松开了些，她拉开了他的手："其实我们现在……"

倏地，他起身立于她面前，强大的气势扑面而来："我现在喜欢的是你，我是怎么喜欢上你的，重要吗？"

她还要说话，他忽然低头，霸道地吻住了她的唇，阻止她说出一些令他生气的话。

她蓦地一愣，脑中闪过喝醉酒时跟他接触的场景，这感觉跟那次完全不一样，他像是带着怒气。

她几番挣扎下，咬了他的下唇。

他吃痛地退出，擦拭着嘴角，动作魅惑得让童雀心跳一滞。

"你在害怕什么？"

她抿着唇，不出声。

他的语气开始柔和下来："童雀，你是在害怕吗？害怕我像傅峥一样，忽然离开你？"

"颜泽，我们还是做朋友吧。"她拨开他的手，转身上了楼。

看着她的背影，他只觉得心里闷得很。

童雀躺回床上，颜泽的话一直在她耳边回响，她甚至感觉到自己那颗或许从未炙热过的心脏，因为颜泽的话而活跃起来。

她以为自己是喜欢傅峥的。

那时候，她语言不通，生活困难，陪在她身边的人只有傅峥，两个人打打闹闹，日子倒也没那么难受了。

她出国的时候，身上带着太多的伤疤，可以说，傅峥的出现，很快地转移了她的视线，有一个人注意着她，虽然嘴上说着讨厌她，却总是为她着想。

因为从来没有人对她这么好，所以他们自然而然地在一起了。

当傅峥在婚礼上甩了她的时候，她也并没有多难受，心里冒出来的第一个念头竟然不是问问他为什么忽然改变主意，而是一声不吭地离开了巴塞罗那，回到了这座充满了痛苦回忆的城市。

即便跟傅峥六年，他们也还是分手了不是吗？

而她现在跟颜泽一起生活也不过才三个月。

电视里的男女主角说着可笑的台词，颜泽从来没有觉得这么难过过。

他打开微博，准备取关那个情感博主，却忽然看到一条投稿："向喜欢的女孩告白，女孩却告诉我她还喜欢着前男友，怎么办？"

他不受控制地点开了评论。

"都成前男友了，还怕什么？注意防守，坚持就是胜利。"

"傻啊！她只告诉你她还喜欢着前男友，又没拒绝你，这说明她对你还是有感觉的，只是这感觉还不太明显，所以没有直接拒绝你！"

"翻译：你愿意陪我一起忘记他吗？"

……

底下的评论几乎都是劝男人坚持的。

看到这里，颜泽像是看到了希望一样，这正是他心底深处坚持的答案，得到了别人的认同，他忽然有了更大的信心继续坚持下去。

这一周，童雀都没有再在家里看到过颜泽。

要不是这房子不是自己的，童雀都快怀疑他是不是从来没出现过了。

她竟然有些失望。

随即她拍了自己一巴掌，混蛋，你自己拒绝了别人，还想要别人继续对你好？童雀，你什么时候变得这么心机了？

这不就是你想要看到的？两个人顺顺利利地开始，顺顺利利地结束。

两年而已，很快的，刚去巴塞罗那里的时候，最难熬的时候都过去了，一个男人而已，没必要伤心难过。

周六，童雀饿了一整天，直到晚上，她终于饿得不行，头晕眼花地从床上爬起来，叫了份外卖。

童雀吃饱喝足后就上床睡觉了，第二天早上她猛然醒来，看了看时间才七点半，却因为肚子叫个不停没了睡意，下楼正准备翻点东西吃，却看到了拿着餐盘的某人。

“我不是在做梦吧？”

颜泽冲她笑了笑：“过来吃饭。”

她揉揉眼睛，走过去，看到桌上的早饭，皱起了眉头，这场景怎么这么熟悉，她摇头嘀咕道：“不对，我一定是在做梦，你快掐掐我！”

见她将手伸过来，他用力地掐了一下：“这下证明你没做梦吧？”

童雀却尖叫起来：“你真掐啊！那也别这么用力啊！”

颜泽拿过她的手一看，还真用力过了头，他有些愧疚地帮她吹了吹气：“抱歉。”

童雀脸上闪过不自然，收起心里那抹异样的感觉，忙抽回了手，故作不经意道：“没事没事。”

他并没有看到她的慌张，将挤好果酱的吐司递到她面前：“吃吧。”为了让她放心，还补充了一句，“这个不难吃。”

童雀快速地看了他一眼，却被他眼里的神色看得不安起来，接过吐司立刻啃了一大口来掩饰自己的尴尬。

“不是说永远不吃外卖了？”

顺着他的视线，童雀看到了垃圾桶里的外卖垃圾：“太饿了。”

“我不在家，你就不能出去吃吗？”

两人聊得好像一对真夫妻，童雀感觉到脸颊发热，低着头一心二用地吃着吐司，说话也口齿不清：“我不是说过，我很懒，我懒得出门。”

“懒得出门，所以宁愿饿着？”颜泽对她的懒惰有了一个新的认识。

她还想要辩解什么，就听他无奈地说道：“看来以后我得让杨阿姨教我怎么做菜了。”

她咬吐司的动作一顿，等回过神来，心已经“怦怦”跳得整个人都紧张了起来。

“饿了也别吃这么快，对胃不好。”说着，他把手边的牛奶推到她面前。

她抬头看着他发呆。

“怎么了？”他被她呆萌的表情逗乐了。

他这一笑，童雀的脑袋里仿佛放出了各种唯美的 BGM，这男人怎么这么帅？

她喝了一口牛奶，收起露骨的眼神，问：“你怎么突然回来了？我还以为……”

“等下！”

他这么一说，童雀还真的停住了口。

只见他伸出大拇指抹去了她嘴角的奶渍，然后轻轻地舔了舔手指。

妖精！

童雀的脑袋里猛然跳出这个词语。

他的动作如行云流水，像是下意识的动作，给他整个人都添上了一抹异样之色，就好像是要勾引人的——男妖精。

童雀的脸顿时爆红，红到了耳根，她开始转移话题：“你要是想喝牛奶，再去倒一杯吧。”

他却道：“你的更好喝。”

他没有说杯子里的牛奶还是她嘴角的牛奶，可她觉得他分明是在说她嘴角的。

她的脸瞬间更红了。

她将脑袋埋进盘子里，吃着吐司，不说话。

颜泽看着她害羞的样子，心情更好了，边吃吐司边说：“比赛还有几天？”

“三天。”

“那等你比赛结束，我们去见奶奶，她说很想见见你。”

“哦。”

她始终低着头，脑海里挥之不去的是颜泽给她擦嘴角的画面，一顿早饭就吃得血脉偾张，少女心泛滥。

饭后，颜泽主动提出洗碗，童雀有些不好意思，想要帮忙，却被他一个眼神制止了："既然我说了喜欢你，那么你的缺点我也一样会包容，你不爱做的事我不会强迫你。"

他说的是洗碗，童雀却华丽丽地想到了那方面，刚刚散去的红晕顿时又染上脸颊。

她烫手般的抽回了碰触到他指尖的手，应了一声："哦。"

看到她这纯情的模样，颜泽是又气又爱，气的是她的情商似乎还不如自己，爱的是她怎么样似乎都很可爱。

"你在想什么，怎么脸这么红？"

童雀咬咬唇："没什么！那麻烦你了，我过去收拾桌子。"

童雀的手蓦地被他抓住，她感觉心跳的速度要是再提起来，她就快要喘不过气来了，只听他道："你什么都不用做，只要被我宠着就好。"

她惊讶地看向他，只见他眼底满是爱意，她又被灼烧得匆匆离场。

童雀觉得，就五天没见，颜泽怎么忽然变得这么会撩了？还撩得她不要不要的，甚至让她产生了一种在恋爱的错觉。

这种感觉，跟傅峥在一起的时候，她从来没有感受过。

她捂着胸口，在沙发上冷静。

电视开着，她的目光却总是跟随着他走进走出忙活的身影，她强迫自己不要去看他，可没过多久，就又控制不住地看了过去。

童雀想不明白，照理说，自己已经说得够明白了，可颜泽为什么还对她这么好？

可他既然没有放弃，为什么又消失了五天？

她心里有太多的疑问，让她想不明白，然后，她忽然发现，身边的沙发塌陷了一小块，熟悉的气息扑鼻而来。

"今天不用画图吗？"

童雀摇头，比赛的设计稿她已经准备好了，所以这两天才有时间瘫在家里休息。

"我今天也没事，不如，我们出去看电影？"

想到她说过懒得出门，他忽然一脸纠结的模样，看着她道："该怎么办才好呢？我老婆不爱出门啊！”

童雀这心跟玩大摆锤似的，整个人一下被甩到空中，心潮澎湃。

她还没来得及反应，人已经被颜泽打横抱起，她忙勾住他的脖子以防掉下去。

“那我抱你出去吧。”

“……”

说是出去，却朝着楼上走，于是，童雀又想多了，挣扎道：“你想干吗？我已经跟你说得很清楚了，我们不适合，就算你用强的，你也……”

说话间，他已经轻踹开了她的房门。

看着她一脸“你得到我的人也得不到我的心”的样子，他笑了笑，把她放了下来：“难不成你要穿成这样出去？”

原本还想要继续说下去的童雀顿时蒙了，低头看了一眼身上的睡衣。

“你说的用强……”他的声音忽然低下来，向来冷冷的表情忽然变得丰富多彩起来，“是什么意思？”

这话本就很明显，她就不信他听不懂，但她怎么可能承认自己想歪了？

“我是说，我懒得换睡衣。”她掩饰着尴尬，强装镇定，“既然你已经把我送上来了，那我就去换吧！”

颜泽也并不戳穿。

坐在副驾驶座上的童雀刷着手机，看最近有什么好看的电影，语气略带遗憾：“最近好像都没什么好看的电影啊，也没好看的剧。”

“《绝对女配》不好看？”

“不能说不好看吧，剧情还不错，就是那几个演员的演技不太好，看着尴尬。”

“那我们待会儿还看电影吗，要不要回家看？”

“看啊！好不容易出来一趟，要是回去，我这妆不就白化了？而且家里电视屏幕太小了，我还是喜欢电影院里的大幕布，那才有看电影的感觉。”

颜泽听到她夸张的声音，瞥了她一眼，记在了心里。

两人到了电影院，童雀看着电子屏幕犹豫了一会儿，还是选择了最近比较火的《变形金刚》。

电影开始前，颜泽买了一大桶爆米花，童雀看着直皱眉，满嘴说着颜泽心机深，把她给吃胖了，结果电影还没开场，她就已经吃完了。

见颜泽要去拿，她有些不好意思地笑了笑："抱歉，没忍住。"

"还要不要？要的话，我再去买。"

童雀自然不会让他去买，她本就拒绝了他，虽说他们现在是夫妻，但也是假的，这么奴役着他，她总觉得心里过意不去。

每一部续集电影，几乎都在走下坡路，尤其是当童雀看到里面还穿插了几个植入广告后，就彻底惊呆了。

她凝神，向颜泽凑近些，小声道："如果我没看错的话，刚才那个 × 信二手车，应该是广告吧？"

她嘴里带着爆米花的香甜味，让他心猿意马，他轻轻"嗯"了一声。

童雀重新坐好，六年没回来了，没想到现在国内的广告植入已经这么丧心病狂了。

或许是童雀本身就对这类电影没什么兴趣，看着看着，就睡着了。

颜泽往右边看一眼，发现她的脑袋已经快要靠到右边那人的肩上了，他及时将她的脑袋给捋正了方向，靠到了自己肩上。

做完这一切后，颜泽的嘴角微微上翘，这才心满意足地看起了电影。

童雀醒来，电影正好放完。

她迷迷糊糊地跟着走出去，结果跟着别人走了，颜泽上前把她给拽了回来。

她还一脸惊讶地回头看了一眼前面的人："竟然跟错了。"

颜泽哭笑不得："你就不会看清楚再跟着走吗？上一次吃饭你也走错了桌。"

童雀自己也佩服起自己起来，不好意思地笑了笑："我那时候不是没戴隐形眼镜嘛。"

他还想说几句，手机却响了起来。

他看了一眼屏幕，叮嘱道："你在这里站着别乱走。"然后神神秘秘地走到了一旁。

电话那头的人似乎说了很有趣的话，让他露出了灿烂的笑容，然后就见他的目光转到自己身上。

她看懂了这句唇语——我带她过来。

他将手机放回口袋里，走过来说：“暂时先不回家了，跟我去个地方。”

这神秘的样子，让她拧起眉头，狐疑地看向他：“去哪里，你该不会是要给我一个惊喜吧？”

颜泽有一瞬间的语噎，最后还是打算保持神秘，推着她往外走：“去了就知道了。”

她不断挣扎未果，只好顺从：“颜泽，当初我们可说好的，就过来看个电影，现在又要去别的地方，我还穿着高跟……”

“啊！”她再次被颜泽一把抱起，电影散场，商场里的人非常多，很多人将目光投向他们。

“快把我放下来啊！”她把脸埋进他的胸口，躲避吃瓜群众那令人羞耻的目光。

“你不是不喜欢走路吗？”

“你把我放下，我自己走还不行吗？！”

她这回是真的要哭了，这么多人，她脸皮再厚也受不了那些人的视线。

颜泽终于听话地放下了她，然后道：“你以后不想走路的话，我就抱着你走。”

这台词好羞耻，童雀只好加快了脚步，假装不认识这人，嘴里还一边念叨着：“我不认识他，我不认识他……”

不少女孩的视线移到了颜泽的脸上，惊呼不断：“啊，他好帅！”

“他好眼熟，我好像见过他。”

“这人，不就是网上的那个投篮快手？那个视频，你看了没？看着侧脸好像，身材也像。”

上车后，童雀问个不停：“我们到底去哪儿啊？我觉得我有知情权。”

颜泽却只是笑着看向她，做了个“嘘”的动作。

看到他这妖精般的动作，童雀的心又开始小鹿乱撞了。

不说就不说，她索性刷起了微博。

忽然想起刚才周围的人说到的投篮视频，她的视线正好捕捉到屏幕上的标题——电玩盛世美颜。

群众的眼睛果然是雪亮的，视频里的人就是颜泽本人。

视频是上次她跟他 PK 篮球时，围观群众拍下的。

她忽然想起来，自己还欠他一个要求，正想要问问他是什么要求，却忽然停住了口。都过去这么久了，他也没提，说不定是忘了。

这么一想，她就跟占了他便宜似的，抿着嘴乐呵。

“笑什么？”他问。

她轻咳一声，装起了正经，把手机移到他面前亮了亮：“你火了，颜网红！”

颜泽快速地瞥了一眼，皱起了眉头，把自己的手机递给她：“密码是 0328。”

她不解地接过：“干吗，你还让我查岗？”

“帮我打电话给叶嘉，让他把这些视频处理干净。”

第十四章
胜人间无数，你要相信我

童雀这回算是听明白了，她不解地问：“为什么要处理啊，难道你是怕影响生活？网上又没人知道你是谁，也就热闹这几天，等下了热搜就没人记得了。”

网民都是善变的，今天出来这个帅哥，迷恋几天，然后过几天又来个更帅的，就忘了前面那个了。

就和看剧追星，道理差不多。

听她这么一说，颜泽就没再让她打电话了。

她偷偷地打量着颜泽，她一直知道他长得好看，到今天她才知道，他不仅长得好看，还特别耐看。

“怎么了？”他正好转过头来，跟她的视线撞个正着。

童雀只好实话实说：“老颜，我发现你长得实在是太好看了。”

这不是颜泽第一次被人夸奖，但听到她的夸奖，颜泽还是很高兴，微微上扬的嘴角透露出他此刻心情不错。

发现是来餐厅的时候，童雀摸了摸空空如也的肚子，心想这时间安排得正是时候，肚子正好饿了。

颜泽直接朝着楼上走去，像是早就定好了位子似的。

她挖空了脑袋想他到底是什么打算，该不会是求婚吧？

应该不会，他们都领证了，还求什么婚，多此一举不是？

童雀思来想去也想不明白他会有什么惊喜，直到看到包间里有个陌生的背影，还是个男的？

她不解地看向颜泽，想要从他的表情里看出什么，而他径直走向了那个男人，男人适时转过头来，朝颜泽伸出手："颜，好久不见。"

他回握住他："的确是好久不见。"

当童雀看到那个男人的脸后，整个人愣在了原地。

兰迪！那是兰迪·杜勒斯啊！

虽然他不怎么接受采访，但他的脸是那种让人看一眼就不容易忘记的类型。

童雀已经激动得不知道该说什么好了。

兰迪对她的出现似乎一点都不惊讶，他带着笑意走过来，说着流利的英语："你就是颜的妻子？"

童雀半晌没回答，在颜泽轻轻叫了她一声后，她才激动地出声："兰迪老师，我是你的粉丝，可以给我签个名吗？"

"……"颜泽的嘴角抽了抽。

兰迪大笑起来，化解了尴尬："没想到颜的妻子竟然是我的粉丝，颜，她真的很有意思。"

颜泽上前，揽她入怀："不要介意，她向来就是这个冒冒失失的样子。"

"怎么会呢？我倒是喜欢真性情的人，喜欢就直说，拐弯抹角的多难受。"

三人入座，童雀凑在颜泽的耳边低语，压低的声音都难掩她的激动："你怎么不早点告诉我来的是兰迪啊！这样我也好穿得好看点，不至于这么失礼啊！"

颜泽脸色一沉，但很快又恢复如常："你跟我出去就随便穿，见兰迪就想穿得好看点？"

"那可是我偶像啊！谁见偶像会随便穿？"

颜泽咬咬牙，决定忍住，提醒道："点菜吧，兰迪，这家餐厅还不错，作为东道主，这顿我请客。”

兰迪倒也并不推辞，拿起菜单说了几道，颜泽又跟着点了几道，还顺带帮童雀点了。

“不是说还要过几天再来吗？”

兰迪笑了笑：“听说这里美食比较多，所以早点过来尝尝，否则到时候太忙没时间出来。”

童雀一听，随即想到了三天后的比赛，道：“兰迪老师难道是要当A市国际设计大赛的评审？”

兰迪点点头：“原本不想来的，颜说让我来替他的新娘做套婚纱，就顺便来当评审了。”

童雀咋舌，还真是任性，竟然是顺便来当评审的。

“不过，听颜说，三天后的服装设计比赛你也参加了，期待你的表现。”

她偷偷看了颜泽一眼，心想他怎么连这个都说了，本来不想在偶像面前表现太差的，她摆摆手：“我就是个替补人选，能不能上场还不一定呢！”

她说得真诚，兰迪也适时换了个话题：“趁着现在还没上菜，我先帮你量尺寸吧。”

童雀点头。

兰迪是老手，所以很快就量完了尺寸并记录了下来，颜泽只在他量到胸围和臀围的时候，眯了眯眼睛，倒也没说什么。

“颜，婚期是什么时候？”兰迪问道。

“这就要看你什么时候把婚纱做好了，到时候再定。”

兰迪勾了勾嘴角：“这样的话，我得赶紧做好才行。”

“不用不用，兰迪老师，您注意休息，什么时候做好都行。”

“……”颜泽顿时有一种做错了决定的感觉，他似乎不该带她来见兰迪，因为她简直就是兰迪的疯狂迷妹！

这一情况在上菜后，又有了更明显的变化。

“兰迪老师，您爱吃西蓝花，这道菜您可要多吃一点了，上面浇了西蓝花汁。

"兰迪老师，这道菜在我们A市非常有名，您尝尝！

"兰迪老师……"

……

颜泽咬着牙，一个人吃着饭，见她要去倒酒，他忙拦住她，对服务员道："去拿点西瓜汁过来。"

"这是红酒，我不会喝醉的！"她用力地捏着瓶身不放手。

"红酒也不行！"颜泽一把夺过，放到了她碰不到的地方。

鬼知道她会不会做出什么蠢事来，而且这还是在外面，他得看着她点。

童雀只好认命。

看着这一景象，兰迪有些惊讶地看了看颜泽，嘴角含笑，没有说什么。

西瓜汁很快上来，颜泽替她倒了一杯，她喝了一口，味道不错，清甜爽口，她决定原谅颜泽刚才不让她喝酒的行为。

"对了，童小姐，你对婚纱有什么要求吗？"

童雀的脑袋摇得跟拨浪鼓似的，秒变迷妹："没有没有！只要是您做的，我都喜欢！我的梦想就是能穿上您亲手做的婚纱，没想到竟然实现了。"

兰迪笑了笑："那你应该庆幸你嫁了个好老公，因为做完这套婚纱，我将不会再动手做婚纱了。"

童雀点头如捣蒜："我也这么觉得。"

这一整顿饭，颜泽觉得就这一句话能让他高兴一点，不过这一句可能也是字面上的意思，她只是因为这套婚纱而庆幸嫁给了他。

想到这里，颜泽觉得喝的酒都带着苦涩。

后知后觉的童雀诧异万分地看向兰迪："不再做了？！"

"嗯，做了太多婚纱，我感觉自己快要厌烦了，所以我想在厌烦婚纱设计之前就退出这个圈子，这样等我年老的时候，想起婚纱设计这件事，起码都是快乐，而非烦闷。"

原来是这样。

童雀在惋惜的同时，也表示理解，如果喜欢变成厌烦，应该会很头疼吧。

“我想整个设计界都会为您的退出而感到可惜。”她叹了口气，举起倒满西瓜汁的酒杯，“不过，我永远支持您！”

兰迪也跟着举杯：“谢谢你，我的粉丝，童小姐。”

两人相视一笑。

“……”颜泽瞬间有一种自己是多余的感觉。

吃完饭，童雀其实还想再跟兰迪说几句话，但他的助理打来了电话，说是找到了他想吃的美食，让他赶紧过去。

三人也就分开了。

在离开前，兰迪把颜泽拉到了一旁。

“你们的感情似乎不错。”

颜泽眼里闪过惊讶，却没有否认：“所以麻烦你尽快把我妻子的婚纱做出来，好让我们快点举行婚礼。”

兰迪笑了笑：“那也得等我回国再说啊！放心，我会让你的妻子成为这世上最美的新娘。”

上车后，童雀一脸怅然若失的模样。

颜泽知道她在想什么，阴阳怪气道：“还在想你的偶像？” 她情绪低落地点点头：“太快了。”

“什么？”

“跟偶像见面啊！时间过得真快，就好像还发生在上一秒，竟然就这么结束了。”

颜泽的心里生出些醋味，但还是摸了摸她的脑袋询问道：“婚礼我帮你邀请他？”

原本还蔫了吧唧的童雀顿时喜笑颜开地活了过来，眼睛闪亮：“你说真的？”

“假的。”

她脸上的笑容一僵，抿了抿唇，转过脸去，不再理他。

他以为她生气了，正想着该怎么哄，就听她道：“谢谢。”

他发现她正看着自己，眼中带笑地开了口：“其实，能让我见他一面，我就已经很满足了，偶像不就是这样的吗？”

她继续发表着自己的见解："就像那些追星的人一样，偶像是遥不可及的，他们高高在上，我们对他们思之如狂，就算只看到一只眼，我们都可以轻易地认出他们，他们却连我们是谁，叫什么名字都不知道，所以对我来说，能见一面，就满足了。"

听她这么一说，颜泽心里的醋意忽然没有了。

他发觉自己似乎是误解了兰迪在她心里的位置，他明白了，偶像和爱人是不一样的。

但是颜泽又问了一个十分作死的问题："那如果你的偶像愿意跟你在一起，你愿意吗？"

"愿意！"童雀丝毫不犹豫就回答了问题。

"……"

却又听她继续说："但如果是兰迪的话，他年纪太大了，他已经五十多岁了，我还年轻。不过我最近倒是发现《绝对女配》里的男二长得挺对我胃口的。"

颜泽稍稍回想了一遍《绝对女配》里的剧情，脑中闪过男二的脸。

他嗤笑一声："那个长得跟女人一样的男人？"

"什么叫跟女人一样的男人？他就是个男人！"

颜泽还想再反驳几句，但忽然想起这五天在国外，程昱告诉他，不能跟女人争，要宠，他便收住了口。

半小时后，到了家门口，颜泽停下车，温柔出声："那婚礼那天，你是要请兰迪还是那个男二？"

童雀瞠目结舌地看向他："开个玩笑而已，我不喜欢那个男二，不过，你真会请兰迪？"

看着她期待的眼神，颜泽怎么忍心让她失望？

"当然，只要你想。"

"哇！颜泽！你真的太好了！我爱死你了！"她激动得一把握住他的手。

他的表情一僵，灼热的视线对上她，狭窄的空间里，两个人的心跳声顿时变得清晰起来："你说什么？"

发觉到他的眼神开始转变，她干笑几声："不是你想的那个意思。"

然后拉开车门就要下车，却被忘记解开的安全带给拦了回来。

颜泽的速度比她更快，动作如行云流水般的解开了自己的安全带，然后放低她的靠背，欺身而上。

童雀的心跳骤停，看着他那足以让人忘记神智的面容，她吞吞口水，用力推他，却被他衬衫里传出的热度给吓得缩回来。

碰也不是，不碰也不是。

“老颜，我们之间可能有点误会，要不然我们下车再说？”她动手就要去解安全带，手却被他忽然摁住，她吓得挣扎起来。

两人靠得太近，他被她扭动的身姿蹭得难受，他沉沉出声：“别乱动。”

他的声音喑哑，跟正常说话时有很大的区别，童雀当下就不敢动了。

“老颜，你千万得冷静啊！这强那什么罪可是大罪！虽然你有钱，但是也不能犯罪啊！你说是不是？”

见他依旧不撒手，她又想张嘴补充，却忽然被他吻住，即使只是浅尝辄止，她也愣住了，从耳根子红到脸颊，看都不敢看他一下。

颜泽挑了挑眉，松开手，替她解开了安全带：“让你还敢随便乱说话，这是教训。”

童雀看着他下了车，发了好一会儿呆，才摸着自己的胸口，吞了吞口水。

天天这么刺激，不会影响心脏的功能吧？

不过也怪自己，一时高兴，竟然说了“爱死他”这种话。

她用力地打了自己一嘴巴子，让你乱说话！让你乱说话！

由于发生了这一个小插曲，颜泽一下午都没看到过童雀，连叫她下来看《绝对女配》，她都拒绝了。

看着电视里男主和女主交织缠绵，门外的男二似乎有些凄凉。

可颜泽看着男二有一种看到情敌的感觉。

期待已久的设计大赛终于开始了。

一起参赛的人员里，童雀也就跟阿欢熟一点，看着人来人往的现场，阿欢忽然有些怯场了。

“雀雀，你说这儿的人怎么这么多啊？竟然还有外国人！”

童雀顺着她的目光看过去，果然看到个金发碧眼的高挑美女：“阿欢，你是不是傻了啊？那是模特！”

阿欢吞了吞口水，讪笑几声：“我这不是紧张嘛！你难道不紧张？”

她紧张什么？F周的设计大赛跟这里相比没多大区别，更重要的是，她一个替补紧张什么？

“我就是一替补，我紧张什么？我就是来开阔开阔眼界，顺便带薪休假！”

阿欢被她逗乐：“对啊！得不得奖有什么关系，反正今天算是带薪休假了。”

“我可以这么想，你不可以这么想，咱公司还得靠你争光呢！”

一旁的叶子听到她这么说，朝她看了一眼，童雀挑了挑眉，收住了口。

这次服装比赛的比赛形式是设计师按照抽签得到的题目，自己选取所需要的布料材料，进行设计。

给一天的时间，不仅要构思画图，还要做出成品，可以说难度非常大。

更重要的是，如果提前准备的设计图中并没有可以运用到考题中的元素，那就倒霉了，跟那些正好压中考题元素的人相比，就已经输在了起跑线上。

因此，这场比赛不仅要看选手的准备情况，还要看选手的运气。

童雀原以为只有华锐有替补选手，没想到替补选手还挺多，替补选手也跟正式选手一样参赛，当正式选手出现任何问题，都可以让替补选手的作品替上。

童雀的右眼皮跳个不停，总觉得会有什么事发生。

离比赛开始还有二十分钟，看着女厕所门口排着长龙般的队伍，别说阿欢，童雀自己都紧张了。

“这么多人，果然女人上厕所比男人麻烦。”

身后有人认同道：“谁说不是呢？男人拉个拉链，抖一抖就完事。而咱们呢？还得拿纸，说不定还要换卫生棉，啧啧……”

童雀被这个女人的豪言壮语吓到，不禁看了她一眼，挺文静的女孩，怎么比外国人都开放呢？

等了大概有十分钟，终于轮到了两人，却跟出来的人撞了个满怀。

江烨皱眉，看了看自己的新鞋："什么情况啊，走路不长眼？"

童雀正要骂回去，却瞥到从里面走出来的另一个女人，她立刻就跑了。

阿欢站在门口，一脸茫然。

听到自己同事的声音，袁润秋走过来询问："怎么了？"

江烨翻了个白眼："我哪知道，撞了我就跑了。"

"算了，比赛快开始了，别为个不相干的人破坏自己的心情。"

江烨点点头，只能作罢。

童雀整个人的思绪都乱了，袁润秋怎么在这里，她难道也成了设计师？

正当她胡思乱想的时候，阿欢回来拍了她一下，吓得她手机都掉了。

"怎么了啊？跟见了鬼似的。"阿欢帮她捡起手机。

"没事，看到了熟人。"

阿欢拧眉，看到她这神情，点头："熟人还是仇人？"

童雀被她的快速反应逗乐了："厉害厉害，这都被你看出来了，不过算不上仇人。"

只能算是她最恨的人。

比赛终于开始，系统随机分配题目，童雀这组五个人，分到的题目是——春回大地。

从遇到袁润秋的那一刻，童雀就觉得今天这右眼皮跳不是没有缘由的，就比如这个题目，她做好的准备里没有可以运用到这里的元素。

春天穿礼服？

看来只能重新构思了。

她并没有像别人一样先去拿材料，而是一直坐在座位上画图。

她的脑袋里还没有设计的雏形，如果贸然去拿材料，到时候不仅会出现颜色不对的问题，还会出现材质影响衣服的垂感、质感以及观感的问题。

就好比想要轻薄的质感，就得选更为通透些的棉、麻、丝之类的材料。

也就是说拿的材料会直接影响到成衣的各种情况，所以她决定画好图再动手。

其他设计师虽然也明白这个道理，但材料的种类和颜色都是有限的，如果等画完图再拿，只怕会没东西可拿。

童雀会这么选择主要还是因为她心态好，觉得替补也没机会上场，所以还是按照平时的设计流程来，反正到时候就算设计出一朵花来，正式选手没出问题，她都没机会上场。

童雀不知道的是，在远处，有一双眼睛已经盯住了她。

兰迪看着现场的氛围，时不时地跟身边的助理交流几句，助理跟着点点头。

见状，主持人忍不住上前问道："兰迪老师，听闻您会来当这场比赛的评委，我们都有些意外，请问是什么让您决定要来这场比赛呢？"

"因为节目组邀请了我。"兰迪面无表情。

主持人顿时有些后悔，他不该热脸贴冷屁股的，明知人家是个高冷的人，怎么还不死心地过来问呢？

"哈哈，兰迪老师还真是幽默，没错，是节目组邀请了您。"

"……"主持人转而看向别的评委："程小姐，听说您是国外设计专业毕业的高才生，这么年轻就来当评委，有没有什么压力？"

程夜蕾如同女王般的抬头，勾了勾嘴角，却看也不看主持人："有压力的应该是选手。"

主持人有些尴尬，他很想哭，还以为程夜蕾看着年轻应该会给面子让他下台，没想到反而让自己陷入了更难堪的境地。

主持人看了看那边的导演，一个眼神便让导演明白了，这请的都是大爷，还怎么主持啊？

导演皱了皱眉，给他做了个手势，示意他继续。

主持人只好转向其余的评委，并在心里祈祷这两个千万要合作一点。

现场除了兰迪，还有另一双眼睛，同样也在盯着童雀。

从刚才大屏幕上显示每个选手的选题时，袁润秋就已经看到了童雀的名字。

她心里一跳，视线在场内绕了一圈，终于找到了她。

她挑了挑眉，微眯的眼睛里晃过一丝轻蔑。

到了中午十二点，比赛暂时中止，节目组给选手送来盒饭，选手们在座位上用餐。

结果中途有两个人因为菜汤溅到布料上，发生了一点口角，差点打起来，节目组的人上去劝了一会儿才罢休。

大赛组委会见状便通知大家，在接下去的时间里要注意保护好自己的设计，对故意破坏他人设计作品的人给予勒令退赛处理，并告知其公司。

休息时间结束，比赛再度开始，童雀花了一上午的时间，终于画好了设计图。

接着便是选布料，童雀到了中间的布料区一看，傻眼了。

什么情况？几乎没什么布了。

只剩下一块比较完整的黑色丝绸，一大块裸色和黑色欧根纱，以及一根黑色腰带。

主色调全是黑的，跟春回大地有个啥关系？

童雀顿时后悔刚才没有先来拿材料，不过想想自己是替补的，也就无所谓了。

“请等一下！”主持人不知道从哪里冒了出来，拦住了正要回原位的童雀。

主持人看了看她的号码牌，道：“58号选手，边走边采访。”

童雀将剩下的材料全部拿了过来，就听主持人继续说：“58号选手，如果我没记错的话，你们这一组系统分配的题目是春回大地。”

“没错。”

主持人觉得话题来了，微微一笑：“但你手上的布料颜色都是黑的，大概是不符合主题的，请问你现在的心情怎么样？”

童雀摇摇头：“心情还不错，反正我是替补。”

主持人还以为她会焦虑会着急，不哭的话，也该表现得更加忧心忡忡，没想到人家心态这么好。

于是，主持人只好去找别的选手采访了。

情况的恶劣远远超出童雀的想象，因此画了一早上的设计图只能作废，她开始重新按照手头上的材料来切题画图。

她有些庆幸自己不是正式选手，否则已经一点钟了，还要重新画图，绝对是要失败的节奏。

这么一想，她整个人就呈现出一种十分放松的状态。

都这时候了，比赛对她而言意义不大，她决定如果脑袋里能想出一副好作品，那她就继续，如果想不出，这比赛她就直接交白卷。

别人都火急火燎地裁剪着布料，就她撑着脑袋，看着某个点发呆，可以说是十分显眼了。

忽然，评委席的程夜蕾起身准备去一趟厕所。

这一幕正好被童雀看到了，看到程夜蕾的那一双大白腿时，她灵光一闪，有了！

谁说黑色主色调就不能显示春天的美了？冬天包得严严实实的，忍耐了一个冬天，当然应该露出大白腿咯，但也不能全露，要隐隐约约才行。

童雀灵机一动，将脑海中的图样画到了纸上。

设计图上，模特细窄的腰身被黑色紧紧包裹住，黑色短裤在透明裙身里若隐若现，隐隐约约的腿部线条从腰际到大腿收紧，顺着往下裙摆变大，好似一套迷你婚纱。

上身用黑色丝绸做内搭，缝纫机裁好后，再把黑色欧根纱缝制到内搭外面。

童雀的思绪通透后，即便不用急匆匆的，但她的动作也不由自主地快了起来。

到了晚饭时间，比赛再度中止半小时，这一次大家只有半小时的吃饭时间，所以领盒饭的时候跟打架似的。

童雀最后才挤进去，看着已经被压得不成形的盒饭，她摇了摇头往回走。

叶子打开盒饭，发现都是自己不爱吃的菜，她眉头一皱，顿时吃饭的心情都没有了，将饭盒往边上一推。

这一推，却不小心把盒饭推到了靠在桌边的衣服上。

她当下就傻了。

看着远处走来的童雀，她的大脑高速地运转着，用最快的速度将自己的盒饭整理干净，然后“不小心”将水洒到了身旁的必经之路。

童雀走得急，加上一直盯着她的桌子，也就没注意到这情况。

她脚下一滑，本能地扶住了一旁的模特架，她手中的盒饭也掉到了地上。

童雀摸到一手油腻腻的东西，下意识地收回了手，只听到身旁的女人高声尖叫：“啊！”

叶子的叫声成功地吸引了所有人的目光。

持续十个小时的注意力集中，大家都已经很累了，神经变得异常衰弱，这一声尖叫顿时引起了他们的不满。

众人纷纷抬起视线看过去，却惊住了。

只见叶子已经做好的裙子上满是油污，看到这一景象，大家的第一反应是——衣服毁了。

组委会的人皱了皱眉，很快放下盒饭走过来：“怎么了？”

看着自己的设计被毁，叶子的眼睛已经红了起来：“她突然把盒饭倒在我的作品上。”

组委会的人表情凝重地看向童雀，等着她的解释。

童雀看了看地上的盒饭，她刚刚明明是右手拿的盒饭，滑倒的时候是左手扶着模特架，怎么可能会倒上去呢？

然后看到地上的一大摊水渍，她抿了抿唇：“不知道谁把水倒在地上，我滑了一跤，但是我当时明明是右手拿的盒饭，怎么会……”

叶子忽然打断了她，站起来，语气咄咄逼人：“你什么意思？大家都有眼睛，明明是你毁了我的衣服，就算地上有水，你主动承认是你毁了我的衣服又怎么样？”

面对叶子的强硬，童雀的盒饭洒了一地，已然无法证明她的清白，她脑筋一转：“我确定一定以及肯定当时是右手拿的盒饭，如果是我的盒饭倒在她衣服上，那么我右手上的盒饭势必会从右边绕到左边，而我身上现在是干干净净的。”

组委会看了看她的衣服，再看了一眼她的头发，果然如她所说的。

叶子当下哭着咆哮起来：“我知道了！你一定是想自己上场，所以才毁了我的设计！”

组委会的人一听，还真发现童雀是个替补，顿时对她的话又产生了疑问。

休息时间并没有开摄像机，除非有人看到，否则根本不可能证明这件事到底孰是孰非。

就在这个时候，传来一道义正词严的声音：“当时的情形，我都看到了！”

所有人都惊讶地看向说话的人，叶子当下脸色有些难看起来。

包括童雀也一脸惊喜地看向那人，在看清是谁后，脸色却陡然变得惨白。

组委会走到袁润秋面前：“你真的看到了？”

袁润秋点头，看着童雀笑了笑：“我吃得比较快，所以正好转到这边来。”

童雀沉默了。

所有人都等着袁润秋开口说出那个答案，她走到两人中间，指着童雀：“她当时左手拿的盒饭，倒在了这位选手的衣服上。”

“天呐！太过分了！”

“这么重要的比赛，当着这么多人也敢故意陷害，这种人简直就是业界毒瘤！”

“幸好有人看到了，否则可就被她混过去了，都是一个公司的，一个替补而已，这么可恶！”

周围的人喋喋不休。

童雀整个脑袋都快炸了，她的眼前一直闪现着过往的画面。

那时候，也是这么多人指责她，她明明没有偷东西，可她们都在指责她，那样让人难堪的眼光，那样让人无法解释的境地，让童雀连连后退几步。

就在组委会讨论着该怎么处理童雀的时候，就听现场爆发出一声尖叫："别吵了！"

童雀扫了众人一眼，指着正冲自己微微一笑的袁润秋："她说的都是假的！她在说谎！"

组委会皱了皱眉："鉴于56号叶子选手的作品被毁，58号童雀成为正式选手，但由于58号故意毁坏他人作品，所以取消比赛资格。"

童雀鼻头发酸，红着眼，低声道："我真的没有毁了她的衣服，袁润秋在撒谎，她在撒谎。"

她说着说着，已经分辨不清这到底是过去还是现在，她慢慢弯下了身子，抱住膝盖蜷缩着。

"真的不是我做的，是她陷害我，我真的是右手拿的。"

"怎么了，这是？"刚从厕所回来的兰迪看着这里三层外三层的，刚要拨开人群进去，却被人一把推开。

男人快速拨开一条路，不顾所有人的看法，弯下腰，摸着童雀的脑袋，眼神里夹着心疼。

"童雀。"他轻声叫道。

听到熟悉的声音，童雀将脑袋从臂弯里抬起，满脸泪水地看向他："我真的没有。"

"我相信你。"

他的声音仿佛是一剂良药，安抚着焦躁不安的她，她起身乞求道："颜泽，带我离开这里，去哪里都好，只要离开这里。"

颜泽将她一把搂住，然后狠狠地瞪着众人："滚开！"

组委会的人对此表示不悦，有人骂道："保安呢，是谁让他进来的？"

还是程夜蕾率先认出了他，她在导演耳边说了句话，导演忙跟组委会说清楚了，然后吩咐看热闹的人都回去比赛。

袁润秋看着那对离开的男女，眼睛里露出一抹胜利者的得意。

天气有些闷热，怀里的人却不住地颤抖，像是在害怕。

颜泽十分后悔自己没有早点到，尽管他在收到了消息后用最快的速度赶来了，却还是晚了。

他小心翼翼地把她放到车上，替她系好安全带，看着平常巧言善辩的人变得沉默寡言，双目无神，他心里很不是滋味。

他发动汽车，却忽然听身边的人道："我想出去散散心。"

颜泽瞥了她一眼，她正望着窗外，玻璃窗上映着她呆滞的表情。

"好。"

车内一阵无言，颜泽很想知道到底发生了什么，让她变成这样，但目前最关键的是，让她的心情稳定下来。

车一直开到了海边，熄了火，颜泽看向她，她呆了呆，才解开安全带，下了车。

感觉到身旁的人，她扭头道："我想一个人静一静。"

今晚的她格外安静，让人忍不住心疼，颜泽皱了皱眉，只得答应下来。

答应归答应，但颜泽担心她受了刺激会做傻事，便一直远远地跟在她身后，看着她。

夜晚的海风很凉，很轻，吹起了她脸颊边的碎发，也吹起了她的裙摆，听着浪花拍打着海岸的声音，她静静地发着呆。

颜泽也不知看了多久，她忽然转身，视线跟他的撞到一起，他还以为她又要支开自己，正要说话，却见她朝自己走过来。

然后坐在了沙滩上，海风将她的声音送到他的耳边："有件事，我放在心里很久了，六年过去了，我以为自己已经忘记了，可再遇到从前那些人，那些不愿让人想起的回忆还是无法阻挡地想起来了。"

向来有洁癖的他，也跟着坐在了沙滩上，安静地聆听着她的故事。

童雀一直是在福利院长大的，直到五岁那年，她被一对夫妻领养了，但后来主人怀孕了，所以又把她送了回去。一年后，她再度被领养，这一次，她被养到了十八岁。

他有些惊讶地瞥了她一眼，发现她在说起这些过往的时候，脸上始终带着淡淡的忧伤。

她一直以为，这对夫妻养她是因为他们的女儿身体不好，担心女儿随时会走，所以才领养了她。

后来她才知道，他们领养她，只是因为她的血型跟他们女儿的一样——都是 Rh 阴性血。

而她那个名义上的妹妹在十八岁那年会有一场大型手术，他们养她，只是因为担心女儿手术时找不到匹配的血型，所以才领养她，她是一头随时可以用的血牛。

明明是个人，却被当成血牛，没有人能受得了。

她当时就想着，反正在福利院也是被人欺负，在这里只不过是得不到父母的爱罢了。血牛就血牛吧！总归吃得饱穿得暖，没想到妹妹总是仗着自己身体不好欺负她。

起初在家里妹妹只是在养父养母面前冤枉童雀经常欺负她、打骂她，养父母因此对童雀更加恶毒。到后来，在学校里，她联合同学排挤童雀，甚至后来还屡次实行了陷害。

童雀的嘴角勾起讽刺的笑："我一直期待十八岁那年可以把我的血给她，因为我听到养父母答应妹妹，只要手术成功，就立刻罢养我。"

颜泽一直知道她的过去是难以启齿的，却没想到是这样令人心痛，是这样血淋淋的伤疤。

他有些不忍地想要抱抱她，却被她笑着拒绝了。

她笑着继续说下去。

童雀终于还是等到了那天，她输了好多血，这也是她出生以来第一次住了那么久的医院。等她醒来后，他们带着她去做罢养手续，然后给了她一笔钱以及一张机票，美其名曰，送她出国。

她忽然一改沉重的口气，看向颜泽，轻笑着问："你是不是觉得我很贪财？"

第十五章
纸短情长啊，我们逃走吧

颜泽的确一直觉得她有些过分爱财，可现在这么一听，他只觉得心疼得很，于是他摇了摇头。

童雀又继续说道："我没收他们的钱，只拿了那张机票。想不到吧？离开前，我还很霸气地跟他们说了句'以后我都不欠你们了'，然后非常帅气地离开了。"

"我以为我的噩梦在十八岁那年就已经结束了，可是……"她脸上的笑容忽然收了起来，鼻尖止不住地发酸，"可我没想到，我又碰到了她，那个噩梦。"

说完，她已泪流满面，却又强撑起笑容看向他："你看，我有没有那种老套小说里倒霉女主的潜质？哎呀，那些女主可都坚强得很，都不会哭的。"

忽然，童雀眼前一黑，颜泽修长的手遮住了她所有的视线。

他轻轻吻了吻她的嘴角，然后将她按进自己的怀里："没有噩梦，以后我会陪着你，没有人敢欺负你。"

童雀心里淌过暖意，这些天被颜泽照顾的所有感动顿时化为了心动，她被冰冻着的心出现一丝裂痕，开始被温暖包裹。

她顺着他的腰际，回抱住了他。

“她刚才又一次陷害了我，明明不是我，可她还是说了谎。哎，我怎么都该回击她才是，可是刚才的场景跟以前太像了，我觉得自己好像还是有些怕她。老颜，你说我怎么就这么胆小呢？”

颜泽把她抱得更紧了，心里满是怜惜：“以后跟着我，你不敢动手，我替你动手。”

“这可是你说的哦！”童雀忽然想起了什么，又道，“你该不会又跟我要出场费吧？我可没那么多钱给你！”

颜泽轻轻笑起来，替她顺着脑后的头发：“不会，以后我的钱就是你的钱，你想要多少都行。”

闻言，她离开了他的怀抱，高兴地看着他：“那多不好意思，哈哈，我要是告诉你，我只是在装可怜博同情，你会不会打我？”

他只是淡淡地看着她微笑，眼睛里满是深情：“以后你说什么，我都信。”

听见告白，童雀还真有点不好意思，他将她回忆往事的痛苦驱赶了一半，她难为情地别过脸去，轻声道：“谢谢你相信我。”

“嗯？”她说得有些轻，他没听清。

她忽然转过脸来，笑容灿烂地看着他：“老颜，我们在一起吧。”

海风轻轻吹起她的声音，也将她一头短发吹得更乱了，两人的心脏节拍空前一致，水天一线，他们坐在沙滩边，融入这无边的夜幕中。

“好。”颜泽看着她许久，轻柔地划开她额头的碎发，在她额间落下一吻。

不带丝毫情欲。

他揽她入怀，两个身影就这么紧紧地坐在海边，听着海浪声，看着无边的暮色。

他的心跳声有节奏地在她耳边回响，虽然回忆依旧令她痛苦，可她发现，隐藏了这么多年的痛苦回忆，第一次对人说出口后，那种感觉就好像是，从此痛苦有人分担了，她将不必独自面对痛苦，不必再将痛苦闷在心里。

这一天，对于童雀而言，是痛苦的，同时，她又觉得十分幸运。

多年后，童雀始终都可以记起那画面，在她受千夫所指时，那道令人心安的身影如天神降临，解救了她，在她心间注入一道清冽的山泉，让她干涸了多年的心田重获新生。

两人在外面吹了海风，直到后半夜才回车里睡觉。

童雀很早就醒了过来，然后就一直看着身旁的颜泽，他那无懈可击的脸让她有种赚到了的感觉。

她的手指轻轻沿着他的面部线条在空中描绘着。

造物主还真是偏心，竟然把颜泽造得这么好看，在画到他的唇线时，她的手指忽然被他咬住。

她被吓了一跳，见他睁开眼，被抓包的她脸红得不敢看他："你是不是早就醒了？"

他轻轻舔了舔她的手指，她的身体颤抖了一下，赶紧缩回了手，捂着脸："流氓！"

他低哑的声音清晰地从她耳边传来："到底是谁一大早醒来就沉迷于我的美色？"

童雀摊开手，好奇地上下打量着他："你真的是颜泽吗，你怎么会说出这么羞耻的话？"

感受到她的视线，颜泽忽然老调重弹，将她的座椅放倒，欺身而上，温热的气息喷洒在她耳际："更羞耻的话还有，你想听吗？"

最后几个字，他帅气的脸结合那丝若有似无的笑意，让人不想歪都不行。

他的热气已经让她的心脏狂跳不止，她捂着嘴，口齿不清道："不听，你这个流氓！"

他却邪魅一笑："流氓？"他的眼珠一转，似是在思考这句话中的含义。

然后趁她不备，他轻轻地咬上她的耳垂："这才是耍流氓。"

童雀的小心脏已经快跳到喉咙口了，吓得上气不接下气："颜泽，你可别乱来啊！这可是外面！"

颜泽眼里带着笑意："那老婆的意思是，我们回家做？"

见他越来越靠近的脸，童雀抿着唇，别过了脑袋："你……"脸却一下被他掰正，并快速吻了上来。

他的吻如蜻蜓点水，在她还没反应过来的时候就已经离开，然后他坐回了原位，好像什么都没发生一样。

她愣了半晌，还保持着躺下的姿势，就听他道："怎么，还想继续？"

她马上坐正了身姿，脸红到耳根，不敢再看他一眼，嘴里骂骂咧咧："禽兽，衣冠禽兽……"

颜泽笑着发动了车子。

忽然，他咳嗽了一声，觉得有些头昏脑涨，看来是昨晚的海风吹得太久了。

颜泽开着车，发现她的眼神又带着忧伤，他空出只手握上她的手，轻声询问："怎么了？"

她扯出一抹笑意："颜泽，我们逃走吧。"

颜泽瞥了一眼她手上的手机，稍稍一想，便明白过来，她大概是看到了什么刺激的消息了。

"好。"

见他答应下来，童雀很开心，但她也知道他在这里还有家人，她不能这么自私，她立马摇了摇头："开个玩笑，你别当真。"

"没事，最近我工作也很累，我们可以顺便出去旅游。"

童雀黯淡的眸子里瞬间露出光亮，扑闪着大眼睛，一脸崇拜地看向他："真的吗？"

"当然，你想去哪里？我让叶嘉订机票。"

"还真是说走就走的旅行啊！"

原本童雀还想回家拿些行李之类的，但颜泽铺张浪费的毛病又上来了，愣是拉着她直接往机场去，说是要用什么可以到了那里再买。

童雀也不会开车，所以只好听他的了。

她觉得自己迟早有一天要被他带坏，这么乱花钱，还真是又爽又心疼啊！

机场门口。

叶嘉早已候在那里，将前往塔希提岛的机票递给颜泽，并用一种凝重的神情看向他。

颜泽秒懂，温柔地冲童雀道：“在这里等着我，我交代叶嘉一点事。”

叶嘉愣神，别说太太，他觉得自己一个男人都快要被颜泽温柔的语气给迷住了。

童雀乖巧地点点头，然后站在原地，百无聊赖地看着机场周围。

颜泽见她并没有注意自己，才收起了轻松的神情，凝神道：“到底是怎么回事？”

叶嘉简单地把昨天的事情说了一遍，然后道：“太太被取消了比赛资格，这还不算完，场内还有人拿手机拍下了这段视频传到了网上，还说了一些很难听的话。”

原来她昨晚经历了这些事，他有些心疼地攥紧了拳头，从叶嘉凝重的脸色上看出了些什么：“公司现在怎么样？”

叶嘉微不可见地叹了口气：“公司的董事说，要辞退太太，而且设计部的人也分成了两派，长此以往下去，恐怕……”

这样，即便是花费一番力气留下童雀，在这样的环境里工作，想来童雀也会受不了。

颜泽沉默了一会儿，道：“网上的事先解决，公司里的事暂时压一压，说等我回来再处理。”

“好的。”

见叶嘉就要离开，颜泽又喊住他：“去查查那个说看见经过的女人是谁，用尽一切办法，让她出面解释这件事。”

叶嘉点头。

“万一我妈打电话来公司，你就告诉她，我出国有事，顺便把童雀也带走了。”

“好的。”

交代完一切，叶嘉开走了他的车。

他走过去叫了童雀一声，她却依旧站在原地看着远处。

颜泽拍拍她：“怎么了？”

她指着门口的这条路：“还记不记得咱们是怎么认识的？”

颜泽点头：“你碰瓷后认识的。”

原本还冷静地思考着命运真奇妙的童雀，听到这话笑疯了，哭笑不得地咆哮道：“我说了，我没碰瓷！”

颜泽揉揉她的头发，笑起来：“我知道，开玩笑的，走吧，快到登机时间了。”

她又看了一眼远处，才跟着他走了进去。

经过安检，两人上了飞机。

童雀系好安全带，向空姐要了条毯子，随即问向颜泽：“说真的，你好歹也是个霸道总裁，怎么不买架私人飞机？”

她只是开个玩笑，没想到颜泽还真的认真地给她分析了一遍买飞机的利弊，让她叹为观止。

“你认真的样子跟天桥底下贴膜的真像。”

“天桥底下贴膜的有这么帅？”

“天桥底下贴膜的帅不帅我不知道，但如果你去贴膜的话，就有了。”

等童雀反应过来，才发觉这话是在夸他。

她笑起来：“老颜！你心机可真多啊！”

颜泽不置可否，替她盖好了毯子。

童雀安静下来，睡了一会儿，她忽然感觉整个人失重，身体一颤，猛然从睡梦中惊醒，她扭头看了看边上，发现他因为被她打到，也醒了过来。

“怎么了？”他问。

她摇摇头，没了睡意，刚刚睡醒的她，大脑还处于混沌的状态，干脆看着外面的景象发呆等待清醒。

“其实我一直想出去旅游，可就是没钱。”童雀看着窗外的蓝天和白云，露出孩子般的笑容，“老颜，我发现嫁给你简直太幸福了。”

“真的？”

她一脸庄重肃穆的表情，用力点头：“当然！我现在可以告诉你，你完全做到了‘霸道总裁’这四个字，霸道地给我买买买！现在又霸道地带我来一场说走就走的旅行，有钱就是任性！”

颜泽笑起来，忽然凑近了她的耳际，缓缓开口：“以后你也会知道，嫁给我会很——‘性’福。”

后面两个字的音调被他格外加重了，童雀就算不多想也想歪了，她红着脸看向窗外。

看着她这副模样，颜泽勾了勾嘴角，不再调戏她。

看着窗外的蓝天白云，想到自己现在正在天空中飞翔，童雀闭上了眼，想象自己是一只鸟，翱翔在天际。

十八岁以前，她的翅膀被人折断，蒙上了灰尘；这双翅膀，她藏了六年，失去了太久，竟让她用起来不太灵活了，所以才会让她习惯性地以为自己还是那只被人折了翅膀的鸟。

是时候擦干净翅膀上的灰尘，学习如何飞翔了，让那些欺负过她的人后悔曾对她做过那些事！

下了飞机，颜泽发了条朋友圈，配图是童雀的背影：“来一场说走就走的旅行。”

最先评论的人是万芳：“我儿媳妇怎么样了，没事吧？好好照顾她，告诉她，咱们家的人都相信她，带着她好好散散心。这几天公司的事就别管了。”

看到她的评论，颜泽才想起来忘记屏蔽他妈了，不过万芳会这么回答，他十分意外。

他回复：“妈，放心吧。”

到了酒店，两人决定先去买几套换洗的衣物。

去海边，当然得买比基尼了。

虽然在国外生活了那么多年，但童雀总归是在国内长大的，她的思想比较传统，有点接受不了穿两块布就出门，于是，她穿了件防晒罩衫。

买完后，两人顺便吃了个午饭。

按照童雀的作息时间，加上旅途奔波，她这会儿应该睡个午觉才对。

童雀发现，颜泽定的房间，只有一张床。

她犹豫了。

即便他们两个已经确定在一起了，可她并没有做好要跟他那个的打算，况且她对那事是有阴影的，高中时她曾目睹两个男生看小电影，她好奇地凑过去，看到那画面时，她对那事产生了反感的心理。

“怎么了？”见她愣着发呆，颜泽轻轻弹了下她的脑门。

她揉揉脑门，犹豫着不知道该怎么开口，一脸欲言又止的模样。

她明显有话要说，颜泽干脆坐了下来：“说吧，你想要说什么？”

她抬眼瞥了瞥他，打着商量道：“能不能再定一间房？”

颜泽挑起眉梢，明白了她的纠结和犹豫，心里有些失落，但前段时间被拒绝他都没放弃，现在他们都已经在一起了，他还失望什么？

于是他装作没什么的样子，抬手揉揉她的头发：“当然可以。”

她松了口气的样子映在了他眼里。

颜泽很快就在隔壁开了一间房，并在离开她的房间前，在她耳边吹了口热气，让她忍不住脸红心跳。

“来日方长。”

童雀背靠房门，按着胸口，自从玩了微博，什么字眼都变了颜色，就好像这四个字中的第二个字。

她甩了甩脑袋，试图将那些龌龊的思想甩出去。

爬上床没多久，她就进入了梦乡。

颜泽回到房间，脸上的笑意敛起，他看了看安安静静的房间，盯着阻挡着他视线的这堵墙，他真想，砸墙！

当然，他是不可能这么做的。

颜泽无奈地进去洗了个澡，正要休息，就接到了程昱的电话。

电话刚接通，就听到他酸溜溜的语气：“哟，咱们的工作狂还会出国旅游了？”

“有什么事吗？没事的话，我要睡觉了。”

“大白天的睡觉，你是想要白日宣淫？”程昱今天这嘴毒辣得很，也不知道是怎么了。

“你吃错什么药了？”

“我还要问你吃错什么药了呢？！”程昱忽然抬高了音量，让颜泽有些不知所措。

他对着电话大骂：“没良心啊！咱们不是说好了，等老爷子八十大寿结束你才公布你们的事吗？”

颜泽错愕，瞬间明白了程昱打这通电话的目的，他是来讨伐他的。

“我什么时候公……”颜泽说了一半，忽然想起了那条朋友圈。

“你说啊！你再说你没公布？”他的声音听上去带着几分威胁和冷意，“我都截图了！颜泽！你发朋友圈好歹屏蔽我妈啊！”

颜泽稍稍回想了一下自己发的内容，他挑了挑眉，脸不红心不跳：“我要是没记错的话，我只说了我在旅行，并没有公布这件事。”

“你是没说，但你妈说了，我妈跟你妈是好朋友！”

程昱一想到刚刷到朋友圈，看到万芳评论的“儿媳妇”三个字时，当下心惊肉跳起来，联系颜泽删掉，却怎么都没反应。

事情果真如他想的那样，他妈的电话很快就打来了，问他知不知道颜泽已经找了女朋友的事，他当然说不知道，然后他妈就急了，让他赶紧回去，他不肯，他妈说要是不带个女朋友回去，他就永远别进程家的大门。

这能忍？于是他就找到了罪魁祸首身上。

“所以，你应该去找我妈，如果你跟我妈好好商量，我妈兴许会帮你跟你妈解释。”

程昱差点吐血：“我妈现在最见不得的人就是你妈！她如果接到你妈的电话，会觉得她是在讽刺她，到时候倒霉的人是谁，还不是我？”

听着那头咆哮的声音，颜泽躺到了床上：“还记得几个月前你告诉我的方法吗？好了，我就帮到这里，我先睡个午觉。”

程昱对着电话吼，让他别挂电话，可没良心的颜泽还是挂了电话。上周他可怜兮兮地跑到他这里来求他教他怎么追女人，亏他还亲自传授他实战多年的经验，没想到他竟然恩将仇报。

他又骂了几句，想到颜泽最后说的那句话，他陷入了深思。

几个月前教他的方法，随便找个人带回去？

不，他程昱是那种人吗？他绝不能为了敷衍家人而带个自己没兴趣的女人回去，更何况从他懂事开始，就没哪个女人能熬过他的保质期。

过了保质期，那可就不新鲜了，还有什么意思？

带回家，势必就得忍着保质期，烂了馊了也得捂着，他可做不到。

此刻，站在异国他乡的街头的他，很是困扰，烦躁之下，他点了根烟。

忽然肩膀被人拍了拍，程昱转过头去，就看到一个长相英俊的外国人微笑地看着他。

“有事吗？”程昱用英语问道。

那外国人冲他挑了挑眉：“有兴趣跟我喝一杯吗？”

程昱愣了愣，那男人朝他抛了个媚眼，程昱只觉得起了一身的鸡皮疙瘩，避如蛇蝎般的跳开几米远：“滚开！”

外国人瞪了他一眼，转身离开。

即便人已经走了，程昱依旧觉得浑身不适，他本能地打了个冷战，对自己产生了怀疑，难不成自己看着很像是他的同类？

真是冤枉了，他可是大直男！

程昱撇了撇嘴，心想：果然英国遍地都是基。

正要回酒店，却听身后传来一声清脆的女声：“请问你是 gay 吗？”

她说的是中文，如果忽略她话里的内容，只听声音，程昱还是很有兴趣的，但经过刚才那个误会，让他生出些厌烦来。

他理也不理这个看上去还挺对他胃口的女孩，直接离开了。

因程昱的抱怨，颜泽打开微信，看了看朋友圈。

程昱妈妈回复万芳：“什么情况，你儿子结婚了？”

万芳回复程昱妈妈：“快了，到时候请你喝喜酒啊！”

他隔着屏幕都能感受到万芳的嘚瑟以及程昱妈妈的恼怒。

颜泽和程昱从小一起长大，原先程家还没搬出去的时候，两家人每天都会互相串门，那时候，两家人最喜欢攀比两个孩子怎么怎么样，以至于程昱妈妈和万芳成了暗中较劲的劲敌。

从小时候的比学习，到后来比考上什么学校，再到后来比什么时候结婚……

颜泽一直以为自己最后可能会听从家里的安排跟圈里的人联姻，可他逐渐发现，圈里的人，都沾染了太多的骄傲和利益，他完全无法接受跟那样的人结婚，他宁可找个不认识的人。

想到自己跟童雀定下的荒唐契约，他觉得有必要作废了。

童雀这一觉睡到了傍晚，醒来发现天色昏暗，她整个人都有点蒙，顿时有种“我是谁，我在哪儿”的感觉。

她坐起来发了会儿呆，拿起手机，发现一通颜泽的电话都没有。

难道他也还在睡？

她有些不信邪地打了电话过去，直到听到电话那头温润的声音，她才下意识地松了口气：“你在睡觉吗？”

颜泽沉默了一会儿：“你该不会睡到现在？”

她干笑几声，解释道：“其实我是在倒时差。”

房间的门很快被敲响，她对着电话问了句：“你在我的房门口吗？”

“嗯。”

童雀打开门，发现颜泽穿着的正是白天她挑的那身橘色夏威夷度假风热裤套装，她握着他的手，上下来回看，接着露出了满意的笑容。

她拍拍他的肩，正经道：“看吧！我就说很好看，你要相信一个设计师的眼光！”

下午买的时候，她一眼看中这一套，觉得一定很配颜泽，尤其是他这种穿什么都好看的衣架子，更应该什么款式都试一试。

看了看她身上依旧是来时穿的衣服，他眉头蹙起：“你怎么没穿？”

“你瞎了吗，我这不穿着衣服？”

他拧起眉头，低头看着身上的衣服，觉得自己穿这衣服很傻。

他真是疯了才会选择穿这套，想到刚才在房间里选衣服时，他脑海里闪过下午她说过的话：“这套跟我买的那件连衣裙好配，跟情侣装一样。”

于是，他鬼使神差地拿起了这套换上，没想到她竟然没穿。

童雀扭头往外面看，然后说：“你等等。”

话音刚落，房门被关上，徒留颜泽在门口纠结，到底是回去换下这套花蝴蝶一样的衣服，还是不换呢？

最后，他决定还是换掉。

当童雀打开门，两人皆是一愣。

“你怎么换了？”两人异口同声。

颜泽满心懊恼，童雀却捂着嘴笑了起来。

她拉着他的手：“走吧，我们出去逛一逛，睡了一天了，咱们的夜生活，开始了！”

感觉到握着自己的那只手，颜泽瞬间什么不开心的事都忘记了。

童雀本想先吃点东西再去海边，但酒店的人告诉他们，海边有流动的餐饮，于是，两人空着肚子前往。

捧着个冰镇椰子，童雀觉得自己都已经喝饱了，却忽然闻到了很香的味道，那味道绝对是肉！

还混合着一种很熟悉很熟悉的令人心情愉悦的清香。

到底是什么东西？

颜泽看到原本走得好好的一个人，忽然开始用力地在空气里搜寻着味道，跟条狗似的，童雀的鼻子仿佛成了GPS，两人没有约定好要去的地方，他也就随她去了。

他的鼻子没她的灵，所以当她的“GPS”真的将两人导航到了一家店门口的时候，颜泽愕然地看向她。

童雀却早已忘记身旁还有个人，直盯着面前发出诱人香味的鸡肉。

她的英语不算好，尽管有些磕磕绊绊，但还是向老板问出了想问的问题。

“这是什么东西？好香啊！”

老板一早就注意到了这位客人，因为她闻香味的样子太过夸张和用力了，但看着是个不错的人，老板冲她笑了笑，说道：“这是玛阿。”

“玛阿。”她念着这个名字，觉得这个名字太过奇怪，不过名字不重要，好吃就行。

“好的，给我来一块。”

老板笑了笑：“上一份已经卖完了，想吃还得等半个小时，要不你过一会儿再来？”

童雀干脆利落地摇头，半个小时而已，那她就等一等呗，顺便跟老板聊聊天，了解了解当地文化，还能提升自己的英语水平，一举多得，不亏！

或许是她的样子看着很有亲和力，老板还真的跟她聊起天来，给她讲解玛阿的做法。

制作方法比较原始，却很简单，将食物包裹在香蕉叶里，放进地炉，接着用炽热的火山岩以及石头覆盖在上面，焖至五六个小时，再打开就能食用了。

听着简单，但只有这里的环境才能做出这道菜，因为火山岩不是哪里都有的。

童雀听着觉得稀奇，又将这话告诉了一旁的颜泽，然后神神秘秘道："你说，马可波罗是不是把叫花鸡也给带出中国了？"

颜泽看着她，十分镇定地说："马可波罗是意大利人。"

被点出错误的某人先是一愣，接着还强词夺理："意大利人怎么了，你就不允许他中途去别的地方旅个游？说不定是中途船坏了，被这座岛上的原住民给救了，然后为了报答他们，就把叫花鸡的方法教给了他们。"

听着还真有点道理，颜泽没想跟她争，于是哭笑不得地点了点头。

童雀本想大快朵颐，但刚才真的喝了太多椰汁，撑得慌，无奈之下，只好把大半只都让给了颜泽。

然后她摸着满是胀感的肚子，可怜兮兮地看着颜泽吃，他每吃一口，她那眼神就好像是他把她的肉给吃了似的。

他便提出给她打包一份带回去，她却摆摆手，说明天再吃也行。

两人走在海边消食，海风吹起了她的碎花长裙，侧开的设计露出了她大半条白皙的长腿，她却恍然不觉地蹲下来堆沙子，像个孩子。

颜泽居高临下地看着她："大晚上堆沙子，你看得见？"

她却一脸神秘地回头嘘了一声："地上有张钱，我在假装堆沙子。"然后拿钱。

"……"

颜泽现在很想发条微博求助网友——老婆是个财迷，怎么办？在线等，非常急。

握着这张钱，童雀的表情像是得到了全世界。

颜泽的眉头动了动，道："不是应该拾金不昧吗？"

"你说的貌似是个成语。"

"嗯。"

"成语是国内的，而塔希提岛隶属法国。"她的言外之意就是，拾金不昧在这里不存在。

“……”颜泽愣神，还有这种操作？

童雀拉了拉他：“走，我请你喝一杯。”

到光线较好的地方看了看，她捡到的是面额为五百的太平洋法郎，折合成人民币，大约是三十块钱，她想了想，觉得还是收藏起来比较有意义。

晚上九点，正是热闹的时候。

两人来到了酒吧，从外面都能听到里面的歌声，童雀好奇地走了进去，然后到吧台坐下，服务员问她要点什么。

在她开口前，颜泽率先替她开了口：“替她来一杯可乐。”

童雀和那服务员瞠目结舌，童雀用中文轻声道：“颜泽，这是酒吧，没人点可乐！”

“你难道忘了你喝醉酒会做出什么蠢事？”

“啤酒才会让我做蠢事，相信我！我点鸡尾酒！”她转身对那服务员道，“给我来一杯，麦泰。”

那服务员点点头，最后又看了一眼她边上的颜泽，调酒师才开始调她的酒。

“啤酒都能让你做蠢事，还有什么酒能拯救你？”他毫不留情地戳穿。

“……”童雀败下阵来，只好改用撒娇的手段，她摇着他的手臂，“就让我喝一杯吧，都说这里的鸡尾酒很出名，你就让我喝一杯吧！好不好？我保证！绝对不会干蠢事，要不一会儿回去你把我绑起来！”

颜泽心想，她喝醉酒就喜欢亲人，他干吗还把她绑起来？

但不知道她喝鸡尾酒后会不会吐一床呢？

如果吐了，不就能跟他睡了？

这么一想，颜泽也就同意了。

愚蠢的童雀还以为是自己撒娇成功了，哪知道颜泽的脑回路跟山路十八弯似的。

颜泽也跟着要了一杯麦泰，是在童雀的强烈要求下点的。

还说他绝对会爱上她的安利。

想着两个人都喝醉不太安全，颜泽也就应了。

由于只能喝一杯，童雀十分珍惜这一小杯鸡尾酒，小口小口地抿着，并且小心翼翼地偷偷看颜泽。

一旁的服务员用自己的思维方式脑补了一场女朋友要喝酒，男朋友嫌贵不给喝的小剧场。

服务员笑着摇了摇头，又看了一眼衣冠楚楚的颜泽，心想，这人看着穿得挺不错的，没想到对自己的女朋友这么抠门。

感受到服务员那古怪的眼神，颜泽回看了他一眼，他很快避开，装作没看他的样子。

再联想下午程昱发给他的消息，说今天他两度被人认作是同性恋。他顿时觉得这服务员看他的眼神里仿佛充满了暧昧。

他抖了抖身子，喝完了剩下的酒，对童雀叮嘱道："我去趟厕所，别乱跑，听见了没？"

童雀双手捧着酒杯，乖巧地点头。

见颜泽离开，服务员看了看童雀，问："小姐，要再点一杯吗？"

闻言，童雀脸上露出了期待的神情，一口喝掉了剩下的酒，然后递上空酒杯，催促道："快点！趁他还没回来，快帮我冲一杯一模一样的！"

服务员拧了拧眉，最后还是照做了，很快就递了一杯上来。

他们的对话被边上正在点酒的一个男人听得一清二楚，他瞥了一眼童雀，她小巧的五官以及巴掌大的脸让他莫名地生出一种亲切感来。

他上前道："中国人？"

听到陌生的声音，童雀心下警惕起来，扭头一看。

男人额前散着一抹碎发，五官精致，身材高挑，笑容和煦，让她不禁在心里发出感叹：好帅！

童雀心底的那点警惕立刻散去，随即而来的是异国他乡遇老乡的亲切，她点点头："你也是？"

他点头，然后坐下，看了看周围："跟男朋友来的吧？"

她惊讶："你怎么看出来的？"

他想起了刚才那一幕，答非所问：“这是我长这么大以来，第一次跟女孩子搭讪，”然后叹了口气，“没想到对方还有男朋友了。”

童雀干笑了几声掩饰尴尬，心想自己什么时候变得这么抢手了，难不成是这段时间桃花运比较旺？

她转移话题：“你是一个人来的？”

“对，”他扭头点了一杯跟她一样的麦泰，“工作太累，偷偷出来放松放松。”

听到“工作”两个字，童雀脸上的笑容稍稍敛起了些，他眼尖地感觉到了一丝端倪，问道：“你叫什么名字？”

“童雀，你呢？”

他眼珠一转，正好看到一脸铁青朝他们走来的一个让人无法忽视的男人。

“童雀，我记住了，不过你男朋友来了，下次有缘再碰面，你分手了可一定要告诉我啊！”说完，他喝掉酒，直接走出了酒吧。

颜泽过来的时候，正好听到了他最后那句话，他表情阴冷地坐了下来。

就离开这么一会儿，就有人来勾搭他的老婆，要不是那人跑得快，他能忍？

他扭头一看，童雀抱着酒杯，眼神躲闪，吹着口哨，却是个哑巴哨。

“心虚什么？”

她嘿嘿笑了一声，解释道：“你别误会啊，刚才那个帅哥只是看到了同胞才跟我搭讪的。”

“嗯，帅哥？”

他嘴角微动，看得她本来挺坦荡的心顿时虚了起来：“我那是站在比较客观的角度表达我对他外貌的看法，他的确很帅。”

感觉到颜泽吃人般的眼神，她忙加了一句：“不过还是我们家老颜更帅一点。”

第十六章

莫道桑榆晚，养你足够了

颜泽的脸色这才好看了些。

“还是我们老颜更大方，你说那人搭讪也不请我喝一杯酒。”

这话听着还不错。

看着颜泽跟个孩子似的，童雀在心里佩服自己竟然就这么三言两语把这家伙给哄好了。

忽然，他凑到她耳边：“所以，刚才你们聊了什么？我似乎听到了分手。”

她忙整理表情：“哈哈，你可真幽默，我怎么会提分手呢？你听错了，我们提的是粉丝，对！我们提了粉丝。”

“粉丝，你确定？”

“对啊！”童雀的眼神闪躲，“走，老颜，你一定是酒量不好，酒精上脑听错了，我带你去唱唱歌，跳跳舞，你很快就清醒了！”

她拉着颜泽的手，带着他走到海滩边，幽暗的灯光下，还真有原住民弹着吉他在唱歌。

纯粹而又干净的声音响在每个人的耳朵里，虽然大家大多语言不通，但这一刻，音乐到达了每个人的心里。

两人刚走了几步，唱歌的人似乎换了一个，声音干净得像个大男孩。

走过去一看，那人穿着背心，弹着吉他，不正是刚才跟她搭讪的男人吗？

她当下去看颜泽，果然见他脸色微变，大概也认出了这人。

颜泽正准备拉着人回去，却听后面响起欢呼声：“这首歌，献给刚才我人生中搭讪的第一个女孩。”

童雀如鲠在喉，顿时觉得身旁的气压都变低了，她看了看颜泽，小声道：“老颜，你脸红了，肯定是喝醉了，喝醉就会产生幻觉，产生幻觉就容易出现幻听，所以你现在看到的一切都是不真实的。”

她一边给颜泽催眠，一边拉着他赶紧离开了这个是非之地。

这都什么玩意儿？

她觉得那个男人一定是在整她，对，他就是在离间她跟老颜之间的感情。

她深吸一口气，这刁民居心叵测啊！

回到酒店，颜泽的脚步忽然加快，她的腿比他的短，有些跟不上，她刚出了电梯，他就已经到了房门口，刷了房卡关上了房门。

童雀在门口怔了怔，委屈地看着紧闭的房门，然后认命地拿出自己的房卡，正要回去，手却陡然被人一扯，房门一关，颜泽沉着脸，给她来了一个壁咚。

她仰视着他，左手轻轻地拉了拉他的衣摆：“不要生气了好不好？我连他叫什么名字都不知道。”

“你是怪我回来得太快，让你没有机会听他说自己的名字？”

“……”童雀叹了口气：“你明明知道我不是这个意思。”

“那你是什么意思？”

“我……”她抬头，“我们别为了一个不相干的人吵架，好吗？”

她眼神里的怯弱让他不忍，他开始慌了，明明知道这不是她的错，他不该生气，可他还是无法控制地吃醋了。

童雀的唇突然被吻住，细细密密的吻铺天盖地而来，一瞬间，她觉得自己像是沉入了水底，只能借他来呼吸。

他搂着她的腰，旋转起来，像是要跟她跳一曲圆舞曲。很快，童雀感觉到背后一软，接着两人倒在了柔软的床上。

天花板上的灯光明暗有度，他眼睛里的光芒比灯光更灼人。

“给我，”他像是有些不自信，末了又补充一句，“好吗？”

童雀盯着他仔细地看了好久，久到他以为她就要拒绝他，她却忽然道：“好，但是，不能是现在。”

他不解，眼里的火光还未褪去：“为什么？”

童雀抿了抿唇：“因为我们现在在吵架，我不想在这种时候发生些什么，那样，就好像是我在补偿你，而爱，是平等的。”

她的话让颜泽幡然醒悟，他翻身躺在她边上，跟她一起看着天花板发愣。

良久后，颜泽的声音从童雀的耳边传来：“对不起。”

“你吃醋了？”她翻身，趴着笑他。

见她笑了，他的心情也莫名地好了起来，他抓过她的手指，轻轻咬起来：“对，我吃醋了！”

“一个陌生人的醋，你也吃，你怎么比女人还会吃醋？”童雀抽回了自己的手。

“那你是女人，你怎么不吃醋？”

“我现在怎么吃醋呢，你身边有别的女人吗？”

“……”他忽然觉得自己很亏，凭什么都是自己在吃醋，而她从来没为他吃过醋？他竟然很想看看她为自己吃醋的样子。

颜泽忽然上前，一把抱住坐在床中央的童雀：“今晚别回去了，就睡这里吧。”

她敛起了笑容，脸顿时就红了起来。

这样的邀请，意味着什么，她很清楚。

她羞红着脸道：“不行。”

“我们现在似乎并没有在吵架。”

“我那个来了。”

颜泽愣住，茫然地问道：“什么那个？”随即很快明白过来，他的老脸也跟着红了起来，“那也留下来，我什么也不做。”

见他坚持，童雀只好答应了他，并回自己房间拿了套衣服。

或许是下午睡得太多，又或许是时差的缘故，童雀睡不着，她刷着手机，发现关于她毁了正式选手设计的视频都消失了。

视频是消失了，但更加激起了网友们的愤怒，就好像是印证了那条爆料，说她是有后台的人。

不管是什么比赛，只要扯上后台这种事，即便她有再大的能力，都会被黑料遮盖。

她忽然看到了一条微博，是叶子发的："她毁了我的设计，没有一句道歉，公司到现在也没有辞退她，我不知道她到底有什么手段，但这么重要的比赛，她能做出这种事，就证明她有恃无恐。今天甚至有人来约谈我，让我发声这件事并非她所为，我为这个不讲道理的世界而心痛，也为我被毁的设计而心痛，我不会受任何人的威胁，即便是被赶出去，我也会继续设计。"

底下的评论清一色地在安慰她，让她少安毋躁，恶人自有天收。

童雀看着这些根本就不清楚事情原委的评论，看着他们不停地骂着难听的话，心里虽然很气愤，却又无能为力，就连她自己也开始困惑了。

难道真的是自己毁了她的设计？

不，当时她明明是右手拿的盒饭，在她摔倒的当时盒饭就倒了一地，又怎么会碰到她的作品？

掀开被子，颜泽躺了进去，发现她的情绪有些低落，再看她手机屏幕上的微博界面，立刻明白了。

他夺过她的手机，放到了床头："睡觉的时候别玩手机。"

她知道他的意思，却还是想拿回手机："还给我，我睡不着。"

"躺在床上玩手机对眼睛不好。"

"那你说我睡不着，我该怎么办？"她转而看向他。

"你不闭眼，怎么知道睡不着？"

"我闭了。"

"闭一会儿就能睡着，你是睡美人吗？"

"……"她哭笑不得，吵不过他，干脆放弃拿手机，侧过身体躺着。

他伸手关了灯，对着她侧着的方向躺下。

房间里很安静，她出声道："网上的视频是你让人清理干净的对吗？"

原来她已经看到了，他只好承认："嗯。"

"其实你不用这么做。"她的声音里带着叹息，"不管怎么清理，他们还是会那样认为，没用的，更何况，嘴长在别人身上，他们爱怎么说就让他们说去吧。"

"可你还是很难过。"

她不置可否地苦笑："是啊，我还是很难过。"

尽管知道别人说什么跟她无关，可她依旧无法控制地难受。

落地窗外透进来明亮的月光，在这个远离尘俗的小岛上，月光干净得让人称奇。

所以她才想要逃离那个国度，甚至希望一辈子不要回到那个地方，那个地方总是让她伤心难过，她有些心灰意冷了。

可即便逃走了，伤痕永远存在，就像是月亮，每个月按时变化，从圆到缺，弯月依旧皎洁，缺的地方并不是消失了，缺处依旧存在，它会时不时地出现，叫嚣着自己的存在，让人永远无法忘记它的存在。

童雀清楚地明白这一点，但她依旧想要瑟缩在阴暗的角落里，暂时逃避这些纷纷扰扰。

人就是这样，明明知道逃不开，却依旧想逃，他们躲在自己给自己编织的美梦里，告诉自己不去管，不去看，或许就能够忘记这些事，就好像什么都没有发生过。

但是美梦终究只是一个梦，人不能总是活在梦里，梦醒了，就必须接受残酷的现实。

"要不，我们明天回去吧。"许久后，她这么说道。

身后很久都没有人回答，他大概是睡着了吧，她这么想着，却听他道："没关系，我们可以再多住几天。"

"可是你的公司呢？"

他平时有多忙，她是知道的，她内疚自己任性地把他带走，但她又自私地想要他陪着自己，不让她一个人待在一个陌生的地方，那种感觉，就好像六年前，她独自一人逃了出去。

“公司有叶嘉，还有其他董事。”为了让她安心，他覆上她的手臂，“放心吧，不过是几天而已，我每年都有假期，从来没休过假，累积了这么多年，大概有一年可以不用工作了。”

“一年不工作，那公司怕是要倒闭了。”她忽然开起了玩笑。

听到她的笑声，他勾起嘴角，将她揽入怀里：“就算倒闭，养你一个也够了。”

她很感动，却还是不放过这个机会开他玩笑：“如果你妈听到你说的这些话，可能会讨厌我这个儿媳妇。”

颜泽听她这么说，非但没反驳，反而拿起手机，推推她，待她转过身来，递到她面前，示意她看。

“躺在床上看手机对眼睛不好。”她挑了挑眉梢，讽刺道。

颜泽哭笑不得，真是惹不得她，她太会记仇了。

说虽这么说，但童雀还是接过了手机，她看到颜泽发了条朋友圈，配图竟然是她的背影，再看到底下万芳的评论，她忽然就呆住了。

慢慢地，她的眼眶有些湿润，视线开始模糊。

手机屏幕的光照亮了她的脸，颜泽悄无声息地替她擦干眼泪：“怎么了？”

她猛地抱住了他：“老颜，咱妈真好。”

颜泽听到她说“咱”这个字，心里有些得意，却口是心非：“咱妈好，那我呢，我不好吗？”

童雀笑起来：“怎么，你连妈的醋都吃？”

她缓了缓又说了一句：“原来有家人的感觉这么好。”

做什么事都有人陪着，不用独自面对黑暗，更有人为她撑起一片天。

他有些心疼地将她抱得更紧了：“嗯，以后谁也不能欺负你，只有我能欺负你。”

她忽然一把推开颜泽，噘着嘴抱怨道：“老颜！我这么可爱！你还要欺负我？”

月光驱散了房间里的黑暗，看着她黑珍珠一般的眼睛，他只觉得被深深吸了进去，然后吻了上去。

她稍稍一愣，也开始回应起来。

房间里的落地窗正对着一望无际的大海，海面平静，树影随着微微而起的海风斑驳着月光，房间里的人纠缠在一起。

干柴烈火，孤男寡女，什么都不做？她就知道男人说的话不能信。

该发生的都发生了，只是缺了那临门一脚，颜泽有些憋屈地看着笑得狡黠的她："今天第几天？"

她气喘吁吁地平复了一口气，不答反问："我们什么时候回去？"

"还有几天结束？"

"我在问你。"

"再玩三天吧。"颜泽答，然后又不死心地问，"还有几天结束？"

她皱眉："还有三天啊！"

颜泽叹了口气，做出了让步，那就再等三天。

再把人给吃了。

他起身去了趟厕所，冲了个澡才降了火。

清晨的第一缕阳光照进房间的时候，童雀就已经醒了，即便是早上七点，外面的风景就已经美不胜收了。

她甚至可以清楚地看到沙滩上追逐打闹的男女，堆着沙堡的孩童，戏水浅游的旅人。

窗外阳光正好，仿佛睁开眼就是希望，就是快乐，如果能够一辈子生活在洋溢着快乐的世界里，似乎也很不错。

她翻了个身，少女心爆棚地描摹起颜泽的脸部轮廓，就着上一次没有画完的地方，继续画起来。

终于画完了他的嘴唇，她收回了手，情不自禁地上前轻吻了他的额头。

他似乎还没有要醒来的意思。

她先回了自己房间。

站在阳台上看外面的风景，早上的阳光已经有些热，混着海风却异常地温柔起来。

当她冷静下来的时候，即便是看着这样美好的风景，眉头也忍不住皱了起来。

只有在没人的时候，她才会露出这样的表情，她一旦有心事，就会一直搁置在心头。

有些事，即使没有提起，也会一直萦绕在心上。

所以到底是做还是不做呢？

“童雀。”

她听到有人叫她，下意识地回头，却发现并不是颜泽在叫她，叫她的人站在左边的阳台上。

竟然是昨晚在酒吧遇上的那个同胞。

他穿着白衬衫，眼睛在阳光下熠熠生辉，笑容温柔得好似一个大男孩，他朝她招手：“好巧，没想到你就住在我隔壁。”

童雀下意识地看了一眼右手边的阳台，心想颜泽应该没听到吧？要是被他听到，她可就又得哄着他了。

不过她对这个大男生的第一印象很好，所以并没有因为害怕颜泽生气就疏远他。

“是啊，很巧。”

“我昨天唱给你的歌，你听到了吗？”

童雀有些遗憾地摇了摇头：“不过我听到你前面唱的歌了，你的声音很好听，跟专业歌手似的。”

她有些恨恨地说：“昨天我男朋友生气了，你害我哄了好久。”

“是吗？我只是觉得你很眼熟，让人觉得很亲切。”他有些不好意思地摸了摸鼻子，还有些不知所措，“你不要误会，我没那个意思，昨天也只是开个玩笑。”

童雀笑起来：“我知道的，他比较爱吃醋，你别放心上。”

颜泽房间的落地窗开了一条缝，他偷偷摸摸地利用窗帘遮挡着身躯，两人在外面的对话他听得一清二楚。

他本来打算出来打断两人的对话，听到童雀提到男朋友他才收回了手，想听听她在别人面前是怎么说他的。

他很爱吃醋吗？

颜泽哼了一声，正要离开，却听到男人说：“你看上去似乎不太开心。”

童雀眼里闪过一抹惊讶，随即微勾嘴角：“人总会有些烦恼。”

“没错，”他似乎很有见解，“我就是因为太烦了，所以出来避一避，想假装什么事都没发生过，让自己放松放松，才瞒着所有人出来的，想必现在他们都忙着找我吧。”

她有些意外，他的笑容看上去那么富有感染力，也会有烦恼吗？

“你有什么烦恼？”她翻了个白眼，说笑道，“难不成是太多人追你，你觉得烦？”

他没有否认，反而认同地点头：“是啊，就是太多人追我了。”

看来是为了感情而烦恼啊。

“不过，你这么做可不好，你的朋友会担心你的。”她还是忍不住玛丽苏了一句。

“你知道那种被身边的人背叛的感觉吗？就是那种明明共患难过，却因为忍不了同富贵而背叛你的那种。”

童雀耸了耸肩：“我没有富贵过，谈何背叛？”

她的话成功地逗乐了他，她又道：“看样子，你比我要惨，我只是因为工作，你却因为感情和朋友。”

“听起来好像是这么回事。”他脸上的笑褪去，忽然看向她，“不说我了，说说你吧，你为什么不开心？”

童雀这些天一直在想这个问题，她为什么不开心？或者从某种意义上来说，她从来没有真正开心过，因为从前的那些阴影笼罩在她心头，她没有解决，一直积压在心底。

所以这一次的陷害成了压死骆驼的最后一根稻草。

面前这个连姓名都不知道的陌生男人，忽然让她有了一种想要倾诉的欲望，然后，她真的开了口。

“不瞒你说，我被人陷害了。”她陆陆续续地将设计现场的始末说了个干净，就像对着树洞那样。但不同的是，面前这个树洞，会听，也会回应。

“我到现在都不明白为什么，我可以确定我没有毁了那个人的设计，可她的作品的确被毁了。”

他摩挲着下巴，一脸深思熟虑的模样，念叨着：“她不会为了陷害你而毁了自己的设计，因为这个比赛对她而言，也很重要，是吗？”

她点头。

他的手搭上护栏：“那么如果是她自己不小心毁了作品，然后又不想把这个机会让给你呢？”

童雀像是被人点醒了一般。

她之前的确产生过这种念头，但被自己否决了，她不相信会有这么巧的事。但既然不是她做的，也不是叶子故意做的，那么他说的那种可能也是有可能发生的。

这世上本就有很多的巧合，不是吗？

“你就是因为这件事逃出来的？”他盯着童雀上下左右不断地看，看得童雀也不好意思起来，然后又道，“我说你怎么这么眼熟，原来微博上说的那个就是你？”

没想到竟然被认出来了，童雀非但没有跟这人一见如故想要抱头痛哭一场的感觉，反而有点想找个地洞钻进去。

这种感觉就像是她找了个树洞倾诉，结果这个树洞说出了令她不堪的话。

“我还有事，我先走了。”她立刻竖起了周身的刺，不给身后的人一个解释的机会便离开了阳台。

男人无奈地叹了口气，笑了笑，真是个倔强的丫头。

回到房间没多久，颜泽就过来了，他温柔地询问她要不要跟他下楼吃早饭。

童雀摸摸肚子，的确是饿了。于是她换了一套衣服，换完后却被颜泽重新推进了房里。

她穿着一身黑色，半身长裙侧开，既保守又不失性感，尤其是上身的无袖短衫，紧紧包裹着她的重要部位，交叉的黑色带子一直从纤细的腹部交织到后背，露出一大片雪白的背。

“换一件。”颜泽神色凝重。

她诧异出声：“干吗，这衣服不好看？不会啊……”看到他眼里的不悦，她忽然明白过来，“你该不会是觉得这衣服露太多了吧？”

没有出声的他印证了她的猜想，她捂脸：“你要不要这么大男子主义啊！我就喜欢这件衣服，显得我身材好，你居然敢说我这样穿不好看？”

他沉默不语，依旧不妥协。

别的事，他可以妥协，但这件不行，正是因为她这样穿太美，太让人移不开眼，所以他才会这样要求。

童雀无语到不知道该怎么说服这个男人，她忽然觉得有点心累，想转身冷静一会儿，正要转身，却忽然被他推到床上，他就这么对着她的背吮吸了起来。

她心跳加速：“老颜！你干吗呢？大白天发什么情？！”

他却不放弃地吮着，她趴在床上没有主动权。

良久，他才放开了她，勾唇邪笑起来：“可以了，我们下楼吧。”

童雀即使看不到也能猜到背后现在肯定有明显的吻痕，她不禁脸一黑：“颜泽！你给我滚出去！”

然后，颜泽心满意足地滚了出去。

房间里的童雀有些烦躁，她容易吗？出来玩就想美美的，看到自己美美的，心情才会好。结果……这家伙是属狗的吗？

看着镜子里那明显的吻痕，她叹了口气，打开箱子，最终屈服在颜泽的淫威下。

房门打开，颜泽脸上的笑容一僵。

只见童雀挑了挑眉，嘚瑟地吹了一记口哨，关了门朝外面走去，她身上穿的依旧是刚才那一身。

再看她的后背，雪白背脊上的吻痕不见了，取而代之的是一朵红色的玫瑰。

童雀非常高兴，幸好那天出去的时候顺便买了几张文身贴。

她觉得在这件事上，绝不能退让，每一次的退让，只会让颜泽的大男子主义更加严重，所以她得让他习惯，他的老婆是个服装设计师。

别的地方她可以没有自主权，但在穿着上，她必须有自己的原则。

酒店一楼往左是餐厅，酒店提供早餐。

一路上，童雀背上的纹身引来路人的频频侧目，尤其是一些较为保守的黄种人，甚至还有几个人说着日语的，问她可不可以让她拍一下纹身图样。

看对方是个女人，童雀欣然答应了。

对方很高兴地拍了一张，说是回国后也要纹一朵玫瑰。

等童雀花蝴蝶一般走过来坐下后，颜泽咬牙道：“你什么时候纹的身？”

她点完餐，道：“就在你出门后，拿文身贴贴的。”

他没想到竟然还有这种操作，失误。

童雀觉得有必要就这个问题跟颜泽好好聊聊：“我觉得这件事，我们得好好聊聊。”

颜泽挑眉看向她。

“你要明白，我是一名服装设计师，别的方面，我可以听你的，在穿着上，我必须自己做主。”她皱起眉头，担心他会不同意，“你不能这么霸道，很多事我得自己决定。

“就比如，女孩子都喜欢穿得美美的，穿得好看心情才好，你明白吗？”

颜泽吃了一口早餐，狐疑道：“女人穿得好看不都是为了给男人看的？”

这话让童雀大跌眼镜，她突然有些抓狂：“你真是让我刮目相看，我还以为你跟别人不一样，没想到你竟然也是个直男！我跟你说，女人穿得好看不一定是给男人看的，大多数时候，她们都是穿给女人看的。”

“穿给女人看？”颜泽对此深表怀疑，“难不成她们都是蕾丝？”

童雀无语地叹了口气，继续说教：“趁着今天这个机会，我就给你好好说一说。

“我先给你打个比方，都说大学是个整容院，你看看工科类大学和文科类大学，是不是工科类的大学里会打扮的女生比较少，而且技术普遍不太好？而文科类大学，几乎遍地都是美女，是颜值高的女生都报考了文科类大学吗？”

她双手交叉做了个“No”的动作：“这是错误的，因为女生多了，所以她们会比美，一个穿得好看就会影响全寝室的人，一个会打扮的人就会影响全寝室的妆容，这就像是多米诺骨牌。因此，文科类大学打扮精致的人大有人在，这是女人之间无声的战争，就像后宫里的女人会争宠一样，这是女人的天性。

“而你所说的给男人看，那不过是大部分直男癌男人的自作多情罢了。”

一次性说这么多，童雀觉得口干舌燥的，她将服务员刚端上来的果汁一饮而尽。

“所以，你明白了吗？”

颜泽似懂非懂地点头又摇头，他的表情让童雀很无奈，她当然希望他能理解，否则再说一遍多累？

在她即将开展第二轮攻势的时候，他叹了口气，终于妥协道：“虽然我还是不明白，但这件事是我做得不对。”

她期待地等着他说完：“以后我不会插手你的穿着打扮。”

童雀这才露出了胜利的笑容，开始放心地吃早饭。

“其他方面都听我的，这可是你自己说的。”颜泽嘴角微扬，就像是个喜怒无常的孩子。

“……”

这让童雀心里一度很慌张，总觉得这家伙有别的阴谋，不过好不容易说动了他不要插手她的穿着，这话又是她自己说的，她能怎么办呢？

算了，以后慢慢调教吧。

吃完早饭，两人听酒店的人说了当地的娱乐项目和冒险活动后，决定去潜水，其他的项目听上去都挺有难度的而且似乎比较危险。

在这上面，他们的意见倒是空前的一致。

在教练的带领下，两人换上装备，到了十米区域深潜。

海水真的很清很亮，甚至还能听到咕噜咕噜的海水流动的声音，有一瞬间，童雀感觉自己穿越到了海洋世界。

各种各样的鱼在身边游来游去，对自己这个大家伙的到来表示习以为常，为了拍这些东西，童雀一个没留神，脚被海胆给扎了。

不过看到相机里记录下的这些美好瞬间，她又觉得被扎得值得。

回去的时候，颜泽替她处理了伤口。

中午吃的西餐，即便在国外闯荡了那么多年，童雀依旧吃不惯西餐，最后沿途吃了小吃才得以果腹。

童雀抬头，看到天上的小黑点，那是滑翔翼，她忽然就来了兴致。

她扯了扯颜泽的袖子，一脸期待：“颜泽，我们去玩那个吧？”

颜泽顺着她的目光看去，然后又低下头瞥了一眼她的穿着：“你确定穿这样去？”

童雀正想反驳，脑补了一场春光乍泄的场景后，她还是顺从地回酒店换了套裤装。

待看到某人一脸灿烂的笑容后，她顿时有一种他终于奸计得逞的感觉。

翱翔在天空中，童雀开心得大叫，她想要宣泄出心底所有的烦闷和苦楚，她自由自在地大叫，她爆发似的大叫，她满腔激情地大叫……

听着她的叫声，颜泽勾了勾唇。

然后，教练顺着风转变方向，颜泽的脸色突然有点难看。

下来后，童雀还停留在翱翔于天际的自由与畅快中，嘴里说个不停，诉说着刚才怎么怎么刺激，怎么怎么开怀，然后扭头，就看到颜泽靠在墙上，脸色很难看。

她敛起笑意，担心地问道：“颜泽，你怎么了？”

颜泽朝她摆摆手，朝前摇摇晃晃地走着，她担忧地跟上去，看到他停在了垃圾桶边上，然后——吐了。

颜泽咬牙：“要不是你坚持要去玩那个，我能这样吗？”

“我只说了我玩。”

“……”

她一个女人，他能放心让那身材魁梧的教练带着她一个人上天？

他的样子有些狼狈，童雀看着却笑了起来。

他在她印象中都是高高在上，高雅矜贵得如同贵族甚至是神祇一般的存在，现在她发现他似乎越来越接地气了，有了一个正常人的感觉。

她上前扶住他，歉疚道：“好了好了，都是我的错，我向你道歉。”

“道歉有用的话，还要警察做什么？”

她却眼睛一亮："老颜，可以啊，经典偶像剧台词都知道。"

他傲娇地扭头，独自往前走："总之，你欠我一个人情。"

她笑起来，上前扶住他："可不止啊！我还欠你一万〇八百六十一元三角！"

他停住脚步，嘴里再度吐出一串数字："加上这次旅行的花费，再加上别的，你大概欠我十万。"

她尖叫出声："不是吧？这么贵，你又买什么了？"

"再加上上次的赔偿费，你大概欠我六十万。"他抬了抬眉，凑近了些，"你打算怎么还？我比较推荐肉偿。"

说完他顺便在她耳边吹了一口气，只是轻轻一吹，她的脸却红了大半，她羞愤地收回扶住他的手："流氓！你这跟黄世仁有什么区别？"

这话倒是提醒了颜泽，他抓紧了她的手："所以这就是你给我的号码备注黄世仁的理由？"

她惊讶地看向他，他怎么知道她给他这么备注的？

"你看了我的手机？"

他摇头："这就要说起你上次喝醉酒的时候了。"

在听了颜泽说完她是怎么欺负那个路人，然后才被带回家后，童雀一度庆幸，幸好已经过去那么久了，否则还真够丢脸的。

原来自己喝醉后，真的会干蠢事。

以后还是别喝酒了，果汁对身体好，对，喝果汁。

由于颜泽一直头晕想吐，两人便回了酒店。

颜泽洗了个澡，那股难受的感觉依旧萦绕在心头，于是准备睡个午觉。

今天做了好多事，说实在的，童雀也累得够呛，洗了个澡以后，也躺下睡觉了。

醒来后，她看了看窗外一片黑暗，蒙了好久，吹了一下午的空调，还真有点难受，她打开窗到阳台上去吹海风。

在阳台上，她又碰到了那个不知姓名的男人。

他似乎有些歉意："抱歉，我思来想去，或许是我早上说了什么话戳到了你的痛处，希望你不要介意。"

童雀摇摇头，后背倚着栏杆，深呼一口气：“你并没有说错什么，你不需要内疚，我只是过度敏感了。”

这里的海风有一种魔力，能吹走心底的燥热，并且让人冷静下来。

他感觉她还有话要说，所以静静地聆听着。

“我有一种感觉，那种感觉告诉我，其实我们不应该逃避这一切，因为我们不可能逃一辈子，我们总是要面对那些讨人厌的事的。”

他点点头。

“就比如，你有家人有朋友，这是斩不断的关系，你还能躲到哪里去呢？”

他认同地点点头：“你说得对，所以你决定去洗刷自己的冤屈了吗，去揪出那个陷害你的坏女人？”

她忍不住笑起来：“对，我得面对了。”

面对她逃了十八年的噩梦，被那一家人领养后的每一天，都是一场噩梦，她必须得面对了，否则，那些阴影依旧会笼罩着她，然后等到另一根稻草来临，她这匹骆驼又要被压倒了。

“既然躲不掉，那我们就面对吧，去把那些伤害我们的人给揪出来，虽然不至于要让他们得到应有的惩罚，但也不应该这么懦弱地躲在这地方苟且偷生。”

童雀心里忽然有一种想要跟他成为知己的冲动，当然，她也这么做了。

阳台距离并不远，她伸出手：“认识你很高兴。”

他怔了怔，笑着握上她的手：“我也是，一直忘记告诉你我的名字，我叫顾景。”

她挑了挑眉：“顾景，很好听的名字。”

但怎么这么熟悉？好像在哪里听到过。

第十七章
你眉眼如画，我怕失去你

顾景见童雀对自己的名字毫无反应，也不再多做解释，反问："吃过晚饭了吗，要不要一起？"

童雀摇摇头："虽然我还没吃，不过你也知道，我男朋友爱吃醋，就不一起了吧。"

顾景耸了耸肩："没想到出来玩还被塞一嘴狗粮，走了。"

童雀去敲了颜泽的门，结果好久都没人开门，她不禁怀疑他是不是不在房间，可电话打过去，房间里响起了他的手机铃声。

无奈之下，她只好去找了前台。

因为她和颜泽是一起来的，所以前台很快就联系了服务人员替她开了房门。

她开了灯，灯光驱散了房间里的黑暗。

看到床上的颜泽，她下意识地松了口气，服务人员也随即离开。

她轻轻叫了一声："老颜！懒猪！起床了！"

可他没有一点要醒来的意思。

这么能睡？

她过去推了推他，却被他灼热的体温吓了一跳，抬手抚上他的额头，她尖叫出声："老颜！你怎么了？别吓我！"

顾景正好从门口路过，听到童雀的声音，当下就走了进来，询问道："怎么了，出什么事了？"

童雀有些手足无措："他好像发烧了，但是发烧应该也不至于……"

顾景过去探了探颜泽的额头，果然很烫手："先给他物理降温吧！"

童雀给他拿冰块降温许久后，仍是没见他退烧，再一看，他的嘴唇都有些发白了。

无奈之下，她去敲了顾景的房门。

两人将颜泽送进了当地的诊所，医生说是他受了很大的刺激造成的心理和生理上的影响，才导致高烧不退。

所幸的是人没什么大碍。

可没看到人醒来，童雀始终放不下心。

两人站在病房里，童雀看向顾景："谢谢你，今晚真的给你添麻烦了。"

顾景摆摆手："我没事，只要他没事就好。"

说完他打了个哈欠，让童雀更内疚了："你回去休息吧，明天你还得赶飞机呢。"

顾景担忧地看向她："你一个人能行吗？"

她用力地点头："这里有医生，放心吧，不会有事的。"

顾景这才放心地离开了。

但即便是交了心，帮了忙，两人依旧没有给对方留下任何的联系方式。

这才是童雀向他倾诉的真正原因，他是一个永远也找不到的树洞，得到了安慰，不必去想对方对自己会有什么看法，不必因为对方的同情而感到负担。

看着床上昏迷不醒的人，她很内疚，她早该发现的，他当时下来的时候情况那么不正常，她却还笑他。

她甚至不敢去想，如果他真的出了事，她该怎么办。

加上这些天的委屈和憋闷，她小声地啜泣起来，但哭完还是得继续照看着他，直到看到点滴挂完，她才停止了哭泣。

折腾了大半宿，到了半夜三点，童雀终于抵不过困意，睡着了。

不知过了多久，颜泽总算醒了过来，感觉到明显不舒服的床，他皱了皱眉，睁开眼，却看到一片白，白得晃眼。再一看，童雀坐在椅子上，双手做枕头，趴在床上睡着了。

他稍稍一动，她就醒了过来。

就像神经衰弱的人，听到针尖落地的声音也能醒来那样。

童雀睡眼惺忪，本能般的朝床上的人看去，当看到他也看着她时，她眼圈一红："老颜，你终于醒了，你知道我多担心吗？"

他伸手抚上她憔悴的脸，摸了摸她肿胀的眼皮，明显是哭了很久的杰作。

他心头一动："知道。"

她噘着嘴，委屈出声："知道你还睡了这么久，吓死我了，我还以为我成寡妇了。"

他忍不住笑出声来，她夹着泪水也跟着笑了。

一晚上的惊心动魄总算是过去了。

出院时，她一直紧紧地搀扶着他："老颜，以后说什么你也不能逞强，要是难受早点跟我说，行吗？"

他无奈笑道："雀雀，你别把我当成孩子。"

这是他第一次用这么亲热的语气叫她的名字，让她一时有些不知所措，但更多的是甜蜜，是开心。

她又岔开话题："我不这么说，我怕我真成寡妇！"

他忽然握紧了她的手，凑到她嘴角落下一吻，然后妖孽般的在她脖子上吹了一口热气："你放心，我做鬼也不会放过你的。"

"人鬼殊途！"她忽然眼睛一亮，笑道，"我要是真成了寡妇，我就是富婆了，到时候还怕找不到我的第二春？"

"你敢！"

他一下扑过去轻咬她的脖颈，她一边躲着，一边道："我怎么不敢？你要是再这么吓我，我直接去找第二春！"

正好到了两幢房子中间的过道，颜泽拉着她，一下给她来了个壁咚："真的？"

周围的人虽然不多，但总归是有人的，正好走过去两个女人，笑着看向他们。

童雀她有些不好意思地避开了他的视线："当然是——假的。"

他嘴角微微上扬，显示着他的好心情，他凑到她唇边亲了一口，然后将她搂进了怀里："吓坏了？"

"当然！"她紧紧地回抱住他，"你都不知道你当时有多吓人，要不是隔壁的顾景，我都不知道怎么把你这个大高个给带走！"

颜泽的笑容一僵，低头看向她："顾景是谁？"

她一愣，发现自己说漏了嘴。

再一想，顾景已经离开，更何况他也帮了他们的忙，应该没事，便把昨晚的细枝末节都告诉了颜泽。

颜泽听后，倒是变得平静了许多，却依旧拧着眉："那我去谢谢他。"

他可不想让童雀欠那个长相优异的男人这么大一个人情。

"他应该已经回国了，早上八点的飞机。"而现在已经九点了。

颜泽最终还是放弃了向顾景道一声"谢谢"，毕竟人已经走了，还是一个路人，心想这人情就这么欠着吧。

想着颜泽这身体才刚好，童雀也没什么心思去外面玩，两人最后一天便待在了酒店里。

童雀开始整理照片，然后将自己没有入镜的照片发到了微博上。

配文："都说旅行会让人的心情变好，可暂时的快乐就好像美梦不能成真一样，是时候站出来面对一切啦！"

之前的热度下来后，虽然"蛇姬"这个号掉了将近一万粉，但只要她一发微博，还是有不少人给她评论。

"拍得好好看，不过什么叫站出来面对一切？"

"翻译：最近过得不太好，所以为了躲开烦恼出去旅行，虽然心情好了很多，但总归不能解决问题。"这条翻译被顶到了热评第一，大家都佩服他的阅读理解能力。

"目测是塔希提岛，被称为最接近天堂的地方。"

“我也去玩过，塔希提岛真的很好玩，安利大家！”

评论还在往上涨，有不少安慰她的，童雀看后不禁起了个念头，要是他们知道她就是视频里毁了别人设计的设计师，会不会也跟颜泽一样相信她？

童雀苦笑一声，算了，有些事既然没可能发生，就不要去想了。

却忽然刷到一条热搜，让她有些讶异。

顾景消失

她下意识地点进去，最上方一个导航显示着顾景的微博，以及不少微博账号发的顾景的照片。

新闻配着一张顾景着一身黑，戴着口罩，压低帽檐，手推行李箱的照片。

新闻内容写道：“消失近一个月的顾景低调现身会和机场。据悉，顾景于上月传出跟经纪人不和后，消失已有一个月。而顾景跟现任公司的合约也只剩下三个月的时间，今日现身机场，一身黑色似乎寓意着他的黑色心情，看样子顾景与现任公司晖策前缘难续。”

评论里炸开了锅。

“小哥哥看上去好憔悴，心疼。”

“穿一身黑就黑色心情，那我穿一身红是不是就满堂红，小编不要带节奏好吗？我家哥哥跟经纪人以及公司的关系不要太好！就算解约又怎么样？”

“上个月刚开完最后一场演唱会，就不能休息休息吗，就非得像某些人一样火急火燎地接通告圈钱？”

“路人觉得这样挺好的，有工作有生活，不会跟某些人一样为了圈钱，什么通告都接，天天霸屏，看着都腻了，而且能自己独立当然是解约好，续约会限制自由。”

看着评论里火药味十足，童雀惊讶，顾景竟然是个歌手？

难怪他唱歌那么好听，难怪她觉得他的名字好像在哪里听过。

她回国才三个月，不经常看娱乐新闻，也就最近为了追剧才深入了解了一下。

她要是没记错的话，顾景似乎是《绝对女配》的男二曹魄的同门师兄来着。

要说她怎么知道得这么清楚，还是她当时觉得曹魄很帅，所以就搜了他的微博，然后不巧看到了曹魄发的微博，提到了师兄顾景。

还真是六度空间理论。

原本她跟曹魄是八竿子都打不着关系，这下借着顾景的关系，童雀顿时有一种整个娱乐圈都在她手上的感觉。

她有些后悔没有存顾景的手机号码。

不过后悔归后悔，在不知道他身份的时候存，是看中这段友谊，知道他身份后再主动去联系，不免有一种看中别人身份以便日后可以利用的感觉。

童雀虽然不性感，但是感性。

即便她是个财迷，却不喜欢用利益关系来衡量情感，感情是经不起金钱的衡量的，这是人性，所以能避免这样的考量就尽量避免。

阳台外的颜泽走了进来，见她一直在玩手机，他皱起眉头，想要抢，她却主动放下了，补了些防晒，披上丝巾跟他坐到了阳台外的椅子上。

听着海浪拍打着沙滩的声音，童雀的心也跟着静了下来。

童雀忽然道："我刚才才知道，原来塔希提岛是最接近天堂的地方。"

颜泽眼里露出惊讶，显然也不知道。

她开起玩笑："咱们这么早就来到了天堂，话说这天堂里原来也要用钱啊！"

颜泽转过头来，仔细地看着她。

她并不知道这一切，只是闭着眼，感受着热风在脸上吹过，抚摸着她的脸颊。耳旁还有人嬉笑打闹的声音，混着海浪声，戏水声，一瞬间，还真让她产生了一种来到了天堂的错觉。

或许这的确是天堂吧，这里充满了欢声笑语，至少看到的都是让人心生愉悦的一面。

两人晒了一会儿，太阳的势头开始大了，便回了房间。

看看电视，玩玩手机，时间也就这么过去了。

吃完晚饭，童雀正在自己房间里看着外面的夜景，听到敲门声，她开了门。

发现是颜泽。

“怎么了？”

他绕过她，走进了她的房间：“我房间的莲蓬头坏了，借你这里洗个澡。”

他说得一脸正经，童雀没多想，让他进去了。

她躺在床上刷微博，浴室的门“啪”的一声打开。

满室热气都跑了出来，颜泽只在腰间横了条毛巾遮挡重要部位，光着上半身。

虽然她已经看过一次了，但不得不说，颜泽的身材真的很好。

她别过了视线，他却非常自然地躺到了她边上，就像今晚要睡在这里似的。

“你干吗？”

“明天的飞机，时间是早上九点。”

“哦。”童雀应了一声，没管他，继续刷着手机。

她的手却蓦地一空，颜泽拿过她的手机放到了床头：“别玩了，先把正事解决了再说。”

“正事？”她放正了枕头，坐起来了一些，“什么正事？”

童雀话音刚落，颜泽就一下将她压倒，欺身过来，用极其诱惑的声音在她耳边吹热气：“你说呢？”

她当即明白过来，正想拿大姨妈来推脱，他像是看穿了她的诡计，立刻伸手探过去：“好像并没有。”

一想到他的手放的位置，她的脸瞬间红得跟熟透的虾似的。

“颜泽，你流氓！”

他的嘴角勾起一抹邪笑，眼里透着狡黠：“不流氓，怎么吃得到肉？”

“颜泽，你变了！”她惊讶地看向他，“你以前很正经的。”

“封印了太久，好不容易解开封印，总该释放一下，你觉得呢？”

童雀还想反驳，却被堵上了嘴，他对她上下其手。

房间里暗流涌动，感受到那层障碍后，颜泽更加兴奋，他低吟的声音在这唯美而又静谧的夜景中，将塔希提岛最后一晚的美好，进行到底。

翌日。

童雀睡得好好的，但总觉得脸上痒痒的，好像有什么东西在挠她的脸颊。

她很累很累，腰酸背痛，根本不想睁开眼，脸上却忽然被“吧唧”了一口，她想起了昨夜的情景，立即惊醒，警惕地捂着胸口看向某人：“你干吗，又来？”

颜泽的眼睛到嘴角，总之是看得见的地方，没有一处不在彰显着他此刻的好心情。

他很早就醒了，一直盯着他身边的人傻笑。

他将童雀掰过来，用力地吻上她的额头：“虽然我真的很想再来一次，但是现在已经七点了，如果再不走，恐怕要赶不上飞机了。”

他的话彻底驱散了她所有的睡意：“你早就醒了？”

“嗯。”

“那你怎么不叫我？！”

童雀连忙掀开被子，正要穿衣服，忽然想到自己身上什么都没穿，又盖上了被子。

见他眼睛一亮，她瞪过去，他才合作地转身。

童雀用最快的速度穿好了衣服，接着就看到不着一物的身躯站在自己面前。

她跳出三米远，手捂双眼，非礼勿视：“你干吗？”

“我昨晚没拿衣服。”

她惊恐地看向他，看到不该看的，又捂住眼睛：“你要这么过去？”

“我去浴室换衣服，再回房间拿。”

“哦。”

听着他窸窸窣窣换衣服的声音，童雀一直背对着他，不敢看。

然后是开门声，关门声。

童雀稍微理了理东西，坐在床上等敲门声，忽然，她被人从身后拥住，吓得她以为是色狼，颜泽松开了手，拉着她道：“走吧。”

走出酒店，看着周围已经完全刻进脑海中的建筑物，她忽然生出些不舍来。

颜泽揉了揉她的头发，问道：“不想走了？”

她点点头，最后还是该离开了。

看着那片纯净的海洋，她终于收回了视线，收起了那颗想要逃避的心：“感觉我们是来度蜜月的。”

“婚礼还没办，怎么能算度蜜月？”

“虽然顺序上不太对，但我们已经领了证，性质还是一样的。”

“怎么能一样？”颜泽摇摇头，笑起来，“你等着看吧，我敢肯定，咱妈连帮我们在哪里度蜜月都想好了。”

虽然跟万芳相处的时间不算太多，但童雀还是有些了解她的性格，她是一个很喜欢掌控家人选择的人。

童雀倒是无所谓，她正好是一个不喜欢做选择的人，所以一向喜欢身边的人有主见。

辗转了一天，两人终于坐上了回国的飞机。

童雀看着窗外，顿时有一种鸟儿回到牢笼的感觉，她忍不住叹了口气。

扭头却发现颜泽正盯着她，而且似乎盯了很久。

“你干吗？”她摸摸自己的脸，“难道是我脸上有脏东西？”

否则他的眼神怎么这么奇怪？

他握上她的手，微微一笑：“怕吗？”

她眉心轻跳，他没说，但她明白他说的是什么。

“别怕，不管发生什么，都有我。”

他的话像是一缕阳光，照进了她的世界，在那个黑暗的世界，他像是一个天使，降临在她最恐惧的时候，拉她出地狱，带她入天堂。

她心里一暖：“谢谢。”

为了不让他担心，她又补充了一句：“大不了我就不出去工作了，在家当个豪门阔太太也不错！”

他并没有安慰她，让她不要放弃之类的，只是不断地看着她笑。

当一个人真正难过的时候，最需要的不是安慰，而是冷静，是理解，过多的劝慰并不能缓解他们心理上的难过，能说服他们的只有他们自己。

一路上，空姐对他们格外殷勤，准确来说，是对颜泽格外殷勤，时不时地过来问候他需不需要毯子，见他拿了毯子，又问他要不要水。

童雀撇了撇嘴，真是世风日下，没看到颜泽身旁坐着个大活人吗？

两人终于回了国。

落地后，颜泽去了趟洗手间，童雀站在原地等他。

她发现不时有人指着她，对旁人窃窃私语，她有些不解，心想难道是跟颜泽在一起久了，所以顺带也提升了她的颜值？

她自嘲般的摇了摇头。

忽然，有人上前来，皱着眉打量着她，然后拿出手机对比一会儿后，确认道："你是童雀吧？"

童雀的直觉告诉她来者不善，她后退几步："请问有什么事吗？"

那张陌生的脸顿时变得凶悍起来："看看，这就是童雀！那个毁了别人设计作品的坏女人！"

机场里人来人往，还蹲守着不少年轻女孩，似乎是在等他们的爱豆，这些人也都是玩微博的，听到这个名字，立刻过来看起了热闹，甚至有人还加入到了讨伐童雀的队伍中。

"看看！别人因为她失去了比赛机会，她倒好，跑国外玩去了！"

"童阿姨！拜托你照照镜子，就你这大众脸，放到人群里找都找不到，你还穿什么名牌？"

"你知道什么，说不定这是她的后台给她买的！"

一瞬间，各种难听的话如流水一般向童雀袭来，她甚至不明白，这些人明明跟她素不相识，为什么能扯出这样一副嘴脸来指责她？就好像那件事是他们亲眼所见一样。

颜泽上完厕所，洗了个手，就接到了叶嘉的电话。

"怎么了？"

"颜总，出事了！"叶嘉的语气略急，还带着些凝重，"不知道是谁先领的头，网上开始出现一批人，将视频里太太的截图到处传，甚至还做成了表情包。"

颜泽好像听到外面人声嘈杂，他的右眼不停地跳了起来，接着想起了什么，快速地跑了出去。

正要推开人群，却听到童雀异常坚强地对上了那些疯狂的网友。

“我想请问，你们凭什么在毫不了解内情的情况下，就口出狂言？”

率先发现童雀的那个女人不满道：“我们就是了解内情才站出来替天行道的！有后台了不起啊，有后台就能欺负人？有后台就能不顾别人的努力，毁了别人辛辛苦苦设计的作品？”

被那个女人这么一带节奏，那些人立即硬气起来，甚至有人上前动了手。

颜泽见势头不对，立刻拨开人群，将童雀护在怀里，狠狠地瞪向周围的人：“你们干什么？！知不知道我可以随时告你们故意伤人！”

围着他们的几乎都是女生，一看童雀被人护住，本想连带着同伙一起骂，结果仔细一看，竟是个帅哥。

都不约而同地噤了声。

还是为首的女人冷笑一声：“告？你有种就告啊！你知不知道这个女人故意毁了别人的设计，你要是敢告，那么叶子也能告！”

颜泽想要反驳，怀中的人忽然扯了扯他的袖子，轻声道：“这是我的事，我自己来解决。你到外面去等我。”

“不行。”

童雀的声音异常清冷：“我躲了太多年，每次遇到不好的事，我就躲，这一次，我不想躲了，但我也想靠自己的能力来解决这些事，好吗？”

明明在几个小时前，他的童雀还是个快乐自由的姑娘，到了这片土地上，她像是穿上了一身羽翼，本能地将自己罩了进去。

他心疼地点了点头：“好。”

但他又怎么敢放心她一个人在这里？他悄悄地站在人群中，眼睛不眨一下地守着她。

那女人以为颜泽是听了她的话才离开的，当下笑了起来：“我就知道，刚才那帅哥三观挺正，知道你做出的恶心事，马上就走了。”

刚才还怯弱不敢上前的女生们忙拿出了手机，录视频的录视频，还有人直播，说遇到了童雀，直播怎么替天行道。

童雀看着这景象，冷笑一声，眼眶红得吓人，她环顾了一下四周：“你们仅仅听信那个人的一面之词，就相信她说的是内情？你们真的清楚那个比赛意味着什么吗，你们又知道些什么？

“我为了得到这个比赛的机会，夜以继日地画图，好不容易设计出来的作品，却因为上司欺压而被毁了设计图，让我失去了成为正式选手的机会。”

她抬高了声音：“这，就是你们说的有后台？！

“即便是成为替补，我也依旧不停地设计，为比赛做准备，我知道自己没有机会上场，但我还是做足了准备，我拿到的题目是‘春回大地’，可等我去拿材料和布料，只剩下主色调为黑色的材料。

“这，就是你们说的有后台？

“明明不是我毁了她的设计，却因为她的话，有人故意让我背黑锅，这件事就成了板上钉钉，我被除了赛。

“这！就是你们说的有后台？”

刚刚还熙熙攘攘的人群，顿时因为她的咆哮而安静了下来。

“我知道，你们都很善良，都想要帮助真正被欺负的人，但你们有没有想过，就是有人在利用你们的善良，欺负真正被冤枉了的人，而你们就是在用你们的善良，对被害者施加伤害！”

众人这些天一直听信叶子的一面之词，不是没有人质疑过，但童雀一直没有站出来否认，便让众人以为她是默认了自己的罪行，不敢站出来解释。

可这么一听，大家顿时觉得童雀似乎有委屈，至少她的神情看着像是被人冤枉的，与叶子发表在网上的那些冰冷的文字相比而言，真实存在的人说出来的话，更让人信服。

大多数的人沉默了，但依旧有自以为了解内情的人反击：“可是视频里明明有人亲眼看到你毁了叶子的设计。”

童雀轻描淡写地扭头看向提问的人：“如果我说，我跟那个人原本就有仇，你信吗？”

“你跟那人有什么仇？”

“无可奉告。”说完，童雀拨开人群，走了出去。

留下众人在原地面面相觑，有人狐疑出声："嘶，到底是谁对谁错啊？她这看着不像是演的啊！"

"这要是演的，那她大概能成影后了，我觉得她好像是真的被冤枉了。"

"啊，那叶子才是那个幕后黑手？"

"算了算了，不管了，这事没定下来之前，我不会再多评论一句了！"

有人将童雀咆哮的这段视频放到了网上，诉说着自己对叶子作品被毁一事的怀疑。

或许是因为这件事刚过去没多久，刚平静了两天，这会儿又来了第二弹，没多久就又被顶上了热搜。

童雀坐在车里，手肘撑在车窗上，吹着风，看着窗外的风景。

颜泽有些担心她会想太多，不时地看她几眼，想安慰，却又不知道该说什么。

"我想不明白。"童雀先开了口，她的声音轻柔，混在风中，更加缥缈了。

"什么？"

"你说，我就说了这么几句，她们好像就信了，要是叶子再说几句，她们不是又信了叶子了？"

颜泽嗤笑一声，像是在嘲讽那些键盘侠："这就是舆论，叶子也正是因为知道这件事没有人能证明你的清白，所以才制造舆论把火往你身上吹。"

"其实我更不明白的是，为什么我是不是清白的，是不是被人冤枉的，要交由这些完全不知道内情的人来判断，就好像，我只要博得了他们的认同，我就是清白的。可是……

"他们明明就是局外人，为什么他们能定我的生死？"

颜泽握上她的手，强劲有力的大掌给了她力量，却又不禁锢着她的自由。

她强扯出一抹笑意："抱歉，让你担心了。"

他叹了口气："雀雀，我们之间，不用见外。事实上，我也很享受这种能够帮你解决一切的感觉。”

她低下头，沉默了一会儿才又说：“这件事我还是想靠我自己。还有，公司那边，我也知道了。”

他目光一暗：“公司的事，你别担心，我会帮你处理，你就安心……”

“不用了，”她打断道，“我不想回去了。”

他眉头紧皱，将车停在路边，看向她：“雀雀，相信我，这件事我能摆平。”

童雀抬起头，释然地笑了笑，替他抚平眉宇：“我知道你能摆平，但是我不想回华锐，并不只是因为公司向你施压，更多的原因是设计部已经不是原来那个设计部了。

“如果我留下来，势必就不可能留下叶子，而且设计部的人跟叶子相处的时间比较久，他们会信她的概率更大。虽然我的清白不需要他们的相信来决定，但以后的工作，就会因此有更多的摩擦，更何况，陈总监对我也有敌意。

“你总不能为了我辞退整个设计部的员工吧？”

看着童雀的笑容，颜泽心里却生出苦涩来，他想替她解决这些事，想让她快乐，却发现这件事并没有他想象中的那么简单。

她说得对，这些的确是问题。

他有些愤恨地皱起了眉头，愤恨自己竟然连一个童雀都保不住。

童雀伸手搂住了他的腰，声音软软糯糯：“别自责，我不能总靠你帮我解决问题，我是个成年人，很多问题，我应该自己解决。更何况我也有自己的主意。”

她松开怀抱，伸出双手的食指，点上他的嘴角，替他拉起一个笑容：“笑一笑嘛，我都已经够难过的了，你也跟着难过，我还怎么开心得起来啊？”

颜泽忽然被她逗笑了，嘴角上扬，无可奈何地揉了揉她的发顶。

“真是拿你没办法。”

他发动汽车继续道：“既然这样，那我们就去做点开心的事吧。”

童雀脸一红，想到昨晚，他说的“正经的事”，那么会不会开心的事也是指那个？

再联想昨晚，她被他整得腰酸背痛，她的脸更加红了，小心脏“扑通扑通”地跳，她别开脸想要吹吹风，试图让自己的思想变得正经一些。

可一想到“正经”这个词，她就又不正经了。

待发现开的路似乎是前往郊区的时候，她终于发现这不是回家的路：“我们不回家吗？”

“时间还早，我们先去看奶奶。”

“哦。”

童雀平静了一秒，然后突然大叫：“什么，看奶奶？！你怎么不早说？我都没好好打扮！”

她纠结地对着镜子打扮起来，可看到自己素面朝天，加上刚才机场那一出小插曲，让她的脸色有些难看，她立刻就提出了反对意见。

“不行，今天说什么也不能回去看奶奶！”

“为什么？”

“我可是第一次见你奶奶，妆都没化，还穿成这样，老人家怎么会喜欢我？”她已经脑补了一场豪门世家对孙媳妇不满意从而棒打鸳鸯的大戏，“你忘了吗？要不是我出手，你妈现在还反对我嫁给你呢！”

他笑了笑，纠正道：“是咱妈。”随即微微眯了眯眼睛，含了一抹精光看向她，“哦？那你说说，你是怎么摆平咱妈的？到时候你也用这一招对奶奶就行了。”

她惊呼：“那怎么行？！”

颜泽却觉得她这表情里像是藏着什么事：“你是不是有什么事瞒着我？”

“怎么会呢？你想太多了。”她讪笑几声，不笑还好，一笑更让人觉得她在掩饰着什么。

他斜眼看她：“童雀，有没有人说过，你说谎的时候，笑容特别虚伪，特别假？”

童雀脸上的笑容一僵，“哈哈”掩饰道：“你是第一个这么说的人。”

颜泽深深地看了她一眼，然后继续往郊外开去。

离市区越来越远，高楼大厦也随之减少，多的是大片的田野以及田埂上的绿植，让人的心情不自觉地跟着放松下来。

吹着风，哼着小曲，两人到了一大片民房区。

这地方的房子比起市区的，就相当于豪华别墅跟商品房的区别，童雀有些诧异，颜家这么有钱，怎么让他奶奶一个人住在这地方？

于是，童雀脑补了一出万芳跟婆婆不对盘，然后跟丈夫搬出去住，从此以后老死不相……

呃，好像不太对。

想着想着，车已经停了下来，颜泽在她眼前挥挥手："发什么呆？到了，下车。"

"哦。"她解开安全带，推门下车。

刚站稳，就发现三米开外站着一个慈祥和蔼的老人，看上去不像是七八十岁的人，倒像是五六十岁，让人觉得格外亲切，而她身旁站着另一个表情严肃的老人。

颜泽下车，领着童雀走到两位老人面前："奶奶，爷爷，这是雀雀。"

之前万芳只提到奶奶，颜泽也只提了奶奶，童雀便理所当然地以为颜泽的爷爷过世了，现在才发现人家只是将奶奶家简略地表达为奶奶罢了。

奶奶和蔼地笑了笑，拉着她的手："你就是芳芳说的雀雀？"

芳芳说的雀雀……

童雀听了很想笑，然后她没忍住，真的笑出了声来。

她心里"咯噔"一下，希望奶奶不要看出她是在笑她，否则万芳没有得罪婆婆，她就要得罪她婆婆的婆婆了。

好在老人并没有跟她一样想太多，只当她是高兴，顿时看她也多了三分亲热，拉着她左看右看。

"爷爷，奶奶。"她跟着颜泽叫道。

"别把孙媳妇给吓到了。"颜爷爷道。

颜奶奶敛了敛笑意，冲着颜泽怪道："小泽也真是的，回来也不早说，走，雀雀，跟奶奶进屋去。"

"哦。"童雀心里只有她的那句"回来也不早说"，敢情颜泽没跟奶奶说？她咬牙看向他。

房子虽然不大，但非常温馨干净。

两位老人本就准备吃饭了，听到邻居的话，才走出来看看，没想到是孙子回来了，还带着他们的孙媳妇，这孙子随便吃点没关系，这孙媳妇可不能随便。

在童雀多次阻挠无效后，颜奶奶他们三人齐心协力又做了四个菜才终于开饭了。

奶奶一直热情地招呼着童雀吃菜："你也太瘦了，多吃点，吃点这个荤的，长肉！"

爷爷皱了皱眉，稍稍加重了音量："自己吃自己的，要你多事。"

奶奶一听就不乐意了："什么叫我多事？雀雀第一次到家里来，我不招呼她，她不好意思吃怎么办？"

颜泽在一旁说："奶奶，我来照顾雀雀吧。"

第十八章

你是穿堂风，此后都是你

这么一听，奶奶才放下心来，没跟爷爷计较。

来之前，童雀想象过颜泽的奶奶或许会是严肃型的，又或许跟万芳一样是看不起她型的，她想过无数种可能，万万没想到颜泽的奶奶竟然这么热情，一点也不排斥她，还把她当成了一家人。

饭后，童雀想要帮忙洗碗，被奶奶赶了出来，说是让颜泽带着她出去散散步。

院子外有一条不过八米宽的小路，路那边是一望无际的田野，风吹草低，蔬菜们茁壮地成长，果树结出了丰硕的果实，这一幕让人的心神奇地静了下来，也让生活的节奏慢了下来。

“你奶奶怎么这么接地气？”童雀问颜泽。

颜泽没理解她的意思：“什么？”

“怎么你奶奶跟一般人的奶奶一样，这么热情，一点架子都没有？”

他听后忍俊不禁，轻轻揉乱了她的短发：“说你傻你还真是一点都不谦虚。”

“……”

“我奶奶就是一般人，她还能怎么不一般，难不成她是外星人吗？”

她鼓起腮帮子转着眼珠子，好像这样能帮助她更好地解释似的：“我的意思是，你奶奶怎么这么快就接受我了？明明当初你妈……”

他又揉乱她的头发：“什么我妈？那是咱妈。”

她一把挥开他作乱的手：“干什么？有话好好说，别动手，头发都被你弄乱了！”

他两只手捏住她的脸颊，凑近了看着她。

见他凑近，童雀心里升起一阵异样的感觉，总觉得他会做出什么不文明的举动来，她左顾右盼，幸好没人路过。

“放手，脸都被你扯大了！”她转移注意力道。

“这么小的脸，再大还能大到哪里去？”

这话……听着就是舒服。

童雀遏制不住心底的愉快，勾起了嘴角：“不过说真的，来的路上我都做好了被你奶奶怼的准备了，没想到你奶奶这么慈祥和蔼。”

颜泽耸耸肩：“其实我们一家人都挺和善的，但你知道的，我妈对我另一半的要求比较高，所以才会出现当初那种情况。我爷爷奶奶认为我已经三十一岁了，早该结婚了，他们催了好多年，我好不容易结了婚，他们高兴都来不及，怎么可能还会反对？”

童雀认同地点了头，原来是这样：“那么也就是说，幸好你老了，否则你要是再年轻几岁，说不定你爷爷奶奶也得跟你妈一样挑我毛病？”

“我再重申一遍，那是咱妈。”

她笑着跟他重复。

“其次，我很老吗？”

他的表情严肃，这是他不知道第几次从她口中听到她说他老了，以前他从没觉得自己老，但她这么一说，再看看她才二十四岁，他的心里顿时生出落差感来。

她抿了抿唇，转过身噘起嘴：“其实也还好，你就是年纪大了点，但你长得挺年轻的。”

“……”

“你再说一遍。”

在乡间小路昏黄的路灯下，他的表情让人看不清，但声音听上去有些可怕。

童雀上前哥们般的拍上他的肩膀，试图给他一点信心："别这么介意嘛，年龄只是个数字而已，你这长相可是完爆不少小鲜肉啊！"

"真的？"

"当然，你别那么没自信嘛！我跟你在一起，我才要承受很大的压力好不好？"

他忍不住笑出声来："什么压力？"

"你长得太好看了，我得控制自己不被你迷得七荤八素的。"

"不准控制。"他敛起笑容，眉心一拧，霸道出声。

她别过头轻声嘟囔："只许州官放火，不许百姓点灯。"

"你说什么？"

她一挥手，指向远处暮色中的田野："我说这里风景真好，空气也好。"

他深呼一口气，顺着她的目光看过去："是啊，所以爷爷奶奶喜欢住在这里。"

两人继续散步，走过不少人家门前，传来猫猫狗狗的叫声，夹着虫鸣声，像是夏日的合奏。

"这么看来，爷爷奶奶是喜欢这里的生活才单独住在这儿的？"

"嗯。"他的声音很轻柔，"爷爷奶奶当年创业打拼，赚了一笔钱，但他们发现，虽然家庭富裕了，但陪伴家人的时间少了很多，所以他们约定好，四十岁之前，不管成功不成功都回来。"

童雀的脑袋里瞬间就出现爷爷奶奶的模样，没想到他们倒是想得很通透。

现在这个社会，物欲横流，能冷静地思考自己究竟要的是什么，这样的人很少，也很难出现。

她好奇地问："那后来呢？"

"后来他们成功了，也就搬回来了，把公司交给了咱爸，然后咱爸做大后又交给了我。"

她皱起眉头："难道爷爷奶奶就你一个孙子？"

“当然不是，还有个曾孙女和曾外孙。”

“……”童雀一听，顿时瞪大了眼睛，说话都不利落了，“曾孙女，那不就是你的侄女和外甥？”

他不置可否地点头。

她吞了吞口水，想到两个娃娃拉着自己喊舅妈和姑姑，她顿时就有一种老了的感觉。

“怎么从来没见过？”

颜泽皱了皱眉头，似是有些不高兴：“走得太远了，他们该着急了，我们回去吧。”

他转身就要走，让童雀摸不着头脑，她是哪句话又得罪他了？

“我们今晚不回去吗？”

“明天再回去，我已经很久没回来过了，要是就这么走了，他们会不高兴的。”

“很久是多久？”

“大概两年吧。”

她惊讶地看他：“你的头脑还没你爷爷奶奶清楚，这赚钱多无聊啊，怎么也抽出点时间回来看看他们啊！”

他摸上她的后脑勺，推着她的脑袋往前走：“是啊！所以我得学学爷爷奶奶，咱们还有九年的时间生活在市区，你要好好珍惜了。”

她被他逗笑了，拍开他的手。

两人一路上打打闹闹地回到了家门口。

奶奶正跟人聊着天，瞥见他们，童雀仿佛看到黑暗中奶奶的眼睛增加了好几个亮度：“阿花，看看，这是我的孙媳妇！”

阿花微微眯眼，走上前，借着路灯频频点头：“你孙子终于结婚了？”

“是啊！办婚礼的时候，过来吃饭啊！”

“好嘞！”

一传十、十传百，在阿花的通知下，几乎住这片的人都知道，颜家那个优质黄金单身汉结婚了，而且婚礼就在今年。

其中不乏有人叹息，心想这么好一男人怎么说结婚就结婚了？还想肥水不流外人田来着。

在四人进屋后，来了好几个邻居，说是今天在地里摘了几个西瓜，送来给他们尝尝，又是送瓜又是送菜的……都借着送东西的借口，看到了颜家的孙媳妇，然后终于死心地回去了。

颜奶奶什么大风大浪没见过，他们的心思她也明白，笑着切开瓜道："我还不知道他们？他们不就是想给小泽介绍对象！"

童雀吃了一块西瓜，差点没被噎住，她看向颜泽。

颜泽耸耸肩，表示跟他无关。

颜爷爷轻咳一声，示意颜奶奶闭嘴，然而颜奶奶盼了这么多年，总算是盼到了孙媳妇，当然得感慨几句了。

"我们家小泽这条件，还用得着介绍对象？这感情的事，还是得自己找对人才行。"颜奶奶吃了一块，继续说，"瞧我跟你们爷爷就是自由恋爱的，你们爸妈也是自己找的，我就不懂了，之前芳芳总是要给小泽介绍门当户对的，那些千金小姐我可看不上眼。"

童雀这会儿倒是不明白了，这万芳热衷于给颜泽找出身豪门的千金小姐，可以理解成是为了门当户对。

而听奶奶这口气，好像其中有什么缘由似的。

在三人聊天时，颜泽接到了一通电话，他走到了外面。

夏夜虫鸣蛙叫声声，颜泽听着电话那头的叶嘉解释了一下来龙去脉以及处理的手段后，道："大致已经解决了，现在主要是看对方怎么反转，我们的人时刻准备反击。"

颜泽眼里闪过惊讶，难怪已经过去四天了，黑料又重新被人炒上来，原来是有人在暗中动手脚。

他沉默了一会儿，随后声音里透着怒意："我明白了，有什么情况立刻告诉我，去查查对方是什么人。"

"是。"

他捏着电话，眼神阴森恐怖，这种被别人牵着走的感觉很不好，他务必会让那些人付出代价。

上楼后，童雀将刚才一直想问的问题给问了出来："老颜，你说奶奶为什么这么仇视富家千金啊？"

颜泽一看到童雀，眼里的戾气瞬间就褪去了，朝她招了招手，她好奇地走过去，被他搂在怀里：“这事要从三年前说起。”

然后，童雀就明白为什么了。由于孙子不经常回来看他们，两个老人便主动去市区看孙子，结果得知孙子去参加宴会了。

万芳和颜崇江带着两个老人去参加宴会，顺便见见孙子。

由于两个老人穿得比较朴实，让在场的富家千金误会他们是用人，偷吃宴会厅里的食物，话说得十分难听，虽然最后颜泽出面护住爷爷奶奶，主人直接将那富家女给赶了出去，但这件事在两位老人心里造成了不可磨灭的影响。

所以，他们一致反对万芳给他们的宝贝孙子找门当户对的富家女，但因为山高皇帝远，不怎么管得着，也就没事的时候打个电话说上几句，万芳嘴上答应，可做的时候又是另一回事了。

所以得知自己孙媳妇是个没背景的女生，他们自然是高兴得很。

童雀简直哭笑不得，她是不是还得感谢那名出言不逊的富家女？

“那奶奶说，附近的邻居想给你介绍对象，你知道吗？”

颜泽挑了挑眉，将她的脑袋掰正，看她：“你吃醋了？”

她立刻摇头：“才没有，我就是好奇。”

他倒也不戳破她蹩脚的谎言，淡淡道：“我不知道。”

她这绷紧的心才松了下来，冷笑一声：“那你说，刚才知道你结婚了，怎么这么多人都来家里看我？”

“还说没吃醋？”

“我保证！我童雀现在绝对没吃醋！”

他也懒得跟她争辩，随她高兴：“怎么就是看你？说不定是知道我两年没回来，来看我的呢？”

她咬着唇，气得鼓起了腮帮子。

“怎么了？”

她从他怀里逃出来，挪到沙发一角：“我真没吃醋，你让我冷静一会儿。”

他哭笑不得，直接过去将人给揽过来：“开玩笑的，都是街坊邻居，他们好奇我结婚了，也正常，我们都结婚了，你很怕吗？”

童雀倒不是怕，而是一想到自己丈夫生活的地方，无论男女老少都在觊觎着他这块肥肉，心里就闷得慌。

她甚至已经脑补出了村花争夺颜泽的戏码。

她狐疑地看向他喊了一声："颜泽。"

她只有在认真正经的时候才会叫他的全名，他凑过去："怎么了？"

"你，该不会有什么难忘的前女友吧？"

颜泽无辜地看向她："没有。"

他回答得这么干脆，让她更加怀疑了："你要是没前女友，怎么会到现在都不结婚？你肯定是在前女友那里受了情伤，然后被伤透了心，对爱情失去了希望，才变得这么残酷霸道。"

他拧着眉左右打量着她的脑袋，然后又强制性地转过她的脑袋看她的后脑勺。

"你干吗？你别以为装聋作哑就能蒙混过关啊！"

"我在看你这脑袋究竟是怎么长的，怎么净说些瞎话？"

她嘀咕："小说上不都这么写的吗？总裁隐藏身份爱上贪财前女友，前女友为了钱离开他，伤害了总裁，总裁变得越来越冷酷，然后遇到了小白兔女主，女主用爱和玛丽苏感化了他，让男主对爱情恢复了信心，再然后，前女友后悔归来，再是陷害女主的戏码，男女主为前女友冷战吵架……"

听着听着，颜泽说了这么一句话："童雀，我发现你这个脑袋很不一般。"

她呆萌地看他："怎么不一般了？"

"总是想些稀奇古怪的事，你怎么不去写小说？肯定狗血到人神共愤！"

"看着我的眼睛，"她双手扶正他的脸，"你确定以及肯定真没有深爱的前女友？"

"我可以摸着良心告诉你，我连前女友都没有，更别说深爱的前女友了。"

感觉到胸口一重，童雀嘴角抽了抽："为什么要摸着我的良心说话？"

颜泽脸不红心不跳地开始胡说八道："我在用自己的实际行动告

诉你，我现在深爱的人是你。”

她听着心里高兴，感觉整个人都浸入了蜜罐里，为了掩饰开心的表情，她别过了脸，抿着嘴。

感觉到那只手更加肆无忌惮，她没忍住嘤咛了一声，忙跳出三米远：“滚，今天不侍寝，退下。”

说完，她进浴室洗了澡，然后独自上床盖上被子。

从浴室出来的颜泽却连块浴巾也没裹，就这么放肆地走到童雀边上，掀开了她的被子。

“颜……”

别说后面的话，就是名字都没喊完，童雀就被铺天盖地的吻堵住了嘴。

夜色无边，艳色连绵。

半夜，颜泽拍拍她：“去洗澡。”

但她已经累得不行了，昏昏欲睡，翻身留给他一个背影。

无奈之下，颜泽将人打横抱起，抱进浴室替她清洗。水冲去了身体上黏黏的不适感，童雀觉得舒服了点，颜泽却不好受了，强忍住没动她，把她送到床上后，自己又洗了个澡，才终于上了床。

看着已经睡得安稳的童雀，击中了他心底的柔软，他嘴角含笑，在她眼角落下一吻。

或许是之前热血奋战的时候，空调的温度调得太低，童雀觉得冷飕飕的，翻身再翻身，忽然发现一处热源，便跟个八爪鱼似的将人给箍住了。

颜泽这会儿是彻底没了睡意，他很想再运动运动，但考虑到她的身体，只好竭力忍耐。

“童雀，”他无奈地叹息，“我该拿你怎么办才好？”

第二天一早，童雀睁开惺忪的睡眼，看到面前那张放大的俊容，她已经习惯了每天一早醒来就享受这样的视觉盛宴，于是翻了个身准备继续睡。

颜泽撑着下巴看她，眼神里的宠溺就快要溢出来。

她只觉得耳边有人吹着热气，好听的声音在她耳边蛊惑道："童雀。"

她被他的热气吹得脖子痒痒的，一直躲着他，最后被他一把抱在怀里，他的手在她身上四处游走，弄得她睡意全无。

她也是有起床气的人！

于是，她扯出那只作恶多端的手，起身狠狠地瞪着他，不满地开口说道："我希望你能找到一个好的理由来说服我为什么吵醒我？"

所谓伸手不打笑脸人，颜泽这么宠溺地看着她，看得她的愤怒都散了一半，她苦笑："昨晚是谁不让我睡觉？现在还不让我睡，你这也能算家暴，你到底要干吗？"

他一下上前将人按到自己身上，感受着她的美好，无视着她的怒火。

她秒懂："我简直要被你气死了，你脑袋里装的都是什么啊？"

洗完澡后，童雀看了看时间，发现才七点钟。

她简直怀疑颜泽是不是掐准了时间想要再来一次，不然为什么这么早就对她使用美男计？

她拿出手机刷了刷微博，立刻有了惊人的发现，昨天她在机场那段咆哮和哭诉的视频被人爆到了网上。

她有些担忧地点开了评论：

"隔着屏幕都感觉到了她的无助，现在键盘侠太多了，以为自己就是法官了吗，大家对事情的真相了解多少？仅仅凭借着一个人的说辞就脑补别人有后台，别人要是有后台，至于在网上被骂了这么多天？"

"同样觉得她被冤枉，说实话，不觉得她毁了叶子的设计对她而言会有什么好处，上次那段被人删掉的视频里这个姓童的设计作品也被人截图出来了，以我的眼光来看，比叶子的设计好太多了，她干吗还多此一举毁了别人的设计，傻吗？"

"大家可以看看我发的童雀的作品和叶子的作品对比图，虽然题目不同，但我一个外行都能看出童雀的作品更好看，叶子这设计作品都什么跟什么啊？还不如毁了呢，这作品就算参赛也拿不了名次。"

"上面的是童雀请的水军吧，还是叶子的水军，到底是黑童雀还是叶子？"

“作为一名设计师，我不得不说，童雀的设计作品更符合题目，而且也更让人有买下的欲望，这一回，我支持童雀。”

“你们了解内情？现在瞎站队，再出反转可别怕打脸！”

……

一时间，网上众说纷纭，但到底是没人再指责童雀了，大部分都说她的设计作品更好，甚至还有人说她的作品比大赛冠军袁润秋的设计还要好。

这场持续了五天的网络暴力，总算是过去了。

童雀微微眯起眸子，将手机拿给颜泽看，问道：“你做的？”

“叶嘉做的。”

叶嘉做的不就是他做的？

她忍不住笑起来：“你这么给叶嘉背锅，他知道吗？”

“我付他高薪工资，其中也包含了替我背锅。”

她翻了个白眼，收回手机：“谢谢。”

他淡淡出声：“我说过，我们之间不需要说‘谢谢’这个词，如果真的不知道怎么感谢我，不如就用行动表示。”

她抬眼看他，就见他无声地说了两个字：“肉偿。”

她一巴掌拍开了他那张俊俏的面容。

虽然她说过不想让颜泽替她出面解决这件事，但事实上，她即便做好了直面痛苦的打算，心里也依旧是迷茫的，因为她不知道该怎么解决这件事。

所以醒来看到事情已经解决了的时候，她下意识地松了口气，但更多的是感动。

她拿着手机，冲他微微一笑：“老颜，你已经替我解决了网上的事，那么公司的事，就交给我吧！”

她灿烂地笑着，好像她已经翻过了这一页。

知道她倔强，颜泽点点头，将她的脑袋贴上自己胸口，安慰道：“一切都会好的，别怕。”

听着他强有力的心跳，童雀觉得自己不再孤单，至少不用再跟以前一样，独自面对黑暗。

“嗯。”

上车前，奶奶和爷爷愣是将新摘的蔬菜瓜果装了一大篮子，让他们带回去。

抵不过他们的热情，两人终究还是收下了，然后踏上了回去的路。

“你想怎么解决？”

颜泽手握方向盘，瞥了她一眼，虽然说好了一起面对，但起码得知道她要怎么解决吧，也好顺便帮她想想对策。

童雀耸耸肩，随后神秘地笑了笑，说：“待会儿你就知道了。”

见她笑容里带着几分狡黠，他也就没再问。

他心里想的是，不管出了什么事，他都会站在她这一边。

这一次，童雀依旧没跟着颜泽一起上去，尽管颜泽再三强调一起面对，她却笑着说如果他出现，那她的方法可能就没法更好地解决这件事，可能还会越弄越糟。

这么一听，颜泽也只得妥协，在她的推搡下，上了二十八楼。

而童雀则是去了设计部。

出去前，她还冲他回眸一笑，就好像根本不是来解决问题，而是来参加什么派对。

电梯门合上，继续往上，显示楼层的数字不断跳动，可颜泽总觉得有哪些地方不太对。

设计部的人分成了两派，十几个人，除了平时跟童雀关系比较好的四个人仍旧站在她这一边，其余的人多多少少都对童雀有了别的想法。

而公司董事中，除了张董事和两个董事，其余的五个董事全部支持解雇童雀。

可以说公司内部的情况十分紧张，她到底有什么方法可以解决困扰了他这么多天的问题？

想到她那张带着神秘微笑的小脸，他觉得他应该相信她的能力，但他的内心告诉他，这件事有古怪。

他刚踏出电梯门，抬眼便看见叶嘉正在等电梯，两人对视一眼，愣了愣。

“颜总。”叶嘉率先叫道。

“现在公司是什么情况？”颜泽朝办公室走去。

叶嘉跟在他身后，汇报情况：“除了原先的三个董事，在我给他们看了网上的舆论现况后，陈董事也选择站到了我们这边。”

说话间，颜泽已经进了办公室。

“对方怎么说，叶子、还有那个目击者以及背后的那个人动手了吗？”

叶嘉：“叶子已经反击，她似乎铆足了劲，想要跟太太一争高下。”

这个结果颜泽还是能想到的，在没有任何证据证明孰是孰非的情况下，谁沉默就是默认。叶子早在第一次发声时，就已经赌上了她在华锐的全部前途。

“而那个目击者名叫袁润秋，是绿城袁家的女儿，他们丝毫不肯松口。”

颜泽挑了挑眉，绿城袁家，如果他没记错的话，五年前的一场投标失误让袁家损失惨重，虽然袁家后来也做了些补救，但终究是没落了。

不过是一个没落的家族，为什么不肯松口？

再结合童雀说过的故事，以及说那人向来习惯了诬陷她，颜泽当下明白过来，当初收养了她，又在十八岁那年罢养了她的家庭，就是袁家。

手里的文件被他忽然用力地捏紧，变得满是皱痕。

“背后那只手似乎已经停下了动作。”叶嘉如是说道。

之前那只手大幅度的动作使得舆论一边倒，即便是他们昨晚出手改变了舆论导向，对方想要翻盘也是很简单的事，但对方并没有出手，对方到底是什么人？

还是说对方在等待一个更好的时机将他们打得措手不及？

只能走一步算一步了。

两人正要商量别的事宜，叶嘉的手机忽然响了起来。

见颜泽皱了皱眉，叶嘉拿出手机正要挂断，看到屏幕上跳动的那个名字，他犹豫了地看向颜泽：“是设计部的电话。”

自从童雀出事，为了第一时间了解到设计部的人的想法，叶嘉找了跟童雀关系比较好的姚檬做眼线，但姚檬一般都是给他发消息，从没打过电话。

现在她打电话足以证明这通电话要汇报的信息十分紧急。

颜泽点点头，叶嘉接起来："没事，你慢慢说。"

叶嘉的表情忽然呆滞，然后满脸诧异地看向颜泽："我知道了，你先稳住，我们现在就带人来。"

听不到谈话内容的颜泽跟着紧张起来，开口询问："怎么了？"

"太太辞职，设计部的人吵起来了。"

颜泽却只听到了前一句话，顿时站起来，叶嘉先带了人到楼下。

在办公室里的颜泽却心急如焚，想到她踏出电梯前给他的那个微笑，现在想来竟好像带着一抹决绝。

他打电话给童雀，许久都没人接，在那一瞬，他的脑中顿时浮现出各种各样的可能性。

工作失败跳楼、被人诬陷自杀、被舆论讨伐到对生活失去希望。

每一种都让他担忧到了极致。

他的脑中再度闪过童雀那张笑脸，在他失去理智前，电话终于接了起来。

"老颜，你什么时候回家啊？天太热了，我真不想走路了。"

……

他那颗停止跳动的心终于重新恢复了生机，他感觉整个人快要被逼疯了，他以为……他以为……

在这一刻，听到她俏皮撒娇般的声音，他却一句话也说不出来了，随后转为一个淡淡的笑意，他松了口气，问道："不是说好了一起面对吗，怎么辞职了，不想干了？"最后四个字他带着几分开玩笑的意味。

童雀叹了口气："我能有什么办法？我也很绝望啊！你们华锐竞争太激烈，我可待不下去了，我觉得我还是比较适合找一家没什么上进心的公司混吃等死的好。"

他叹了口气，只要她没事就好。

"真的不想干了？"

她从这几个简单的字里听出了他的言外之意，只要她说一个想，他就能帮她收回她对着设计部的人说下的那些狠话。

可狠话既然已经说出了口，就代表没有回头路了，即便有，她也不会选择回头。

“嗯，真不干了。”

她的声音过于平静，让他的心底生出些怜惜，正想着要安慰她，可她后面的话完全破坏了氛围。

“哦，你不用来了，咱妈听说我回来了，说来公司接我，然后我们一起去买买买！”

“……”隔着屏幕他都能想象到她此刻是怎样一副嘚瑟的嘴脸。

“我本来还打算带你去吃大餐，既然你要跟妈一起出去，那就算了吧。”他故意这么说。

他要是没记错的话，她上次似乎说那家郝悦饭店的味道不错？

“呵呵，你太小气了。”童雀丝毫不为所动，“妈说购物完，我跟她去吃大餐。”

“……”

颜泽觉得自己可能有个假妈妈，之前不喜欢儿媳妇的时候，一个劲地阻拦他们在一起，现在跟儿媳妇关系好了，依旧阻拦他们夫妻单独相处。

他妈到底怎么回事？

这边的气氛瞬间变得轻松起来，设计部却人心惶惶。

叶嘉很快就带着人到了设计部，当看到为首的两个人头发乱糟糟的，甚至衣服都有些撕破的时候，他惊呆了。

看到他过来，姚檬松开了紧紧抱在阿欢腰际的手，提醒大家：“叶秘书来了！”

叶秘书是总裁身边的人，大家自然很尊重和忌惮他的存在，当下将两个女人拉得更远，以防两人再打起来。

“怎么了？”叶嘉神色凝重地走了过去。

第十九章

高处不胜寒，你比春光暖

陈放无语地拍脑门，都闹成这样了，凭她一个人的能力还真掩盖不了，只好任由姚檬向叶嘉道出了事情经过。

事情重回童雀出电梯，在众人诧异的眼神中走进了办公区。

她走到了叶子的办公桌前，叶子抬头看到是她，一愣，就听她道：“虽然我不知道你为什么要毁了自己的设计来陷害我，但我告诉你，一个设计师最重要的是人品，人品不好，你即便是陷害再多人也到不了你想要达到的高度！”

众人在童雀回来的刹那，目光就挪到了她身上，这会儿她说的话让众人拧起了眉头。

叶子见状，脸上闪过心虚，站起来愤愤道：“你胡说什么？！我陷害你？你别恶人先告状了！”

童雀眼里全是坦荡，冷笑一声：“究竟是谁恶人先告状，我想你自己心里清楚，这一次是我运气不好，被你陷害。半年后，就是 D&S 的设计大赛，我希望到时候能在那里看到你的身影，下一次，我会直接用实力打败你。”

众人一愣，光是从两个人的气势和表情上便能看出叶子有些心虚，更别说是童雀的话更具有信服力。

见众人眼里对童雀的怀疑似有瓦解之势，叶子忙道："实力？你别想装可怜了，这件事我才是受害者，我一个正式选手为什么要毁了自己的设计来陷害你，你是不是有被害妄想症？"

这也是所有人都想不通的地方。

正是因为叶子没理由损敌一千自损八百，才让大部分的同事都站在叶子这边，为她鸣不平，可现在这么一听，这两个人似乎都像是被冤枉了似的。

童雀没有叶子高，她仰视着她，眼里是明显的讽刺，叶子被她看得心虚，别过了脸。

童雀笑了笑，目光在全区来回扫视："作为曾经的同事，我还是给大家一个温馨建议吧，以后大家对这叶子还是注意一点，以免哪天又出来一个毁了别人设计的人。"

她勾起一抹嘲讽的笑，大家听得心慌，一时间也没注意到她话中的称呼。

陈放从厕所回来，看到消失了多天的童雀，立即皱起眉头，不悦道："童雀，到我办公室里来一趟。"

"陈总监，抱歉了，我还赶着给别的公司投简历，就不进去听您啰唆了，哦，辞职信我已经发到您邮箱了，您进去就能看到。"童雀脸上的嚣张和戾气让众人惊讶，但不得不说，她的这番话别提有多让人解气了。

看着女魔头当众被人下了面子，大家心里的感觉就一个字——爽！

陈放咬牙道："童雀！你知不知道你在说什么，你辞职我同意了吗？"

之前忍着是因为想要留下，现在既然要走了，她还有什么理由继续忍？

童雀就好像是被打开了任督二脉，一旦开怼，就停不下来了。

"同意？我以为陈总监早就想辞退我了，就比如上一次故意把我们几个的设计图给扣了下来，虽然不清楚你为什么这么讨厌我，但作为你曾经的员工，我祝你早日称霸华锐。"她鞠了个躬，丝毫不理身后的女人如何咆哮便离开了。

众人吞了吞口水，看看陈放，见她这会儿正发飙，又各自逼着自己将视线转到工作上，不去理这一出小插曲。

在陈放骂骂咧咧地回到办公室后，办公区里洋溢着一种诡异的氛围。

良久后，是阿欢打破了平静：“呵呵，我看啊，就是某人不小心毁了自己的设计作品，但又不想回来被批评，也不想童雀替了她的位置，所以才使了这么一招，还真是高明得很啊！”

叶子当即站起来质问道：“你说什么？你给我再说一遍！”

阿欢一拍桌角，当即拿起杯子装作去倒水的样子：“叶子，你这么激动干什么？我只说某人，说你了吗？”

于是，两个人就这一事件吵起来，还打了起来。

女人打架无非是抓头发、扇耳光以及动指甲，于是，两个女人疯疯癫癫地打起来，谁都不敢上前，最后陈放出来后，大家才大着胆子上前，合力将两人给分开，也就是叶嘉进来看到的那一幕。

说实话，这事叶嘉还真没法公正处理，因为他本能地站到了童雀这一边。

他看了看那边狼狈的两人，沉声道：“陈总监，员工辞职的事走程序。总裁已经知道这件事了，你部门里的人闹出来的事，怎么解决你自己决定。”

陈放叹了口气，看向那两个人的眼神中带了一抹失望：“叶秘书放心吧，这事我会好好处理，绝不姑息。”

叶嘉点点头，接着走到了叶子面前，居高临下地看着她，浑身透着一股威严，他冷声道：“当事人已经辞职了，我想，你应该可以满意了？”

叶子总觉得叶嘉话里似乎带着——指责？

童雀还真不是在安慰颜泽，万芳的确是打了电话给她，问她是不是回来了，然后盛情邀请她去逛街。

以前，童雀以为她跟万芳的婆媳关系应该是剑拔弩张的，现在因为她造谣颜泽不行，两人的关系反而突飞猛进。

可如果万芳知道她是在骗她，那她们的关系是不是又会变成从前那样？

“雀雀，想什么呢？”万芳见她心事重重的，有些担忧地问道。

她下意识地想问是不是跟工作的事有关，但想到这事本就让她难过了这么多天，这会儿恐怕还没恢复过来，就收住了口。

于是，万芳开始尝试着安慰她：“其实网上怎么说都没关系，他们就算不相信你，也不代表这事是你做的。我们都相信你就够了，那个陷害你的员工，我回头让颜泽开了她！”

童雀没忍住，笑出声来，竖起大拇指：“妈，您还真是巾帼不让须眉啊，霸气！”

“那是！”见她笑了，万芳也就跟着松了口气，“咱们颜家的人，哪里有让别人欺负了去的道理？这种员工还不开，留着过年不成？”

万芳不愧是微博资深粉丝，各种段子层出不穷。

没多久，车里凝重的气氛便消退得一干二净。

两人和解后，万芳对她的好的确是没得说，现在跟万芳相处得这么好，童雀竟对她生出些不舍来。

只要不让万芳知道她是骗她的就好，然后过段时间告诉她，颜泽已经治好了，不就结了？

她眼睛一亮，对！就这么办！

“妈，你不用安慰我啦！”她感激地看向万芳，“其实我刚才已经辞职了。”

听到她这句话，万芳就炸了，当即跟连珠炮似的说也说不完，担忧里还带着一丝责怪：“辞职？你又没做错什么，你干吗辞职，那不是落别人口舌？别人还以为你是认罪了呢！”

“妈，你放心，这事我已经处理好了，华锐是待不下去了，更何况我跟颜泽的关系说不定很快就会被宣扬出去，别人肯定会说我有后台，到那时候，不仅仅是我，还会连累华锐，不值得。”

万芳停住了指责，瞥了她一眼，微微一笑，忽地将车停到了路边，给她来了一个热情的拥抱：“颜泽娶了个好媳妇。”

童雀却惊慌失措地往周围看，紧张道："妈，这里不能随便停车啊，有什么话好好说，别动手，或者到了地方再说也不迟啊。"

比起童雀的紧张，万芳倒是随性得很："不过是吃一张罚单和扣几分嘛，成，我们现在就走！"

直到车重新驶入道路，童雀这颗心才稍稍松了松。

看来颜泽那安稳的性子是随了他爸了。

万芳将车停在地下车库后，解开安全带，来了一句："心情不好就换个发型，咱们先去剪头发，再去逛街吧！"

婆婆太潮怎么办？在线等，挺急的。

最终，童雀好说歹说，万芳才放弃了对童雀那一头只到锁骨的短发下手的念头，但两人还是去理发店洗了个头。

以防被人认出，童雀戴上了墨镜。

理发师时不时地看看童雀的脸，眉头紧皱，童雀心想"糟糕"，该不是认出她来了吧？

毕竟之前网上流传着她的各种表情包，虽然在她昨天发声后，大家都带着愧疚感谴责了用她做表情包这一行为，但她的脸应该是火了。

果然，就听理发师问："小姐，您看着好面熟，好像在哪里见过。"

童雀呵呵一声，正想着该怎么回答，就听万芳霸气地宣示着主权："小伙子，你要是想搭讪就找别人，这可是我家儿媳妇！"

搞得那理发师一阵尴尬，最后闭口不言。

直到两人快吹完发型时，那理发师才一脸恍然大悟的表情，指着童雀"哦"了半天，看得童雀想要当场走人，却被他的一脸激动搞得不明所以。

他激动道："你是那个——程安卉，对不对？"

"？"

童雀刚才还紧张到不行，结果听到这么个名字，瞬间蒙了。

"就是那个明星！"没阳光还戴墨镜，不是装就是明星，理发师如是想着，"我特别喜欢您演的那部《南洋如春》，您能给我签个名吗？"

理发师瞬间化身迷弟，眼睛带星星的那种。

万芳看看童雀，再看看理发师，将她护在身后："你认错人了，这是我儿媳妇。”

童雀又不可能摘下墨镜，这让理发师更加深信不疑。

理发师一脸不信，却还是选择尊重自己的偶像，开口道歉：“嗯，我是认错人了，安卉，你快走吧，你还是别戴墨镜了，容易引人怀疑。”

“……”

于是，童雀跟万芳，在迷弟理发师的“掩护”下，成功走出了理发店。

万芳叹了口气，看他的表情像是在看一个傻子，扭头再看看儿媳，狐疑道：“有这么像程安卉吗？”

万芳对着儿媳妇仔细看了看，然后点头赞道：“别说，戴上墨镜还真有点程安卉的感觉。”

童雀迷茫道：“程安卉……是个明星？”

“嗯，挺有名的，经常在微博上看到她上热搜。”资深微博控万芳如是说道。

随后，两人开始对商场百货进行扫荡，不过倒是没人再说童雀是程安卉了。

童雀刚开始还有些缩手缩脚的，在万芳的强迫以及主动刷卡下，她终于还是被解锁了新功能，开启了扫货模式。

两人进了一家西餐厅，刚点完餐，万芳就压低了声音，神秘地凑过来：“你们出去外面的几天里，有没有……发生过什么？”

童雀当下就明白了万芳的那句话是什么意思，虽然的确是发生了什么，但为了确诊颜泽这“病”的确严重，她还是摇了摇头。

万芳脸上露出些许失望之色，还帮着安慰她：“没事，妈已经托人找到了一个厉害的中医，据说那人针灸特别厉害，说不定能看好。”

针——灸？

童雀心里一紧，针灸的话势必会瞒不住颜泽，如果让他知道自己这么造谣，他会不会生气啊？他生气是小，哄哄就好了，可万一到时候老中医说没事，不就露馅了？

童雀这心里七上八下的，但面上还得装出一副苦大仇深的模样。

“妈，你别担心，就算……”她皱皱眉，好似真的很难过的样子，“就算真的治不好，也没关系。”

万芳当然希望儿子能治好，但这事没个准，治不好也确实有可能。

“没事，治不好，就人工授精，这年头科技发达，想要个孩子还是简单的。”

童雀心里慌得不知如何是好，万芳也是愁得很，两个人互相安慰着，以至于吃饭的时候，都尝不出饭菜是何滋味。

回去的路上，万芳问道：“见过爷爷和奶奶了？”

童雀点头：“爷爷奶奶很热情，还给我们准备了好多新鲜的蔬菜瓜果让我们带回来，妈，你要不要带点回去？”

万芳似乎兴趣不大，但还是点了头：“你奶奶当年可是极力反对我给颜泽找个门当户对的，你去了，他们一定很喜欢你吧？”

童雀总觉得这话哪里不对，这是说她跟颜泽门不当户不对？

她知道万芳不是故意这么说的，也就没放在心上：“嗯，那里环境还挺好的，蔬菜也新鲜。”

“我就搞不明白了，他们为什么一定要住那么远，虽然他们也有车，但两年多没开了，这能让人放心吗？”

听着万芳的抱怨，童雀也点头同意，但还是道：“没事，以后我有空就回去看看他们，爷爷奶奶每年都有定期做身体检查，应该也不会有什么事。”

听到她这么说，万芳倒是不抱怨了。

“嗯，有空也别总是去看爷爷奶奶，多回家里看看我跟你爸。”

“嗯。”

万芳把童雀送到日荔湾，本想进去说几句话再走，却被颜崇江的电话给叫走了。

童雀便自己拎着大包小包朝屋子里走，放下手上的累赘，按下密码。

一走进去，就听到颜泽阴阳怪气的声音：“终于知道回来了？”

看颜泽阴沉着脸，童雀心想：嗯，一月一次的大姨夫又来报到了。

虽然他没给她好脸色，但还是把拖鞋放到了她面前，并从她手上接过了大包小包：“以后早点回来，妈眼睛不好，晚上开车我不放心。”

“妈眼睛不好？”她惊讶地跟着他往里走。

“年纪大的人，身上总会带点病痛。”

她听着有些唏嘘，想要从他手里拿过东西，却被他闪开：“买了东西了，心情好一点了没？”

她耸耸肩，笑道：“可不嘛，吃了好吃的，买了好看的衣服，心情还不好，那是要上天啊！”

见他要把东西拎上楼，她忙抓住了他的手：“先别啊！我得再看几眼，我今天买的衣服，很好看！”

颜泽挑了挑眉，见她高兴得眉飞色舞的，便将东西全部放到了客厅的沙发上，跟着坐在一旁，看她兴奋地从包装袋里拿出一件件衣服，对着自己一阵比画。

女人向来是喜欢自己的眼光得到别人认可的，这个毛病在设计师身上表现得更加强烈。

只见童雀拿着件粉色连衣裙，冲颜泽叫道：“老颜，好不好看？”

颜泽双手抱胸，时不时地给她来一句“好看”。

听着听着，童雀就变了脸色：“你别老是敷衍我，说实话！”

接着她拿起一条露背短裙，严肃地对着自己一比，问：“好不好看？我要听实话。”

颜泽不明白她这气来自哪里，他的目光停留在那件衣服上，一顿：“衣服得试过才知道好不好看。”

童雀被点醒，认同地点头：“好，那我就随便试两条，让你看看姐的眼光。”

身穿黑色短裙的童雀出来后，颜泽的眼睛都直了，她的肤色本就白皙，在黑色短裙的映衬下，透着一种让人无法忽视的光彩，尤其是原本垂直而下的头发被卷了弧度，更好地露出了她精致的锁骨。

她转了个圈，为了着重向不懂设计感的颜泽更好地展示这件裙子吸引自己的点在哪里，特意让自己的后背在他面前多停留了一会儿。

“虽然同样是露出大片的背脊，但中间这片黑色薄纱让露背装从直接的露背变为间接的露背，在原本的设计上增加了一丝神秘感，不得不说，黑色不仅能在视觉上让人产生骨感美，更能……”

童雀只顾着给颜泽展示设计感和发表自己的评价，却没注意到身后的人放轻了脚步，越走越近，越走越近。

忽地，她感觉背上一凉，紧接着头皮发麻，起了一身鸡皮疙瘩。

他亲吻着她的背，童雀惊得连说话也不利索了："你，你……"

颜泽食髓知味般的站直了身体，一本正经地跟她说着他用这种特殊方式得到的感受："嗯，不错，这设计挺好。"

"……"

尤其是当空气中的冷吹过那被他亲过的地方，更让她下意识地一抖，跳出三米远，双手交叉放在胸前成保护状态，警惕地看着他。

她可是清楚地记得颜泽在那个方面惊人的表现以及渴望。

"颜泽！"她叉腰瞪着他，"你干吗？"

他解开藏蓝色的衬衫袖口，又解开纽扣，略带情欲地舔了舔嘴唇，然后慢慢走向沙发一角。

童雀已经完全被男色所迷倒，她瞪大了眼睛，心里有个声音在说：他真是个妖精。

颜泽居高临下地看着她，微眯着的眸子里燃着熊熊烈火，放在童雀腰际的手忽然用力，将她逼向自己，两人靠得更近了，他的手抚在她背后，脑海里生出一个词——肤如凝脂。

"你说呢？我不就是在听你的，感受这件裙子的精巧设计感吗？"说罢，他的食指轻轻摩挲着她背上的薄纱。

童雀感觉头皮发麻，她下意识地抖了抖，然后就被推倒在沙发上。

她瞪大了眼睛，被他的节奏给带偏了，感受到他灼热的气息，他该不会要在沙发上……

这个坏蛋！

她不停地推着他的身躯，但她冰凉细腻的手推上他铁一般坚硬的身躯就像是一拳打在棉花上，软绵绵的。

"不行！"她挣扎，"窗帘都没拉，万一有人来了怎么办？"

他的手不停地在她身上游走，然后拉着她的胳膊起身，就连拉个窗帘也不肯放过她，一个旋身，两人倒在她摊开的衣服上。

"我的衣服！"她拼命挣扎着想要让自己的新衣服幸免于难，于是他就得逞了。

她嘤咛一声："这里不行，你这个坏蛋！"

颜泽发丝微乱，胸口敞开一大片，眼睛里透着蛊惑和迷离：“既然你都叫我坏蛋了，那我怎么也该让这个名头坐实，对吧？”

“有人来了怎么办？你还让不让——唔——”

“不会有人来的，你就放心吧，杨阿姨明天才回来。”

然后童雀就悲催了。

在童雀的竭力挣扎下，她的身躯被颜泽快速捞起，被当成床单的衣服就这么被扫在了地上。

她抿着嘴唇，心疼地看向那些衣服。

还没穿呢，就被这么对待。

结束的时候，已经七点了。

颜泽满足地舔了舔唇，正当这时，却到听门口传来响动，他快速反应过来，在门口的人进来前，就替她套好了裙子，推着她去了房间。

杨阿姨走进来，发现客厅里灯光昏黄，她年纪大了，眼睛不太好，于是开了大灯，待看到满地的包装袋和被扔了一地的新衣服后，立刻产生了一个念头——两个人吵架了。

否则为什么衣服被扔了一地？

先生好心给她放了半个月的假，那是先生好心，但她的原则告诉她，半个月就是半个月，少一个早晨也不行。于是她上午就从老家出门赶回来了，没想到路上堵车，到现在才到。

杨阿姨叹了口气，走过去开始收拾起来，却发现沙发上的不明液体，她皱了皱眉，拿湿毛巾擦干净了这才开始收拾起地上的衣服。

童雀愤恨地捶上颜泽的胸口，刚才那个小插曲，让她的脸都红透了，她从来没有这么狼狈过，跟做贼，不，跟偷情似的！

她小声教训道：“都怪你，让你不要乱来，我就说了会有人来。”

颜泽作为罪魁祸首，却一点愧疚的意思都没有，而是带着她朝浴室走去：“走，去洗澡。”

做了那种事，她也觉得身上不舒服，让他去隔壁帮她拿睡衣。

当童雀接过睡衣，颜泽还没有要走的意思时，她皱起了眉头，护着胸警惕道：“你干吗？我要洗澡了！”

颜泽非但没有要离开的意思，反而开始脱起衣服来：“我知道，我也要洗。”

“不行！”她很快就明白了这个坏蛋的意思。

“怎么不行？这是我的房间，我的浴室。”他走过去，将她逼到墙角，“难道我要洗个澡，老婆也不同意？”

童雀整个人缩在墙角，气势也被他压了下来，她试图弯腰从他的手臂底下逃出，但是失败了。

她哭丧着脸，难过得像个一百八十斤的孩子：“老颜，这事真的不能再继续了，你得节制啊！有多少人都在这方面玩出毛病来了，生命诚可贵是不是？”

看着她这模样，颜泽却觉得好笑，不由得起了捉弄她的心思，他放低了身姿，凑过去：“放心，我身体很好。”

“我知道你身体好，我是说我不行，你得用长远的眼光来看待这个问题不是吗？”

颜泽觉得自己也捉弄够了，再捉弄下去也没意思，他摸了摸童雀的乱发，轻轻吻了她的眉心：“跟你开个玩笑，你先洗。”

童雀还没从刚才的冲击中反应过来，浴室的门已经被他关上了。

她这才松了口气。

洗完澡出来，颜泽还是挺老实地拿着衣服去洗澡了。

但这景象让童雀觉得这可能是暴风雨来临的前夕，是颜泽为了让她跳进陷阱的假象！

于是，她从床上跳下来，拿上手机就回了自己房间，锁上了房门才终于放下心来。

刚上床，就听到敲门声，她心里一紧，以为是颜泽，结果却听到杨阿姨的声音：“太太，您的衣服，我给您送上来了。”

童雀过去开了门，杨阿姨将她的衣服拿进来就要往衣柜里放，童雀大叫：“杨阿姨！”

杨阿姨被吓了一跳，转身奇怪地看她，只见她表情古怪地讪笑了几声：“杨阿姨，也挺晚的了，您就先去睡吧，我自己来。”

“没事，我来就好，您去休息吧。”杨阿姨心想这两人吵架了，所以她得多照顾照顾童雀。

“不不不，还是您去休息吧！”童雀情急之下，轻轻推着杨阿姨的后背往门外走去，“照顾老人是最辛苦的，您还是去休息吧，这些衣服我来就好。”

在她的推搡下，杨阿姨最终还是出去了。

想到童雀说的“照顾老人”，杨阿姨有些不解，什么照顾老人？她摇摇头，回了房间。

童雀赶紧锁上门，过去将杨阿姨拿起来的那件裙子给丢进了洗漱台，拿水冲了好几遍，才冲走了上面的不明物体。

她吞了吞口水，松了口气。

一想到隔壁的颜泽她就咬牙切齿起来，她是真的不高兴了，毁了她的衣服不说，还害得她这么狼狈地掩饰。

童雀觉得应该就这个问题好好跟他谈谈。

于是，她打开了微信，找到了颜泽的对话框。

“我觉得我们有必要就刚才那个问题好好谈谈。”

颜泽刚洗完澡出来，发现床上没了童雀的身影，便走到她房间门口，房门却锁上了，他敲了敲门：“开门。”

童雀光着脚走到门口，隔着门道：“坚决不开，你回自己房间，我给你发了微信。”

她这一次空前地坚定，绝不能开门，要是开了门，以后颜泽要是再来了兴致，再不顾着情况，到时候丢人，他可以不在乎，可是她在乎。

颜泽皱起眉头，沉声道：“在家发什么微信？我们面谈。”

“要么微信谈，要么不谈，你自己选吧，我睡觉去了。”说完，她狠心地上了床。

颜泽无奈，看来刚才的事的确是他过火了，只好认命地回了房。

拿起手机，隔着一堵墙给她发微信。

“这事是我不对，以后不会这样了。”

听到提示音，童雀还有些忐忑，心想该怎么跟他谈这事呢？却发现他已经认了错。

童雀这心软了一半，却也不肯退让半分。

“这事光嘴上说说不算数，以后只要我不同意，你就不能对我乱来。”

颜泽沉了沉脸色，这家伙还得寸进尺了？

“不行，我可以答应不对你乱来，别的我不能答应。”

“你要是不答应，那以后我们分床睡吧。”

看到“分床睡”三个字，颜泽心里生出股躁意，却忽然想到了什么，躁意陡然散去。

再看那句话，似乎也没有这么讨厌了。

他勾起嘴角，打下几个字：“好，都听你的。”

童雀没想到颜泽竟然这么轻易就答应了，这让她觉得不真实，但在看到他发来的后面一句话后，她又相信了他的转变。

“就算不做那件事，我们也依然是夫妻，别怕，以后我不会再强迫你了，时间不早了，早点休息。”

她心头一动，说不感动是假的，但即便感动，她也依旧端着态度，没松口，只回了一句：“理解万岁。”

说实话，她真的不热衷那事，所以她不能理解他怎么随时都跟吃了春药似的。

童雀打开微博，开始查看下午发的那条微博引起的状况。

“我就是童雀本人。今天已于华锐辞职，但不是所谓的认罪，做过的事就是做过，没做过的事就是没做过，我会用我的实力来证明，不需要像某人一样耍阴谋诡计，我照样可以用实力打败她。那些站在阴暗面的小人，永远不会知道她对别人的生活造成了什么样的影响，之前我在网络上认错了人，导致一出网络暴力，现在我已经切实地感受到了网络暴力的影响。

在这里，我也衷心希望叶女士能够好自为之，我辞职并不代表我承认了那件事，我只是想告诉你，这个世上的确有报应，只不过是时间快慢的问题。

在此，我也邀请叶女士半年后参加D&S服装设计比赛，阴谋诡计我不一定在行，但比实力，我不一定输。”

或许是因为这件事正在热门上，以至于才一个下午的功夫，就已经上了热门。

众人惊讶“燃起蛇姬之魂”就是童雀的同时，还有人发现她发的前几条微博里有隐晦地提到过这件事，只是那时候大家并不知道她就是童雀，也就没有想到这件事上。

如今知道后，再一结合，大家都开始怀疑起叶子的话的真实性来。

“万万没想到蛇姬竟然是童雀！该不该脱粉？我虽然很喜欢蛇姬，但真的不喜欢童雀啊！”

“这该不会是一场炒作吧？但不得不说，这场炒作很成功。”

“燃起蛇姬之魂，应该是燃起设计之魂的意思吧？这个微博四个月前才开始用，我有朋友告诉我，童雀曾经参加过F周设计大赛，拿到了最具服装创意奖，听上去很高大上的样子。不过，她要是想炒作，也没必要把自己的职业往黑里炒吧，这图什么呀？”

“科普下，F周的最具服装创意奖虽然不太好拿，但一般只有新人设计师才拿得到，也就是说她只是打败了一批新人设计师，这个奖算不上什么。”

“看了看顶上的评论说的都是废话，要是我没看错的话，蛇姬这是向叶子宣战了吧！我赌五毛钱，叶子绝对会参加。可能是我的眼光不如设计师，说实话，叶子设计的衣服我真的欣赏不来。”

“话说蛇姬这么霸气的宣战姿势还真是帅！没错，就要像个设计师那样，用实力来证明自己，耍阴谋诡计的都是纸老虎！”

童雀不断地往下翻阅着网友们的评论，不和谐的声音无外乎两种，接受不了蛇姬本人是童雀，另一种则是认为童雀在炒作。

除此，其余的人倒是比较客观，支持童雀用实力证明自己。

即便网上吵得热闹，叶子的微博依旧没再发声。

实际上，叶子很想再哭诉几句自己的可怜，然后把锅再甩到童雀身上，但童雀这一宣战，让她不敢再上微博。

她怕输！

没错，就连她自己都认为，那天设计大赛中童雀的作品比她的要好，这让她有些不敢应战，可不应战，又会显得自己心虚，所以只好缩在壳里，不敢出手。

直到敲门声传来，才将她从沉思中拉了回来。

陈放走进来，看着她这模样，心里生出一股怒火：“看看你像什么样子？不过是一个虾兵蟹将，你怕什么？给我应战，我就不信了，她一个新人还能赢得过你！”

被陈放说了好一会儿，叶子才终于答应下来。

她发了条应战的微博，以致网上又掀起新的浪潮，她放下了手机，没什么心思去看微博。

良久后，她被微信提示音吸引了注意，发现是一条好友验证，她点击了通过。

接下来的时间里，网友们被新的新闻吸引了眼球，也就没多少人关心究竟是谁陷害了谁的问题，对他们来说，娱乐圈的新闻要比他们设计圈的事情有趣得多。

因此，这件事也就这么半推半就地过去了。

童雀因为自爆身份并且霸气宣战，又涨了不少新粉，不过评论区里大部分人依旧“蛇姬蛇姬”地叫她。

或许是因为她的曝光度太高，吸引了两个娱乐公司，私信她，说他们愿意包装她成第一个明星设计师，问她愿不愿意。

当然不愿意，这不是废话吗？她要是愿意，那岂不就真像评论区猜测的那样，只是为了炒作。

她直接忽视了这两条消息。

接着，又有几家设计公司发私信给她，说是看到了她的作品，很喜欢她的风格，问她愿不愿意到他们公司面试。

这个看着还比较靠谱，童雀回了两家，很快就收到了面试通知。

面试时间是三天后，而第二天，童雀却收到了许攸冉的微信。

“在吗？”

童雀回复：“不在，怎么了？”

“现在有一个能够让你进入名流圈的机会摆在你面前，你要不要？”

童雀跟她开起了玩笑，她还记得许攸冉跟她第一次见面时说的那些豪言壮语。

“不是就算嫁入豪门，也进不了你们名流圈吗？”

“废话不多说，明天有没有空？陪我去试试婚纱，顺便你也试试伴娘服。”

“最近比较忙，又不是我结婚，你只要给我一套衣服，能穿就好。”童雀对伴娘服要求不高。

“你不是才辞职？还能忙什么，忙着找工作？别逗了，你老公虽然那方面不行，但是一个你，他还养不起？”

看到这几个字，童雀差点没被自己的口水给噎死，只好答应下来，以免商量着商量着许攸冉就到颜泽或者万芳那里吵着让她当伴娘。

童雀被许攸冉的一通微信吵得没了睡意，干脆起床。

原以为颜泽已经去了公司，结果下楼看到他正坐在餐桌前吃早饭。

她坐下，见颜泽吃得差不多了，便问：“你要走了吗，杨阿姨呢？”

“杨阿姨去买菜了，今天周末休息。”

童雀点点头，吃了一口荷包蛋，皱眉：“老颜，你最近好像有点懈怠工作啊！”

“？”

“我记得以前你可是周末都去公司的，好像从上个月开始，就经常休息了。”

他挑了挑眉，放下了叉子，反问：“工作了那么久，还不能休息？”

“倒也不是这个意思。”其实她就是想听他说，对啦！就是因为有了老婆，所以才要跟老婆你好好相处啊！

显然她想听颜泽卖萌是痴心妄想。

颜泽看了她一眼：“你不是想找工作吗，想去哪家公司？我替你安排。”

她直摆手拒绝，像是怕了似的：“不用了，我还是自己找比较好。”

“怎么了？我给你找的公司都是世界五百强，你去的话，会有比较好的发展前途。”

一听，她脑袋就大了：“不是我没上进心，实在是……”她抿了抿唇，重新组织了一下思维，“你要是帮我安排好，我不就真的成了有后台的？”

见她满脸的拒绝，颜泽也不强求，答应不帮忙，却还是让她有困难就告诉他。

他坐在餐桌边看了一会儿报纸，发现有一道视线一直关注着自己，颜泽看着她问道：“怎么了？”

童雀有些泄气地出声：“果然是得到了就不会珍惜了吗？”

“？”

第二十章
烟波桨声里，心里只有你

她收回目光，对付起餐盘里的早餐：“你难道忘了，之前我没答应你的时候，你可是整天甜言蜜语地挂在嘴边，怎么一回来就又变成以前的那个冰山男了？”

颜泽眼珠一转，随后起身，将报纸放在桌面上。

那架势就像是要给她来一个强吻，堵住她这张喋喋不休的嘴似的。

童雀这小心脏扑通扑通地跳着，接着，就看到颜泽转身上了楼，不带一点犹豫，以至于她的心脏很快就恢复了平静，一脸无语。

“切！”她勾了勾嘴角，少女心就这么碎了一地。

颜泽在房间里待了好久，杨阿姨菜都买回来了，童雀也没等到他下来。

最后童雀索性跟那家公司联系，问问能不能让她今天面试。

对方还真的同意了，问她上午十点能不能赶得到。

离上午十点还有一个半小时，为了不迟到，童雀拎着包带上简历就出门了。

一路上，她满脑子都在想，为什么颜泽变了？

好像事情的转折点就是那天的沙发事件之后，也就是说，颜泽很有的可能是因为她不同意那件事，所以生气了？

可如果是生气了，那天在微信里，颜泽又怎么会反过来安慰她说没事？

那他最近为什么这么冷淡？

还是说，他的热恋期已经过了，所以就恢复本性了？

她突然有点想念之前那个每天会给她做黑暗料理的小暖男来。

被童雀怀疑变了性格的颜泽此刻正窝在房间里刷微博，他刷遍了微博也没找到怎么讨好老婆的方法。

自从上次跟童雀商量好，为了表明她对这件事坚决的态度，两人已经接连几晚都没有同房了。

搞得颜泽的热情还真的有所下降，刚才听到童雀那么一说，他觉得有必要有所动作了。

找了许久也没找到，他索性放弃了从网上寻求答案。

干脆匿名给之前的情感博主发了一条求助私信。

“博主，我老婆不热衷于做那事，但是我每次看到我老婆都会忍不住，上次在客厅里有了一次，差点被人看到，然后我老婆就生气了，最近跟我分房睡，但是不跟我睡就不跟我睡，最近又说我没追她前的甜言蜜语多，我该怎么办？”

或许是因为这条消息的爆点比较多，博主很快回复了他：“收到，一会儿帮你发出去，匿名吗？”

“嗯。”

他不停地刷着情感博主的微博界面，就等着他发出去，在刷了十分钟后，终于等到了这条微博。

他的头像和名称都被打了马赛克。

几分钟后，大片网友齐齐贡献计策。

颜泽抱着学习的心态，一条条地看过去。

“目测 po 主情商为零，这是你老婆寂寞了，妥妥地在暗示你最近她想要啊！”

“又吃了一碗狗粮！”

“划重点，每次看到老婆都会忍不住，这是人吗？这是泰迪吧！

我要是你老婆，我也接受不了啊！要节制啊，年轻人。”

“既然你老婆想听甜言蜜语，就说呗！说得她高兴了，到时候不就都听你的了？到时候是厨房 play 还是浴室 play 都是你说了算，分房这么多天，你老婆能忍？”

“年轻人，告诉你，婚前怎么做，婚后就得继续保持，你既然用甜言蜜语把老婆骗到了手里，就别停哎。”

在得到广大网友的支招和建议后，颜泽最终还是决定重新整理自己的心情，不让胜利冲昏头脑，虚心学习起攻略爱人的后几招。

童雀面试的这家公司名叫通宇，虽然只是一家小公司，但 HR 面试的态度十分严谨，并没有因为童雀是个网红就对她网开一面。

面试的过程中，大家的微笑中都带着一丝严肃，但出来后，每个人又都挂上了笑容。

童雀道了一声谢，正要离开，就听 HR 道：“不出意外，童小姐应该是被录取了。”

童雀错愕：“这么快？”

HR：“嗯，能在微博上找上你，也是因为看中了你的能力，这场面试也不过是让我们能够从现实中了解你。”

这话倒是让童雀觉得十分舒服，她点点头：“好的。”

“我相信应该还有其他公司也向你抛出了橄榄枝，但我们老板说了，我们公司虽然不大，而且是新公司，但我们公司的员工人品还是过得去的，大家相处得也都比较融洽，希望童小姐能够优先考虑我们通宇。”

童雀微微一笑，答应下来。

出去的时候，她又抬头看了一眼这家公司的招牌。

不得不说，这家公司还是比较合她心意的，虽然小了点，但胜在人情味比较浓。

更何况，大公司她也待过两次了，第一次是罗德里公司，忙到精神崩溃，连结婚事宜都没空关注，第二次在华锐又出了那种事。

这么一想，通宇在她心里又加了几分。

不过还是得等她面了剩下的一家才好决定。

隔天，童雀按照约定，陪着许攸冉去了rosemary婚纱店。据说这件婚纱是从国外空运来的，上次许攸冉来这里试看了婚纱，结果没一件合她眼缘，最后秦楚便一言不合就带她出国看了婚纱，然后选了一套，但因为尺寸太大，改小了才送过来的。

童雀看看周围依旧热情的服务员，心想，这才是真正的有职业操守啊！

婚纱都不是他们店里的，竟然还能一脸微笑地给她们提供服务。

不过童雀转念一想，许攸冉本就是名流圈的，加上一个京城阔少秦楚，可不就是强强联手，想来婚纱店的店主早已交代过店员要小心服务了。

许攸冉的美丽是不用多说的，当帘幕拉开的一瞬间，那个长相精致，穿着洁白婚纱的女人，还是让童雀吃了一惊。

都说穿婚纱的女人最美，童雀觉得这话的确不错，她都看直了，更加羡慕许攸冉那一头浓密的卷发了。

许攸冉走到她面前问道："怎么样，还行吗？不行的话，你可得陪我出国去看婚纱了。"

"还看什么？这件超赞！"她用行动表明自己的态度，不住地点头，眼睛都亮了。

许攸冉有些怀疑地看向镜子里的自己："真的？我怎么觉得不太好啊，不够修身，我这么好的身材都凸显不出来！"

童雀握着她的手，一脸真诚地说："看着我的眼睛，这是一个设计师给你的金玉良言。"

"？"

"有时候，包得太紧，不一定能显示一个人的好身材，你看那些瘦子为什么要选宽松的衣服？

"我以一个设计师的名义告诉你，这套婚纱，你穿着非常好看，你要是不要，让给我吧，反正我也快办婚礼了。"

许攸冉脸上的怀疑少了些，再一照镜子，好似变了个人似的，刹那间露出灿烂的笑容："想得美！这婚纱贵得很，你要找你老公去！"

接着又等童雀试了伴娘服，许攸冉这才心满意足地让店员收拾好婚纱和六套伴娘服送到许家去。

虽然说许攸冉再过一个月就要结婚了，可除了试婚纱让她提起了一点兴致，出来后，她整个人都像是笼罩着一层阴霾。

童雀想到之前还执着于颜泽的许攸冉，那时候，她连听到颜泽不行都不肯放弃，怎么突然之间就这么放弃了？

这是童雀比较好奇的地方，但她也并没有傻呆呆地问出口，毕竟能少作死一次就是少一个情敌。

吃饭的时候，许攸冉接到了一通电话，脸上的笑意敛了起来。

只听她公式化地报告着自己的行踪："知道了""在跟朋友吃饭""没开车""到时候电话联系吧"。

谈话的内容单调到就像是在跟人谈公事。

但童雀的直觉告诉她，这个人应该不是客户。

放下手机，许攸冉平静地道出对方的姓名："是秦楚，我老公。"

"哦。"童雀有些心虚，毕竟当初是她造谣才间接导致许攸冉放弃了喜欢的人，"你们领证了？"

"嗯，也同居了。"

"同——居？"童雀差点惊掉了大牙。

许攸冉倒是一脸无所谓，好像没觉得这有什么值得惊讶的："我们两个是板上钉钉的事，就算我们两个反对，也还是得在一起，既然如此，还不如婚前同居，提前了解对方是怎么样的人，要是合不来，婚后就各过各的。"

童雀吞了吞口水："要是合得来呢？"

许攸冉笑了笑，看她的表情像是在看一个白痴："合得来就处呗！"

童雀顿时不知道该怎么安慰她才好，叹了口气，没想到他们这些家族这么复杂。

"其实，你们要是不喜欢对方，为什么不拒绝呢？毕竟你们这圈子也挺大的，还有别的人选，不是吗？"童雀纠结了一会儿，才说出了这句话。

许攸冉摇摇头，对着吸管喝了一口果汁："还记得我第一天见面时跟你说的吗？"

她点头。

“事实上，那时候我还是想得太简单了，这个圈子远远没我想的这么简单。”她感叹道，似乎也没了兴致聊这些，便停住了口，不想再说这些让人心情不好的话题，改跟童雀聊她工作上的事。

“你可真够㞞的，竟然能被一个小设计师陷害得躲到国外去。”许攸冉毫不留情地戳穿道。

童雀咬牙，想想她也是个可怜人，也就没回击。

“不过你微博上那段话倒是挺让我佩服的，你有信心赢她吗？”

童雀知道她说的是半年后的比赛，她摇了摇头：“谁知道呢？还有半年，变数太多，总之，就算输了，也不能证明那件事就是我做的不是？”

“这才有点我们圈子里的人的气概。”许攸冉叉了一块生菜喂到嘴里，“不过你跟那个袁润秋是什么关系，她干吗要这么冤枉你？”

听到这个名字，童雀眼睛里闪过一抹不自然，但很快就被她掩饰过去，她喝了口果汁压压惊，道：“可能她也觉得我如果顶替叶子参赛，会威胁到她的名次吧！”

那一次比赛，最后的冠军得主是袁润秋。

童雀万万没想到她竟然也成了设计师，她恨不得宣战的对象是袁润秋，好一雪当年的耻辱。

“到时候要是想闹事，记得找我，我早就看那个袁润秋不爽了。”许攸冉愤愤道，像是将餐盘里的沙拉当成了仇恨对象，刀叉不断地用力，发出“嘎吱嘎吱”的刺耳声。

餐厅的经理在得到别的客人投诉后，有些不好意思地过来提醒了一声，许攸冉才收敛了一些。

“你跟她有仇？”童雀问道。

“何止是有仇，她小时候跟个病猫似的，整天嘴唇发紫，有此宴会上碰到了，我就说了她一句，她爸妈就追着我骂，搞得好像谁没爸妈一样。后来我见一次就偷偷骂她一次，她告诉她爸妈后，我就拉来我爸妈，两家对骂，好在苍天有眼，他们袁家没落了，很多宴会也就没机会去了。”

童雀勾了勾嘴角，袁父袁母因为袁润秋从小有心脏病，一直将她护得很好，他们尚且能不顾及圈子里的人的想法追着儿时的许攸冉骂，可想而知，小时候被袁润秋冤枉的她会得到什么样的待遇。

还真是像许攸冉说的那样。

苍天有眼。

她微微眯起眸子，用刀叉切着牛排，却听到“嘎吱”一声，牛排的汤汁渗到了桌布上，餐盘竟然碎了。

于是，许攸冉便将刚才的经理叫了过来，投诉他们的餐盘怎么怎么质量不好，竟然吃着饭就裂了，这是让他们吃一嘴瓷片吗？

经理连连道歉，并重新给她们上了一份一模一样的牛排，许攸冉这才罢休。

吃完饭，秦楚来接许攸冉，许攸冉硬是要拉上童雀，说送她一程，童雀再三拒绝，最终还是败在了他们两人的合力邀请下。

许攸冉坐在副驾驶座，转过身看她：“我说，颜泽难道就这么小气，连辆车都不给你买？”

童雀注意到秦楚在听到“颜泽”的名字后，朝后视镜里看了一眼，她摇头：“我不会开。”

许攸冉像是听到了什么笑话一般，半个身体都探到了后面来：“童雀，你不会开车？！”

“有什么问题吗？”

“你可真是个奇葩，还是赶紧学吧，否则每次出门多不方便。”

可以说，今天跟许攸冉说了这么多话，童雀也就听进去了这一句。

她也觉得自己应该好好学车了，这么一想，她决定存钱买辆车，便发了条短信查询银行卡余额。

当看到小数点前七位数后，她瞪大了眼睛，用手指着一个数一个数地数过去。

一百万！

童雀觉得可能是系统出错了，不敢相信地又发了一遍，然而得到的还是一样的结果。

谁能告诉她，她的卡里为什么多了一百万？！

一路上，童雀都心神不宁的。

她想了很多种可能，比如银行的人出了错，又或者是别人打错了卡号，不管是前面的那种可能还是后面的，这笔钱她都不能用。

忽然，她的脑袋里跳出万芳曾经说过的话。

“给雀雀五十万，要不就一百万吧，一半赔给别人，还有一半留着给她花，我们颜家的媳妇，身上连个闲钱都没有，像什么样子？”

她当下明白过来，是了，应该是这么一回事。

可颜泽不像是这么听话的人啊。

他给这一百万，也许有别的意图。

什么意图呢？

她想到了《霸道总裁爱上我》里的情节，诸如男主花钱买女主，十万一次，一千万也就是一百次。

难道颜泽是想利用“吃人嘴软拿人手短”的方式来说服她做那事？

她抿了抿唇，眼珠一转，开始考虑有没有别的可能。

或许这是之前那几次的钱？

觉得她的味道不错，所以……

呃，这令人羞耻的台词是怎么一回事？

还是说，他是为他之前做错的事，向她道歉？

他做错什么事了？

想来想去，童雀觉得还是第一种可能靠谱。

颜泽那满脑子淫虫的家伙，肯定是有了那种想法，拐着弯地来提醒她！如果今天杨阿姨不在家的话，就能证明，他是像她想的那样。

在心事重重地下车告别了两人后，童雀一鼓作气地按下密码，走了进去，整个屋子一片昏暗。

童雀本能地放轻了脚步，觉得这气氛有些诡异，就好像是在恐怖片里似的。

她正要开灯，却听到房子里的某个角落好像传来了清晰的滴水声，听方向应该是厨房，她听得心惊肉跳，大着胆子开了灯的同时，听到了“呼呼”的声音，就好像是电锯的声音被故意藏起来。

童雀的脑中自然而然闪现出了电锯惊魂的场景。

她回到大门口，试探性地往里面喊："杨阿姨，颜泽？"

没有任何声音回应她，她下意识地往后看去。

不能把后背留给敌人，对！

于是她一手握着门把，背靠大门，做好随时破门而出的准备，继续大喊："杨阿姨！颜泽！你们在吗？"

玄关有些转折，所以并不能直接看到里面的情景，她只听到"嘎吱"一声，就像是名侦探柯南里的开门声。

阴森、诡异而又恐怖。

加上看不见带来的心理上的恐怖，她打开了大门。

听见脚步声响起，她吞了吞口水，一只脚踏出了大门口，脚步声越来越近，她立刻冲到了门口，用尽全力关上了大门。

然后整个人都瘫软在了地上。

童雀的胆子很小，她从不敢看恐怖片，有一次不小心点开，下一秒就看到鬼脸，吓得她连点掉屏幕上的"×"都不敢，只能强行按下了关机键。

也因为那张鬼脸，她连续做了两天的噩梦，因为过于害怕和放不开，第三天晚上还发了烧。

也正是知道她这个毛病，小时候袁润秋经常逼着她看恐怖片，最后等袁父袁母来了以后，她还说是童雀拉着她一起看，导致她又被一顿痛骂。

童雀没看过电锯惊魂，但是看到过网上的图片，光是一张图片就让她脑补了一场大戏，自己吓得自己睡不着觉为止。

想到这里，她拿出了手机，决定打电话给颜泽。

刚摸出手机，肩上忽地一重。

"啊！"

一声惨烈而又绵长的女声响彻整个日荔湾，在她尖叫的同时，一声男人的短促尖叫也跟着响了起来。

大门当即被打开，颜泽听到尖叫声就跑了出来，只看到童雀瘫软在地，一个陌生男人手里不知道拿着什么东西站在她身旁，看上去有些不知所措。

颜泽当即冲上前，朝那男人挥了一拳，男人连带着手上的东西一起摔倒。

童雀回过神来，扭头看向遮挡住路边灯光的那道颀长身影。

看到她脸上的委屈，颜泽蹲下身来，摸着她的脑袋，他的脸带着些阴暗，不仅仅是因为他背光而立，也许是他真的生气了。

她嘴一撇，当即哭了起来："老颜！"

颜泽将她揽进怀里，一边警惕地看着那个被打倒的男人，一边安慰道："别怕，有我在，谁都不能伤害你。"

女人呜呜哭泣的声音混杂着男人强有力的心跳，路灯昏黄，看上去画面十分唯美。

被打倒在地的男人最终还是不合时宜地爬了起来，他摸了摸被打到的脸颊，"嘶"了一声，再看向那两人，开始向颜泽解释："先生，我敢拿我碑记花房连锁店优秀员工的名义发誓，我绝对没有非礼你的女朋友！"

颜泽却狠狠地瞪着他："你觉得我会相信你还是相信我女……"

怀里的人忽然转过身来，满脸泪光地看向那个男人："你说你是送花的？"

她扭头往地上一看，这才发现地上已经七零八落的鲜花。

颜泽似乎也察觉到不对劲的地方，没再说话。

"是啊！小姐，我刚拍了你一下，你就大叫，把我都吓了一跳哦！"那人心有余悸地拍拍小胸脯道。

"你不是电锯狂魔？"

"……"

昏暗的灯光下，三人都沉默了，最先出声的是送花的小哥："小姐，你是不是恐怖片看多了？我只是个无辜的路人，哦不，我是无辜的送花人！"

想到刚才颜泽还动手打了人，她顿时有些尴尬，站起身来，腿还是有些软。

她倚着颜泽，看向那小哥："抱歉，我刚才在家里听到电锯的声音，我以为是电锯狂魔。"

那小哥一脸无语，看了看地上的鲜花，有些沮丧：“可花都烂了，我刚才就是想问你，这家是不是B区A座。”

天知道他就是想问个路而已，怎么就这么倒霉，还电锯狂魔？

“B区A座？”童雀皱眉看颜泽，“你买的花？”

颜泽轻咳一声：“不是我买的花。”

接着又道：“花钱我来赔。”

在收了全额赔偿后，颜泽又赔了他点医药费，那人才快步离开了这里，就好像这是什么丧气的地方一样。

走到不远处，小哥又走了回来，看了看牌子，没送错啊！的确是B区A座啊，那他们为什么还要再付一笔？

于是，他忐忑地按下门铃，开门的是颜泽，看到是那小哥，他压低了声音：“又怎么了？”

小哥把钱递过去：“你们家的确是目的地，一位姓颜的先生已经付了钱了，所以这钱还是还给你。”

颜泽回头看了一眼，神情极其不自然，快速接过钱，关上了门。

小哥吃了一脸灰，在心里骂了几句，往外面走去，却碰上了一个送外卖的同行。

小哥2号问他：“哥们，B区A座怎么走？”

小哥1号一脸骇然地告诉了他位置，然后又告诫他千万注意生命安全，搞得小哥2号紧张兮兮地按了门铃，将东西放到了门口就离开了。

童雀打开门，看到是个蛋糕，往远处看看，看到一个奔跑的身影，看着挺像外卖小哥。

她有些害怕，他们家以后不会登上送货小哥们的黑名单榜首吧？

她拆开蛋糕，冲着楼上正在洗澡的颜泽叫道：“老颜！你订了蛋糕吗？”

半晌没得到回应，童雀忽然发现一楼一间房里有光亮，她忐忑不安地悄声走过去。

门似乎没关，她轻轻一推，门里的景象让她惊住了。

巨大的荧幕，跟电影院里差不了多少，荧幕左右两边各有两个加高的座位，周围似乎还有些装饰没来得及放上去。

竟然是一个堪比电影院的家庭影院！

她要是没记错，这间房曾经好像是储物房来着，她也有好长时间没进来过了，怎么忽然就被改装成家庭影院了？

什么时候的事，她好像也没看到有人来家里改装啊？

颜泽正好洗完澡，看到桌上的蛋糕，却没看到童雀，在客厅里找了一圈没找到人，正要上楼去找，就听到某个房间传来了声音。

他愣了一下，当他反应过来后，立即冲向那间房，看到已经靠在座位上享受舒适度的童雀后，他停下了脚步。

他的头发湿漉漉的，身穿家居服，童雀很兴奋地朝他招手："老颜，过来坐啊！"

颜泽有些诧异，她竟然没问，既然没问就好，可是，他准备的惊喜也没了。

他叹了口气，走过去在她身旁坐下来。

她平淡地问道："什么时候改装的，我怎么不知道？"

"……"好吧，她怎么可能不知道呢？

颜泽顿了顿，沉声道："在塔希提岛的时候，让人改装的。"

她错愕，没想到那么早就开始了："你怎么会有这个想法？我竟然一点都不知道。"

"上次看完电影，你说家里的电视没有电影院的屏幕大。"

原来是那个时候，童瞥了一眼身旁的男人，勾起嘴角，主动拉起他的手："老颜，我为早上说错的话，向你道歉。"

看着她脸上浮现的笑容，他忽然觉得，惊喜提前被发现，也没有那么糟，只是没有那一瞬间的冲击感罢了。

他空着的另一只手替她撩起落到鼻翼上的乱发，柔声问道："喜欢吗？"

她使劲点头，或许又觉得这不足以表达自己现在的感受，于是又大声道："很喜欢！"

听她这么说，他的嘴角扬起掩饰不住的弧度："喜欢就好。"

"所以刚才的玫瑰花也是你定的？"

"……"

颜泽拍上脑门："对。"

"蛋糕也是？"

"……"

"你是想要给我惊喜吗？"她勾唇，"那刚才我进门听到的电锯声是怎么回事？"

他叹了口气，就是因为自己这精益求精的毛病，才害得惊喜提前曝光了。

于是，他把刚才看到那边的螺丝钉被工人斜着钉进去，他自己又动手重新钉螺丝钉的事说了。

闻言，童雀忽然觉得这情况有些悲催。

他好不容易想要给她一点惊喜，结果被她错当成电锯狂魔，不仅毁了鲜花，还坏了气氛。

她非常后悔地叹了口气："都怪我。"

"好端端的，我怎么会联想到电锯狂魔呢？唉，本来一个好好的惊喜，竟然就这么被我给毁了……"她没说完的是，关键这是她家老颜给她的第一个惊喜，竟然是以这种乌龙事件结尾。

"没事，以后只要你想，我还可以给你更多惊喜。"

童雀暗淡的眼睛开始发亮，期待地看向他："真的？"

"当然，你是我老婆，我当然应该宠着你。"

座位是情侣座，中间并没有阻隔，童雀抿了抿唇。这话，听着心里忒高兴，她一下滚到他身旁，搂着他的身躯："老颜，你对我实在是太好了。我觉得我早上说的话是非常错误的判断。"

"怎么说？"

"没想到我家老颜说起甜言蜜语来，还是挺在行的。"

童雀现在只要一抬头，就能看到颜泽那嘚瑟的笑容，不过她并没有抬头。

"其实，我在别的方面也挺在行的。"他说着，在她耳边吹了口热气。

她知道他要说的是什么，她甚至也想到了如果继续这个话题下去会发生什么，不过她实在不想让那件事破坏他们现在这久违的令人心动的时刻。

“对了，我卡里多了一百万，是不是你给我打的？”

“嗯，怎么了，不够用？”他把玩着她的头发，绕在指上，又看着头发自己解开。

她直起身子，认真说道：“现在我不是没工作吗？我想趁现在，抽个时间把驾照考了。”

颜泽点点头：“也好，给你买的车一直在车库里，再不开得长灰了，我帮你联系教练吧。”

“嗯。”

看着起身朝外面走去的童雀，他忽然有些后悔，刚才没有顺藤摸瓜，让暧昧的气氛继续下去，失策失策。

颜泽看了眼手机。

攻略爱人第五式 + 第六式：独处 + 做一些浪漫的事。

颜泽抬头看了一眼巨大的荧幕，升起了一个念头，就听外面道：“老颜，出来吃蛋糕了！”

童雀切了两块蛋糕，颜泽不怎么喜欢吃甜食，她干脆给他切了一块小的，自己吃大的那块。

蛋糕是冰激凌的，奶油和外面的那层冰激凌在口腔中瞬间融化，美食总是有一种神奇的力量，让心情不好的人心情好起来，让心情好的人更加好，而其中，甜品更甚。

她吃得眼睛发亮，整个身体都动了起来，接着解决了碗里的，又去动手切剩下的。

颜泽看着面前的人，脑海中闪过一个情节，似乎正好可以套用到这个环节当中。

看着吃得正欢快的童雀，他抬手抹了一块奶油，然后冲她道：“等下。”

童雀抬头，只见他抬手在她嘴角抹上了奶油，眼底满是宠溺，这个时候，男主应该上前吻掉女主嘴角的奶油。

颜泽见奸计得逞，便道：“我来……”

“帮”字还没出口，就见她已经伸出舌头舔掉了奶油，然后埋头继续吃蛋糕。

于是，在接下来的时间里，颜泽叫了童雀五次，在他试图第六次在她脸上抹奶油时，童雀反手就是一掌奶油，抹了他一脸。

嘴里还嘟囔着："你不喜欢吃甜品也别打扰我吃啊，真是的！"幸好蛋糕挺大的，她要让他知道，老是来捣乱就是这个下场！

颜泽一脸黏糊糊的，他觉得自己现在一定很可笑，他从来没有这么狼狈过，他咬牙看向那个重新吃起蛋糕的人，握紧双拳，到底是谁不解风情？

"童雀！"颜泽最终还是没忍住，叫出了声来，"你知不知道自己在做什么？"

这会儿，童雀总算是吃够了，面前的蛋糕，对她的吸引力没那么大了，她起身，走到颜泽对面，含笑看着满脸奶油的他。

她轻轻挑起他的下巴，勾起嘴角笑得邪魅："让姐来告诉你，什么才是撩妹的正确打开方式。"

说罢，她弯腰吻上了他脸上沾上奶油的地方。

颜泽心下一慌，忽然想到了某个帖子，女主形容接吻时，烟花在四周炸裂的唯美感觉，他忽然明白了什么叫作少女心。

颜泽只觉得那柔软湿润的东西在他脸上勾勒，被她扫过的地方，慢慢燥热了起来。

她吻上他的眉眼，呵气如兰，慢慢地帮他清理完所有，只剩薄唇沾满了奶油。

她轻笑一下，牵动了他心底绷紧了许久的弦。

在她有动作前，他已反客为主，勾住她的脖颈，一把捞起她，让她坐在自己身上。

情到深处，童雀喊了停，颜泽就像是被人从头顶突然灌了一盆冷水，还是加冰块的那种，顿时败兴下来。

他叹了口气，却听她道："万一再像上次一样来了人就不好了。"

听到这话，颜泽当下明白过来，她不是拒绝自己，而是担心被人看到。

趁兴致还未消，他一把抱起她上了楼。

后　记

人生如初见，快来讨好我

关于《雀上心头》的后记，我这心头真的有很多话想说。

刚开始确认要修改投出版时，正好赶上开学，开学的事很多，多到什么程度呢？每天都有各种各样的事要完成，没什么时间改文，在我第三次改文后已经彻底放弃了出版念头，编辑却忽然通知我通过出版审核了，因为中间时间跨度较大，所以得到这消息的时候我好像也没有很开心，反倒是刚开始投出版那会儿才是最开心的时候。

然后是确认出版后，网站编辑告诉我在走出版流程，因为第一次出版，所以并不清楚流程，以为要等编辑联系才能给全文。过了将近一个月编辑也没联系我，我就想出版跟网文应该不太一样，步骤比较多，很神圣。

一晃两个月过去了，有一天我的出版编辑周周突然问我什么时候交二十万字稿子，看到这条消息的时候，我正在水果店，当时买水果的心情都没有了，恨不得立刻回寝室整理文件，然后交稿！

于是，好几个月没去图书馆（连考四级都没去图书馆）的我，第二天正好一整天没课，索性起了个大早去了图书馆。

绝望的还在后面，到了图书馆才发现没带学生证也没带身份证，我只好硬着头皮继续走，想试试卖卖惨能不能让我进去。

到了门口，我猛地想起来以前在支付宝卡包里添加过身份证，然后在保安那里登记了身份证信息才进去。

在这里不得不先提一下我们学校的同学简直是把学习当生命一样热爱啊！那时候才早上八点多，就已经没多少位置了，所以我不是很喜欢来图书馆原因有二：第一，离宿舍太远，一来一回得四五十分钟；第二，得起很早才能抢到位置。

作业写到十一点钟完成，接着开始压缩全文。

我没吃午饭也没吃晚饭，几次饿得肚子咕咕叫，我尴尬地转头装作不是我的样子。

一直到晚上六点钟才结束，好戏来了，我喜滋滋地发给周周："花了一天时间压缩完了。"

言外之意——快夸我！我乖不乖？

然而周周："不是压缩。终于明白为什么那天跟你说这事，你会一副如临大敌的样子，而且你花了一天时间把六十万字压缩成二十万字我也是很佩服。"

在这件事明了前，周周说这事很快的。所以我在压缩的时候，我就想，周周真厉害，压缩六十万字这么困难的事她竟然说很快就能完成。所以晚上六点钟压缩完，我还觉得自己太慢了。

原本我准备这天没课就写老师布置的五千字论文加另一个老师布置的一千字作业和三篇应用文，结果我浪费了一天的时间，只完成了一位老师的作业。

或许从我早上发现没带学生证开始，一切就都是有预兆的，那是上天给我的暗示，谁知道我这么了解自己，早知道自己会不带各类证件，很机智地把证件都添加进了支付宝。

可还是快被自己蠢哭了。

最后，那我们来聊聊写这篇文的一些事吧。对于女主角童雀，我想说，她其实跟我挺像的（性别像），我已经穷得只对赚钱有兴趣了。

写这篇文的那段时间，因为想赶在开学前完结并开新文，所以我写得很快，每天一万字打底到后来每天两万字，真怀念那段时间的手速，开学后，没什么时间码字，我的手速下降到让我心痛的地步。

写文这事，我是想当作我的终生事业来做的，我很喜欢写小说，有时候写得真的很累，但看到一本又一本小说完结，我会有一种成就感，看到有人喜欢我的文，我就觉得这样已经足够了。

高二那年突然萌生了写小说的念头，在本子上写了很多小说，还被班上的男生拿到讲台上去读被嘲笑，不过幸好我乐（不要）观（脸），所以那些都没能打击到我，后来大二又重新开始写，也走了很多弯路，不过也都过去了。

我希望以后的生活是，有一份能养活自己的工作，然后住进田园间，平时上班工作，下班写文，周末写写文、种种菜。感觉这样的日子真的很惬意，我是个胸无大志的人，那个词怎么说来着，佛系生活？

我给自己定了十年之期，希望十年后写出些成绩来，让更多人看到我写的文。不过我也想好了，就算没有达到我的期望值，我也会继续写下去，我很庆幸自己找到了自己喜欢并想要终生从事的事业，而很多人这一生浑浑噩噩，或许根本不了解自己想要什么，又或许即使明白也因为这样那样的原因而放弃。

有人问过我，喜欢的事如果经常做，会不会因此而变得枯燥甚至厌恶？我想应该不会，借用《中国合伙人》成冬青的一句话——梦想就是你坚持就会感到幸福的东西。

希望看我书的朋友能够跟我一样幸运，找到自己喜欢的事业并一直坚持下去，我们一起加油！

2018 年 01 月 08 日

蹿升华上